HARRY POTTER

und die Kammer des Schreckens

Joanne K. Rowling

HARRY POTTER

und die Kammer des Schreckens

Aus dem Englischen
von Klaus Fritz

CARLSEN

Für Sean P. F. Harris,
Fluchtwagen-Fahrer und Freund
bei stürmischem Wetter

21 22 23 24   01 00

Alle deutschen Rechte bei Carlsen Verlag GmbH, Hamburg 1999
Originalcopyright © Joanne K. Rowling 1998
Originalverlag: Bloomsbury Publishing Plc, London 1998
Originaltitel: Harry Potter and the Chamber of Secrets
Harry Potter, names, characters and related indicia are
copyright and trademark Warner Bros., 2000
Umschlaggestaltung: Doris K. Künster
Umschlagillustration: Sabine Wilharm
Satz: Dörlemann Satz, Lemförde
Druck und Bindung: Rotanor, Skien
ISBN 3-551-55168-5
Printed in Norway

Ein grässlicher Geburtstag

Im Ligusterweg Nummer 4 war mal wieder bereits beim Frühstück Streit ausgebrochen. Ein lautes Kreischen aus dem Zimmer seines Neffen Harry hatte Mr Vernon Dursley in aller Herrgottsfrühe aus dem Schlaf gerissen.

»Schon das dritte Mal diese Woche!«, polterte er über den Tisch hinweg. »Wenn du diese Eule nicht in den Griff kriegst, fliegt sie raus!«

Harry versuchte, übrigens nicht zum ersten Mal, die Sache zu erklären.

»Sie *langweilt* sich«, sagte er. »Sonst fliegt sie doch immer draußen rum. Könnte ich sie nicht wenigstens nachts raus-lassen?«

»Hältst du mich für blöde?«, raunzte ihn Onkel Vernon an, während ein Stück Spiegelei in seinem buschigen Schnauz-bart erzitterte. »Ich weiß doch, was passiert, wenn diese Eule rauskommt.«

Er wechselte finstere Blicke mit seiner Gattin Petunia.

Harry wollte widersprechen, doch seine Worte gingen in einem lang gezogenen, lauten Rülpser unter. Urheber des-sen war Dudley, der Sohn der Dursleys.

»Mehr Schinken.«

»In der Pfanne ist noch welcher, Schätzchen«, sagte Tante Petunia und wandte sich mit verschleierten Augen ihrem verfetteten Sohn zu. »Wir müssen dich päppeln, solange wir können … Mir gefallen die Geräusche nicht, die die Schul-kost in deinem Magen veranstaltet.«

»Unsinn, Petunia, *ich* bin damals in Smeltings immer satt geworden«, warf Onkel Vernon beherzt ein. »Dudley kriegt genug, nicht wahr, mein Junge?«

Dudley, dessen Hintern zu beiden Seiten des Küchenstuhls herabhing, grinste und drehte sich zu Harry um.

»Gib mir die Pfanne.«

»Du hast das Zauberwort vergessen«, sagte Harry gereizt.

Dieser schlichte Satz hatte eine gewaltige Wirkung auf den Rest der Familie: Dudley riss den Mund auf und fiel mit einem küchenerschütternden Krachen vom Stuhl. Mrs Dursley stieß einen spitzen Schrei aus und schlug die Hände vor den Mund. Mr Dursley sprang vom Tisch auf; das Blut pulsierte wild in seinen Stirnadern.

»Ich habe ›bitte‹ gemeint!«, setzte Harry rasch nach. »Und nicht –«

»HABE ICH DIR NICHT GESAGT«, tobte sein Onkel und besprühte dabei den Tisch mit Spucke, »DAS WORT MIT ›Z‹ KOMMT MIR IN DIESEM HAUS NICHT VOR!«

»Aber ich –«

»WIE KANNST DU ES WAGEN, DUDLEY ZU BEDROHEN!«, brüllte Onkel Vernon und hämmerte mit der Faust auf den Tisch.

»Ich hab doch nur –«

»ICH HABE DICH GEWARNT! UNTER MEINEM DACH WILL ICH NICHTS VON DEINER ABNORMITÄT HÖREN!«

Harrys Blick wanderte vom purpurroten Gesicht des Onkels hinüber zur aschfahlen Tante, die sich mühte, Dudley wieder auf die Beine zu hieven.

»Schon gut«, sagte Harry, »*schon gut …*«

Schnaubend wie ein erschöpftes Nashorn setzte sich Onkel Vernon wieder hin und beobachtete Harry aus den Winkeln seiner kleinen stechenden Augen.

Seit Harry zu Beginn der Sommerferien nach Hause gekommen war, hatte Onkel Vernon ihn behandelt wie eine Bombe, die jeden Moment hochgehen könnte, denn Harry Potter war *kein* normaler Junge. In der Tat war er so wenig normal wie überhaupt vorstellbar.

Harry Potter war ein Zauberer – ein Zauberer, der gerade sein erstes Jahr in Hogwarts, der Schule für Hexerei und Zauberei, hinter sich hatte. Und mochten die Dursleys noch so unglücklich sein, weil sie ihn für die Ferien zurückhatten – das war noch lange nichts gegen Harrys Kummer.

Er vermisste Hogwarts so sehr, dass es ihm vorkam, als hätte er dauernd Magenschmerzen. Er vermisste das Schloss mit seinen Geheimgängen und Geistern, die Unterrichtsstunden (wenn auch nicht gerade Snape, den Lehrer für Zaubertränke), die Eulenpost, die Festessen in der Großen Halle, sein Himmelbett im Turmschlafsaal, die Besuche bei Hagrid, dem Wildhüter, der in einer Hütte am Rand des Verbotenen Walds auf den Ländereien des Schlosses lebte – und vor allem Quidditch, den beliebtesten Sport in der Welt der Zauberer (sechs Torringe auf hohen Stangen, vier fliegende Bälle und vierzehn Spieler auf fliegenden Besen).

Alle Zauberbücher Harrys, den Zauberstab, die Umhänge, den Kessel und den Nimbus Zweitausend, einen fliegenden Besen der Spitzenklasse, hatte Onkel Vernon, kaum hatte Harry das Haus betreten, an sich gerissen und in den Schrank unter der Treppe gesperrt. Was kümmerte es die Dursleys, dass Harry seinen festen Platz im Quidditch-Team seines Hauses verlieren konnte, wenn er den ganzen Sommer über nicht trainierte? Was scherte es die Dursleys, wenn Harry in die Schule zurückkehrte ohne auch nur einen Teil seiner Hausaufgaben erledigt zu haben? Die Dursleys waren Muggel (so nannten die Zauberer Menschen, die keinen Tropfen magisches Blut in den Adern hatten), und in ihren

Augen war es eine abgrundtiefe Schande, einen Zauberer in der Familie zu haben. Onkel Vernon hatte sogar den Käfig von Hedwig, Harrys Eule, mit einem Vorhängeschloss versehen, damit sie niemandem in der Zaubererwelt Botschaften überbringen konnte.

Harry sah ganz anders aus als der Rest der Familie. Onkel Vernon war groß und hatte keinen Hals, dafür aber einen riesigen schwarzen Schnurrbart; Tante Petunia war pferdegesichtig und knochig; Dudley war blond, rosa und fett wie ein Schwein. Harry dagegen war klein und dünn, hatte leuchtend grüne Augen und immer zerzaustes rabenschwarzes Haar. Er trug eine Brille mit runden Gläsern und auf der Stirn hatte er eine feine Narbe, die aussah wie ein Blitz.

Diese Narbe machte Harry sogar in der Welt der Zauberer zu etwas ganz Besonderem. Sie war das Einzige an Harry, das auf seine geheimnisvolle Vergangenheit und damit auf den Grund hindeutete, weshalb er vor elf Jahren den Dursleys vor die Tür gelegt worden war.

Damals, im Alter von einem Jahr, überlebte Harry auf merkwürdige Weise den Todesfluch des größten schwarzen Magiers aller Zeiten. Die meisten Hexen und Zauberer hatten immer noch Angst, dessen Namen auszusprechen: Lord Voldemort. Harrys Eltern starben bei Voldemorts Überfall, doch Harry kam mit der blitzförmigen Narbe davon. Voldemorts Macht jedoch fiel in eben jenem Augenblick in sich zusammen, als es ihm misslungen war, Harry zu töten. Und keiner konnte das begreifen.

So kam es, dass die Schwester seiner toten Mutter und deren Gatte Harry aufgezogen hatten. Zehn Jahre hatte er bei den Dursleys gelebt und ihnen die Geschichte geglaubt, seine Narbe rühre von einem Autounfall her, bei dem seine Eltern gestorben seien, und nie hatte er verstanden, warum er ständig, ohne es zu wollen, merkwürdige Dinge geschehen ließ.

Und dann, genau vor einem Jahr, hatte Hogwarts ihm einen Brief geschickt, und die ganze Geschichte war aufgeflogen. Harry ging nun auf die Zaubererschule, wo er und seine Narbe berühmt waren ... Doch jetzt waren Sommerferien, und er war zu den Dursleys zurückgekehrt – dorthin, wo sie ihn behandelten wie einen Hund, der aus einem stinkenden Loch gekrochen war.

Die Dursleys hatten nicht einmal daran gedacht, dass heute Harrys zwölfter Geburtstag war. Natürlich hatte er nicht viel erwartet; ein richtiges Geschenk schon gar nicht, geschweige denn einen Kuchen – aber dass sie nicht einmal ein Wort sagen würden ...

In diesem Augenblick räusperte sich Onkel Vernon mit wichtiger Miene:»Nun, wie wir alle wissen, ist heute ein bedeutender Tag.«

Harry wollte seinen Ohren nicht trauen und hob den Kopf.

»Dies könnte durchaus der Tag sein, an dem ich das größte Geschäft meiner Laufbahn abschließe«, sagte Onkel Vernon.

Harry wandte sich wieder seinem Toast zu. Natürlich, dachte er verbittert, Onkel Vernon sprach von diesem blöden Abendessen. Seit zwei Wochen redete er von nichts anderem. Ein reicher Bauunternehmer und seine Frau sollten zum Abendessen kommen, und Onkel Vernon hoffte, einen großen Auftrag zu landen (Onkel Vernons Firma stellte Bohrmaschinen her).

»Ich denke, wir sollten den Ablauf des Abends noch einmal durchgehen«, sagte Onkel Vernon.»Um acht Uhr müssen wir alle bereit sein. Petunia, du bist wo –?«

»Im Salon«, sagte Tante Petunia wie aus der Pistole ge-

9

schossen, »wo ich sie herzlich in unserem Heim willkommen heiße.«

»Sehr gut. Und Dudley?«

»Ich stehe in der Diele bereit und öffne die Tür, wenn sie kommen.« Dudley setzte ein gezwungenes Lächeln auf. »Darf ich Ihnen die Jacken abnehmen, Mr und Mrs Mason?«

»Sie werden *begeistert* von ihm sein«, rief Tante Petunia ganz hingerissen.

»Vortrefflich, Dudley«, sagte Onkel Vernon. Dann wandte er sich Harry zu. »Und *du*?«

»Ich bin in meinem Schlafzimmer, mache keinen Mucks und tu so, als ob ich nicht da wäre«, sagte Harry mit tonloser Stimme.

»Genau«, sagte Onkel Vernon giftig. »Und ich führe die beiden in den Salon, stelle dich vor, Petunia, und reiche ihnen die Drinks. Um acht Uhr fünfzehn –«

»– bitte ich zu Tisch«, sagte Tante Petunia.

»Und Dudley, du sagst –«

»Darf ich Sie ins Speisezimmer geleiten, Mrs Mason?«, sagte Dudley und bot einer unsichtbaren Dame seinen fetten Arm an.

»Mein perfekter kleiner Kavalier!«, seufzte Tante Petunia.

»Und *du*?«, sagte Onkel Vernon und sah Harry arglistig an.

»Ich bin in meinem Schlafzimmer, mache keinen Mucks und tu so, als ob ich nicht da wäre«, sagte Harry dumpf.

»Genau. Nun, wir sollten versuchen beim Abendessen ein paar Komplimente auszustreuen. Hast du eine Idee, Petunia?«

»Vernon sagt, Sie seien ein *glänzender* Golfspieler, Mr Mason ... Sie müssen mir *unbedingt* verraten, wo Sie Ihr Kleid gekauft haben, Mrs Mason ...«

»Bestens ... und Dudley?«

»Wie wär's mit: ›In der Schule mussten wir einen Aufsatz

über unseren Helden schreiben, Mr Mason, und *ich* habe über *Sie* geschrieben.‹«

Das war zu viel für Tante Petunia und auch für Harry. Tante Petunia brach in Tränen aus und drückte ihren Sohn an die Brust, während Harry unter den Tisch abtauchte, damit sie sein Lachen nicht sehen konnten.

»Und du, Junge?«

Harry tauchte wieder auf und mühte sich nach Kräften, keine Miene zu verziehen.

»Ich bin in meinem Schlafzimmer, mache keinen Mucks und tu so, als ob ich nicht da wäre«, sagte er.

»Genau das wirst du tun«, sagte Onkel Vernon nachdrücklich. »Die Masons wissen nichts von dir und so soll es auch bleiben. Wenn wir fertig sind mit dem Essen, Petunia, geleitest du Mrs Mason zurück in den Salon zum Kaffee, und ich spreche Mr Mason auf die Bohrer an. Mit ein bisschen Glück habe ich den Auftrag noch vor den Zehnuhrnachrichten unter Dach und Fach. Und morgen um diese Zeit können wir uns schon um eine Ferienwohnung auf Mallorca kümmern.«

Harry war davon nicht gerade begeistert. Die Dursleys würden ihn auf Mallorca genauso wenig leiden können wie im Ligusterweg.

»Gut – ich fahr in die Stadt und hol die Smokings für mich und Dudley ab. Und *du*«, raunzte er Harry an, »du gehst deiner Tante aus dem Weg, während sie sauber macht.«

Harry ging durch die Hintertür hinaus in den Garten. Es war ein strahlend heller Sommertag. Er schlenderte über den Rasen, ließ sich auf die Gartenbank sinken und sang leise für sich:

»Happy Birthday to me … Happy Birthday to me …«

Keine Postkarten, keine Geschenke, und er würde den ganzen Abend so tun, als ob er nicht auf der Welt wäre.

Niedergeschlagen starrte er die Hecke an. Noch nie hatte er sich so einsam gefühlt. Mehr als alles andere in Hogwarts, noch mehr sogar als Quidditch, vermisste Harry seine besten Freunde, Ron Weasley und Hermine Granger. Die allerdings schienen ihn überhaupt nicht zu vermissen. Seit er hier war, hatte er keinen einzigen Brief von ihnen bekommen, obwohl Ron doch versprochen hatte, er würde Harry zu sich nach Hause einladen.

Harry war schon unzählige Male drauf und dran gewesen, Hedwigs Käfig mit Hilfe eines Zauberspruchs zu öffnen und sie mit einem Brief zu Ron und Hermine zu schicken, doch die Gefahr war zu groß. Jugendliche Zauberer durften außerhalb der Schule nicht zaubern. Das hatte Harry den Dursleys nicht gesagt; er wusste, nur ihre Angst, er könnte sie alle in Mistkäfer verwandeln, hielt sie davon ab, auch ihn zu dem Zauberstab und dem Besen in den Schrank zu sperren. In den ersten Wochen nach seiner Rückkehr hatte sich Harry einen Spaß daraus gemacht, sinnlose Wörter vor sich hin zu murmeln und mit anzusehen, wie Dudley, so schnell seine plumpen Beine ihn trugen, aus dem Zimmer floh. Doch nun, da er so lange nichts mehr von Ron und Hermine gehört hatte, fühlte er sich der Zaubererwelt so fern, dass er sogar die Lust verlor, Dudley zu triezen – und jetzt hatten Ron und Hermine auch noch seinen Geburtstag vergessen.

Was würde er nicht alles geben für eine Nachricht aus Hogwarts? Von einer Hexe oder einem Zauberer, gleich, von wem. Fast wäre er dankbar, wieder einmal seinen Erzfeind Draco Malfoy zu sehen, einfach um sich zu vergewissern, dass er nicht alles geträumt hatte …

Nicht, dass sein Jahr in Hogwarts immer nur Spaß gemacht hätte. Ganz am Ende des Schuljahres hatte Harry niemand anderem als dem leibhaftigen Lord Voldemort ins

Auge geblickt. Voldemort mochte nur ein kläglicher Schatten seines alten Selbst sein, doch war er immer noch schrecklich, immer noch gerissen, und immer noch entschlossen, seine Macht zurückzugewinnen. Harry war Voldemorts Klauen ein zweites Mal entkommen, doch diesmal nur um Haaresbreite, und selbst jetzt, Wochen später, wachte Harry nachts schweißgebadet auf und sah Voldemorts aschgraues Gesicht und seine weit aufgerissenen, wahnsinnigen Augen vor sich. Wo mochte er jetzt wohl stecken?

Jählings richtete sich Harry kerzengerade auf der Gartenbank auf. Gedankenverloren hatte er auf die Hecke gestarrt – *und die Hecke starrte zurück.* Zwei riesige grüne Augen waren zwischen den Blättern aufgetaucht.

Harry sprang auf und im selben Moment hörte er ein Johlen über den Rasen schallen.

»Ich weiß, was heute für ein Tag ist«, jauchzte Dudley und watschelte auf ihn zu.

Die riesigen Augen blinzelten und verschwanden.

»Was?«, sagte Harry, ohne den Blick von der Stelle zu rühren, wo er die Augen gesehen hatte.

»Ich weiß, was heute für ein Tag ist«, wiederholte Dudley und rückte ihm ganz nahe auf den Leib.

»Gut gemacht«, sagte Harry, »hast also endlich die Wochentage auswendig gelernt?«

»Heute ist dein *Geburtstag«,* höhnte Dudley. »Wieso hast du eigentlich keine Karten bekommen? Hast du in dieser Schule für Missgeburten nicht mal Freunde?«

»Wenn deine Mutter hört, dass du über meine Schule redest …«, erwiderte Harry kühl.

Dudley zog die Hosen hoch, die von seinem schwabbligen Bauch herunterrutschten.

»Warum starrst du dauernd auf die Hecke?«, fragte er misstrauisch.

»Ich überlege, was wohl der beste Zauberspruch wäre, um sie in Brand zu stecken«, sagte Harry.

Dudley wich stolpernd vor ihm zurück, mit einem panischen Ausdruck auf dem fetten Gesicht.

»Du k-kannst nicht – Dad hat dir gesagt, du darfst nicht z-zaubern – er würde dich aus dem Haus werfen – und du hast sonst niemanden – du hast keine *Freunde*, die dich aufnehmen –«

»*Simsalabim!*«, sagte Harry mit finsterer Stimme, »Hokus – pokus – Fidibus –«

»MAAAAMAAAA!«, heulte Dudley und während er hastig zurückwich, stolperte er über die eigenen Füße. »MAAA-MAAA! Er tut es, du weißt schon, was er tut!«

Harry musste seinen kleinen Spaß teuer bezahlen. Da weder der Hecke ein Blatt fehlte noch Dudley ein Haar gekrümmt war, wusste Tante Petunia, dass er nicht wirklich gezaubert hatte, und dennoch musste er sich wegducken, als sie mit der spülschaumtriefenden Pfanne zum Schlag gegen ihn ausholte. Dann gab sie ihm Arbeiten auf und versprach ihm, er würde nichts zu essen bekommen, bevor er fertig wäre.

Während Dudley herumlümmelte und ihm Eiskrem schleckend zusah, putzte Harry die Fenster, wusch den Wagen, mähte den Rasen, jätete die Blumenbeete, beschnitt und goss die Rosen und verpasste der Gartenbank einen neuen Anstrich. Am Himmel glühte die Sonne und versengte ihm den Nacken. Er hätte Dudleys Köder nicht schlucken sollen, sagte sich Harry, doch Dudley hatte genau das ausgesprochen, was er selbst gedacht hatte … Vielleicht hatte er ja tatsächlich keine Freunde in Hogwarts …

»Ich wünschte, sie könnten den berühmten Harry Potter jetzt sehen«, dachte er wütend, während er mit schmerzendem Rücken und schweißtriefendem Gesicht Dünger über die Beete streute.

Es war schon halb acht, als er endlich, völlig erschöpft, Tante Petunia rufen hörte.

»Komm rein! Aber geh über die Zeitungen!«

Erleichtert trat Harry in die kühle, blitzblank schimmernde Küche. Auf dem Kühlschrank stand der Nachtisch für heute Abend: ein riesiger Berg Schlagsahne mit kandierten Veilchenblättern. Im Herd brutzelte ein Schweinebraten.

»Iss rasch auf! Die Masons kommen gleich!«, herrschte ihn Tante Petunia an und deutete auf zwei Scheiben Brot und ein Stück Käse auf dem Küchentisch. Sie steckte bereits in einem lachsrosa Abendkleid.

Harry wusch sich die Hände und verschlang sein karges Mahl. Kaum war er fertig, schnappte ihm Tante Petunia den Teller weg. »Nach oben! Marsch!«

Als Harry an der Wohnzimmertür vorbeiging, erhaschte er einen Blick auf Onkel Vernon und Dudley mit Smoking und Fliege. Gerade war er oben angelangt, da läutete es an der Tür, und Onkel Vernons wutverzerrtes Gesicht erschien am Fuß der Treppe.

»Denk dran, Junge – ein Mucks, und –«

Harry schlich auf Zehenspitzen zu seinem Zimmer, glitt hinein, schloss die Tür, wandte sich um und ließ sich auf sein Bett fallen.

Nur – da saß schon jemand.

Dobbys Warnung

Harry schaffte es gerade noch, einen Aufschrei zu unterdrücken. Das kleine Geschöpf auf dem Bett hatte große, fledermausähnliche Ohren und hervorquellende grüne Augäpfel, so groß wie Tennisbälle. Harry war sofort klar, dass dieses Wesen ihn heute Morgen aus der Hecke heraus beobachtet hatte.

Während sie sich anstarrten, hörte Harry Dudleys Stimme aus der Diele.

»Darf ich Ihnen bitte die Jacken abnehmen, Mr und Mrs Mason?«

Das Geschöpf glitt vom Bett herunter und verneigte sich so tief, dass die Spitze seiner langen schmalen Nase den Teppich berührte. Harry sah, dass es eine Art alten Kissenüberzug anhatte, mit Löchern für die Arme und die Beine.

»Ahm – hallo«, sagte Harry unsicher.

»Harry Potter«, sagte das Geschöpf mit so durchdringender Piepsestimme, dass Harry ganz sicher war, man würde sie unten hören. »Dobby hat so lange darauf gewartet, Sie zu treffen, Sir … Welche Ehre …«

»D-danke«, sagte Harry. Er drängte sich an der Wand entlang und ließ sich auf seinen Schreibtischstuhl sinken, direkt neben die schlafende Hedwig in ihrem großen Käfig. Er wollte fragen: Was bist du eigentlich?, doch das hielt er für ziemlich grob, und so sagte er:

»Wer sind Sie?«

»Dobby, Sir. Einfach Dobby. Dobby, der Hauself«, sagte das Geschöpf.

»Ach – wirklich?«, sagte Harry. »Ahm – ich möchte ja nicht unhöflich sein, aber – das ist nicht der passende Augenblick für mich, um einen Hauselfen im Schlafzimmer zu haben.«

Aus dem Wohnzimmer drang Tante Petunias schrilles und falsches Lachen empor. Der Elf ließ den Kopf hängen.

»Natürlich freue ich mich, Sie zu treffen«, setzte Harry rasch hinzu, »aber, ähm, gibt es einen besonderen Grund für Ihren Besuch?«

»O ja, Sir«, sagte Dobby mit ernster Miene. »Dobby ist hier, Sir, um Ihnen zu sagen ... Es ist schwierig, Sir ... Dobby weiß nicht, wo er anfangen soll ...«

»Setzen Sie sich«, sagte Harry höflich und deutete aufs Bett.

Zu seinem Entsetzen brach der Elf in Tränen aus – sehr geräuschvolle Tränen.

»*S-setzen Sie sich!*«, jammerte er, »nie ... *niemals* ...«

Harry meinte die Stimmen unten verstummen zu hören.

»Es tut mir Leid«, flüsterte er, »ich wollte Sie nicht verletzen –«

»Dobby verletzen«, schluchzte der Elf. »Noch *nie* hat ein Zauberer Dobby aufgefordert, sich zu setzen – *von Gleich zu Gleich* –«

Harry zischte »Schhh!« und versuchte Dobby zugleich tröstend anzublicken und einladend aufs Bett zu weisen. Da saß er nun wieder, wie eine große, hässliche Puppe mit einem Schluckauf. Endlich sammelte er sich und starrte Harry mit einem Ausdruck der Bewunderung in den großen wässrigen Augen an.

»Sie haben bestimmt noch keinen anständigen Zauberer kennen gelernt«, sagte Harry aufmunternd.

Dobby schüttelte den Kopf. Dann, ohne Warnung, sprang er auf und begann den Kopf wie rasend gegen das Fenster zu hämmern. »*Böser* Dobby! *Böser* Dobby!«, schrie er.

»Nicht doch, was tun Sie denn da?«, zischte Harry, sprang

auf und zerrte Dobby zurück aufs Bett. Hedwig wachte mit einem lauten Kreischen auf und schlug wild mit den Flügeln gegen die Käfigstangen.

»Dobby musste sich bestrafen, Sir«, sagte der Elf, nun mit einem leichten Schielen in den Augen, »fast hätte Dobby schlecht von seiner Familie gesprochen, Sir …«

»Ihrer Familie?«

»Die Zaubererfamilie, der Dobby dient, Sir … Dobby ist ein Hauself, er muss immer und ewig in einem Haus bleiben und einer Familie dienen …«

»Wissen die, dass Sie hier sind?«, fragte Harry neugierig.

Dobby erschauderte.

»O nein, Sir, nein … Dobby wird sich ganz fürchterlich bestrafen müssen, weil er zu Ihnen gekommen ist, Sir. Dobby wird deswegen seine Ohren in die Herdklappe klemmen müssen. Wenn die Familie das jemals erfährt, Sir –«

»Aber wird es nicht auffallen, wenn Sie Ihre Ohren in die Herdklappe klemmen?«

»Das bezweifelt Dobby, Sir. Dobby muss sich immer für irgendetwas bestrafen, Sir. Sie lassen Dobby machen, Sir. Manchmal erinnern sie mich daran, dass ich ein paar Strafen vergessen habe …«

»Aber warum gehen Sie dann nicht fort? Fliehen?«

»Ein Hauself muss freigelassen werden, Sir. Und die Familie wird Dobby niemals freilassen … Dobby wird der Familie dienen, bis er stirbt, Sir …«

Harry starrte ihn an.

»Und ich dachte, ich hätte ein elendes Los, weil ich noch vier Wochen hier bleiben muss«, sagte er. »Dagegen benehmen sich die Dursleys ja fast menschlich. Kann Ihnen niemand helfen? Ich vielleicht?«

Noch im selben Augenblick hätte sich Harry auf die Zunge beißen mögen. Wieder wehklagte Dobby laut.

»Bitte«, zischelte Harry angespannt, »bitte, seien Sie still, wenn die Dursleys etwas hören, wenn sie erfahren, dass Sie hier sind –«

»Harry Potter fragt, ob er Dobby helfen kann … Dobby hat von Ihrer Größe gehört, Sir, aber von Ihrer Güte hat er nie erfahren …«

Harry, dem jetzt ganz heiß im Gesicht war, sagte: »Was immer Sie über meine Größe gehört haben, ist völliger Unsinn. Ich bin nicht einmal Jahresbester in Hogwarts, das ist Hermine, sie –« Doch hielt er sofort inne, denn der Gedanke an Hermine schmerzte ihn.

»Harry Potter ist demütig und bescheiden«, sagte Dobby ehrfürchtig, und seine kugelrunden Augen erglühten. »Harry Potter spricht nicht von seinem Triumph über Jenen, dessen Name nicht genannt werden darf –«

»Voldemort?«, sagte Harry.

Dobby schlug die Hände gegen seine Fledermausohren und stöhnte: »Aah, sprechen Sie den Namen nicht aus, Sir, nennen Sie nicht den Namen!«

»Tut mir Leid«, sagte Harry rasch, »ich weiß, viele Leute mögen das nicht – mein Freund Ron –«

Wieder brach er ab. Auch an Ron zu denken tat weh.

Dobby beugte sich zu Harry herüber, die Augen hell wie Scheinwerfer.

»Dobby ist zu Ohren gekommen«, sagte er mit heiserer Stimme, »dass Harry Potter dem Schwarzen Lord ein zweites Mal begegnet ist, erst vor ein paar Wochen … und dass Harry Potter *abermals* entkommen ist.«

Harry nickte und in Dobbys Augen glitzerten Tränen.

»Ach, Sir«, stöhnte er und tupfte sich mit einer Ecke seines schmuddeligen Kissenbezugs das Gesicht. »Harry Potter ist kühn und tapfer! Er hat schon so vielen Gefahren die Stirn geboten! Aber Dobby ist gekommen, um Harry Potter zu schützen, um ihn zu warnen, selbst wenn er dafür die Ohren in die Herdklappe klemmen muss ... *Harry Potter darf nicht nach Hogwarts zurückkehren.*«

Stille trat ein, nur unterbrochen vom Klingen der Messer und Gabeln im Esszimmer und dem fernen Dröhnen von Onkel Vernons Stimme.

»W-was?«, stammelte Harry. »Aber ich muss zurück – das Schuljahr beginnt am ersten September. Das ist das Einzige, worauf ich mich freuen kann. Sie wissen nicht, wie es hier ist. Hier bin ich nicht *zu Hause*. Ich gehöre nach Hogwarts.«

»Nein, nein, nein«, quiekte Dobby und schüttelte so heftig den Kopf, dass ihm die Ohren ins Gesicht schlackerten. »Harry Potter muss da bleiben, wo er in Sicherheit ist. Er ist zu groß, zu gut, um verloren zu gehen. Wenn Harry Potter nach Hogwarts zurückgeht, ist er in tödlicher Gefahr.«

»Warum?«, fragte Harry verdutzt.

»Es gibt eine Verschwörung, Harry Potter. Eine Verschwörung mit dem Ziel, dieses Jahr in der Hogwarts-Schule für Hexerei und Zauberei die schrecklichsten Dinge geschehen zu lassen«, flüsterte Dobby und zitterte plötzlich am ganzen Leib. »Dobby weiß es schon seit Monaten, Sir. Harry Potter darf sich nicht in Gefahr bringen. Er ist zu wichtig, Sir!«

»Was für schreckliche Dinge?«, fragte Harry sofort nach. »Wer steckt dahinter?«

Dobby gab ein seltsam würgendes Geräusch von sich und schlug dann, wie von Sinnen, den Kopf gegen die Wand.

»Na schön!«, rief Harry und packte den Elfen am Arm, um ihn zu beruhigen. »Sie können es nicht sagen, verstehe. Aber warum warnen Sie *mich*?« Plötzlich kam ihm ein beunruhigender Gedanke. »Warten Sie – das hat doch nichts mit Vol – Verzeihung –, mit Du-weißt-schon-wem zu tun, oder doch? Sie könnten einfach den Kopf schütteln oder nicken«, fügte er hastig hinzu, da Dobbys Kopf sich schon wieder Besorgnis erregend nahe zur Wand hin neigte.

Dobby schüttelte bedächtig den Kopf.

»Nein – nicht Jener, der nicht genannt werden darf, Sir –«

Dobbys Augen jedoch waren weit aufgerissen und schienen Harry einen Hinweis geben zu wollen. Harry allerdings war vollkommen ratlos.

»Er hat doch keinen Bruder, oder?«

Dobby schüttelte den Kopf und riss die Augen noch weiter auf.

»Tja dann; ich habe keine Ahnung, wer außer ihm die Macht hätte, in Hogwarts schreckliche Dinge geschehen zu lassen«, sagte Harry. »Ich meine, da ist zwar Dumbledore – Sie wissen doch, wer Dumbledore ist?«

Dobby neigte den Kopf. »Albus Dumbledore ist der großartigste Schulleiter, den Hogwarts je hatte. Dobby weiß das, Sir. Dobby hat gehört, dass Dumbledores Zauberkräfte Jenem, der nicht genannt werden darf, auch auf der Höhe seiner Macht ebenbürtig waren. Aber, Sir, es gibt Zauberkräfte, die Dumbledore nicht … Kräfte, die kein anständiger Zauberer …«

Und bevor Harry ihn festhalten konnte, stürzte sich Dobby vom Bett, packte Harrys Schreibtischlampe und schlug sie sich unter ohrenbetäubendem Jaulen um den Kopf.

Unten im Erdgeschoss trat urplötzlich Stille ein. Harrys Herz begann zu rasen und einen Augenblick später hörte er Onkel Vernon in die Diele treten und rufen: »Dudley muss mal wieder seinen Fernseher angelassen haben, der kleine Schlingel!«

»Schnell! Da hinein!«, zischte Harry, drängte Dobby in den Schrank, schloss die Tür und warf sich aufs Bett. Schon drehte sich der Türknopf.

»Was zum *Teufel* treibst du hier?«, knurrte Onkel Vernon

mit zusammengebissenen Zähnen und beugte sich mit dem Gesicht ekelhaft nahe zu Harry hinab. »Du hast mir gerade die Pointe von dem japanischen Golferwitz vermasselt ... Noch ein Mucks, und du wirst dir wünschen, nie geboren worden zu sein, Junge!«

Mit stampfenden Schritten verließ er das Zimmer.

Harry befreite Dobby mit zitternden Händen aus dem Schrank.

»Sehen Sie, wie es hier ist?«, sagte er. »Sehen Sie, warum ich nach Hogwarts zurückmuss? Das ist der einzige Ort, wo ich – na ja, wo ich *glaube*, dass ich Freunde habe.«

»Freunde, die Harry Potter nicht einmal *schreiben?*«, sagte Dobby hinterhältig.

»Ich denke, sie waren einfach – Moment mal«, sagte Harry stirnrunzelnd. »Woher wissen *Sie,* dass meine Freunde mir nicht geschrieben haben?«

Dobby scharrte mit den Füßen. »Harry Potter darf nicht zornig sein auf Dobby – Dobby hat es nur gut gemeint –«

»Haben Sie meine Briefe abgefangen?«

»Dobby hat sie hier, Sir«, sagte der Elf. Hurtig entfernte er sich aus Harrys Reichweite und zog einen dicken Packen Umschläge aus seinem Kissenbezug. Harry konnte Hermines fein säuberliche Handschrift erkennen, Rons wirres Gekrakel und selbst ein Gekritzel, das aussah, als stammte es von Hagrid, dem Wildhüter von Hogwarts.

Dobby blinzelte ängstlich zu Harry empor.

»Harry Potter darf nicht böse sein ... Dobby hat gehofft ... wenn Harry Potter glaubt, dass seine Freunde ihn vergessen hätten ... dann würde Harry Potter vielleicht nicht mehr auf die Schule zurückwollen, Sir ...«

Harry hörte ihm nicht zu. Er schnappte nach den Briefen, doch Dobby entkam ihm mit einem Sprung.

»Harry Potter kann sie haben, Sir, wenn er Dobby sein

Wort gibt, dass er nicht nach Hogwarts zurückkehrt. Aah, Sir, dort droht eine Gefahr, der Sie nicht begegnen dürfen! Sagen Sie, dass Sie nicht zurückgehen, Sir!«

»Nein«, sagte Harry zornig, »geben Sie mir die Briefe!«

»Dann lässt Harry Potter Dobby keine Wahl«, sagte der Elf traurig.

Noch bevor Harry auch nur die Hand rühren konnte, war Dobby schon zur Zimmertür gehechtet, hatte sie geöffnet und war die Treppe hinuntergerast.

Mit trockenem Mund und zusammengezogenem Magen setzte ihm Harry nach, so leise er konnte. Die letzten sechs Stufen übersprang er und landete katzengleich auf dem Läufer. Er sah sich nach Dobby um. Aus dem Esszimmer hörte er Onkel Vernons Stimme:

»... erzählen Sie doch bitte Petunia diese unglaublich witzige Geschichte über die amerikanischen Klempner, Mrs Mason, meine Frau möchte sie unbedingt hören ...«

Harry rannte die Diele entlang und in die Küche. Was er dort sah, gab seinem Magen den Rest.

Tante Petunias Meisterwerk von einem Nachtisch, der Berg aus Sahne und kandierten Veilchenblättern, schwebte knapp unter der Decke. Auf einem Schrank in der Ecke kauerte Dobby.

»Nein«, ächzte Harry, »bitte nicht ... die bringen mich um ...«

»Harry Potter muss versprechen, dass er nicht in die Schule zurückgeht –«

»Dobby – bitte ...«

»Sagen Sie es, Sir –«

»Ich kann nicht –«

Dobby warf ihm einen schmerzerfüllten Blick zu.

»Dann muss Dobby es tun, Sir, nur zum Wohle Harry Potters.«

Die Platte fiel mit einem ohrenbetäubenden Splittern zu Boden. Sahne spritzte auf Fenster und Wände. Mit einem peitschenden Knall verschwand Dobby.

Aus dem Esszimmer drangen Schreie und Onkel Vernon kam in die Küche gestürzt: Harry stand vor ihm, starr vor Schreck, von Kopf bis Fuß mit Tante Petunias Nachtisch besprenkelt.

Zunächst schien es, als würde es Onkel Vernon gelingen, die Situation zu retten (»Nur unser Neffe – ganz verwirrt – Fremde machen ihm Angst, daher sollte er oben bleiben …«). Er drängte die überraschten Masons mit sanfter Gewalt zurück ins Esszimmer, versprach Harry, wenn der Besuch weg sei, würde es Prügel setzen, dass ihm Hören und Sehen verginge, und drückte ihm einen Wischmopp in die Hand. Tante Petunia grub etwas Eis aus dem Kühlschrank, und Harry, immer noch zitternd, begann die Küche zu wischen.

Vielleicht hätte Onkel Vernon seinen Auftrag doch noch unter Dach und Fach bringen können – wenn da nicht die Eule gewesen wäre. Tante Petunia reichte gerade eine Schachtel mit Pfefferminzplätzchen herum, als eine riesige Schleiereule durchs Esszimmerfenster geflattert kam, einen Brief auf Mrs Masons Kopf fallen ließ und wieder hinausflog. Kreischend rannte Mrs Mason aus dem Haus, lauthals über »diese Verrückten« schimpfend. Mr Mason nahm sich noch die Zeit zu erklären, dass seine Frau eine Heidenangst vor Vögeln aller Art und Größe habe. Ob die Dursleys solche Scherze denn witzig fänden?

Harry stand in der Küche und klammerte sich am Wischmopp fest, als Onkel Vernon mit einem dämonischen Glimmen in den kleinen Augen auf ihn zumarschierte.

»Lies ihn!«, zischelte er bösartig und fuchtelte mit dem Brief, den die Eule gebracht hatte, in der Luft herum. »Nur zu – lies ihn!«

Harry nahm den Brief in die Hand. Ein Geburtstagsbrief war es nicht.

Sehr geehrter Mr Potter,
wie uns zur Kenntnis gelangt ist, wurde an Ihrem Wohnort heute Abend um zwölf Minuten nach neun ein Schwebezauber verwendet.

Wie Sie wissen, ist es minderjährigen Zauberern nicht gestattet, außerhalb der Schule zu zaubern. Weitere Zaubertätigkeit Ihrerseits kann zum Verweis von besagter Schule führen (Erlass zur Vernunftgemäßen Beschränkung der Zauberei Minderjähriger, 1875, Abschnitt C).

Wir möchten Sie zugleich daran erinnern, dass jegliche magische Tätigkeit, die den Mitgliedern der nichtmagischen Gemeinschaft (Muggel) aufzufallen droht, gemäß Abschnitt 13 des Geheimhaltungsabkommens der Internationalen Zauberervereinigung ein schweres Vergehen ist.

Genießen Sie Ihre Ferien!

Hochachtungsvoll,

Mafalda Hopfkirch
Abteilung für unbefugte Zauberei
Zaubereiministerium

Harry blickte auf und schluckte.

»Du hast uns nicht erzählt, dass du außerhalb der Schule nicht zaubern darfst«, sagte Onkel Vernon. Ein irrer Glanz funkelte in seinen Augen. »Hast wohl vergessen, es zu erwähnen ... ist dir einfach entfallen, würde ich mal sagen ...«

Wie eine große Bulldogge beugte er sich mit gefletschten Zähnen über Harry. »Nun, ich habe Neuigkeiten für dich, Junge ... Ich schließ dich ein ... Du gehst nie wieder in diese Schule zurück … nie … und wenn du versuchen solltest, dich hier herauszuzaubern – dann werfen sie dich dort raus!«

Und wie ein Wahnsinniger lachend schleifte er Harry die Treppe hoch.

Onkel Vernon war gemein genug, sein Versprechen zu halten. Am folgenden Morgen ließ er ein Gitter vor Harrys Fenster anbringen. Die Katzenklappe baute er persönlich in die Zimmertür ein, so dass sie dreimal täglich ein wenig Nahrung hineinschieben konnten. Morgens und abends ließen sie Harry ins Badezimmer; für den Rest des Tages schlossen sie ihn in sein Zimmer ein.

Drei Tage später machten die Dursleys immer noch keine Anstalten nachzugeben und Harry hatte keine Ahnung, wie er aus seiner vertrackten Lage herauskommen konnte. Auf dem Bett liegend sah er die Sonne hinter den Fenstergittern untergehen und fragte sich niedergeschlagen, wie es mit ihm weitergehen sollte.

Was nutzte es, sich aus dem Zimmer zu zaubern? Dann würde er von Hogwarts fliegen. Doch so elend war es ihm hier im Ligusterweg noch nie ergangen. Nun, da die Dursleys wussten, dass sie nicht eines Tages als Fledermäuse aufwachen würden, hatte er seine einzige Waffe verloren. Dobby mochte Harry vor schrecklichen Geschehnissen in Hogwarts bewahrt haben, doch so, wie die Dinge nun liefen, würde er ohnehin eines Tages verhungern.

Die Katzenklappe klapperte, Tante Petunias Hand erschien und schob eine Schale Dosensuppe ins Zimmer. Harry, der vor Hunger Bauchschmerzen hatte, sprang vom Bett und hob sie hoch. Die Suppe war eiskalt, doch er trank die Schale in einem Zug halb leer. Dann ging er hinüber zu Hedwigs Käfig und warf das lasche Grünzeug vom Boden der Schale in ihren leeren Futternapf. Hedwig raschelte mit ihren Federn und warf ihm einen angeekelten Blick zu.

»Nützt nichts, wenn es deinem Schnabel nicht gut genug ist, das ist alles, was wir haben«, sagte Harry grimmig.

Er stellte die leere Schale zurück vor die Katzenklappe und legte sich wieder aufs Bett, seltsamerweise noch hungriger als vor der Suppe.

Sollte er in vier Wochen noch am Leben sein, was würde geschehen, wenn er nicht in Hogwarts auftauchte? Würden sie jemanden schicken, um herauszufinden, warum er nicht gekommen war? Konnten sie die Dursleys zwingen, ihn freizulassen?

Allmählich wurde es dunkel im Zimmer. Erschöpft, mit knurrendem Magen und den Kopf voller unlösbarer Probleme, versank Harry in einen unruhigen Schlaf.

Ihm träumte, er würde in einem Zoo ausgestellt, in einem Käfig mit dem Schild »Minderjähriger Zauberer«. Leute glotzten durch die Gitter des Käfigs, wo er hungernd und geschwächt auf einer Strohmatte lag. Er sah Dobbys Gesicht in der Menge und schrie um Hilfe, doch Dobby rief: »Hier ist Harry Potter in Sicherheit, Sir!«, und verschwand. Dann tauchten die Dursleys auf und Dudley rüttelte an den Gitterstäben und lachte ihn aus.

»Hör auf damit«, murmelte Harry. Das Rütteln dröhnte in seinem schmerzenden Kopf. »Lass mich in Ruhe ... Schluss damit ... Ich will schlafen ...«

Er öffnete die Augen. Der Mond schien durch das Fenstergitter. Und da war wirklich jemand, der ihn durch die Gitterstäbe anstarrte: ein sommersprossiger, rothaariger, langnasiger Jemand.

Draußen vor Harrys Fenster war Ron Weasley.

Der Fuchsbau

»*Ron!*«, keuchte Harry. Er kroch zum Fenster und schob es hoch, so dass sie durch die Gitterstäbe miteinander sprechen konnten. »Ron, wie bist du – was zum –?«

Die Worte blieben ihm im Hals stecken, als ihm klar wurde, was er da vor sich hatte. Ron lehnte sich aus dem hinteren Seitenfenster eines alten, türkisgrünen Autos, das *mitten in der Luft* geparkt war. Vorne im Wagen saßen Fred und George, Rons ältere Zwillingsbrüder, und grinsten ihn an.

»Alles in Ordnung, Harry?«

»Was war denn los mit dir?«, fragte Ron. »Warum hast du meine Briefe nicht beantwortet? Ich hab dich ungefähr ein Dutzend Mal gebeten zu kommen, und dann kam heute Dad nach Hause und meinte, du hättest eine offizielle Verwarnung wegen Zauberei vor Muggeln erhalten –«

»Das war nicht ich – und woher weiß er das eigentlich?«

»Er arbeitet im Ministerium«, sagte Ron. »Du *weißt* doch, dass wir außerhalb der Schule nicht zaubern dürfen –«

»Das musst ausgerechnet du sagen«, erwiderte Harry mit einem Blick auf den schwebenden Wagen.

»Ach, das zählt nicht«, sagte Ron. »Den haben wir nur geborgt, er gehört Dad. *Wir* haben ihn nicht verzaubert. Aber vor den Augen der Muggel, bei denen du lebst, auch noch zaubern –«

»Ich hab dir doch gesagt, ich war's nicht – aber das erklär ich dir später. Hör mal, kannst du in Hogwarts sagen, dass die

Dursleys mich eingesperrt haben und mich nicht zurücklassen, und selbst herauszaubern kann ich mich natürlich nicht, weil das Ministerium dann glaubt, es sei der zweite Zauber in drei Tagen, also –«

»Hör auf, dummes Zeug zu quatschen«, sagte Ron. »Wir sind hier, um dich mit nach Hause zu nehmen.«

»Aber ihr dürft mich genauso wenig rauszaubern –«

»Ist nicht nötig«, sagte Ron grinsend und wies mit einem Kopfnicken auf seine Brüder. »Du vergisst, wen ich dabeihabe.«

»Schnür das um die Gitterstäbe«, sagte Fred und warf Harry das Ende eines Seils zu.

»Wenn die Dursleys aufwachen, bin ich ein toter Mann«, sagte Harry und band das Seil fest um das Gitter, während Fred den Motor aufheulen ließ.

»Keine Sorge«, sagte Fred. »Aber geh vom Fenster weg.«

Harry wich ein paar Schritte in die Dunkelheit zurück und wartete neben Hedwigs Käfig. Offenbar hatte sie erkannt, dass etwas Wichtiges vor sich ging, und gab keinen Mucks von sich. Der Motor heulte auf, und mit einem Knirschen riss der Wagen das Gitter aus dem Fensterrahmen und schoss hoch in die Lüfte – Harry rannte zum Fenster zurück und sah das Gitter einige Meter über dem Boden pendeln. Ron zog es schwer atmend hoch ins Wageninnere. Harry lauschte angespannt, doch aus dem Schlafzimmer der Dursleys war nichts zu hören.

Als das Gitter auf dem Rücksitz neben Ron verstaut war, setzte Fred rückwärts so nahe wie möglich an Harrys Fenster heran.

»Steig ein«, sagte Ron.

»Aber meine ganzen Sachen für Hogwarts – mein Zauberstab, mein Besen –«

»Wo sind die Sachen?«

»Im Schrank unter der Treppe eingeschlossen und ich kann nicht aus dem Zimmer –«

»Kein Problem«, sagte George vom Beifahrersitz, »aus dem Weg, Harry.«

Fred und George kletterten geschmeidig durchs Fenster in Harrys Zimmer. Die verstehen ihr Handwerk, dachte Harry, als George eine Haarnadel aus der Tasche zog und im Türschloss zu stochern begann.

»Viele Zauberer halten es für pure Zeitverschwendung, solche Muggeltricks zu lernen«, sagte Fred. »Aber wir glauben, es lohnt sich, selbst wenn es damit ein bisschen länger dauert.«

Mit einem leisen Klicken ging die Tür auf.

»Also, wir holen deinen Koffer, du packst alles zusammen, was du aus deinem Zimmer brauchst, und gibst es Ron«, flüsterte George.

»Passt auf die letzte Stufe auf, die knarrt«, wisperte Harry, und die Zwillingsbrüder verschwanden auf der dunklen Treppe.

Harry flitzte im Zimmer herum, sammelte seine Sachen ein und reichte sie Ron durch das Fenster hinaus. Dann half er Fred und George, den großen Koffer die Treppe hochzuschleppen. Onkel Vernon hustete im Schlafzimmer.

Endlich, völlig erschöpft, waren sie oben auf dem Treppenabsatz angelangt. Sie trugen den Koffer durch Harrys Zimmer zum offenen Fenster. Fred kletterte zurück in den Wagen, um gemeinsam mit Ron zu ziehen, und Harry und George schoben von drinnen. Zentimeter um Zentimeter rutschte der Koffer durchs Fenster.

Wieder hustete Onkel Vernon.

»Noch ein wenig«, keuchte Fred, »einen kräftigen Schubser noch –«

Harry und George warfen sich mit den Schultern gegen

den Koffer und er rutschte durch das Fenster auf den Rücksitz.

»Okay, gehen wir«, flüsterte George.

Doch als Harry auf das Fensterbrett stieg, hörte er hinter
sich plötzlich ein lautes Kreischen, unmittelbar gefolgt von
der Donnerstimme Onkel Vernons.

»DIESE VERFLUCHTE EULE!«

»Ich hab Hedwig vergessen!«

Harry rannte hinüber zu Hedwig und in diesem Augenblick ging das Flurlicht an. Er packte Hedwigs Käfig, stürzte
zurück zum Fenster und reichte ihn Ron hinaus. – Er war gerade auf den Fenstersims gestiegen, als Onkel Vernon gegen
die offene Tür schlug, die mit einem lauten Krachen aufflog.

Einen Augenblick lang blieb Onkel Vernon im Türrahmen
stehen; dann fing er an zu toben wie ein rasender Stier. Er
stürzte sich auf Harry und umklammerte seine Fußgelenke.

Ron, Fred und George packten Harrys Arme und zogen
ihn mit aller Kraft nach draußen.

»Petunia!«, röhrte Onkel Vernon. »Er haut ab! ER HAUT
AB!«

Doch mit einem gewaltigen Ruck befreiten die Weasleys
Harrys Füße aus Onkel Vernons Klammergriff – Harry war
jetzt im Wagen – er hatte die Tür hinter sich zugeschlagen –

»Gib Gas, Fred!«, rief Ron, und schon jagte der Wagen
dem Mond entgegen.

Harry konnte es nicht glauben – er war frei. Er kurbelte
das Fenster herunter, die Nachtluft peitschte ihm durchs
Haar und er sah hinab auf die schrumpfenden Dächer des
Ligusterwegs. Onkel Vernon, Tante Petunia und Dudley
hingen wie vom Schlag getroffen aus Harrys Fenster.

»Bis nächsten Sommer!«, rief Harry.

Von den Weasleys kam ein dröhnendes Lachen, und Harry
ließ sich, von Ohr zu Ohr grinsend, in den Rücksitz sinken.

»Lass Hedwig raus«, sagte er zu Ron, »sie kann hinter uns herfliegen. Sie hat schon eine Ewigkeit ihre Flügel nicht mehr ausspannnen dürfen.«

George gab Ron die Haarnadel, und einen Augenblick später war Hedwig schon glücklich aus dem Fenster nach draußen geschossen, wo sie jetzt wie ein Geistervogel neben ihnen herschwebte.

»Also, erzähl mal, Harry«, sagte Ron ungeduldig. »Was ist passiert?«

Harry erzählte ihnen alles, von Dobbys Warnung bis zur Katastrophe mit dem Veilchennachtisch. Eine lange, nachdenkliche Stille trat ein, als er geendet hatte.

»Ganz faule Geschichte«, sagte Fred endlich.

»Ziemlich fies«, pflichtete ihm George bei. »Also wollte er dir nicht mal sagen, wer hinter der ganzen Geschichte steckt?«

»Ich glaube, das konnte er nicht«, sagte Harry. »Ich hab euch ja gesagt, jedes Mal, wenn ihm beinahe was rausgerutscht wäre, hat er den Kopf gegen die Wand geknallt.«

Fred und George sahen sich an.

»Wie? Ihr denkt, er hat mich angelogen?«

»Na ja«, sagte Fred, »sagen wir mal so, Hauselfen haben ihre eigenen starken Zauberkräfte, aber normalerweise können sie die nicht ohne Erlaubnis ihres Herrn einsetzen. Ich denke mal, man hat Dobby geschickt, um dich davon abzuhalten, nach Hogwarts zurückzukommen. Das fand jemand wohl besonders komisch. Gibt es jemanden in der Schule, der etwas gegen dich hat?«

»Ja«, stießen Harry und Ron gleichzeitig hervor.

»Draco Malfoy«, sagte Harry. »Er hasst mich.«

»Draco Malfoy?«, wiederholte George und wandte sich um. »Nicht etwa Lucius Malfoys Sohn?«

»Muss er wohl sein, denn der Name kommt nicht gerade häufig vor«, sagte Harry. »Warum?«

»Ich hab gehört, wie Dad von ihm geredet hat«, sagte George. »Er war ein großer Anhänger von Du-weißt-schon-wem.«

»Und als Du-weißt-schon-wer verschwunden war«, sagte Fred und drehte sich zu Harry um, »kehrte Lucius Malfoy zurück und behauptete, er hätte es gar nicht so gemeint. Ein Haufen Mist. Dad meint, er habe zum engsten Kreis von Du-weißt-schon-wem gehört.«

Harry hatte diese Gerüchte über Malfoys Familie schon häufiger gehört und sie überraschten ihn nicht. Im Vergleich zu Malfoy kam ihm Dudley Dursley wie ein netter und nachdenklicher Junge vor.

»Ich weiß nicht, ob die Malfoys einen Hauselfen haben ...«, sagte Harry.

»Nun, wem immer der Elf gehört, es muss jedenfalls eine alte Zaubererfamilie sein, und eine reiche dazu«, sagte Fred.

»Ja, Mum hätte auch gern einen Hauselfen zum Bügeln«, sagte George. »Aber alles, was wir haben, ist ein lumpiger alter Ghul in der Dachkammer und Gnomen überall im Garten. Hauselfen gehören zu großen alten Landsitzen und Schlössern und anderen Prachtbauten und in unserem Haus wirst du bestimmt keinem über den Weg laufen ...«

Harry schwieg. Wenn er bedachte, dass Draco Malfoy fast immer das Beste vom Besten hatte, musste sich seine Familie in Zaubergold wälzen können; er sah Malfoy vor sich, wie er in einem großen alten Landhaus umherstolzierte. Den Familiendiener zu schicken, um Harry von der Rückkehr nach Hogwarts abzuhalten – genau das sah Malfoy ähnlich. War es eine Dummheit von ihm gewesen, Dobby ernst zu nehmen?

»Ich bin jedenfalls froh, dass wir dich da rausgeholt haben«, sagte Ron. »Ich hab mir allmählich wirklich Sorgen um dich gemacht, als du meine Briefe nicht beantwortet hast. Ich dachte erst, es wäre Errols Schuld.«

»Wer ist Errol?«

»Unsere Eule. Schon steinalt. Kann schon mal vorkommen, dass sie auf einem Botenflug einen Herzanfall bekommt. Also hab ich versucht, mir Hermes zu borgen –«

»Wen?«

»Den Uhu, den Mum und Dad für Percy gekauft haben, als er zum Vertrauensschüler ernannt wurde«, erklärte Fred vom Fahrersitz aus.

»Aber Percy wollte ihn nicht verleihen«, sagte Ron. »Meinte, er brauchte ihn.«

»Überhaupt führt sich Percy diesen Sommer ziemlich eigenartig auf«, sagte George stirnrunzelnd. »Und tatsächlich hat er einen Haufen Briefe verschickt und sich oft in seinem Zimmer eingeschlossen ... Ich meine, so oft kannst du eine Vertrauensschülermedaille auch nicht polieren ... Du fliegst zu weit nach Westen, Fred«, fügte er hinzu und deutete auf einen Kompass am Armaturenbrett. Fred kurbelte das Steuer herum.

»Sagt mal, weiß euer Vater eigentlich, dass ihr den Wagen habt?«, fragte Harry, obwohl er schon die Antwort ahnte.

»Ähm, nicht direkt«, sagte Ron, »er musste heute Abend zur Arbeit. Hoffentlich können wir den Wagen in die Garage zurückstellen, ohne dass Mum etwas merkt.«

»Was macht euer Vater überhaupt im Ministerium?«

»Er arbeitet in der langweiligsten Abteilung«, sagte Ron. »Im Büro für den Missbrauch von Muggelartefakten.«

»*Wo bitte?*«

»Es hat mit dem Verhexen von Muggelsachen zu tun; die dürfen auf keinen Fall in einem Muggelladen oder bei den Muggeln zu Hause landen. Letztes Jahr zum Beispiel wurde das Teeservice einer alten Hexe, die gestorben war, an ein

Antiquitätengeschäft verkauft. Eine Muggelfrau hat es gekauft, heimgenommen und versucht ihren Freunden darin Tee zu servieren. Es war ein Alptraum, Dad musste wochenlang Überstunden machen –«

»Was ist denn passiert?«

»Die Teekanne ist ausgerastet und hat überall kochend heißen Tee verspritzt und ein Mann musste mit Zuckerzangen auf der Nase ins Krankenhaus gebracht werden. Dad war vollkommen aus dem Häuschen, außer ihm und einem alten Hexenmeister namens Perkins ist nämlich keiner dafür zuständig, und sie mussten Gedächtniszauber und solche Dinge anwenden, um die Sache zu vertuschen –«

»Aber euer Vater – dieses Auto –«

Fred lachte. »Ja, Dad ist verrückt nach allem, was mit den Muggeln zu tun hat, unser Schuppen ist voll gestopft mit Muggelzeug. Er nimmt es auseinander, verzaubert es und setzt es wieder zusammen. Wenn er unser Haus durchsuchen würde, müsste er auf der Stelle sich selbst verhaften. Das treibt Mum zum Wahnsinn.«

»Da ist die Hauptstraße«, sagte George und spähte durch die Windschutzscheibe. »In zehn Minuten sind wir da … wird auch Zeit, es wird langsam hell …«

Im Osten begann der Horizont blassrosa zu schimmern.

Fred ließ den Wagen sinken und Harry sah einen dunklen Flickenteppich aus Feldern und Baumgruppen.

»Wir sind nicht weit vom Dorf«, sagte George, »Ottery St. Catchpole …«

Der fliegende Wagen sank tiefer und tiefer. Die ersten Strahlen der roten Sonnenkugel drangen durch die Bäume.

»Geschafft«, rief Fred, als sie mit einem leichten Rumpeln zu Boden gingen. Sie waren neben einer baufälligen Garage in einem kleinen Hof gelandet, und zum ersten Mal sah Harry Rons Haus.

Es sah aus, als sei es früher ein großer steinerner Schweine-stall gewesen, doch an allen Ecken und Enden waren weitere Räume angebaut worden, bis das Haus mehrere Stockwerke hoch war und so krumm, dass man meinen konnte, es würde durch Zauberkraft zusammengehalten (was, wie Harry über-legte, vermutlich stimmte). Vom roten Dach ragten vier oder fünf Kamine empor. Neben der Tür steckte ein Schild im Boden, auf dem verkehrt herum zu lesen war: »Fuchsbau«. Um den Eingang herum lagen haufenweise Gummistiefel und ein sehr rostiger Kessel. Etliche fette braune Hühner pickten im Hof.

»Nichts Besonderes«, sagte Ron.

»Es ist *toll*«, sagte Harry glücklich und dachte an den Ligus-terweg.

Sie stiegen aus.

»Also – wir gehen jetzt ganz, ganz leise nach oben«, sagte Fred »und warten, bis Mum uns zum Frühstück ruft. Dann rennst du die Treppe runter, Ron, und rufst: ›Mum, schau mal, wer heute Nacht aufgetaucht ist!‹, und sie wird sich freuen, Harry zu sehen, und keiner braucht je zu wissen, dass wir mit dem Wagen geflogen sind.«

»In Ordnung«, sagte Ron. »Los komm, Harry, ich schlafe – ganz oben –«

Ron, mit starrem Blick aufs Haus, lief plötzlich übelgrün an. Die anderen drei wirbelten herum.

Links und rechts die Hühner aufscheuchend, kam Mrs Weasley über den Hof marschiert. Und für eine kleine, kugelrunde Frau mit freundlichem Gesicht sah sie einem Säbelzahntiger erstaunlich ähnlich.

»*Ah*«, sagte Fred.

»Das darf nicht wahr sein«, sagte George.

Mrs Weasley machte vor ihnen Halt, stemmte die Hände in die Hüften und sah von einem schuldbewussten Gesicht zum nächsten. Sie trug eine geblümte Schürze, aus deren Tasche ein Zauberstab ragte.

»*So*«, sagte sie.

»Morgen, Mum«, sagte George mit einer Stimme, von der er offenbar glaubte, sie klinge unbekümmert und einschmeichelnd.

»Könnt ihr euch vorstellen, was für Sorgen ich mir gemacht habe«, zischte Mrs Weasley in giftigem Flüsterton.

»Tut uns Leid, Mum, aber wir mussten –«

Ihre drei Söhne waren Mrs Weasley ein ganzes Stück über den Kopf gewachsen, aber als ihr Wutausbruch über sie hereinbrach, schrumpften sie in sich zusammen.

»*Die Betten leer! Keine Nachricht! Der Wagen weg, vielleicht gegen einen Baum gefahren, ich werd fast verrückt vor Sorgen, daran habt ihr wohl nicht gedacht? – Meiner Lebtage ist mir das noch nicht – wartet nur, bis euer Vater nach Hause kommt, nie haben uns Bill oder Charlie oder Percy solchen Kummer gemacht –*«

»Perfekter Percy«, murmelte Fred.

»VON PERCY KÖNNTET IHR EUCH GERN EINE SCHEIBE ABSCHNEIDEN!«, schrie Mrs Weasley und bohrte ihren Zeigefinger in Freds Brust. »Ihr hättet *sterben* können, man hätte euch *sehen* können, euer Vater hätte *entlassen* werden können –«

Stundenlang schien es so weiterzugehen. Mrs Weasley hatte sich heiser geschrien, noch bevor sie sich Harry zuwandte, der vor ihr zurückwich.

»Ich freue mich sehr, dich zu sehen, Harry, mein Lieber«, sagte sie. »Komm doch rein zum Frühstück.«

Sie wandte sich um und ging zurück ins Haus, und nach einem nervösen Blick auf Ron, der ihm aufmunternd zunickte, folgte Harry ihr.

Die Küche war klein und ziemlich voll gestopft. In der Mitte standen ein abgenutzter Holztisch und Stühle; Harry setzte sich auf eine Stuhlkante und sah sich um. Noch nie war er in einem Zaubererhaus gewesen.

Die Uhr an der Wand gegenüber hatte nur einen Zeiger und überhaupt keine Ziffern. Am Rand entlang standen Dinge wie »Zeit für Tee«, »Zeit zum Hühnerfüttern« und »Du kommst zu spät«. Der Kaminsims war drei Reihen tief voll gepackt mit Büchern: *So zaubern Sie Ihren eigenen Käse*, lautete ein Titel, oder *Magie beim Backen* und *Festessen in einer Minute – Das ist Hexerei!*. Und wenn Harry seinen Ohren trauen durfte, hatte eine Stimme aus dem alten Radio über der Spüle gerade die »Hexenstunde« angekündigt, »mit der bezaubernden singenden Hexe Celestina Warbeck«.

Mrs Weasley werkelte in der Küche herum und bereitete eher planlos das Frühstück zu, wobei sie ihren Söhnen böse Blicke zu- und Würstchen in die Pfanne warf. Hin und wieder murmelte sie etwas wie: »Weiß nicht, was ihr euch eigentlich dabei gedacht habt«, und »Das hätte ich *nie* von euch erwartet«.

»*Dir* mache ich keinen Vorwurf«, versicherte sie Harry und häufte acht oder neun Würstchen auf seinen Teller. »Arthur und ich haben uns genauso um dich Sorgen gemacht. Letzte Nacht noch haben wir uns gesagt, wir gehen hin und holen ihn persönlich, wenn er Ron bis Freitag nicht geantwortet hat. Aber hört mal« (jetzt schaufelte sie noch drei Spiegeleier auf Harrys Teller), »einen nicht zugelassenen Wagen übers halbe Land zu fliegen! Hinz und Kunz hätten euch sehen können –«

Lässig schnippte sie mit dem Zauberstab gegen das Geschirr in der Spüle, das sich, leise im Hintergrund klirrend, selber abwusch.

»Es war *bewölkt*, Mum!«, sagte Fred.

»Sprich nicht mit vollem Mund!«, fauchte Mrs Weasley.

»Sie haben ihn ausgehungert, Mum!«, sagte George.

»Das gilt auch für dich!«, sagte Mrs Weasley, doch mit leicht besänftigter Miene begann sie für Harry Brote zu schneiden und sie mit Butter zu bestreichen.

In diesem Augenblick wurden sie von einer kleinen rothaarigen Gestalt in einem langen Nachthemd abgelenkt, die in der Küche erschien, ein leises Quieken ertönen ließ und wieder hinaushüpfte.

»Ginny«, sagte Ron mit gedämpfter Stimme zu Harry. »Meine Schwester. Den ganzen Sommer schon redet sie von dir.«

»Tja, sie wird ein Autogramm von dir wollen, Harry«, grinste Fred, doch er fing den Blick seiner Mutter auf und machte sich stumm über seinen Teller her. Keiner sagte mehr ein Wort, bis alle vier Teller leer waren, was überraschend schnell ging.

»Mensch, bin ich müde«, gähnte Fred und legte endlich Messer und Gabel weg. »Ich glaub, ich geh ins Bett und –«

»Das wirst du nicht«, fuhr ihn Mrs Weasley an, »es ist dein Problem, dass du die ganze Nacht auf gewesen bist. Du wirst jetzt den Garten für mich entgnomen, die spielen mal wieder völlig verrückt –«

»Ach Mum –«

»Und ihr auch«, sagte sie mit wütendem Blick auf Ron und Fred. »Du kannst nach oben ins Bett, mein Lieber«, sagte sie zu Harry gewandt, »du hast sie ja nicht angestiftet, diesen verkorksten Wagen zu fliegen.«

Doch Harry, der sich hellwach fühlte, sagte rasch: »Ich helfe Ron, ich hab noch nie beim Entgnomen –«

»Das ist sehr lieb von dir, Harry, aber es ist eine stumpfsinnige Arbeit«, sagte Mrs Weasley. »Nun, hören wir mal, was Lockhart dazu sagt –«

Und sie zog einen dicken Wälzer vom Kaminsims. George stöhnte auf.

»Mum, wir wissen, wie man einen Garten entgnomt –«

Harry sah auf den Einband von Mrs Weasleys Buch. In verschlungenen Goldlettern standen darauf die Worte: *Gilderoy Lockharts Ratgeber für Schädlinge in Haus und Hof.* Auf dem Umschlag prangte das Foto eines sehr gut aussehenden Zauberers mit wehendem Blondhaar und hellblauen Augen. Wie immer in der Zaubererwelt bewegte sich das Foto und der Abgebildete, offenbar Gilderoy Lockhart, zwinkerte ihnen verschmitzt zu. Mrs Weasley sah mit strahlenden Augen zu ihm hinunter.

»Ach, ein wunderbarer Mann«, sagte sie, »er kennt sich aus mit Haushaltsschädlingen, da könnt ihr Gift drauf nehmen, ein fabelhaftes Buch …«

»Mum steht auf ihn«, flüsterte Fred laut und deutlich.

»Mach dich nicht lächerlich, Fred«, sagte Mrs Weasley mit deutlich rosa angehauchten Wangen. »Na gut, wenn ihr glaubt, ihr wüsstet's besser als Lockhart, dann mal los, und wehe, es ist noch ein einziger Gnom im Garten, wenn ich nachschauen komme.«

Grummelnd und gähnend schlurften die Weasleys nach draußen, Harry im Schlepptau. Der Garten war groß und genau nach Harrys Geschmack. Die Dursleys hätten ihn nicht gemocht – es gab eine Menge Unkraut und das Gras hätte mal gemäht werden müssen – entlang der Mauer standen knorrige Bäume; in den Blumenbeeten wucherten Pflanzen, die Harry noch nie gesehen hatte, und in einem großen grünen Teich quakten Frösche.

»Auch Muggel haben Gartengnomen, musst du wissen«, sagte Harry, während sie über den Rasen gingen.

»Ja, ich hab die Dinger gesehen, die sie für Gnomen halten«, sagte Ron, kniete sich hin und steckte den Kopf tief in einen Pfingstrosenbusch, »zum Beispiel fette kleine Weihnachtsmänner mit Angelruten …«

Es gab ein heftiges Gezerre, der Pfingstrosenbusch zitterte und Ron richtete sich auf: »*Das* ist ein Gnom«, sagte er grimmig.

»Loslassen, loslassen!«, fiepte der Gnom.

Er sah ganz und gar nicht nach einem Weihnachtsmann aus. Er war klein und lederhäutig und hatte einen großen, knubbligen Glatzkopf wie eine Kartoffel. Ron hielt ihn mit ausgestrecktem Arm von sich, weil er mit seinen hornhäutigen kleinen Füßen um sich trat; er packte ihn um die Fußgelenke und ließ ihn mit dem Kopf nach unten baumeln.

»So macht man das«, sagte er. Er hob den Gnomen hoch (»Loslassen!«) und begann ihn wie ein Lasso über seinem Kopf zu schwingen. Als er Harrys erschrockenes Gesicht sah, sagte Ron:

»Es tut ihnen nicht *weh* – man muss sie nur richtig schwindlig machen, damit sie nicht wieder in ihre Löcher zurückfinden.«

Er ließ los: Der Gnom flog zehn Meter durch die Luft und landete mit einem Plumps im Feld jenseits der Hecke.

»Erbärmlich«, kommentierte Fred den Wurf. »Ich wette, ich kann meinen bis zu diesem Baumstumpf schleudern.«

Harry merkte schnell, dass man nicht allzu viel Mitleid mit den Gnomen haben brauchte. Den ersten, den er fing, wollte er einfach auf die andere Seite der Hecke fallen lassen, doch der Gnom, der seine Vorsicht spürte, versenkte seine messerscharfen Zähnchen in Harrys Finger. Der hatte Mühe, ihn abzuschütteln, bis –

»Mensch, Harry! Das müssen zwanzig Meter gewesen sein …«

Bald war die Luft erfüllt von fliegenden Gnomen.

»Siehst du, sie sind nicht allzu helle«, sagte George, der fünf oder sechs Gnomen gleichzeitig gepackt hatte. »Sobald sie wissen, dass es mit dem Entgnomen losgeht, stürmen sie

41

hoch, um zuzusehen. Man sollte meinen, inzwischen hätten sie gelernt, in ihren Löchern zu bleiben.«

Mit eingezogenen kleinen Schultern begannen die Gnomen auf dem Feld im Gänsemarsch davonzuziehen.

»Die kommen zurück«, sagte Ron, während sie die Gnomen in der Hecke auf der anderen Seite des Feldes verschwinden sahen. »Denen gefällt es hier ... Dad ist nicht streng genug mit ihnen. Er findet sie lustig ...«

In diesem Augenblick fiel die Haustür ins Schloss.

»Er ist da!«, sagte George, »Dad ist heimgekommen!«

Sie rannten durch den Garten zurück ins Haus.

Mit geschlossenen Augen und der Brille in der Hand war Mr Weasley auf einem Küchenstuhl zusammengesunken. Er war dünn und hatte nur noch spärliches, doch ebenso rotes Haar wie seine Kinder. Sein langer grüner Umhang war staubig und verschlissen.

»Was für eine Nacht«, murmelte er und griff nach der Teekanne, während sich die Jungen um ihn herum niederließen. »Neun Hausdurchsuchungen. Neun! Und der alte Mundungus Fletcher wollte mir einen Zauberbann auf den Hals jagen, als ich ihm gerade den Rücken zudrehte ...«

Mr Weasley nahm einen kräftigen Schluck Tee und seufzte.

»Hast du was gefunden, Dad?«, wollte Fred wissen.

»Nichts außer ein paar schrumpfenden Schlüsseln und einem beißenden Kessel«, gähnte Mr Weasley. »Außerdem noch einige recht üble Sachen, für die wir allerdings nicht zuständig sind. Mortlake haben sie wegen ein paar äußerst merkwürdiger Frettchen zum Verhör mitgenommen, aber das fällt nicht in meine Abteilung, Gott sei Dank ...«

»Warum sollte sich jemand die Mühe machen, Türschlüssel schrumpfen zu lassen?«, fragte George.

»Einfach um die Muggel zu ärgern«, seufzte Mr Weasley.

»Verkaufen ihnen Schlüssel, die zusammenschrumpfen, bis nichts mehr übrig ist, und die Muggel können sie dann nicht mehr finden ... Natürlich ist es sehr schwer, jemanden dafür ranzukriegen, denn kein Muggel würde zugeben, dass sein Schlüssel schrumpft – sie behaupten andauernd, sie würden sie verlieren. Das muss man ihnen lassen, sie tun alles, um die Zauberei zu übersehen, selbst wenn sie ihnen ins Gesicht springt ... Aber was unsere Leute inzwischen alles so verzaubern, ihr würdet's nicht glauben –«

»AUTOS, ZUM BEISPIEL?«

Mrs Weasley war in der Küche erschienen und hielt einen langen Schürhaken wie ein Schwert in der Hand. Mr Weasley riss die Augen auf. Schuldbewusst starrte er seine Frau an.

»A-Autos, Molly, Liebling?«

»Ja, Arthur, Autos«, sagte Mrs Weasley mit blitzenden Augen. »Stell dir vor, ein Zauberer kauft ein rostiges altes Auto und sagt seiner Frau, er wolle es nur auseinander nehmen, um zu sehen, wie es funktioniert, aber in Wahrheit verzaubert er es, damit es fliegen kann.«

Mr Weasley blinzelte.

»Nun, Liebling, ich denke, du wirst feststellen, dass er sich damit durchaus im Rahmen des Gesetzes bewegt, selbst wenn, ähm, er vielleicht besser daran getan hätte, seiner, ähm, Frau die Wahrheit zu sagen ... es gibt da eine Lücke im Gesetz, wie du sehen wirst ... solange er nämlich nicht *beabsichtigte*, den Wagen zu fliegen, ist die Tatsache, dass der Wagen fliegen *könnte*, nicht unbedingt –«

»Arthur Weasley, du selbst hast dafür gesorgt, dass es eine Lücke gibt, als du dieses Gesetz verfasst hast«, rief Mrs Weasley, »damit du weiter an diesem ganzen Muggelschrott in deinem Schuppen herumbasteln kannst! Und zu deiner Information: Harry ist heute Morgen in eben diesem Wagen hergekommen, den du nie zu fliegen beabsichtigt hast!«

»Harry?«, sagte Mr Weasley ahnungslos, »Harry wer?«
Er sah sich um, erblickte Harry und sprang auf.

»Gütiger Gott, ist das Harry Potter? Freut mich sehr, Sie
kennen zu lernen, Ron hat uns so viel erzählt –«

*»Deine Söhne haben den Wagen heute Nacht zu Harrys Haus
geflogen und wieder zurück!«*, rief Mrs Weasley. »Was sagst du
dazu?«

»Habt ihr wirklich?«, fragte Mr Weasley begeistert. »Ist
alles gut gegangen? Ich – ich meine«, stammelte er, als er
sah, dass aus Mrs Weasleys Augen Funken sprühten, »das –
war ganz falsch von euch, Jungs – wirklich ganz falsch …«

»Lass sie das unter sich ausmachen«, flüsterte Ron in
Harrys Ohr, während Mrs Weasley anschwoll wie ein Och-
senfrosch. »Komm, ich zeig dir mein Schlafzimmer.«

Sie schlichen sich aus der Küche und gingen einen engen
Gang entlang zu einer schiefen Treppe, die sich zickzackför-
mig durch das Haus emporwand. Im dritten Stock stand
eine Tür offen. Harry konnte gerade noch ein Paar hellbrau-
ner Augen sehen, die ihn anstarrten, bevor sie ins Schloss
fiel.

»Ginny«, sagte Ron, »du weißt ja nicht, wie komisch es ist,
dass sie so scheu ist, normalerweise hört sie nicht auf zu
plappern –«

Sie stiegen noch zwei Stockwerke hoch und standen nun
vor einer Tür. Die Farbe blätterte bereits ab und auf einem
kleinen Schild stand: »Ronalds Zimmer«.

Harry trat ein, wobei er mit dem Kopf beinahe an die
schräg abfallende Decke stieß, und blinzelte überrascht. Es
war, als ob er in einen Hochofen geraten wäre: Fast alles in
Rons Zimmer glühte orangerot; die Bettdecke, die Wände,
sogar die Decke. Dann erkannte Harry, dass Ron fast jeden
Zentimeter der schäbigen Tapete mit Postern derselben sieben Hexen und Zauberer voll geklebt hatte, die alle leuch-

tend orangerote Umhänge trugen, auf Besen saßen und begeistert winkten.

»Deine Quidditch-Mannschaft?«, fragte Harry.

»Die Chudley Cannons«, sagte Ron und wies auf die orangerote Bettdecke, die mit zwei riesigen schwarzen »C« und einer fliegenden Kanonenkugel verziert war. »Neunter Platz in der Liga.«

Rons Zaubersprüchbücher für die Schule waren achtlos in einer Ecke gestapelt, daneben ein Stoß Comic-Hefte, alle offenbar *Abenteuer von Martin Miggs, dem mickrigen Muggel.* Rons Zauberstab lag auf einem Aquarium voller Froschlaich, das auf dem Fenstersims stand. Daneben, auf einem sonnigen Fleck, döste Krätze, seine fette graue Ratte.

Harry stieg über einen Packen *Selbst mischender Spielkarten* und sah aus dem kleinen Fenster. Weit unten auf dem Feld konnte er eine Schar Gnomen erkennen, die durch die Hecke der Weasleys zurückschlichen. Er wandte sich um und sah, dass Ron ihn etwas nervös beobachtete, als ob er auf sein Urteil wartete.

»Ein wenig klein«, sagte Ron rasch, »nicht wie dein Zimmer bei den Muggeln. Und direkt unter dem Ghul in der Dachkammer, der immer auf die Rohre klopft und stöhnt ...«

Doch Harry grinste breit: »Das ist das beste Haus, in dem ich je war.«

Rons Ohren liefen rosarot an.

Bei *Flourish & Blotts*

Das Leben im Fuchsbau war himmelweit entfernt von dem im Ligusterweg. Die Dursleys mochten alles Vertraute und Geordnete; das Haus der Weasleys steckte voller Absonderlichkeiten und Überraschungen. Als Harry zum ersten Mal in den Spiegel über dem Küchenkamin sah, zuckte er erschrocken zusammen, als eine Stimme ertönte: *»Stopf dein Hemd rein, Schlamper!«* Der Ghul in der Dachkammer fing an zu heulen und ließ Rohre auf den Boden fallen, wenn ihm das Haus zu ruhig vorkam, und die kleinen Explosionen im Schlafzimmer von Fred und George kümmerten niemanden. Was Harry am Leben in Rons Haus jedoch am ungewöhnlichsten vorkam, war nicht der sprechende Spiegel oder der lärmende Ghul: es war schlicht und einfach, dass ihn offenbar alle mochten.

Mrs Weasley kümmerte sich um seine Socken und wollte ihm bei jeder Mahlzeit unbedingt dreimal nachlegen. Mr Weasley mochte Harry beim Abendessen gern neben sich haben und bombardierte ihn dann mit Fragen über das Leben bei den Muggeln, zum Beispiel, wie Pflüge funktionierten und wie es mit der Post klappte.

»Faszinierend!«, sagte er dann immer, wenn Harry ihm erzählte, wie man ein Telefon benutzte, »wirklich genial, wie viele Schliche die Muggel gefunden haben, um ohne Zauberei durchzukommen.«

Eines sonnigen Morgens, gut eine Woche nach Harrys Ankunft im Fuchsbau, erhielt er einen Brief aus Hogwarts. Er war mit Ron zum Frühstück nach unten gegangen, wo Mr und Mrs Weasley und Ginny schon am Küchentisch saßen. In dem Augenblick, als sie Harry sah, stieß sie ihre Haferbreischale vom Tisch, und laut klirrend landete diese auf dem Boden. Sie tauchte unter den Tisch, um die Schale aufzuheben, und als sie wieder hochkam, glühte ihr Gesicht wie die untergehende Sonne. Harry tat, als habe er nichts bemerkt, setzte sich und nahm das Stück Toast, das ihm Mrs Weasley anbot.

»Briefe aus der Schule«, sagte Mr Weasley und reichte Harry und Ron gleiche Umschläge aus gelblichem Pergament, die mit grüner Tinte adressiert waren. »Dumbledore weiß bereits, dass du hier bist, Harry, dem Mann entgeht nichts. Ihr beide habt auch Briefe bekommen«, sagte er zu Fred und George, die eben, noch in ihren Schlafanzügen, hereingestolpert kamen.

Sie lasen ihre Briefe und ein paar Minuten herrschte Stille. In Harrys Brief hieß es, er solle wie üblich am ersten September den Hogwarts-Express vom Bahnhof King's Cross nehmen. Auch eine Liste der neuen Bücher für das folgende Schuljahr war enthalten:

Schüler der zweiten Klasse benötigen:
Miranda Habicht: *Lehrbuch der Zaubersprüche, Band 2*
Gilderoy Lockhart: *Tanz mit einer Todesfee*
Gilderoy Lockhart: *Gammeln mit Ghulen*
Gilderoy Lockhart: *Ferien mit Vetteln*
Gilderoy Lockhart: *Trips mit Trollen*
Gilderoy Lockhart: *Abstecher mit Vampiren*
Gilderoy Lockhart: *Wanderungen mit Werwölfen*
Gilderoy Lockhart: *Ein Jahr bei einem Yeti*

Fred hatte seine Liste durchgesehen und spähte hinüber auf Harrys Blatt.

»Du musst ja auch alle Bücher von Lockhart besorgen!«, sagte er. »Der neue Lehrer in Verteidigung gegen die dunklen Künste muss ein richtiger Fan von ihm sein, wette, es ist eine Hexe.«

Fred fing im selben Moment den Blick seiner Mutter auf und wandte sich daraufhin schleunig der Marmelade zu.

»Das wird nicht billig«, sagte George und warf den Eltern einen raschen Blick zu. »Die Bücher von Lockhart sind ziemlich teuer ...«

»Schon gut, das schaffen wir«, sagte Mrs Weasley, sah jedoch besorgt aus. »Ich denke, wir können viel von Ginnys Schulsachen aus zweiter Hand kaufen.«

»Ach, du kommst dieses Jahr nach Hogwarts?«, fragte Harry Ginny.

Sie nickte, errötete bis unter die Wurzeln des flammend roten Haares und setzte ihren Ellbogen in die Butterschale. Glücklicherweise sah das niemand außer Harry, denn in diesem Augenblick kam Rons älterer Bruder Percy herein. Er war bereits angezogen und hatte das Vertrauensschülerabzeichen von Hogwarts an seinen Rollkragenpullover geheftet.

»Morgen, allerseits«, sagte Percy gut gelaunt, »wunderschöner Tag heute.«

Er setzte sich auf den einzigen freien Stuhl, sprang jedoch gleich wieder hoch und hob einen zerzausten grauen Federwisch hoch – zumindest sah es für Harry so aus, bis er sah, dass der Federwisch atmete.

»Errol«, sagte Ron, nahm die lahme Eule aus Percys Händen und zog einen Brief unter ihrem Flügel hervor. »*Endlich*, er hat Hermines Antwort, ich hab ihr geschrieben, dass wir versuchen wollen, dich vor den Dursleys zu retten.«

Er trug Errol zu einer Vogelstange neben der Hintertür und versuchte ihn darauf abzusetzen, doch Errol konnte sich

nicht halten, so dass ihn Ron auf das Abtropfbrett legte.
»Traurig«, murmelte er. Dann riss er Hermines Brief auf und
las ihn laut vor:

Lieber Ron, und Harry, falls du da bist,
ich hoffe, alles ist gut gelaufen und Harry ist okay und ihr
habt nichts Ungesetzliches getan, um ihn rauszuholen, Ron,
denn dann käme auch Harry in Schwierigkeiten. Ich mach
mir wirklich Sorgen, und falls es Harry gut geht, lass es mich
sofort wissen, aber vielleicht wäre es besser, eine andere Eule
zu nehmen, denn ich glaube, noch ein Botenflug würde ihr
den Garaus machen.
  Natürlich bin ich viel mit den Schularbeiten beschäftigt –

»Wieso das denn?«, sagte Ron entsetzt, »wir haben doch
Ferien!«

– und nächsten Mittwoch gehen wir nach London, um die
neuen Bücher zu kaufen, wollen wir uns nicht in der Winkelgasse treffen?
  Sag mir, sobald du kannst, Bescheid, was los ist.
  Alles Liebe, Hermine

»Nun, das passt ganz gut, wir können dann auch eure Sachen
besorgen«, sagte Mrs Weasley und begann den Tisch abzu-
räumen. »Und was habt ihr heute vor?«
  Harry, Ron, George und Fred wollten zu einer kleinen
Pferdekoppel der Weasleys auf dem Hügel hinter dem Haus.
Sie war von Bäumen umgeben, die die Sicht vom Dorf unten
versperrten, und solange sie nicht zu hoch flogen, konnten
sie dort Quidditch üben. Echte Quidditch-Bälle konnten sie
allerdings nicht benutzen, denn es würde schwer sein, die
Sache zu erklären, wenn die Bälle abhauen und über das
Dorf fliegen würden. Stattdessen warfen sie einander Äp-

fel zu, die sie auffangen mussten. Sie flogen abwechselnd Harrys Nimbus Zweitausend, der mit Abstand der beste Besen war; Rons alter Shooting Star wurde nicht selten von vorbeifliegenden Schmetterlingen überholt.

Fünf Minuten später zogen sie mit geschulterten Besen den Hügel hoch. Sie hatten Percy gefragt, ob er mitkommen wolle, doch er meinte, er hätte zu tun. Harry hatte Percy bisher nur bei den Mahlzeiten gesehen; den Rest der Zeit blieb er auf seinem Zimmer.

»Möchte wissen, was er eigentlich treibt«, sagte Fred stirnrunzelnd. »Er ist nicht mehr der Alte. Seine Prüfungsergebnisse kamen an dem Tag vor deiner Ankunft. Zwölfter ZAG, und er hat kaum damit angegeben.«

»Zaubergrad«, erklärte George. »Auch Bill hatte damals den zwölften. Wenn wir nicht aufpassen, haben wir bald noch einen Schulsprecher in der Familie. Ich glaube, diese Schande könnte ich nicht ertragen.«

Bill war der älteste Bruder der Weasleys. Er und der zweitälteste, Charlie, hatten Hogwarts bereits verlassen. Harry hatte noch keinen von beiden getroffen, wusste aber, dass Charlie in Rumänien war, um Drachen zu erforschen, und Bill in Ägypten, wo er für die Zaubererbank Gringotts arbeitete.

»Weiß nicht, wie Mum und Dad dieses Jahr unsere Schulsachen bezahlen wollen«, sagte George nach einer Weile. »Fünfmal sämtliche Lockhart-Werke! Und Ginny braucht Umhänge und einen Zauberstab und noch so einiges …«

Harry sagte nichts. Das Thema war ihm ein bisschen peinlich. Tief unten in einem Verlies der Londoner Gringotts-Bank lag ein kleines Vermögen, das ihm seine Eltern hinterlassen hatten. Natürlich konnte er das Geld nur in der Zaubererwelt ausgeben; mit Galleonen, Sickeln und Knuts konnte er in Muggelläden nichts kaufen. Sein Bankgutha-

ben hatte er bei den Dursleys nie erwähnt; er glaubte nämlich, dass ihr Entsetzen bei allem, was mit Zauberei zu tun
hatte, sich nicht auf einen großen Haufen Gold erstrecken
würde.

Am folgenden Mittwoch weckte Mrs Weasley sie alle sehr
früh. Nachdem jeder rasch ein halbes Dutzend Schinkenbrote verschlungen hatte, zogen sie ihre Umhänge an und
Mrs Weasley nahm den Blumentopf vom Kaminsims in der
Küche und spähte hinein.

»Nicht mehr viel da, Arthur«, seufzte sie. »Wir kaufen
heute welches nach … Na gut, Gäste zuerst! Nach dir, Harry,
mein Lieber!«

Und sie bot ihm den Blumentopf an.

Aller Augen richteten sich auf Harry und der starrte zurück.

»W-was soll ich tun?«, stammelte er.

»Er ist noch nie mit Flohpulver gereist«, fiel Ron plötzlich
ein, »tut mir Leid, Harry, hab gar nicht dran gedacht.«

»Noch nie?«, sagte Mrs Weasley. »Aber wie bist du letztes
Jahr in die Winkelgasse gekommen, um deine Sachen zu
kaufen?«

»Mit der U-Bahn –«

»Tatsächlich?«, sagte Mr Weasley neugierig. »Gab es *Troll-
treppen?* Wie genau –«

»Nicht *jetzt,* Arthur«, sagte Mrs Weasley. »Flohpulver ist
viel schneller, mein Lieber, aber meine Güte, wenn du es
noch nie ausprobiert hast –«

»Er wird es schon schaffen, Mum«, sagte Fred. »Harry,
schau erst mal uns zu.«

Er nahm eine Prise des Pulvers aus dem Blumentopf, trat
zum Feuer und warf es in die Flammen.

Das Feuer wurde smaragdgrün und schoss laut grollend

über Freds Kopf hinweg. Ohne Zögern trat er mitten ins Feuer, rief »Winkelgasse« und verschwand.

»Du musst klar und deutlich sprechen, mein Lieber«, sagte Mrs Weasley zu Harry gewandt, während George jetzt die Hand in den Blumentopf steckte. »Und sieh zu, dass du auf dem richtigen Kaminrost aussteigst …«

»Dem richtigen was?«, sagte Harry nervös, als das Feuer hochloderte und auch George mit sich riss.

»Nun, es gibt furchtbar viele Zaubererfeuer, aus denen du wählen kannst, aber wenn du deutlich gesprochen hast –«

»Er wird schon heil ankommen, Molly, mach's nicht kompliziert«, sagte Mr Weasley und nahm ebenfalls von dem Flohpulver.

»Aber Liebling, wenn er verloren geht, wie würden wir das je seiner Tante und seinem Onkel erklären können?«

»Denen wäre das schnurz«, versicherte ihr Harry, »Dudley würde es für einen irren Witz halten, wenn ich irgendwo in einem Kamin verloren ginge, machen Sie sich darüber keine Gedanken –«

»Nun denn … bist du bereit? … Du gehst nach Arthur«, sagte Mrs Weasley. »Also, wenn du ins Feuer gehst, sag, wohin du willst –«

»Und zieh die Ellbogen ein«, riet ihm Ron.

»Und halt die Augen geschlossen«, sagte Mrs Weasley, »der Ruß –«

»Zappel nicht rum«, sagte Ron, »sonst fällst du noch aus dem falschen Kamin –«

»Aber gerat nicht in Panik und steig nicht zu früh aus. Wart ab, bis du Fred und George siehst.«

Harry strengte sich an, alles im Kopf zu behalten, und nahm eine Prise Flohpulver aus dem Topf. Dann stellte er sich an den Rand des Feuers. Er holte tief Luft, streute das Pulver ins Feuer und tat einen Schritt hinein; das fühlte sich an wie eine warme Brise; er öffnete den Mund und schluckte sofort einen Haufen Asche.

»W-wink-kel-gasse«, hustete er heraus.

Es war, als ob ein riesiges Abflussrohr ihn einsaugen würde. Offenbar drehte er sich rasend schnell um sich selbst – um ihn her ein ohrenbetäubendes Tosen – er versuchte die Augen offen zu halten, doch der grüne Flammenwirbel legte sich ihm auf den Magen – etwas Hartes schlug gegen seinen Ellbogen, und er drückte ihn fest an die Seite, sich immer noch weiterdrehend – nun schienen kalte Hände gegen sein Gesicht zu klatschen – durch die Brille blinzelnd sah er verschwommen einen Strom von Kaminen und kurz auch die Räume dahinter – in seinem Bauch rumorten die Schinkenbrote – er schloss die Augen und wünschte, es würde endlich aufhören, und dann –

Mit dem Gesicht nach unten fiel er auf kalten Stein. Die Brillengläser zerbrachen.

Schwindlig und zerkratzt, über und über mit Ruß bedeckt, rappelte er sich auf und hielt sich, noch schwankend, die zerbrochene Brille vor die Augen. Er war ganz allein und hatte keine Ahnung, wo er war. Alles, was er erkennen konnte, war, dass er im steinernen Kamin eines großen, schwach beleuchteten Zaubererladens stand – doch nichts hier drin würde je auf einer Liste für Hogwarts stehen.

Eine gläserne Vitrine nicht weit von ihm enthielt eine verwitterte Hand auf einem Kissen, einen blutbespritzten Packen Spielkarten und ein starrendes Glasauge. Böse Masken glotzten von den Wänden herab, eine Sammlung menschlicher Knochen lag auf dem Ladentisch und rostige, spitze Gerätschaften hingen von der Decke. Zu allem Unglück war die dunkle, enge Straße, die Harry durch das staubige Schaufenster sehen konnte, ganz gewiss nicht die Winkelgasse.

Je schneller er hier rauskam, desto besser. Seine Nase, mit der er auf den Kaminrost aufgeschlagen war, tat noch weh, und Harry huschte leise hinüber zur Tür, doch er hatte den Weg noch nicht halb geschafft, da erschienen zwei Gestalten auf der anderen Seite des Türglases – und eine davon war der Letzte, den Harry treffen wollte, wenn er sich verirrt hatte, mit Ruß bedeckt war und eine zerbrochene Brille trug: Draco Malfoy.

Rasch sah sich Harry um und entdeckte zu seiner Linken einen großen schwarzen Schrank; er schlüpfte hinein und zog die Türen hinter sich zu, bis auf einen kleinen Spalt, durch den er hindurchspähen konnte. Sekunden später klirrte eine Glocke und Malfoy betrat den Laden.

Der Mann, der ihm folgte, konnte nur sein Vater sein. Er hatte das gleiche fahle, spitze Gesicht und die gleichen kalten grauen Augen. Mr Malfoy durchquerte den Laden, ließ den Blick über die ausgestellten Waren gleiten und läutete eine Glocke auf dem Ladentisch, bevor er sich seinem Sohn zuwandte:

»Rühr nichts an, Draco.«

Malfoy, der die Hand nach dem Glasauge ausgestreckt hatte, erwiderte:

»Ich dachte, du wolltest mir was schenken.«

»Ich sagte, ich würde dir einen Rennbesen kaufen«, antwortete der Vater und trommelte ungeduldig mit den Fingern auf den Ladentisch.

»Was nützt das, wenn ich nicht in der Hausmannschaft bin?«, sagte Malfoy schmollend und sichtlich schlecht gelaunt. »Harry Potter hat letztes Jahr einen Nimbus Zweitausend bekommen. Sondergenehmigung von Dumbledore, damit er für Gryffindor spielen kann. So gut ist er ja gar nicht, es ist nur, weil er *berühmt* ist ... berühmt wegen der blöden Narbe auf seiner Stirn ...«

Malfoy kniete sich nieder, um ein Regal voller Totenköpfe zu betrachten.

»... alle denken, er sei so *begabt,* der wunderbare *Potter* mit seiner *Narbe* und seinem *Besen* –«

»Das hast du mir mindestens schon ein Dutzend Mal erzählt«, sagte Mr Malfoy mit mahnendem Blick auf seinen Sohn, »und ich muss dich nicht zum ersten Mal daran erinnern, dass es – unklug ist, nicht allzu angetan von Harry Potter zu sein, wo die meisten von uns ihn doch als Helden betrachten, der den Schwarzen Lord verjagt hat – ah, Mr Borgin.«

Ein buckliger Mann war hinter dem Ladentisch erschienen und wischte sich fettige Haarsträhnen aus dem Gesicht.

»Mr Malfoy, welche Freude, Sie wieder zu sehen«, sagte Mr Borgin mit einer Stimme, die so ölig war wie sein Haar. »Eine Ehre – und den jungen Mr Malfoy hat er auch mitgebracht – wie reizend. Was kann ich für Sie tun? Ich muss Ihnen unbedingt etwas zeigen, gerade heute hereingekommen und sehr günstig im Preis –«

»Ich kaufe heute nicht, Mr Borgin, ich verkaufe«, sagte Mr Malfoy.

»Verkaufen?« Das Lächeln auf Mr Borgins Gesicht verblasste.

»Ihnen ist natürlich zu Ohren gekommen, dass das Ministerium verstärkt Hausdurchsuchungen durchführt«, sagte Mr Malfoy, zog eine Pergamentrolle aus der Tasche und wickelte sie für Mr Borgin auf. »Ich habe ein paar – ähm – Gegenstände zu Hause, die mich in eine peinliche Lage bringen könnten, wenn die Leute vom Ministerium kämen ...«

Mr Borgin klemmte sich einen Zwicker auf die Nase und beugte sich über die Liste.

»Das Ministerium würde sich doch nicht anmaßen, Sie zu stören, Sir?«

Mr Malfoy schürzte die Lippen.

»Man hat mich noch nicht besucht. Der Name Malfoy gebietet immer noch einen gewissen Respekt, doch im Ministerium wird man immer unverschämter. Es gibt Gerüchte über ein neues Muggelschutzgesetz – kein Zweifel, dass dieser flohgebissene Muggelfreund Arthur Weasley dahinter steckt –«

Harry spürte, wie Zorn in ihm hochkochte.

»– und wie Sie sehen, könnten einige dieser Gifte *den Eindruck erwecken* –«

»Verstehe vollkommen, Sir, natürlich«, sagte Mr Borgin. »Schauen wir mal …«

»Kann ich *die* haben?«, unterbrach Draco und deutete auf die verwitterte Hand auf dem Kissen.

»Ah, die Hand des Ruhmes!«, sagte Mr Borgin, ließ Mr Malfoys Liste liegen und schlurfte hinüber zu Draco. »Man steckt eine Kerze hinein, und sie leuchtet nur für den Halter! Der beste Freund der Diebe und Plünderer! Ihr Sohn hat Geschmack, Sir.«

»Ich hoffe, aus meinem Sohn wird mehr als ein Dieb oder Plünderer, Borgin«, sagte Malfoy kühl, und Mr Borgin setzte rasch nach:

»Das sollte keine Beleidigung sein, Sir, keinesfalls –«

»Sollten allerdings seine Schulnoten nicht besser werden«, sagte Mr Malfoy noch kühler, »könnte es durchaus sein, dass er so endet –«

»Das ist nicht meine Schuld«, erwiderte Draco. »Die Lehrer haben alle ihre Lieblinge, diese Hermine Granger zum Beispiel –«

»Ich hätte gedacht, du würdest dich schämen, dass ein Mädchen, das nicht mal aus einer Zaubererfamilie kommt, dich in jeder Prüfung geschlagen hat«, sagte Mr Malfoy mit schneidender Stimme.

»Ha!«, entfuhr es Harry leise, der sich freute, Draco beschämt und wütend zugleich zu sehen.

»Wo man hinkommt, ist es dasselbe«, sagte Mr Borgin mit seiner öligen Stimme, »Zaubererblut gilt immer weniger –«

»Nicht bei mir«, sagte Mr Malfoy, und seine langen Nasenflügel blähten sich.

»Nein, Sir, bei mir auch nicht«, sagte Mr Borgin mit einer tiefen Verbeugung.

»Wenn das so ist, können wir vielleicht auf die Liste zurückkommen«, sagte Mr Malfoy barsch. »Ich bin etwas in Eile, Borgin, muss heute noch wichtige Geschäfte erledigen –«

Sie begannen zu feilschen. Harry beobachtete nervös, wie Draco mit neugierigem Blick auf die ausgestellten Waren seinem Versteck immer näher rückte. Er hielt inne, um einen langen Henkersstrick zu begutachten, und las mit feixender Miene das Kärtchen, das an ein herrliches Opalhalsband geheftet war: *Vorsicht: Nicht berühren. Verflucht! Hat bis heute 19 Muggelbesitzer das Leben gekostet.*

Draco wandte sich ab und hatte nun den Schrank im Visier. Er trat näher, streckte die Hand nach dem Türgriff aus –

»Das wär erledigt«, sagte Mr Malfoy am Ladentisch. »Komm, Draco –«

Draco wandte sich ab und Harry wischte sich mit den Ärmeln den Schweiß von der Stirn.

»Einen schönen Tag noch, Mr Borgin, ich erwarte Sie morgen auf meinem Landsitz, wo Sie die Sachen abholen können.«

Kaum war die Tür ins Schloss gefallen, fiel auch das schmierige Gehabe von Mr Borgin ab.

»Ihnen auch einen schönen Tag, Mr Malfoy, und wenn es stimmt, was man sich erzählt, haben Sie mir nicht einmal die Hälfte von dem verkauft, was auf ihrem *Landsitz* versteckt ist ...«

Dumpf murmelnd verschwand Mr Borgin im Hinterzimmer. Harry wartete noch eine Minute, ob er vielleicht zurückkam, und schlüpfte dann so leise er konnte aus dem Schrank, an den Glaskästen vorbei und aus der Ladentür.

Die zerbrochene Brille auf die Nase gepresst schaute er sich um. Er war in einer schmutzigen Gasse, in der es offenbar nur Läden für die dunklen Künste gab. *Borgin und Burkes*, den er gerade verlassen hatte, schien der größte zu sein, dafür steckte das Schaufenster gegenüber voll abstoßender Schrumpfköpfe und zwei Läden weiter wimmelte es in einem Käfig von gigantischen Spinnen. Aus dem Schatten eines Hauseingangs heraus verfolgten ihn die Blicke zweier schäbig aussehender Zauberer, die sich hin und wieder Worte zumurmelten. Harry fühlte sich nicht wohl in seiner Haut. Mühsam hielt er die Brille gerade und machte sich in der verzweifelten Hoffnung, hier herauszufinden, auf den Weg.

Ein altes hölzernes Straßenschild über einem Laden für giftige Kerzen sagte ihm, dass er in der Nokturngasse war. Doch das half nichts, denn von einer solchen hatte Harry noch nie gehört. Im Feuer bei den Weasleys, mit dem Mund voller Asche, hatte er wohl nicht deutlich genug gesprochen. Er versuchte ruhig Blut zu bewahren und überlegte, was er tun sollte.

»Hast dich nicht etwa verirrt, Schätzchen?«, sagte eine Stimme dicht an seinem Ohr und Harry sprang vor Schreck in die Höhe.

Eine alte Hexe stand vor ihm und hielt ihm eine Schale entgegen. Was darauf lag, sah menschlichen Fingernägeln, und zwar ganzen, fürchterlich ähnlich. Sie schielte ihn an und zeigte ihre moosgrünen Zähne. Harry wich zurück.

»Geht mir gut, danke«, sagte er, »ich wollte gerade –«
»HARRY! Was zum Teufel machst du hier?«
Harrys Herz machte einen Hüpfer. Das Gleiche tat die

Hexe; ein Häufchen Fingernägel fiel ihr auf die Füße. Fluchend sah sie die massige Gestalt Hagrids, des Wildhüters von Hogwarts, mit großen Schritten näher kommen, die rabenschwarzen Augen blitzten unter seinen üppigen Augenbrauen.

»Hagrid!«, krächzte Harry erleichtert. »Ich hab mich verirrt – Flohpulver –«

Hagrid schlug der Hexe die Schale aus den Händen, packte Harry am Kragen und zog ihn fort. Die Schreie der Alten verfolgten sie auf dem ganzen Weg durch die gewundene Gasse bis hinaus ins helle Sonnenlicht. In der Ferne sah Harry einen schneeweißen Marmorbau, der ihm vertraut vorkam – es war die Gringotts-Bank. Hagrid hatte ihn geradewegs in die Winkelgasse geführt.

»Wie siehst du denn aus!«, sagte Hagrid grimmig und klopfte den Ruß mit so kräftigen Schlägen von Harrys Kleidern, dass er beinahe in ein Fass mit Drachendung geflogen wäre, das vor einer Apotheke stand. »Treibst dich in der Nokturngasse rum, was soll ich denn davon halten – zwielichtige Gegend, Harry – möchte nicht, dass dich jemand dort sieht –«

»*Das* ist mir auch klar«, sagte Harry und duckte sich, als Hagrid ihn erneut abklopfen wollte. »Ich hab dir doch gesagt, dass ich mich verirrt habe – und außerdem, was hattest du eigentlich dort zu suchen?«

»*Ich* hab einen Fleisch fressenden Schneckenschutz gesucht«, brummte Hagrid. »Die ruinieren mir noch den ganzen Kohl im Schulgarten. Du bist doch nicht etwa allein?«

»Ich wohne bei den Weasleys, aber wir haben uns verloren«, erklärte Harry. »Ich muss los und sie suchen …«

Gemeinsam machten sie sich auf den Weg.

»Warum hast du mir eigentlich nie zurückgeschrieben?«, fragte Hagrid den neben ihm hertrabenden Harry (der drei Schritte machen musste für jeden Schritt, den Hagrid mit seinen gewaltigen Stiefeln tat). Harry erzählte alles von Dobby und den Dursleys.

»Diese blöden Muggels«, grummelte Hagrid, »wenn ich das gewusst hätte –«

»Harry! Harry! Hier bin ich!«

Harry hob den Kopf und sah Hermine Granger oben auf der weißen Treppe von Gringotts stehen. Sie rannte ihnen entgegen, ihr buschiges braunes Haar flog im Wind.

»Was ist mit deiner Brille passiert? Hallo, Hagrid – ach, es ist *toll,* euch beide wieder zu sehen – kommst du mit zu Gringotts, Harry?«

»Sobald ich die Weasleys gefunden habe«, sagte Harry.

»Das wird nicht lange dauern«, meinte Hagrid grinsend.

Harry und Hermine drehten sich um; durch die belebte Straße rannten Fred, George, Percy, Ron und Mr Weasley auf sie zu.

»Harry«, keuchte Mr Weasley, »wir haben *gehofft,* dass du nur einen Kamin zu weit geflogen bist …« Er rieb seine kahle glänzende Stelle am Kopf. »Molly ist ganz außer sich – sie kommt gleich –«

»Wo bist du rausgekommen?«, fragte Ron.

»Nokturngasse«, brummte Hagrid.

»*Phantastisch!*«, sagten Fred und George wie aus einem Mund.

»Da dürfen wir nie hin«, sagte Ron neidisch.

»Das möchte ich verdammt noch mal auch meinen«, knurrte Hagrid.

Nun kam Mrs Weasley angehüpft, an der einen Hand die wild umherschlackernde Handtasche, an der anderen Ginny.

»O Harry – o mein Lieber – du hättest werweißwo gelandet sein können –« Nach Atem ringend zog sie eine große Kleiderbürste aus der Handtasche und begann den Ruß abzubürsten, den Hagrid übrig gelassen hatte. Mr Weasley nahm Harrys Brille, tippte sie leicht mit seinem Zauberstab an und reichte sie ihm so gut wie neu zurück.

»Schön, aber ich muss jetzt gehen«, sagte Hagrid und winkte mit der Hand, die Mrs Weasley umklammert hielt (»Nokturngasse! Wenn Sie ihn nicht gefunden hätten, Hagrid!«). »Bis dann in Hogwarts!« Und er schritt von dannen, Kopf und Schultern ragten über alle andern in der dicht bevölkerten Straße heraus.

»Ratet mal, wen ich bei *Borgin und Burkes* gesehen hab«, fragte Harry Ron und Hermine, während sie die Treppen zu Gringotts emporstiegen. »Malfoy und seinen Vater.«

»Hat Lucius Malfoy etwas gekauft?«, kam es sofort von Mr Weasley hinter ihnen.

»Nein, er hat verkauft –«

»Also macht er sich Sorgen«, sagte Mr Weasley mit grimmiger Befriedigung. »Aah, wie gern würde ich Lucius Malfoy wegen irgendwas drankriegen ...«

»Sei bloß vorsichtig, Arthur«, sagte Mrs Weasley mit schneidender Stimme, während die Empfangskobolde sie mit einer Verbeugung hineinwiesen, »diese Familie bedeutet Ärger, beiß nicht mehr ab, als du kauen kannst –«

»Du glaubst wohl, ich könnte es mit Lucius Malfoy nicht aufnehmen?«, sagte Mr Weasley entrüstet, doch gleich darauf lenkte ihn der Anblick von Hermines Eltern ab, die vor dem Schalter standen, der die große marmorne Halle durchmaß, und darauf warteten, dass Hermine sie vorstellte.

»Aber Sie sind ja *Muggel!*«, sagte Mr Weasley entzückt. »Wir müssen unbedingt etwas trinken gehen! Und was haben Sie da? Oh, Sie tauschen Muggelgeld? Molly, sieh mal!« Erregt deutete er auf die Zehnpfundscheine in Mr Grangers Hand.

»Wir treffen uns hier wieder«, sagte Ron zu Hermine, als ein Gringott-Kobold hinzutrat, um die Weasleys und Harry zu ihren unterirdischen Verliesen zu führen.

Dort hinunter fuhren sie auf kleinen, von Kobolden gefahrenen Karren, die auf schmalen Schienensträngen durch die unterirdischen Gänge der Bank sausten. Harry genoss die halsbrecherische Spritztour zum Verlies der Weasleys, doch als das Schloss geöffnet wurde, wurde ihm plötzlich ganz komisch, noch beklommener als in der Nokturngasse. Ein winziger Haufen silberner Sickel lag im Innern und nur eine einzige goldene Galleone. Mrs Weasley tastete alle Ecken ab, bevor sie das ganze Geld in ihre Tasche schob. Noch miserabler fühlte Harry sich, als sie sein Verlies erreichten. Er bemühte sich, den andern die Sicht zu verdecken, während er hastig ganze Hände voller Münzen in einen Lederbeutel stopfte.

Wieder draußen auf den Marmorstufen angelangt, trennten sie sich. Percy murmelte undeutlich, er brauche einen neuen Federkiel. Fred und George hatten Lee Jordan, ihren Freund aus Hogwarts, getroffen und sich mit ihm verabredet. Mrs Weasley und Ginny gingen zu einem Laden für gebrauchte Umhänge. Mr Weasley bestand darauf, die Grangers auf einen Schluck in den Tropfenden Kessel mitzunehmen.

»Wir treffen uns alle in einer Stunde bei *Flourish & Blotts,* um eure Schulbücher zu kaufen!«, sagte Mrs Weasley und ging mit Ginny davon. »Und nicht einen Schritt in die Nokturngasse!«, rief sie den Zwillingen noch nach.

Harry, Ron und Hermine schlenderten durch die gepflasterte Gasse mit ihren vielen Windungen. Die Gold-, Silber- und Bronzemünzen, die in Harrys Tasche fröhlich klimperten, warteten nur darauf, ausgegeben zu werden, und so kaufte er drei große Tüten mit Erdbeer- und Erdnussbuttereiskugeln, die sie glücklich schleckten, während sie die Gasse entlangbummelten und die faszinierenden Auslagen betrachteten. Ron starrte sehnsüchtig auf eine vollständige Umhanggarnitur von Potz und Blitz im Schaufenster von

Qualität für Quidditch, bis Hermine sie weiterschleifte, weil sie nebenan noch Tinte und Pergament kaufen wollte. Bei *Freud und Leid – Laden für Zauberscherze* trafen sie Fred, George und Lee Jordan, die sich mit »Dr. Filibusters Fabelhaftem Nass zündendem Hitzefreiem Feuerwerk« eindeckten, und in einem winzigen Kramladen voll zerbrochener Zauberstäbe, schiefer Messingwaagen und alter Umhänge mit Zaubertrankflecken stießen sie auf Percy, tief versunken in ein kleines und elend langweiliges Buch namens *Vertrauensschüler und ihr Weg zur Macht.*

»*Eine Studie über Vertrauensschüler in Hogwarts und ihre Karrieren*«, las Ron laut vom Umschlagrücken ab. »Das klingt ja *prickelnd* …«

»Haut ab«, fauchte ihn Percy an.

»Natürlich, er ist sehr ehrgeizig, unser Percy, er hat schon alles geplant … er will Zaubereiminister werden …«, sagte Ron in viel sagendem Ton zu Harry und Hermine, als sie Percy mit dem Buch allein ließen.

Eine Stunde später machten sie sich auf den Weg zu *Flourish & Blotts.* Sie waren keineswegs die Einzigen, die in den Buchladen wollten. Als sie um die Ecke bogen, sahen sie überrascht, dass vor der Tür eine Menge Leute standen, die alle versuchten hineinzukommen. Den Grund dafür verkündete ein großes Banner, das über die Fenster im ersten Stock gespannt war:

GILDEROY LOCKHART
signiert seine Autobiographie
ZAUBRISCHES ICH
heute von 12 Uhr 30 bis 16 Uhr 30

»Wir können ihn hier treffen!«, jauchzte Hermine, »immerhin hat er fast alle Bücher auf unserer Liste geschrieben!«

Die Schar der Wartenden schien fast nur aus Hexen in Mrs Weasleys Alter zu bestehen. Ein erschöpft aussehender Zauberer stand an der Tür und sagte:

»Nur die Ruhe, bitte, meine Damen ... nicht drängeln ... achten Sie auf die Bücher ...«

Harry, Ron und Hermine quetschten sich hinein. Eine lange Schlange wand sich bis an das andere Ende des Ladens. Dort signierte Gilderoy Lockhart seine Bücher. Sie nahmen sich jeweils einen Band *Abstecher mit Vampiren* und stahlen sich weiter vorn in die Schlange hinein, wo schon die anderen Weasleys mit Mr und Mrs Granger standen.

»Ach gut, da seid ihr ja«, sagte Mrs Weasley. Sie klang etwas atemlos und fummelte ständig an ihrer Frisur herum. »Gleich können wir ihn sehen ...«

Allmählich kam Gilderoy Lockhart in Sicht; er saß an einem Tisch, umgeben von riesigen Porträts seiner selbst, die alle zwinkerten. Seine blendend weißen Zähnen blitzten der Menge entgegen. Der echte Lockhart trug einen vergissmeinnichtblauen Umhang, genau passend zu seinen Augen; ein Zauberer-Spitzhut saß gewagt schräg auf seinem gewellten Haar.

Ein kleiner, ärgerlich dreinschauender Mann hüpfte umher und schoss Fotos mit einer großen schwarzen Kamera, die bei jedem blendenden Blitz eine purpurrote Rauchwolke ausstieß.

»Aus dem Weg da«, schnauzte er Ron an und trat für einen besseren Schnappschuss einen Schritt nach hinten, »ich bin vom *Tagespropheten* –«

»Na, wenn das so ist«, sagte Ron und rieb sich den Fuß, auf den der Fotograf getreten war.

Gilderoy Lockhart hörte ihn. Er blickte auf. Er sah Ron – und dann sah er Harry. Er starrte ihn an. Dann sprang er auf und rief lauthals: »Das ist doch nicht etwa Harry Potter?«

Die Menge teilte sich und verfiel in erregtes Flüstern; Lockhart machte einen Sprung auf Harry zu, packte ihn am Arm und zog ihn nach vorn. Das Publikum brach in Beifall aus. Harrys Gesicht brannte, als Lockhart ihm für den Fotografen die Hand schüttelte, der wie besessen ein Bild nach dem andern schoss und die Weasleys in dicken Rauch hüllte.

»Immer schön lächeln, Harry«, sagte Lockhart durch seine strahlend weißen Zähne, »Sie und ich zusammen schaffen es auf die Titelseite.«

Endlich ließ er Harrys Hand los; Harry spürte kaum noch seine Finger. Er wollte sich gerade zu den Weasleys zurückstehlen, da warf Lockhart ihm den Arm um die Schultern und drückte ihn fest an seine Seite.

»Meine Damen und Herren«, verkündete er laut und gebot mit erhobener Hand Ruhe. »Was ist das für ein außerordentlicher Moment für mich! Genau der richtige Augenblick für eine kleine Ankündigung, die ich schon einige Zeit loswerden will.

Als der junge Harry heute *Flourish & Blotts* betrat, da wollte er nur meine Autobiographie kaufen – die ich ihm natürlich gerne schenke –« wieder gab es Beifall »– und er hatte *keine Ahnung*«, fuhr Lockhart fort, während er Harry ein klein wenig schüttelte, so dass ihm die Brille auf die Nasenspitze rutschte, »dass er in Kürze viel, viel mehr als mein Buch *Zaubrisches Ich* bekommen würde. Er und seine Mitschüler werden nämlich mein wirkliches zaubrisches Ich bekommen. Ja, meine Damen und Herren, mit ausgesprochenem Vergnügen und Stolz kann ich ankündigen, dass ich diesen September die Stelle des Lehrers für Verteidigung gegen die dunklen Künste an der Hogwarts-Schule für Hexerei und Zauberei antreten werde!«

Die Menge jubelte und klatschte und Harry sah sich plötzlich mit sämtlichen Werken Gilderoy Lockharts beschenkt.

Ein wenig unter ihrem Gewicht wankend gelang es ihm, aus dem Rampenlicht in eine Ecke des Raums zu entkommen, wo Ginny mit ihrem neuen Kessel stand.

»Die hier kannst du haben«, murmelte ihr Harry zu und warf die Bücher in den Kessel. »Meine kauf ich mir –«

»Wette, das hat dir gefallen, Potter?«, sagte eine Stimme, die Harry mühelos erkannte. Er richtete sich auf und blickte in das Gesicht Draco Malfoys, der sein übliches hämisches Grinsen aufgesetzt hatte.

»Der *berühmte* Harry Potter«, sagte Malfoy, »kann nicht mal in eine *Buchhandlung* gehen, ohne auf die Titelseite der Zeitung zu kommen.«

»Lass ihn in Frieden, er hat das alles gar nicht gewollt«, sagte Ginny. Es war das erste Mal, dass sie in Harrys Gegenwart sprach. Mit zornfunkelnden Augen sah sie Malfoy an.

»Potter, du hast ja eine *Freundin!*«, schnarrte Malfoy. Ginny lief scharlachrot an, während Ron und Hermine sich zu ihnen durchkämpften, bepackt mit Büchern von Lockhart.

»Oh, du bist es«, sagte Ron und sah Malfoy an, als ob dieser etwas Ekliges an der Nase hätte. »Wette, du bist überrascht, Harry zu sehen?«

»Nicht so überrascht wie darüber, dich in einem Laden zu treffen, Weasley«, gab Malfoy zurück. »Ich vermute mal, deine Eltern werden einen Monat lang hungern müssen, um das ganze Zeug bezahlen zu können.«

Ron lief so rot an wie Ginny. Er ließ seine Bücher ebenfalls in den Kessel fallen und stürzte auf Malfoy zu, doch Harry und Hermine packten ihn von hinten am Umhang.

»Ron!«, sagte Mr Weasley, der sich zusammen mit Fred und George zu ihnen durchwühlte. »Was tust du da? Das ist Unsinn hier drin, lass uns rausgehen.«

»Schön, schön, schön – Arthur Weasley.«

Das war Mr Malfoy. Er stand da, die Hand auf Dracos

Schulter gelegt, und sah sie mit demselben höhnischen Blick wie sein Sohn an.

»Malfoy«, sagte Mr Weasley und nickte mit kühler Miene.

»Viel Arbeit im Ministerium, wie ich höre?«, sagte Mr Malfoy. »Diese ganzen Hausdurchsuchungen ... Ich hoffe, man bezahlt Ihnen Überstunden?« Er steckte die Hand in Ginnys Kessel und zog aus dem Haufen Lockhart-Bücher mit Hochglanzumschlägen ein altes, sehr ramponiertes Exemplar der *Verwandlungen für Anfänger* hervor.

»Offensichtlich nicht«, sagte er. »Meine Güte, was nützt es, eine Schande für die gesamte Zaubererschaft zu sein, wenn man nicht einmal gut dafür bezahlt wird?«

Mr Weasley lief rot an, dunkler als Ron oder Ginny. »Wir haben sehr unterschiedliche Vorstellungen davon, was eine Schande für die Zaubererschaft ist, Malfoy«, sagte er.

»Eindeutig«, sagte Mr Malfoy, und seine blassen Augen leuchteten zu den Grangers hinüber, die gebannt zusahen. »Mit solchen Leuten geben Sie sich ab, Weasley, und ich hatte gedacht, Ihre Familie könnte nicht noch tiefer sinken –«

Es gab ein metallisches Klingen, als Ginnys Kessel durch die Luft flog; Mr Weasley hatte sich auf Mr Malfoy gestürzt und ihn mit dem Rücken gegen ein Bücherregal geworfen; Dutzende dickleibige Zauberbücher klatschten auf ihre Köpfe; »Pack ihn, Dad«, rief Fred oder George; Mrs Weasley kreischte »Nein, Arthur, nein«; die Menge wich blitzschnell zurück und warf noch mehr Regale um; »Meine Herren, bitte – bitte!«, rief der Verkäufer, und dann, lauter als alle andern – »Aufhören damit, meine Herren, aufhören –«

Durch das Meer von Büchern watete Hagrid auf sie zu. Im Handumdrehen hatte er Mr Weasley und Mr Malfoy voneinander getrennt. Mr Weasley blutete an der Lippe und Mr Malfoy hatte eine Enzyklopädie der Giftpilze ins Auge bekommen. Noch immer hielt er Ginnys altes Verwandlungsbuch in der Hand. Mit bösartig schimmernden Augen warf er es ihr entgegen.

»Hier, Mädchen – nimm dein Buch – das ist alles, was dein Vater dir bieten kann –« Er befreite sich aus Hagrids Griff, trat auf Draco zu und sie stolzierten aus dem Laden.

»Du hättest ihn gar nicht beachten dürfen, Arthur«, sagte Hagrid und riss Mr Weasley beinahe von den Füßen, während er dessen Umhang zurechtzupfte. »Verdorben bis in den Kern, die ganze Familie, das weiß doch jeder – einem Malfoy darf man nicht zuhören – böses Blut, das ist es – kommt jetzt – lasst uns von hier verschwinden.«

Der Verkäufer machte Anstalten, sie aufzuhalten, doch er reichte kaum bis zu Hagrids Hüfte und schien es sich anders zu überlegen. Die Grangers, vor Schreck zitternd, und Mrs Weasley, außer sich vor Zorn, eilten durch die Straße.

»Ein *gutes* Beispiel für deine Kinder – sich in aller Öffentlichkeit zu *prügeln* – was muss bloß Gilderoy Lockhart gedacht haben –«

»Er war zufrieden«, sagte Fred, »hast du ihn nicht gehört, als wir gegangen sind? Er hat den Typen vom *Tagespropheten* gebeten, ja die Schlägerei nicht zu vergessen – das sei die beste Werbung –«

Es war ein niedergeschlagenes Grüppchen, das sich auf den Weg zum Kamin im Tropfenden Kessel machte, von wo aus Harry, die Weasleys und all ihre Einkäufe mittels Flohpulver zum Fuchsbau zurückreisten. Sie verabschiedeten sich von den Grangers, die den Pub in Richtung Muggelstraße verließen; Mr Weasley wollte sie gerade fragen, wie es an Bushaltestellen zuging, verstummte jedoch sofort beim Anblick von Mrs Weasleys Miene.

Harry nahm die Brille ab und verstaute sie sicher in seiner Tasche, bevor er eine Prise Flohpulver nahm. Das war bestimmt nicht seine Lieblingsart zu reisen.

Die Peitschende Weide

Die Sommerferien gingen zu Ende, viel zu schnell nach Harrys Geschmack. Zwar freute er sich auf Hogwarts, doch dieser Monat im Fuchsbau war der glücklichste seines Lebens gewesen. Es fiel ihm schwer, Ron nicht zu beneiden, wenn er an die Dursleys dachte und daran, wie sie ihn wohl willkommen heißen würden, wenn er das nächste Mal im Ligusterweg auftauchte.

An ihrem letzten Abend zauberte Mrs Weasley ein üppiges Mahl aus Harrys Lieblingsspeisen, gekrönt von einem leckeren Siruppudding. Fred und George rundeten den Abend mit einer kleinen Vorstellung ihres Filibuster-Feuerwerks ab; sie füllten die Küche mit roten und blauen Sternen, die mindestens eine halbe Stunde lang zwischen Wänden und Decke hin und her schossen. Dann war es Zeit für den letzten Becher heißen Kakao und fürs Bett.

Am nächsten Morgen brauchten sie recht lange, um in die Gänge zu kommen. Schon beim ersten Hahnenschrei wachten sie auf, doch merkwürdigerweise hatten sie alle noch eine ganze Menge zu erledigen: Mrs Weasley hetzte schlecht gelaunt herum und suchte Sockenpaare und Federkiele zusammen. Halb angezogen und mit angebissenen Toastscheiben in den Händen rannten sie ständig auf den Treppen ineinander, und Mr Weasley brach sich beinahe den Hals, als er Ginnys Koffer über den Hof zum Auto schleppte und dabei über ein verirrtes Huhn stolperte.

Harry konnte sich nicht vorstellen, wie acht Leute, sechs

gewaltige Koffer, zwei Eulen und eine Ratte in einen kleinen Ford Anglia passen sollten. Er hatte natürlich nicht mit Mr Weasleys Sonderausstattung gerechnet.

»Kein Wort davon zu Molly«, flüsterte er Harry zu, als er den Kofferraum öffnete und ihm zeigte, dass er magisch vergrößert war, so dass die Koffer problemlos hineinpassten.

Als Harry, Ron, Fred, George und Percy endlich bequem auf der Rückbank Platz genommen hatten, spähte Mrs Weasley durch die Scheibe ins Wageninnere:

»Die Muggel können *doch* mehr, als wir ihnen zutrauen, nicht wahr?« Sie und Ginny nahmen auf dem Vordersitz Platz, der sich auf die Größe einer Parkbank ausgedehnt hatte. »Von außen kommt man nie auf den Gedanken, dass drinnen so viel Platz ist, oder?«

Mr Weasley ließ den Motor an und sie fuhren gemächlich über den Hof. Harry warf einen letzten Blick zurück aufs Haus. Er hatte kaum Zeit, sich zu fragen, wann er es wieder sehen würde, als sie auch schon anhielten: George hatte seine Kiste mit Filibuster-Feuerwerk vergessen. Fünf Minuten später kehrten sie mit quietschenden Reifen auf den Hof zurück und Fred rannte los, um seinen Besen zu holen. Und sie waren kurz vor der Autobahn, als Ginny schreiend verkündete, sie habe ihr Tagebuch vergessen. Als sie endlich wieder in den Wagen stieg, waren sie schon sehr spät dran und die Gemüter waren gereizt.

Mr Weasley blickte auf die Uhr und dann zu seiner Frau hinüber.

»Molly, Liebling –«

»*Nein,* Arthur –«

»Kein Mensch würde es sehen – dieser kleine Knopf hier ist für einen Unsichtbarkeits-Servoantrieb, den ich eingebaut habe – der würde uns in die Luft heben – und dann fliegen wir über den Wolken, in zehn Minuten sind wir da, und niemand hätte den geringsten Schimmer –«

»Ich sagte *nein*, Arthur, nicht am helllichten Tag.«

Um Viertel vor elf fuhren sie am Bahnhof King's Cross vor. Mr Weasley rannte über die Straße und holte Gepäckkarren und im Laufschritt stürmten sie in die Schalterhalle.

Harry war schon vor einem Jahr mit dem Hogwarts-Express gefahren. Der Trick dabei war, dass sie zu Gleis neundreiviertel kommen mussten, einem Gleis, das Muggelaugen nicht sehen konnten. Dazu war es nötig, durch die Absperrung zu gehen, die die Bahnsteige neun und zehn trennte. Weh tat es nicht, aber sie mussten aufpassen, dass kein Muggel sie verschwinden sah.

»Percy geht als Erster«, sagte Mrs Weasley und blickte nervös auf die Uhr über ihren Köpfen, nach der sie nur noch fünf Minuten Zeit hatten, um lässig hinter der Absperrung zu verschwinden.

Percy marschierte unerschrocken los und verschwand. Mr Weasley ging als Nächster, Fred und George folgten ihm.

»Ich nehm Ginny mit und ihr beide folgt uns dann«, sagte Mrs Weasley zu Harry und Ron, nahm Ginnys Hand und machte sich auf den Weg. Einen Augenblick später waren sie verschwunden.

»Lass uns zusammen gehen, wir haben nur noch eine Minute«, sagte Ron zu Harry.

Harry vergewisserte sich, dass Hedwigs Käfig verschlossen und der Koffer sicher festgezurrt war, und drehte seinen Gepäckwagen zur Absperrung hin. Er fühlte sich völlig sicher; das war bei weitem nicht so beschwerlich wie die Sache mit dem Flohpulver. Beide beugten sich tief über die Handgriffe ihrer Karren und schritten zielstrebig auf die Absperrung zu, langsam schneller werdend – ein paar Meter noch, sie begannen zu rennen –

SCHEPPER.

Beide Karren knallten gegen die Absperrung und prallten zurück; mit lautem Krachen fiel Rons Koffer herunter, Harry verlor den Halt, der Käfig mit Hedwig purzelte auf den blank gewienerten Boden und empört kreischend schlitterte sie davon; die Leute um sie her starrten sie an und ein Wachmann in der Nähe rief: »Was zum Teufel denkt ihr euch eigentlich dabei?«

»Hatten die Karre nicht mehr im Griff«, keuchte Harry und richtete sich auf, die Hände an die Rippen gepresst; Ron stürzte los, um Hedwig zu holen, die ein solches Theater veranstaltete, dass einige Umstehende von Tierquälerei zu munkeln begannen.

»Warum kommen wir nicht durch?«, zischelte Harry.

»Keine Ahnung –«

Ron blickte sich hastig um. Noch immer verfolgte sie ein Dutzend Neugierige mit ihren Blicken.

»Wir verpassen noch den Zug«, flüsterte Ron, »ich weiß nicht, warum das Tor sich verschlossen hat –«

Harry sah mit einem flauen Gefühl in der Magengegend zu der riesigen Uhr hoch. Zehn Sekunden ... neun Sekunden ...

Er schob seinen Karren vorsichtig weiter, bis er direkt vor der Absperrung stand, und drückte dann mit aller Kraft. Das Eisen gab nicht nach.

Drei Sekunden ... zwei Sekunden ... eine Sekunde ...

»Er ist weg«, sagte Ron mit verblüffter Stimme. »Der Zug ist fort. Was ist, wenn Mum und Dad nicht zu uns zurückkönnen? Hast du Muggelgeld?«

Von Harry kam ein hölzernes Lachen. »Die Dursleys haben mir seit gut sechs Jahren kein Taschengeld mehr gegeben.«

Ron drückte ein Ohr gegen die kalte Barriere.

»Nichts zu hören«, sagte er angespannt. »Was sollen wir bloß machen? Ich weiß nicht, wie lange Mum und Dad brauchen, um zurückzukommen.«

Sie sahen sich um. Noch immer wurden sie beobachtet, kein Wunder, denn Hedwig kreischte unablässig.

»Ich glaube, wir gehen lieber raus und warten beim Auto«, sagte Harry, »wir sind zu auffäll…«

»Harry!«, sagte Ron mit leuchtenden Augen, »der Wagen?«

»Was ist damit?«

»Wir können mit dem Wagen nach Hogwarts fliegen!«

»Aber ich dachte –«

»Wir stecken in der Klemme, oder? Und wir müssen doch zur Schule? Und selbst minderjährige Zauberer dürfen in einem echten Notfall zaubern, Abschnitt neunzehn oder so des Erlasses zur Beschränkung des Weißichnichtwas …«

Harrys Panik verwandelte sich jäh in Begeisterung.

»Kannst du ihn fliegen?«

»Kein Problem«, sagte Ron und drehte seinen Karren in Richtung Ausgang. »Komm, lass uns gehen, wenn wir uns beeilen, können wir dem Hogwarts-Express folgen.«

Und sie marschierten los, mitten durch die Schar der neugierigen Muggel, hinaus aus dem Bahnhof und hinein in die Seitenstraße, wo der alte Ford Anglia geparkt war.

Ron öffnete den geräumigen Kofferraum mit ein paar sanften Stupsern seines Zauberstabs. Sie hievten ihre Koffer hinein, stellten Hedwig auf dem Rücksitz ab und stiegen ein.

»Pass auf, dass niemand zuschaut«, sagte Ron und zündete den Motor mit einem weiteren leichten Stupser des Zauberstabs. Harry steckte den Kopf aus dem Fenster: über die Hauptstraße vorn rollte lärmender Verkehr, doch ihre Straße war leer.

»Alles klar«, sagte er.

Ron drückte auf einen kleinen silbernen Knopf am Armaturenbrett. Der Wagen um sie her verschwand – und sie mit ihm. Harry spürte den Sitz unter sich erzittern, hörte den Motor, fühlte seine Hände auf den Knien und seine Brille auf der Nase, doch nach allem, was er sehen konnte, war er nur noch ein Augenpaar, das in einer schäbigen Straße voll geparkter Autos einen Meter über dem Boden schwebte.

»Los geht's«, sagte Rons Stimme zu seiner Rechten.

Und die Straße und die schmutzigen Gebäude versanken zu beiden Seiten, als der Wagen sich in die Lüfte erhob; ein paar Sekunden später lag die große Stadt London glitzernd unter ihnen.

Dann hörten sie ein lebhaftes Knattern und der Wagen, Harry und Ron tauchten wieder auf.

»O nein«, sagte Ron und hämmerte auf den Knopf für den Unsichtbarkeits-Servoantrieb ein, »er ist kaputt!«

Beide fummelten an dem Knopf herum. Der Wagen verschwand und kam gleich wieder flackernd zum Vorschein.

»Halt dich fest!«, rief Ron und drückte das Gaspedal durch; sie schossen hinein in die tief hängende flaumige Wolkendecke, und um sie her war nun alles trübe und feucht.

»Was nun?«, fragte Harry und spähte verdutzt durch die dichte Wolkenmasse.

»Wir müssen den Zug finden, damit wir wissen, in welche Richtung wir fliegen sollen«, sagte Ron.

»Wieder runter, schnell!«

Sie tauchten hinab unter die Wolkendecke und schauten durch die Fenster auf die Erde.

»Ich kann ihn sehen!«, rief Harry, »dort – direkt vor uns!«

Der Hogwarts-Express glitt vor ihnen dahin wie eine scharlachrote Schlange.

»Richtung Norden«, sagte Ron mit einem Blick auf den Kompass am Armaturenbrett. »Gut – wir müssen nur jede halbe Stunde nachsehen – halt dich fest –«

Und wieder schossen sie hoch in die Wolken; eine Minute später stießen sie durch die Wolkendecke ins gleißende Sonnenlicht.

Dies war eine andere Welt. Die Wagenräder glitten durch das flaumige Wolkenmeer, der Himmel war ein helles, endloses Blau unter der blendend weißen Sonne.

»Jetzt müssen wir nur noch auf Flugzeuge aufpassen«, sagte Ron.

Sie sahen sich an und prusteten los; es dauerte einige Zeit, bis sie sich wieder beruhigt hatten.

Sie fühlten sich wie inmitten eines phantastischen Traums. Das ist die einzig wahre Art zu reisen, dachte Harry: vorbei an schneeigen Wolkenwirbeln und -türmchen, in einem von heißem, hellem Sonnenlicht durchfluteten Wagen, mit einer großen Packung Sahnebonbons im Handschuhfach und der Aussicht auf die neidischen Gesichter von Fred und George, wenn sie vor aller Augen sanft auf dem üppigen Rasen vor Schloss Hogwarts landen würden.

Immer weiter nach Norden flogen sie und schauten dabei regelmäßig nach dem Zug und jedes Mal, wenn sie unter die Wolken abtauchten, bot sich ihnen ein anderer Blick. London lag nun weit hinter ihnen, stattdessen sahen sie anmutige grüne Felder, die allmählich weitläufigen, purpurn schimmernden Mooren wichen, Weilern mit kleinen Spielzeugkirchen und einer großen Stadt, in der es von Autos nur so wimmelte, die an bunte Ameisen erinnerten.

Mehrere ereignislose Stunden später jedoch musste sich Harry eingestehen, dass er allmählich die Lust verlor. Die Sahnebonbons hatten ihnen höllisch Durst gemacht und sie hatten nichts zu trinken dabei. Er und Ron hatten die Pullis ausgezogen, doch Harrys T-Shirt klebte an seinem Sitz und die Brille rutschte ihm ständig auf die schweißfeuchte Nasenspitze. Die phantastischen Wolkenformen beachtete er schon gar nicht mehr, und sehnsüchtig dachte er an den Zug meilenweit unter ihnen, wo man von einer kugelrunden Hexe mit einem Imbisswägelchen eiskalten Kürbissaft kaufen konnte. Warum waren sie eigentlich nicht zu Gleis neundreiviertel durchgekommen?

»Weit kann es nicht mehr sein, oder?«, krächzte Ron wieder ein paar Stunden später, als die Sonne schon im Wolkenteppich versank und den Himmel tiefrosa einfärbte. »Wollen wir noch mal nach dem Zug schauen?«

Er war immer noch direkt unter ihnen und schlängelte sich an einem schneebedeckten Berg vorbei. Unter dem Wolken-Baldachin war es jetzt schon recht dunkel.

Ron drückte aufs Gaspedal und flog den Wagen wieder nach oben, doch auf einmal begann der Motor zu wimmern.

Harry und Ron tauschten nervöse Blicke.

»Wahrscheinlich ist er bloß müde«, sagte Ron. »So weit ist er noch nie geflogen …«

Und während der Himmel immer dunkler wurde, taten sie so, als ob sie das lauter werdende Wimmern nicht hörten. In der Schwärze um sie her blühten Sterne auf. Harry zog den Pulli wieder an.

»Nicht mehr weit«, sagte Ron, mehr zum Wagen als zu Harry, »wir sind bald da«, und er tätschelte mit zitternder Hand das Armaturenbrett.

Als sie eine Weile später wieder durch die Wolken hinabtauchten, mussten sie in der Dunkelheit nach einem Punkt in der Landschaft Ausschau halten, den sie kannten.

»*Dort!*«, rief Harry, und Ron und Hedwig schraken zusammen. »Direkt vor uns!«

Hoch oben auf einer Klippe über dem See, abgehoben gegen den dunklen Horizont, ragten die vielen Zinnen und Türme von Hogwarts empor.

Der Wagen begann zu stottern und wurde langsamer.

»Na komm schon«, flehte Ron und rüttelte ein wenig am Steuer, »wir sind doch fast da, los –«

Der Motor stöhnte auf. Unter der Kühlerhaube pfiffen feine Dampfstrahlen hervor. Harry klammerte sich zu beiden Seiten seines Sitzes fest, während sie auf den See zuflogen.

Der Wagen begann heftig zu ruckeln. Harry spähte aus dem Fenster und sah ein gutes Stück unter ihnen das ruhige, gläsern-schwarze Wasser. Rons Handknöchel auf dem Lenkrad waren weiß geworden. Wieder machte der Wagen einen Ruck.

»Ich bitte dich«, murmelte Ron.

Sie waren über dem See … Hogwarts lag direkt vor ihnen … Ron drückte das Gaspedal durch.

Sie hörten ein lautes metallisches Klirren und mit einem Stottern erstarb der Motor.

»Uh, aah«, sagte Ron in die Stille hinein.

Der Wagen neigte sich vornüber in die Tiefe. Sie sanken, immer schneller, geradewegs auf die Schlossmauer zu.

»Neiiiin!«, schrie Ron und kurbelte am Steuer; um kaum einen Meter verfehlten sie die dunkle Steinmauer, und der Wagen beschrieb einen ausladenden Bogen; sie surrten über die dunklen Gewächshäuser hinweg, über den Gemüsegarten und dann über die dunklen Parkanlagen, dabei verloren sie stetig an Höhe.

Ron ließ das Steuer ganz los und zog seinen Zauberstab aus der hinteren Tasche.

»HALT! STOPP!«, rief er und schlug auf das Armaturenbrett und die Windschutzscheibe ein, doch immer noch sanken sie tiefer, und der Erdboden flog ihnen entgegen …

77

»PASS AUF DEN BAUM AUF!«, schrie Harry und stürzte sich auf das Lenkrad, doch zu spät –

SPLITTER.

Mit ohrenbetäubendem Lärm schlug Metall auf Holz; sie krachten gegen den dicken Baumstamm und landeten mit einem schmerzhaften Aufprall auf der Erde. Unter der zusammengeschrumpelten Kühlerhaube paffte Dampf hervor; Hedwig kreischte in panischer Angst, und auf Harrys Kopf pochte da, wo er gegen die Windschutzscheibe geknallt war, eine golfballgroße Beule. Von Ron zu seiner Rechten kam ein lautes, verzweifeltes Stöhnen.

»Bist du okay?«, fragte Harry besorgt.

»Mein Zauberstab«, sagte Ron mit zittriger Stimme. »Sieh dir meinen Zauberstab an.«

Er war durchgeknackst und fast entzweigebrochen; die Spitze hing lahm herab und wurde nur noch von ein paar Sehnen gehalten.

Harry öffnete den Mund, um zu sagen, das würden sie in der Schule sicher wieder hinbekommen, doch er brachte kein Wort heraus. In genau diesem Moment schlug etwas mit der Kraft eines rasenden Nashorns gegen seine Wagentür und schmetterte ihn gegen Ron, während zugleich ein ebenso heftiger Schlag das Dach traf.

»Was ist –«

Ron starrte mit offenem Mund durch die Scheibe, und Harry folgte seinem Blick gerade noch rechtzeitig, um zu sehen, wie ein Ast, so dick wie eine Pythonschlange, auf sie einschlug. Der Baum, gegen den sie gekracht waren, fiel über sie her. Seine Krone hatte sich fast zum Erdboden hinuntergebogen, und seine knorrigen Zweige trommelten auf jeden Zentimeter des Wagens ein, den sie erreichen konnten.

»Aaarh!«, sagte Ron, als ein weiterer Ast sich zurückbog und eine tiefe Delle in die Fahrertür schlug; die Windschutzscheibe zitterte nun unter einem Hagel von Schlägen knöchelartiger Zweiglein, und ein Ast, so dick wie ein Rammbock, hämmerte wild auf das Dach ein, das sich immer tiefer eindellte –

»Raus hier, schnell!«, schrie Ron und warf sich mit aller Kraft gegen die Tür, doch schon schleuderte ihn ein teuflischer Aufwärtshaken in Harrys Schoß.

»Wir sind erledigt«, stöhnte er, als das Dach einbrach, doch plötzlich erzitterte der Wagenboden – der Motor war wieder angesprungen.

»*Rückwärts!*«, schrie Harry, und der Wagen sauste zurück. Noch immer schlug der Baum nach ihnen aus; mit knarzenden Wurzeln riss er sich fast aus der Erde, um sie noch einmal mit seinen Peitschenhieben zu treffen, bevor sie davonfuhren.

»Das war knapp«, keuchte Ron. »Gut gemacht, Auto.«
Der Wagen freilich war nun am Ende seiner Kräfte. Mit einem trockenen Geräusch flogen die Türen auf und Harry spürte seinen Sitz zur Seite kippen; schon lag er, alle Viere von sich gestreckt, auf dem feuchten Erdboden. Laute dumpfe Aufschläge sagten ihm, dass der Wagen nun ihr Gepäck aus dem Kofferraum warf; Hedwigs Käfig segelte durch die Luft, die Käfigtür flog auf und mit einem wütenden Kreischen flatterte sie, ohne die beiden noch eines Blickes zu würdigen, rasch in Richtung Schloss davon. Nun zuckelte der zerbeulte und zerkratzte Wagen, zornig mit den Rücklichtern blinkend, in die Dunkelheit davon.

»Komm zurück!«, rief Ron ihm nach und fuchtelte mit seinem durchgeknacksten Zauberstab durch die Luft. »Dad bringt mich um!«

Doch mit einem letzten Ächzer des Auspuffs verschwand der Wagen in der Nacht.

»Wie kann man nur so viel Pech haben«, sagte Ron niedergeschlagen und bückte sich, um Krätze, die Ratte, aufzuheben. »Von allen Bäumen, gegen die wir hätten fliegen können, haben wir einen getroffen, der zurückschlägt.«

Er blickte über die Schulter zurück zu dem alten Baum, der immer noch drohend mit den Zweigen ausschlug.

»Los komm«, sagte Harry erschöpft, »wir gehen besser rauf zur Schule ...«

Das war keineswegs die triumphale Ankunft, die sie erwartet hatten. Mit steifen Gliedern, unterkühlt und zerkratzt packten sie ihre Koffer und zogen den grasbewachsenen Abhang zum großen eichenen Schlossportal hoch.

»Die Feier hat wohl schon angefangen«, sagte Ron, ließ den Koffer am Fuß der Portaltreppe fallen und huschte zu einem hell erleuchteten Fenster hinüber. »Hey, Harry, sieh mal – die Auswahl!«

Harry rannte zu Ron hinüber und gemeinsam spähten sie in die Große Halle.

Zahllose Kerzen schwebten über den vier langen, dicht besetzten Tischen und ließen die goldenen Teller und Becher funkeln. Hoch oben an der verzauberten Decke, die immerzu den Himmel draußen spiegelte, glitzerten die Sterne.

Durch den Wald aus schwarzen Hogwarts-Spitzhüten sah Harry eine lange Schlange Erstklässler mit bangen Blicken in die Halle marschieren. Ginny war wegen ihres leuchtend roten Weasley-Haares leicht zu erkennen. Nun trat Professor McGonagall hinzu, eine bebrillte Hexe mit strammem Haarknoten, und legte den berühmten Sprechenden Hut von Hogwarts auf einen Stuhl.

Dieser uralte Hut, fleckig, rissig und schmutzig, verteilte alljährlich die neuen Schüler auf die vier Häuser von Hogwarts (Gryffindor, Hufflepuff, Ravenclaw und Slytherin). Harry erinnerte sich noch gut daran, wie er ihn vor genau einem Jahr aufgesetzt und ganz versteinert auf die Entscheidung gewartet hatte, während ihm der Hut eindringlich ins Ohr flüsterte. Ein paar schreckliche Sekunden lang hatte er befürchtet, der Hut würde ihn nach Slytherin stecken, in das Haus, das mehr schwarze Hexen und Zauberer hervorgebracht hatte als jedes andere. Doch er war schließlich nach Gryffindor gekommen, zusammen mit Ron, Hermine und den anderen Weasleys. Im letzten Schuljahr hatten Harry und Ron dazu beigetragen, dass Gryffindor die Hausmeisterschaft gewonnen und damit Slytherin nach sieben Jahren endlich wieder besiegt hatte.

Ein sehr kleiner Junge mit mausgrauem Haar war aufgerufen worden, den Hut aufzusetzen. Harrys Augen wanderten an ihm vorbei, dorthin, wo Professor Dumbledore saß, der Schulleiter mit dem langen, silbernen Bart. Vom Lehrertisch aus verfolgte er die Auswahl durch seine halbmondförmigen Brillengläser, die im Kerzenlicht blitzten. Ein paar Plätze weiter sah Harry Gilderoy Lockhart, gewandet in einen aquamarinblauen Umhang. Und dort, am Ende des Tisches, saß Hagrid, riesig und haarüberwuchert, und nahm tiefe Schlucke aus seinem Becher.

»Guck mal ...«, zischte Harry Ron ins Ohr. »Dort am Lehrertisch ist ein freier Platz ... Wo ist eigentlich Snape?«

Professor Severus Snape war der Lehrer, den Harry am wenigsten leiden konnte. Und es traf sich, dass Harry auch der Schüler war, den Snape am wenigsten leiden konnte. Der grausame, spöttische und bei allen außer bei den Schülern seines eigenen Hauses (Slytherin) unbeliebte Snape unterrichtete Zaubertränke.

»Vielleicht ist er krank!«, sagte Ron hoffnungsvoll.

»Vielleicht hat er *gekündigt*«, entgegnete Harry, »weil er *wieder nicht* Verteidigung gegen die dunklen Künste unterrichten darf!«

81

»Oder sie haben ihn *rausgeschmissen!*«, meinte Ron begeistert. »Immerhin kann ihn ja keiner ausstehen –«

»Oder vielleicht«, sagte eine eisige Stimme direkt hinter ihnen, »wartet er darauf, von euch zu hören, warum ihr nicht mit dem Schulzug gekommen seid.«

Harry wirbelte herum. Vor ihnen, sein schwarzer Umhang flatterte in der kalten Brise, stand Severus Snape. Er war ein dünner, fahlhäutiger Mann mit Hakennase und fettigem, schulterlangem schwarzem Haar. Und in diesem Augenblick lächelte er auf eine Weise, die Harry sagte, dass er und Ron in gewaltigen Schwierigkeiten steckten.

»Kommt«, sagte Snape.

Harry und Ron wagten nicht einmal, sich Blicke zuzuwerfen, und folgten Snape die Stufen hoch in die ausladende, von Echos durchzogene und fackelbeleuchtete Eingangshalle. Ein köstlicher Duft wehte aus der Großen Halle herüber, doch Snape führte sie weg aus der Wärme und dem Licht und eine schmale Steintreppe hinunter, die in die Kerker führte.

»Da hinein!«, sagte er und öffnete eine Tür auf halbem Weg den dunklen Treppengang hinunter.

Zitternd betraten sie Snapes Büro. An den dunklen Wänden zogen sich Regale voller großer Einmachgläser entlang, in denen alle möglichen widerwärtigen Geschöpfe schwammen, deren Namen Harry im Moment nicht wusste. Der Kamin war dunkel und leer. Snape schloss die Tür, wandte sich um und blickte die beiden an.

»Soso«, sagte er leise, »der Zug ist nicht gut genug für den berühmten Harry Potter und seinen treuen Kameraden Weasley. Wollten hier mit großem Trara ankommen, nicht wahr, die Herren?«

»Nein, Sir, die Absperrung in King's Cross, sie …«

»Ruhe«, sagte Snape kühl. »Was habt ihr mit dem Wagen gemacht?«

Ron schluckte. Nicht zum ersten Mal hatte Harry den Eindruck, Snape könne Gedanken lesen. Doch einen Moment später, als Snape die neue Ausgabe des *Abendpropheten* entrollte, wurde ihm alles klar.

»Man hat euch gesehen«, zischte Snape und zeigte ihnen die Schlagzeile: FLIEGENDER FORD ANGLIA VERSETZT MUGGEL IN AUFREGUNG. Er las laut vor. »Zwei Londoner Muggel sind felsenfest überzeugt, dass sie einen alten Wagen über den Turm des Postamtes fliegen sahen ... Als Mrs Hetty Bayliss in Norfolk um die Mittagszeit ihre Wäsche aufhängen wollte ... Mr Angus Fleet aus Peebles schilderte der Polizei ... Sechs bis sieben Muggel insgesamt. Ich glaube, *dein* Vater arbeitet in der Abteilung für den Missbrauch von Muggelsachen?«, sagte er und blickte Ron mit zunehmend gehässigem Lächeln an. »Meine Güte ... sein eigener Sohn ...«

Harry fühlte sich, als ob ihn gerade einer der kräftigeren Äste des verrückten Baumes in die Magengegend geschlagen hätte. Wenn jemand herausfand, dass Mr Weasley den Wagen verhext hatte ... daran hatte er gar nicht gedacht ...

»Wie ich bei meinem Kontrollgang durch den Park feststellen musste, scheint eine sehr wertvolle Peitschende Weide schwer beschädigt worden zu sein«, fuhr Snape fort.

»Der Baum hat uns mehr zugesetzt als wir ihm!«, sprudelte es aus Ron heraus.

»*Ruhe!*«, fuhr ihn Snape an. »Zu meinem größten Bedauern gehört ihr nicht zu meinem Haus, und die Entscheidung, euch von der Schule zu weisen, ist nicht meine Sache. Ich werde jetzt gehen und die Leute holen, die das Glück haben, dazu befugt zu sein. Ihr wartet hier.«

Harry und Ron starrten sich in die weißen Gesichter. Hunger hatte Harry keinen mehr. Ihm war jetzt furchtbar schlecht. Er versuchte, nicht das große, schleimige Etwas an-

83

zusehen, das da in grüner Flüssigkeit auf einem Regal hinter Snapes Schreibtisch schwebte. Wenn Snape jetzt Professor McGonagall holte, die Hauslehrerin von Gryffindor, dann würde es ihnen kaum besser ergehen. Sie war vielleicht fairer als Snape, aber dafür äußerst streng.

Zehn Minuten später kam Snape zurück und tatsächlich in Begleitung von Professor McGonagall. Harry hatte sie schon mehrmals wütend gesehen, doch entweder hatte er vergessen, wie schmal ihr Mund werden konnte, oder er hatte sie noch nie so zornig erlebt. Sie war kaum eingetreten, als sie auch schon ihren Zauberstab hob. Harry und Ron zuckten zusammen. Doch sie richtete ihn nur auf den leeren Kamin, in dem jetzt plötzlich Flammen aufflackerten.

»Setzen Sie sich.« Ron und Harry ließen sich auf Stühle beim Feuer nieder.

»Ich wünsche eine Erklärung«, sagte sie mit Unheil verkündend schimmernden Brillengläsern.

Ron stürzte sich in die Schilderung ihrer Erlebnisse und begann bei der Absperrung, die sie nicht durchlassen wollte.

»... also hatten wir keine Wahl, Professor, wir konnten den Zug nicht erreichen.«

»Warum haben Sie uns keinen Brief per Eule geschickt? Ich glaube, *Sie* haben eine Eule?«, sagte Professor McGonagall mit kalter Stimme zu Harry gewandt.

Harry sah sie bestürzt an. Nun, da sie es sagte, schien es das Natürlichste gewesen zu sein.

»Ich ... ich habe nicht gedacht ...«

»Das«, sagte Professor McGonagall, »ist mir klar.«

Es klopfte, und Snape, gut gelaunt wie sonst nie, öffnete die Tür. Herein kam der Schulleiter, Professor Dumbledore.

Harry spürte seinen ganzen Körper taub werden. Dumbledore sah ungewöhnlich ernst aus. Er blickte sie entlang seiner sehr krummen Nase an und Harry verspürte jäh den

Wunsch, die Peitschende Weide möge immer noch auf ihn und Ron einprügeln.

Ein langes Schweigen trat ein. Dann sagte Dumbledore: »Bitte erklären Sie mir, warum Sie das getan haben.«

Es wäre besser zu ertragen gewesen, wenn er sie angeschrien hätte. Die Enttäuschung, die in Dumbledores Stimme lag, gefiel Harry überhaupt nicht. Aus irgendeinem Grund konnte er Dumbledore nicht in die Augen sehen und er sprach stattdessen zu seinen Knien. Er sagte Dumbledore alles, außer dass der verzauberte Wagen Mr Weasley gehörte, und tat so, als hätten er und Ron ganz zufällig einen fliegenden Wagen vor dem Bahnhof gefunden. Dass Dumbledore diesen Schwindel sofort durchschauen würde, war ihm klar, doch Dumbledore wollte nichts weiter über den Wagen wissen. Als Harry fertig war, sah er sie einfach weiter durch seine Brille hindurch an.

»Wir holen unsere Sachen«, sagte Ron mit matter Stimme.

»Was reden Sie da, Weasley?«, blaffte ihn Professor McGonagall an.

»Sie werfen uns doch raus, oder?«, sagte Ron.

Harry warf Dumbledore einen raschen Blick zu.

»Nicht heute, Mr Weasley«, sagte Dumbledore. »Doch ich muss Ihnen nachdrücklich einschärfen, dass Ihr Handeln ein schwerer Fehler war. Ich werde heute Abend Ihren Familien schreiben. Ich muss Sie auch davor warnen, noch einmal etwas Derartiges zu tun, denn dann werde ich keine andere Wahl haben, als Sie von der Schule zu weisen.«

Snape sah aus, als wäre Weihnachten abgesagt worden. Er räusperte sich und sagte: »Professor Dumbledore, diese Jungen haben die Vorschriften zur Einschränkung der Zauberei Minderjähriger gebrochen und einen wertvollen alten Baum schwer beschädigt ... gewiss müssen derlei Taten ...«

»Es ist Sache von Professor McGonagall, über die Strafen

für die Jungen zu befinden, Severus«, sagte Dumbledore gelassen. »Sie gehören zu ihrem Haus und stehen daher in ihrer Obhut.« Er wandte sich an Professor McGonagall. »Ich muss zurück zur Feier, Minerva, und ein paar Dinge ansagen. Kommen Sie, Severus, da steht eine köstlich aussehende Senftorte, die ich gerne mal probieren möchte …«

Snape warf Harry und Ron einen Blick zu, der reiner Hass war, und ließ sich dann von Dumbledore aus seinem Büro geleiten. Nun waren sie allein mit Professor McGonagall, die sie immer noch wie ein Adler auf Beuteflug beäugte.

»Sie gehen in den Krankenflügel, Weasley, Sie bluten ja.«

»Nicht schlimm«, sagte Ron und fuhr hastig mit dem Ärmel über den Riss an seiner Augenbraue. »Professor, ich wollte eigentlich zusehen, wie meine Schwester den Sprechenden Hut aufsetzt –«

»Die Auswahlfeier ist vorbei«, sagte Professor McGonagall. »Ihre Schwester kommt ebenfalls nach Gryffindor.«

»Oh, gut«, sagte Ron.

»Und da wir gerade von Gryffindor sprechen …«, sagte Professor McGonagall scharf, doch Harry unterbrach sie. »Professor, als wir den Wagen nahmen, hatte das Schuljahr noch gar nicht begonnen, also … also sollten Gryffindor eigentlich keine Punkte abgezogen werden, oder?«, schloss er und blickte sie gespannt an.

Professor McGonagall versetzte ihm einen durchdringenden Blick, doch er war sich sicher, den Anflug eines Lächelns zu erkennen. Jedenfalls sah ihr Mund nicht mehr ganz so schmal aus.

»Ich werde Gryffindor keine Punkte abziehen«, sagte sie, und Harry wurde es ganz leicht ums Herz. »Aber ihr werdet beide Strafarbeiten bekommen.«

Das war besser, als Harry befürchtet hatte. Dumbledore wollte den Dursleys schreiben – na wenn schon. Die würden gewiss nur enttäuscht darüber sein, dass die Peitschende Weide ihn nicht zermalmt hatte.

Professor McGonagall hob abermals ihren Zauberstab und richtete ihn auf Snapes Schreibtisch. Mit einem leisen Knall erschienen ein Teller mit belegten Broten, zwei Becher und ein Krug mit eisgekühltem Kürbissaft.

»Ihr esst hier und geht dann gleich in euren Schlafsaal«, sagte sie. »Ich muss zurück zur Feier.«

Als sich die Tür hinter ihr geschlossen hatte, kam von Ron ein langer und lauter Pfiff.

»Ich dachte, es wäre aus mit uns«, sagte er und griff nach einem Brot.

»Ich auch«, sagte Harry und bediente sich ebenfalls.

»Aber wir hatten doch wirklich unglaubliches Pech«, schmatzte Ron durch einen Mund voll Hühnchen und Schinken. »Fred und George müssen dieses Auto fünf oder sechs Mal geflogen haben und kein Muggel hat *die* je gesehen.« Er schluckte und nahm einen weiteren gewaltigen Bissen. »*Warum* sind wir nicht durch die Absperrung gekommen?«

Harry zuckte die Achseln. »Von jetzt an müssen wir jedenfalls aufpassen«, sagte er und nahm einen kräftigen Schluck Kürbissaft. »Wünschte, wir könnten hoch zur Feier …«

»Sie wollte nicht, dass wir mit der Geschichte angeben«, sagte Ron weise. »Will nicht, dass die andern glauben, es sei eine tolle Sache, mit einem fliegenden Auto aufzutauchen.«

Als sie so viele Brote verspeist hatten, wie sie konnten (der Teller füllte sich immer wieder nach), standen sie auf und verließen das Büro. Sie gingen den vertrauten Weg zum Turm der Gryffindors hinauf. Im Schloss war es ruhig; die Feier schien vorüber zu sein. Sie gingen an murmelnden Porträts und quietschenden Rüstungen vorbei und stiegen die schmalen Steintreppen empor. Endlich erreichten sie den Korridor, an dessen Ende der geheime Eingang zum

87

Gryffindor-Turm versteckt war – hinter dem Ölgemälde einer sehr fetten Dame in einem rosa Seidenkleid.

»Passwort?«, fragte sie, als sie näher kamen.

»Ähm –«, sagte Harry.

Sie kannten das Passwort für das neue Schuljahr nicht, weil sie noch keinen Vertrauensschüler der Gryffindors getroffen hatten. Doch fast im gleichen Moment nahte auch schon Hilfe; hinter sich hörten sie Fußgetrappel, und als sie sich umdrehten, sahen sie Hermine auf sie zurennen.

»Da seid ihr ja! Wo *wart* ihr denn? Es gab die *lächerlichsten* Gerüchte – jemand meinte, ihr seid rausgeflogen, weil ihr ein fliegendes *Auto* geschrottet habt.«

»Nun, wir sind nicht rausgeflogen«, versicherte ihr Harry.

»Sagt bloß, ihr seid tatsächlich hergeflogen?«, sagte Hermine und klang dabei fast so streng wie Professor McGonagall.

»Spar dir den Vortrag«, sagte Ron unwirsch, »und sag uns das neue Passwort.«

»Es ist ›Bartvogel‹«, sagte Hermine ungeduldig, »aber darum geht's jetzt nicht –«

Sie wurde jedoch unterbrochen, denn das Porträt der fetten Dame klappte zur Seite und plötzlich brach ein Beifallssturm los. Es schien, als wären alle Gryffindors noch wach: dicht gedrängt standen sie in ihrem kreisrunden Gemeinschaftsraum, auf Tischen und knuddeligen Sesseln verteilt, und warteten auf ihre Ankunft. Arme streckten sich durch das Porträtloch, um Harry und Ron hineinzuziehen, und Hermine musste hinter ihnen herklettern.

»Klasse gemacht«, schrie Lee Jordan. »Genial! Was für ein Auftritt! Einen Wagen mitten in die Peitschende Weide hineinzufliegen, darüber wird man noch in Jahren reden!«

»Gut gemacht!«, sagte ein Fünftklässler, mit dem Harry noch nie gesprochen hatte; jemand klopfte ihm auf die Schulter, als ob er gerade einen Marathonlauf gewonnen hätte. Fred und George drängten sich zu ihnen durch und sagten gleichzeitig: »Warum zum Teufel habt ihr uns denn nicht zurückgerufen?« Ron war scharlachrot im Gesicht und grinste verlegen, doch Harry erblickte einen Jungen in der Schar der Köpfe, der gar nicht glücklich aussah. Hinter einigen aufgeregten Erstklässlern erkannte er Percy, der offenbar nahe genug heranzukommen versuchte, um ihnen eine Strafpredigt zu halten. Harry stieß Ron in die Rippen und nickte in Percys Richtung. Ron verstand sofort.

»Müssen jetzt nach oben – sind ein wenig müde«, sagte er, und sie bahnten sich einen Weg zur Tür gegenüber, die zu einer Wendeltreppe und in die Schlafsäle hochführte.

»Nacht«, rief Harry noch Hermine zu, die genau den gleichen vorwurfsvollen Blick aufgesetzt hatte wie Percy.

Immer noch unter Schulterklopfen der Umstehenden schafften sie es auf die andere Seite des Gemeinschaftsraums und hinaus in die Stille des Treppenaufgangs. Eilends stiegen sie empor, bis an die Spitze, und standen nun endlich vor der Tür ihres alten Schlafsaals, auf dem jetzt ein Schild mit der Aufschrift »Zweitklässler« angebracht war. Sie betraten das vertraute runde Turmzimmer mit den fünf samtbehangenen Himmelbetten und den hohen, schmalen Fenstern. Ihre Koffer waren schon hochgebracht worden und standen vor den Betten.

Schuldbewusst grinste Ron Harry an.

»Ich weiß, das hätte ich nicht genießen sollen, aber –«

Die Schlafsaaltür flog auf und herein kamen die anderen Jungen der zweiten Klasse von Gryffindor, Seamus Finnigan, Dean Thomas und Neville Longbottom.

»*Unglaublich*«, rief Seamus strahlend.

»Cool«, sagte Dean.

»Phantastisch«, sagte Neville ehrfurchtsvoll.

Harry konnte nicht anders. Auch er grinste.

Gilderoy Lockhart

Am Tag darauf jedoch hatte Harry kaum etwas zu grinsen. Vom Frühstück in der Großen Halle an ging es bergab. Die vier langen Haustische unter der magischen Decke (heute in wolkig trübem Grau) ächzten unter ihrer Last aus Schüsseln mit Haferbrei, Platten voll geräuchertem Hering, Tellern mit Eiern und Schinken und Bergen von Toastbrot. Harry und Ron setzten sich an den Tisch der Gryffindors, neben Hermine, die *Abstecher mit Vampiren* aufgeschlagen gegen einen Milchkrug gelehnt hatte. Ihr »Morgen«-Gruß klang ein wenig steif, und Harry spürte, dass sie immer noch die Art und Weise, wie er und Ron nach Hogwarts gelangt waren, missbilligte. Neville Longbottom dagegen grüßte sie fröhlich. Neville war ein rundgesichtiger und unfallträchtiger Junge mit dem schlechtesten Gedächtnis von allen Menschen, die Harry jemals kennen gelernt hatte.

»Die Post müsste gleich kommen. Ich glaube, Oma schickt mir ein paar Sachen, die ich vergessen habe.«

Tatsächlich hatte sich Harry gerade über seinen Haferbrei hergemacht, als auch schon ein Rauschen über ihren Köpfen zu hören war und gut hundert Eulen hereinströmten, in der Halle kreisten und Briefe und Päckchen in die schnatternde Schülerschar fallen ließen. Ein großes, klumpiges Paket prallte von Nevilles Kopf ab und einen Augenblick später fiel etwas Großes und Graues in Hermines Krug und bespritzte sie alle mit Milch und Federn.

»Errol!«, sagte Ron und zog die bedröppelte Eule an den

Beinen aus der Milch. Errol sackte ohnmächtig auf dem Tisch zusammen, die Krallen in die Luft gestreckt und einen feuchten roten Umschlag im Schnabel.

»O nein«, seufzte Ron.

»Schon gut, er lebt noch«, sagte Hermine und tätschelte Errol sanft mit den Fingerspitzen.

»Das ist es nicht – sondern *das hier.*«

Ron deutete auf den roten Brief. Harry kam er ganz gewöhnlich vor, doch Ron und Neville sahen ihn an, als würde er gleich explodieren.

»Was ist denn los?«, fragte Harry.

»Sie … sie hat mir einen Heuler geschickt«, sagte Ron mit matter Stimme.

»Mach ihn lieber auf, Ron«, flüsterte Neville ängstlich. »Sonst wird es nur noch schlimmer. Meine Oma hat mir mal einen geschickt, und ich hab ihn nicht beachtet und –«, er schluckte, »es war schrecklich.«

Harry betrachtete ihre versteinerten Gesichter und dann den Brief.

»Was ist ein Heuler?«, fragte er.

Doch Rons Aufmerksamkeit war ganz und gar auf den Brief gerichtet, der an den Ecken zu rauchen begonnen hatte.

»Mach ihn auf«, drängte Neville. »In ein paar Minuten ist alles vorbei …«

Ron streckte zitternd die Hand aus, zog den Umschlag aus Errols Schnabel und schlitzte ihn auf. Neville steckte die Finger in die Ohren. Den Bruchteil einer Sekunde später wusste Harry, warum. Einen Moment lang dachte er, der Brief wäre tatsächlich explodiert; ein ohrenbetäubendes Dröhnen erschütterte die riesige Halle und Staub rieselte von der Decke.

»… DEN WAGEN ZU STEHLEN – ES HÄTTE MICH NICHT GEWUNDERT, WENN SIE DICH RAUSGEWORFEN HÄTTEN, WART AB, BIS ICH DICH IN DIE FINGER

KRIEGE, NATÜRLICH HAST DU NICHT DARAN GE-
DACHT, WAS DEIN VATER UND ICH DURCHMACHEN
MUSSTEN, ALS WIR SAHEN, DASS ER WEG WAR …«

Mrs Weasleys Geschrei, hundertmal lauter als sonst, ließ
Teller und Löffel auf dem Tisch erzittern und hallte gellend
laut von den steinernen Wänden wider. Alle Köpfe in der
Halle wirbelten herum, neugierig, wer den Heuler bekommen hatte, und Ron versank so tief in seinen Stuhl, dass nur
noch seine puterrote Stirn zu sehen war.

»… BRIEF VON DUMBLEDORE GESTERN ABEND,
ICH DACHTE, DEIN VATER WÜRDE VOR SCHAM
STERBEN, NACH ALLEM, WAS WIR FÜR DICH GETAN
HABEN, DU UND HARRY HÄTTET EUCH DEN HALS
BRECHEN KÖNNEN …«

Harry hatte sich bereits gefragt, wann sein Name fallen
würde. Angestrengt versuchte er den Eindruck zu erwecken,
als ob er die Stimme, die in seinen Trommelfellen dröhnte,
gar nicht hören würde.

»… EINE UNGLAUBLICHE SCHANDE, DEIN VATER
HAT EINE UNTERSUCHUNGSKOMMISSION AUF
DEM HALS UND WENN DU DIR NOCH EINMAL DEN
KLEINSTEN FEHLTRITT ERLAUBST, HOLEN WIR
DICH SOFORT NACH HAUSE.«

Grabesstille machte sich breit. Der rote Umschlag, den
Ron auf den Tisch hatte fallen lassen, flammte auf und zer-
schrumpelte zu Asche. Harry und Ron saßen sprachlos da,
als wäre eine Flutwelle über sie hinweggegangen. Ein paar
Schüler lachten und allmählich stellte sich wieder munteres
Geplapper ein.

Hermine klappte *Abstecher mit Vampiren* zu und sah hinab
zu Ron.

»Nun, ich weiß nicht, was du erwartet hast, Ron, aber du –«

»Sag bloß nicht, ich hab es verdient«, fauchte Ron sie an.

Harry schob den Haferbrei beiseite. Seine Eingeweide brannten vor Schuldgefühlen. Mr Weasley musste im Ministerium eine Untersuchung über sich ergehen lassen. Nach allem, was Mr und Mrs Weasley diesen Sommer für ihn getan hatten …

Doch er hatte keine Zeit, darüber nachzugrübeln. Professor McGonagall ging am Tisch der Gryffindors entlang und verteilte Stundenpläne. Harry nahm den seinen und stellte fest, dass sie als Erstes eine Doppelstunde Kräuterkunde zusammen mit den Hufflepuffs hatten.

Harry, Ron und Hermine verließen zusammen das Schloss und gingen durch den Gemüsegarten hinüber zu den Gewächshäusern, wo die Zauberpflanzen gezüchtet wurden. Zumindest für eins war der Heuler gut gewesen: Hermine dachte nun offenbar, sie seien genug gestraft worden, und war wieder ausgesprochen freundlich zu ihnen.

Sie näherten sich den Gewächshäusern und sahen schon die anderen aus der Klasse draußen auf Professor Sprout warten. Kaum waren Harry, Ron und Hermine hinzugetreten, kam sie auch schon über den Rasen geschritten – in Begleitung von Gilderoy Lockhart. Professor Sprout trug einen Arm voll Mullbinden, und mit einem erneuten Anflug von Schuldgefühlen erkannte Harry in der Ferne die Peitschende Weide, die nun etliche Zweige in Bandagen hatte.

Professor Sprout war eine untersetzte kleine Hexe mit einem Flickenhut auf ihrem windzerzausten Haar; meist hatte sie eine ganze Menge Erde auf den Kleidern, und beim Anblick ihrer Fingernägel wäre Tante Petunia in Ohnmacht gefallen. Tadellos gekleidet war dagegen Gilderoy Lockhart mit seinem wehenden türkisfarbenen Umhang. Sein goldenes Haar schimmerte unter einem perfekt sitzenden türkisfarbenen Hut mit Goldrand hervor.

»Oh, hallo, hallo!«, rief Lockhart und strahlte die versammelten Schüler an. »Hab eben kurz Professor Sprout erklärt, wie man eine Peitschende Weide richtig verarztet! Aber ich möchte nicht, dass ihr jetzt denkt, ich sei besser in Pflanzenkunde als sie! Auf meinen Reisen sind mir nur zufällig einige dieser Exoten begegnet ...«

»Gewächshaus drei heute, Freunde!«, sagte Professor Sprout, die nicht wie sonst immer fröhlich, sondern unverkennbar miesepetrig dreinsah.

Ein neugieriges Gemurmel lief durch die Umstehenden. Bisher hatten sie nur in Gewächshaus eins gearbeitet – Gewächshaus drei beherbergte viel interessantere und gefährlichere Pflanzen. Professor Sprout nahm einen großen Schlüssel von ihrem Gürtel und schloss die Tür auf. Der Geruch von feuchter Erde und Dünger drang in Harrys Nase, vermischt mit dem schweren Parfümduft einiger riesiger, schirmartiger Blumen, die von der Decke herabhingen. Er wollte gerade hinter Ron und Hermine eintreten, als Lockhart blitzartig die Hand ausstreckte.

»Harry! Ich wollte kurz mit Ihnen sprechen. Sie haben doch nichts dagegen, wenn er ein paar Minuten später kommt, nicht wahr, Professor Sprout?«

Nach Professor Sprouts Stirnrunzeln zu schließen hatte sie eine ganze Menge dagegen, doch Lockhart sagte: »Wunderbar«, und schlug ihr die Gewächshaustür vor der Nase zu.

»Harry«, sagte Lockhart kopfschüttelnd, und seine großen weißen Zähne blitzten. »Harry, Harry, Harry.«

Harry schwieg völlig verdutzt.

»Als ich davon gehört hab – nun, natürlich war alles meine Schuld. Ich hätte mich ohrfeigen können.«

Harry hatte keine Ahnung, wovon er redete. Das wollte er gerade sagen, als Lockhart fortfuhr: »Weiß nicht, ob ich mich jemals so erschrocken habe. Einen Wagen nach Hogwarts zu fliegen! Nun, natürlich wusste ich sofort, warum Sie es getan haben. War eine ganz große Sache. Harry, Harry, *Harry*.«

Erstaunlicherweise konnte er jeden einzelnen seiner blitzenden Zähne zeigen, selbst wenn er nicht sprach.

»Hab Sie auf den Geschmack gebracht, was öffentliches Aufsehen angeht, nicht wahr?«, sagte Lockhart. »Es hat Sie *gepackt*. Sie sind mit mir auf die Titelseite gekommen und wollten es gleich noch mal probieren.«

»O nein, Professor, sehen Sie –«

»Harry, Harry, Harry«, sagte Lockhart, streckte die Hand aus und packte ihn an der Schulter. »*Ich verstehe*. Ist doch nur natürlich, dass man ein wenig mehr will, sobald man davon gekostet hat. Und ich mache mir Vorwürfe, Sie darauf gebracht zu haben, denn es musste Ihnen ja zu Kopfe steigen – doch sehen Sie mal, junger Mann, Sie können nicht einfach hingehen und mit Autos *herumfliegen*, um Aufmerksamkeit zu erregen. Kommen Sie besser wieder auf den Boden. Wenn Sie älter sind, haben Sie noch genug Zeit für derlei. Ja, ja, ich weiß, was Sie denken! ›Der hat gut reden, er ist ja schon ein weltberühmter Zauberer!‹ Aber als ich zwölf war, war ich auch nur ein Niemand, genau wie Sie. Und eigentlich noch weniger als ein Niemand! Immerhin haben einige Leute schon von Ihnen gehört, oder? Diese ganze Geschichte mit Jenem, dessen Name nicht genannt werden darf!« Er betrachtete die blitzförmige Narbe auf Harrys Stirn. »Ich weiß, das ist nichts gegen meine Auszeichnungen – fünfmal in Folge den Charmantestes-Lächeln-Preis der *Hexenwoche* gewonnen – doch es ist ein *Anfang*, Harry, ein *Anfang*.« Er zwinkerte Harry kumpelhaft zu und schritt davon. Harry blieb ein paar Sekunden wie angewurzelt stehen, dann fiel ihm ein, dass er eigentlich im Gewächshaus sein sollte. Er öffnete die Tür und glitt hinein.

Professor Sprout stand hinter einer aufgebockten Holzplatte mitten im Gewächshaus. Darauf lagen etwa zwanzig Paar verschiedenfarbiger Ohrschützer. Harry stellte sich zwischen Ron und Hermine. »Heute werden wir Alraunen umtopfen. Nun, wer kann mir die Eigenschaften der Alraune nennen?«

Hermine streckte als Erste den Finger in die Höhe, worüber sich niemand wunderte.

»Die Alraune, oder Mandragora, ist eine mächtige Rückverwandlerin«, sagte Hermine und klang wie üblich, als hätte sie das Lehrbuch geschluckt. »Sie wird verwendet, um Verwandelte oder Verfluchte in ihren ursprünglichen Zustand zurückzuversetzen.«

»Glänzend. Zehn Punkte für Gryffindor«, sagte Professor Sprout. »Die Alraune bildet einen wesentlichen Bestandteil der meisten Gegengifte. Freilich ist auch sie gefährlich. Wer kann mir sagen, warum?«

Hermines Hand schoss wieder hoch und verfehlte dabei knapp Harrys Brille.

»Der Schrei der Alraune ist tödlich für jeden, der ihn hört«, antwortete sie blitzschnell.

»Genau. Weitere zehn Punkte«, sagte Professor Sprout. »Nun sind die Alraunen, die wir hier haben, noch sehr jung.«

Sie deutete auf eine Reihe tiefer Kästen und alle hasteten mit neugierigem Blick nach vorn. Dort wuchsen aufgereiht etwa hundert kleine, büschelige Pflanzen von grüner Farbe mit einem Hauch Purpurrot. Harry, der nicht die geringste Ahnung hatte, was Hermine mit dem »Schrei« der Alraune meinte, fand die Gewächse recht unscheinbar.

»Jetzt nimmt sich jeder ein Paar Ohrenschützer«, sagte Professor Sprout.

Es gab ein Gerangel, weil alle versuchten ein Paar zu bekommen, das nicht rosa und flauschig war.

»Wenn ich sage, ihr sollt sie aufsetzen, dann passt auf,

dass eure Ohren *vollständig* bedeckt sind«, sagte Professor Sprout. »Wenn ihr sie gefahrlos wieder abnehmen könnt, zeige ich mit dem Daumen nach oben. Also, Ohrenschützer aufsetzen.«

Harry klemmte sich die Ohrenschützer über den Kopf. Sie ließen keinerlei Geräusch durch. Professor Sprout setzte ein rosafarbenes, flauschiges Paar auf die Ohren, rollte die Ärmel ihres Umhangs hoch, packte mit festem Griff eine der büscheligen Pflanzen und zog kräftig daran.

Harry entfuhr vor Überraschung ein kleiner Aufschrei, den natürlich niemand hören konnte.

Statt einer Wurzel kullerte ein kleines, schlammüberzogenes und äußerst hässliches Baby aus der Erde. Die Blätter wuchsen aus seinem Kopf heraus. Es hatte eine blassgrüne, gefleckte Haut und schrie ganz eindeutig aus Leibeskräften.

Professor Sprout zog einen großen Blumentopf unter dem Tisch hervor, steckte die Alraune hinein und begrub sie mit dunkler, feuchter Komposterde, bis nur noch die büscheligen Blätter zu sehen waren. Dann rieb sie sich Erdkrümel von den Händen, zeigte mit dem Daumen nach oben und nahm ihre Ohrenschützer ab.

»Da unsere Alraunen noch Setzlinge sind, würden ihre Schreie euch noch nicht umbringen«, sagte sie gelassen, als ob sie gerade nichts weiter Aufregendes getan hätte als eine Begonie zu gießen. »Allerdings würden sie euch mehrere Stunden lang außer Gefecht setzen, und da sicher keiner von euch den ersten Schultag im neuen Jahr verpassen will, achtet darauf, dass eure Ohrenschützer richtig sitzen, während ihr arbeitet. Ich gebe euch ein Zeichen, wenn es an der Zeit ist, einzupacken.

Jeweils vier von euch an einen Kasten – hier sind genug Töpfe – Komposterde ist in den Säcken dort drüben – und passt auf die Venemosa Tentacula auf, sie beißt.«

Bei diesen Worten versetzte sie einer dornigen, dunkelroten Pflanze, deren lange Fühler sich still und leise über ihre Schulter gestohlen hatten, einen heftigen Klaps, und die Fühler wichen rasch zurück.

Zu Harry, Ron und Hermine trat ein lockenköpfiger Junge von den Hufflepuffs, den Harry nur vom Sehen her kannte.

»Justin Finch-Fletchley«, sagte er gut gelaunt und schüttelte Harry die Hand. »Weiß natürlich, wer du bist, der berühmte Harry Potter ... und du bist Hermine Granger – in allem immer Spitze ...« (Hermine strahlte, da er auch ihr die Hand schüttelte) »... und Ron Weasley. War das nicht dein fliegendes Auto?«

Ron lächelte nicht. Der Heuler ging ihm offenbar immer noch im Kopf herum.

»Dieser Lockhart ist schon ein toller Hecht, nicht wahr?«, sagte Justin munter, während sie ihre Blumentöpfe mit Drachendungkompost füllten. »Unglaublich mutiger Kerl. Habt ihr seine Bücher gelesen? Ich wär ja vor Angst gestorben, wenn mich ein Werwolf in einer Telefonzelle belagert hätte, aber er ist ruhig geblieben und – zapp – einfach *phantastisch.*

Mein Name war schon auf der Liste für Eton, müsst ihr wissen, und ich kann euch nicht sagen, wie froh ich bin, dass ich dann doch hierher kam. Natürlich war Mutter ein wenig enttäuscht, aber seit ich ihr die Lockhart-Bücher empfohlen habe, hat sie wohl eingesehen, wie nützlich es ist, wenn man einen gründlich ausgebildeten Zauberer in der Familie hat ...«

Danach hatten sie nicht mehr viel Gelegenheit zum Reden. Sie setzten ihre Ohrenschützer auf und mussten sich auf die Alraunen konzentrieren. Bei Professor Sprout hatte es ganz einfach ausgesehen, doch das war es nicht. Die Alraunen mochten zwar überhaupt nicht gerne aus der Erde, doch zurück in die Erde wollten sie dann schon gar nicht. Sie wanden und krümmten sich, ballten ihre spitzen kleinen Fäuste, schlugen um sich und knirschten mit den Zähnen. Harry brauchte ganze zehn Minuten, um endlich eine besonders fette Alraune in einen Topf zu zwängen.

Am Ende der Stunde war Harry wie alle anderen schweißnass, voller Erde, und die Arme taten ihm weh. Sie trotteten hinüber zum Schloss, wuschen sich rasch, und dann ging es für die Gryffindors auch schon weiter mit Verwandlung.

Der Unterricht von Professor McGonagall war immer harte Arbeit, doch heute war es besonders anstrengend. Alles, was Harry letztes Jahr gelernt hatte, schien während des Sommers aus seinem Kopf verdunstet zu sein. Er sollte einen Käfer in einen Knopf verwandeln, doch es gelang ihm nur, seinen Käfer außer Atem zu bringen, denn der krabbelte ständig über den Tisch, um Harrys Zauberstab zu entkommen.

Ron erging es noch schlimmer. Er hatte seinen Zauberstab mit einem Stück geborgtem Zauberband geflickt, doch er schien nachhaltig beschädigt zu sein. In den unpassendsten Momenten stieß er prasselnd Funken aus. Und immer wenn Ron seinen Käfer verwandeln wollte, hüllte er ihn in dicken grauen Rauch, der nach faulen Eiern stank. Ron, der nicht mehr sah, was er tat, zerquetschte aus Versehen seinen Käfer mit dem Ellbogen und musste um einen neuen bitten. Professor McGonagall war alles andere als begeistert.

Harry war sehr erleichtert, als die Glocke zum Mittagessen schellte. Sein Hirn fühlte sich wie ein ausgedrückter Schwamm an. Das Klassenzimmer leerte sich, zurück blieben nur er und Ron, der mit seinem Zauberstab wütend auf den Tisch schlug.

»Blödes ... nutzloses ... Teil ...«

»Schreib deinen Eltern, sie sollen dir einen neuen schicken«, schlug Harry vor, als leuchtende Kugeln in hohem

Bogen aus dem Zauberstab hervorschossen und wie bei einem Feuerwerk zerknallten.

»Ja, natürlich, und zurück kommt dann noch ein Heuler«, sagte Ron und stopfte den inzwischen fauchenden Zauberstab in seine Schulmappe. *»Es ist dein Fehler, wenn der Zauberstab angeknackst ist –«*

Sie gingen hinunter zum Mittagessen, wo Rons Stimmung durch Hermine nicht gerade gehoben wurde. Sie zeigte ihnen eine Hand voll Mantelknöpfe, die sie in Verwandlung zustande gebracht hatte.

»Was haben wir heute Nachmittag?«, sagte Harry, um rasch das Thema zu wechseln.

»Verteidigung gegen die dunklen Künste«, sagte Hermine sofort.

»Sag mal«, meinte Ron und schnappte sich ihren Stundenplan, »warum hast du eigentlich alle Stunden bei Lockhart mit Herzchen umkringelt?«

Hermine riss ihm den Stundenplan aus der Hand und wurde knallrot.

Nach dem Essen gingen sie hinaus in den Hof. Der Himmel war bedeckt. Hermine setzte sich auf eine steinerne Stufe und vergrub sich wieder in *Abstecher mit Vampiren*. Harry und Ron unterhielten sich ein wenig über Quidditch, doch nach einigen Minuten beschlich Harry das Gefühl, dass jemand ihn beobachtete. Er blickte auf und sah den sehr kleinen Jungen mit mausgrauen Haaren, den er schon gestern Abend gesehen hatte, als er den Sprechenden Hut aufsetzte. Er starrte Harry an, als stünde er unter einem Bann. In den Händen hielt er etwas, das aussah wie eine gewöhnliche Muggelkamera, und in dem Moment, als Harry ihn anschaute, lief er hellrot an.

»Hallo, Harry. Ich bin … ich bin Colin Creevey«, sagte er atemlos und machte einen schüchternen Schritt auf ihn zu.

»Ich bin auch in Gryffindor. Meinst du – wäre es für dich in Ordnung, wenn – kann ich ein Bild von dir machen?«, fragte er und hob hoffnungsvoll die Kamera.

»Ein Bild?«, wiederholte Harry tonlos.

»Damit ich beweisen kann, dass ich dich getroffen hab«, sagte Colin Creevey begierig und kam langsam näher. »Ich weiß alles über dich. Jeder erzählt es. Wie du überlebt hast, als Du-weißt-schon-wer dich umbringen wollte, und wie er verschwunden ist und alles und dass du immer noch eine Blitznarbe auf der Stirn hast« (er besah sich prüfend Harrys Haaransatz), »und ein Junge in meinem Schlafsaal hat gesagt, wenn ich den Film im richtigen Gebräu entwickle, dann *bewegen* sich die Bilder.« Colin holte vor Begeisterung tief Luft und sagte: »Es ist einfach *klasse* hier, oder? Ich wusste nie, dass Zaubern alles ist, was ich kann, bis der Brief von Hogwarts kam. Mein Vater ist Milchmann, er konnte es auch nicht fassen. Also mach ich eine Menge Fotos und schick sie ihm. Und es wär echt gut, wenn ich eins von dir hätte –« er sah Harry flehentlich bittend an »– vielleicht könnte dein Freund es schießen und ich stelle mich neben dich? Und könntest du dann deinen Namen draufschreiben?«

»*Autogrammkarten?* Du verteilst *Autogrammkarten*, Potter?«

Laut und schneidend hallte Draco Malfoys Stimme im ganzen Hof wider. Er hatte sich direkt hinter Colin gestellt, flankiert, wie immer in Hogwarts, von seinen grobschlächtigen und brutalen Spießgesellen Crabbe und Goyle.

»Alle anstellen!«, dröhnte Malfoy in die Menge hinein. »Harry Potter verteilt Autogrammkarten!«

»Nein, tu ich nicht«, sagte Harry wütend und ballte die Fäuste. »Halt den Mund, Malfoy.«

»Du bist doch nur neidisch«, piepste Colin, dessen ganzer Körper etwa so dick war wie Crabbes Hals.

»*Neidisch?*«, sagte Malfoy, der jetzt nicht mehr zu schreien brauchte; der halbe Schulhof hörte zu. »Worauf denn? Ich will doch keine ekelhafte Narbe quer über mein Gesicht haben, nein danke. Wenn du den halben Kopf aufgeschlitzt kriegst, macht dich das noch lange nicht zu was Besonderem, wenn du mich fragst.«

Crabbe und Goyle kicherten dümmlich.

»Friss Schnecken, Malfoy«, sagte Ron zornig. Crabbe hörte auf zu lachen und begann drohend seine kastaniengroßen Faustknöchel zu reiben.

»Sieh dich vor, Weasley«, höhnte Malfoy. »Du willst doch nicht etwa Ärger machen, denn dann muss deine Mami kommen und dich von der Schule holen.« Mit durchdringend schriller Stimme rief er: »*Wenn du dir noch einmal den kleinsten Fehltritt erlaubst –*«

Ein Haufen Fünftklässler von Slytherin lachte laut auf.

»Weasley hätte gern eine Autogrammkarte, Potter«, spottete Malfoy, »sie wäre mehr wert als das ganze Haus seiner Familie –«

Blitzschnell zog Ron seinen geflickten Zauberstab hervor, doch Hermine schlug *Abstecher mit Vampiren* knallend zu und flüsterte:

»Schau mal, wer da kommt!«

»Um was geht es denn, Herrschaften?« Gilderoy Lockhart schritt auf sie zu, sein türkisfarbener Umhang flatterte im Winde. »Wer verteilt hier Autogrammkarten?«

Harry wollte gerade den Mund aufmachen, doch Lockhart patschte ihm den Arm auf die Schulter und dröhnte gönnerhaft:

»Dumme Frage! Wieder mal unser Harry!«

Harry, wie mit einem Schraubstock an Lockhart gepresst, sah Malfoy mit spöttischem Blick in der Menge verschwinden.

»Nun denn, Mr Creevey«, sagte Lockhart und strahlte zu

Colin hinüber. »Ein Doppelporträt, was für ein Angebot, und wir unterschreiben es *beide* für Sie.«

Colin fummelte an seiner Kamera und schoss das Bild in dem Augenblick, als die Glocke hinter ihnen läutete und zum Nachmittagsunterricht rief.

»So, die Herrschaften, verkrümelt euch«, rief Lockhart den Umstehenden zu und ging mit Harry, den er immer noch an sich gepresst hatte, auf das Schlosstor zu. Wenn ich nur einen guten Verschwindezauber kennen würde, dachte Harry.

»Unter uns gesagt, Harry«, sagte Lockhart väterlich, als sie das Gebäude durch eine Seitentür betraten. »Ich hab Ihnen da mit dem jungen Creevey ein wenig geholfen – weil er mich auch fotografiert hat, werden Ihre Schulkameraden nicht denken, dass Sie sich zu sehr ins Rampenlicht rücken …« Unter den neugierigen Blicken der anderen Schüler schleifte er ihn durch einen Gang und eine Treppe empor.

»Ich wollte Ihnen nur sagen, dass es zu diesem Zeitpunkt Ihrer Laufbahn nicht klug ist, Autogrammkarten zu verteilen – wirkt doch leicht übertrieben, um ehrlich zu sein. Irgendwann mag durchaus die Zeit kommen, da Sie immer einen Stapel griffbereit haben sollten, wie ich, aber –« er gab ein leises Gackern von sich, »ich glaube nicht, dass Sie schon so weit sind.«

Sie waren zu Lockharts Klassenzimmer gelangt und endlich ließ er Harry los. Harry zupfte seinen Umhang zurecht und suchte sich einen Platz ganz hinten, wo er sich damit beschäftigte, alle sieben Bücher von Lockhart vor sich aufzustapeln, so dass er den leibhaftigen Lockhart nicht anzusehen brauchte.

Der Rest der Klasse kam hereingetröpfelt und Ron und Hermine setzten sich neben Harry.

»Auf deinem Gesicht hätte man Spiegeleier braten können«, sagte Ron. »Kannst nur beten, dass Creevey nicht

Ginny über den Weg läuft, die würden auf der Stelle einen Harry-Potter-Fanclub gründen.«

»Hör auf«, fauchte ihn Harry an. Das Letzte, was er jetzt brauchen konnte, war, dass Lockhart etwas vom einem »Harry-Potter-Fanclub« aufschnappte.

Als alle saßen, räusperte sich Lockhart laut und es trat Stille ein. Er griff nach Neville Longbottoms Exemplar von *Trips mit Trollen* und hielt es hoch, um sein eigenes zwinkerndes Bild auf der Titelseite zu zeigen.

»Ich«, sagte er, deutete darauf und zwinkerte ebenfalls, »Gilderoy Lockhart, Orden der Merlin dritter Klasse, Ehrenmitglied der Liga zur Verteidigung gegen die dunklen Kräfte und fünfmaliger Gewinner des Charmantestes-Lächeln-Preises der *Hexenwoche* – aber das ist nicht der Rede wert. Die Todesfee von Bandon bin ich schließlich nicht losgeworden, indem ich sie *angelächelt* habe!«

Er hielt inne, um ihnen Gelegenheit zum Lachen zu geben; ein paar lächelten matt.

»Wie ich sehe, habt ihr alle die komplette Ausgabe meiner Werke erworben – gut so. Ich dachte, wir könnten heute mit einem kleinen Quiz beginnen. Was ganz Leichtes, keine Sorge – wollte nur sehen, wie gründlich ihr sie gelesen habt, wie viel ihr behalten habt –«

Er verteilte die Aufgabenblätter und ging dann wieder nach vorn: »Ihr habt dreißig Minuten – *los geht's!*«

Harry sah auf sein Blatt und las:

1. Was ist Gilderoy Lockharts Lieblingsfarbe?
2. Wie lautet Gilderoy Lockharts geheimer Wunsch?
3. Was ist Ihrer Meinung nach Gilderoy Lockharts größte Leistung bisher?

So ging es weiter, über drei Seiten hinweg, bis zur letzten Frage:

54. Wann hat Gilderoy Lockhart Geburtstag und was
    wäre das ideale Geschenk für ihn?

Eine halbe Stunde später sammelte Lockhart die Zettel ein
und blätterte sie vor der Klasse durch.

»Tjaja – kaum einer von euch weiß noch, dass meine Lieblingsfarbe Lila ist. Das schreibe ich in *Ein Jahr bei einem Yeti.*
Und ein paar von euch müssen *Wanderungen mit Werwölfen*
sorgfältiger lesen – dort mache ich in Kapitel zwölf deutlich,
dass mein ideales Geburtstagsgeschenk die Harmonie zwischen allen magischen und nichtmagischen Menschen wäre –
auch wenn ich zu einer großen Flasche Ogdens Old Fire-
whisky nicht nein sagen würde!«

Er zwinkerte ihnen erneut schalkhaft zu. Ron starrte Lockhart inzwischen mit ungläubiger Miene an; Seamus Finnigan
und Dean Thomas, die in der ersten Reihe saßen, schüttelten
sich vor unterdrücktem Lachen. Hermine hingegen lauschte
Lockhart mit verzückter Aufmerksamkeit und zuckte zusammen, als er ihren Namen nannte.

»... doch Miss Hermine Granger kennt meinen geheimen
Wunsch, die Welt von allem Bösen zu befreien und meine
eigene Serie von Haarpflegeprodukten zu vermarkten. Gutes Mädchen! Tatsächlich –« er überflog ihre Arbeit, »die
volle Punktzahl! Wo ist Miss Hermine Granger?«

Hermine hob eine zitternde Hand.

»Hervorragend!«, strahlte Lockhart, »ganz hervorragend!
Nehmen Sie zehn Punkte für Gryffindor! Und nun zu den
ernsten Dingen!«

Er beugte sich hinter seinen Tisch, hob einen großen,
tuchbedeckten Käfig hoch und stellte ihn auf die Tischplatte.

»Ich muss euch warnen! Es ist meine Aufgabe, euch gegen
die heimtückischsten Geschöpfe zu wappnen, die die Zaubererwelt kennt! Und es mag durchaus sein, dass ihr in die-

sem Raum euren schlimmsten Ängsten ins Gesicht sehen müsst. Ihr sollt jedoch wissen, dass euch nichts passieren kann, solange ich hier bin. Alles, was ich verlange, ist, dass ihr ruhig bleibt.«

Widerwillig beugte sich Harry zur Seite, um an seinem Bücherstapel vorbei den Käfig besser sehen zu können. Lockhart legte eine Hand auf die Abdeckung. Dean und Seamus hatten jetzt aufgehört zu lachen. Neville vorn in der ersten Reihe kauerte sich in seinem Stuhl zusammen.

»Ich muss euch bitten, nicht zu schreien«, sagte Lockhart mit leiser Stimme, »das könnte sie reizen.«

Die ganze Klasse hielt die Luft an und Lockhart zog die Decke vom Käfig.

»Ja«, sagte er mit theatralischer Stimme, »*frisch gefangene Wichtel aus Cornwall.*«

Seamus Finnigan konnte nicht mehr an sich halten. Er prustete los und selbst Lockhart konnte dieses Lachen nicht mit einem Entsetzensschrei verwechseln.

»Ja?«, sagte er lächelnd zu Seamus.

»Nun, sie sind nicht – sie sind nicht sehr – *gefährlich,* oder?«, sagte er mit verschluckter Stimme.

»Da wär ich mir nicht so sicher!«, sagte Lockhart und fuchtelte lästig mit dem Finger vor Seamus' Nase herum. »Teuflisch trickreiche kleine Biester können das sein!«

Die Wichtel waren leuchtend blau und etwa zwanzig Zentimeter groß, mit spitzen Gesichtern und so schrillen Stimmen, dass man meinen konnte, einen Haufen streitender Wellensittiche vor sich zu haben. Kaum war die Abdeckung weg, begannen sie auch schon zu plappern und umherzuflitzen, sie rüttelten an den Käfigstäben und zogen den Schülern in der Nähe hässliche Grimassen.

»Nun gut«, sagte Lockhart laut. »Sehen wir mal, wie ihr mit ihnen klarkommt!« Und er öffnete den Käfig.

Es war, als hätte er das Tor zur Hölle aufgestoßen. Pfeil-schnell schossen die Wichtel heraus und in alle Richtungen davon. Zwei von ihnen packten Neville bei den Ohren und hoben ihn in die Luft. Einige brachen geradewegs durchs Fenster und ließen einen Hagel aus Glassplittern über die hinteren Reihen niederprasseln. Der Rest machte sich daran, das Klassenzimmer gründlicher zu verwüsten als ein rasendes Nilpferd. Sie packten Tintenfässer und spritzten damit in der Klasse herum, zerfetzten Bücher und Papiere, rissen Bilder von den Wänden, stülpten den Papierkorb um, pack-ten Taschen und Bücher und warfen sie aus dem zerbors-tenen Fenster; nach ein paar Minuten nahmen die Schüler unter ihren Tischen Deckung und Neville pendelte vom Kronleuchter an der Decke.

»Na kommt schon! – treibt sie zusammen, zeigt es ihnen! Es sind doch bloß Wichtel«, rief Lockhart.

Er rollte die Ärmel hoch, fuchtelte mit seinem Zauberstab und brüllte: »*Peskiwichteli Pesternomi!*«

Nichts passierte, außer dass einer der Wichtel Lockharts Zauberstab packte und ihn aus dem Fenster warf. Lockhart schluckte vor Schreck und tauchte ab unter seinen Tisch, wobei er gerade noch Glück hatte, nicht von Neville zer-quetscht zu werden, der eine Sekunde später mitsamt dem Kronleuchter herunterkrachte.

Die Glocke läutete und alle rannten in wilder Hast zum Ausgang. Nun trat ein wenig Ruhe ein. Lockhart richtete sich auf, sah Harry, Ron und Hermine, die fast an der Tür waren, und sagte:

»Nun, ich bitte euch drei, den Rest von ihnen einfach wie-der in den Käfig zu sperren.« Er huschte an ihnen vorbei und schloss rasch die Tür hinter sich.

»Das ist doch *unglaublich!*«, brüllte Ron, als einer der ver-bliebenen Wichtel ihn ins Ohr biss.

»Er will doch nur, dass wir ein wenig praktische Erfahrung sammeln«, sagte Hermine, legte mit einem pfiffigen Erstarrungszauber zwei Wichtel auf einmal lahm und stopfte sie zurück in den Käfig.

»Praktische Erfahrung?«, sagte Harry und versuchte einen Wichtel zu packen, der jedoch tänzelnd entwich und ihm die Zunge rausstreckte. »Hermine, der hatte doch keinen blassen Schimmer von dem, was er da hätte tun sollen –«

»Unsinn«, sagte Hermine, »du hast doch seine Bücher gelesen – überleg doch mal, was für tolle Sachen er gemacht hat –«

»Die er *angeblich* gemacht hat«, murmelte Ron.

Die unheimliche Stimme

In den nächsten Tagen war Harry hauptsächlich damit beschäftigt, rasch abzutauchen, wenn er Gilderoy Lockhart herumstolzieren sah. Schwieriger war es allerdings, Colin Creevey aus dem Weg zu gehen. Colin hatte Harrys Stundenplan offenbar auswendig gelernt. Nichts schien ihm mehr Spaß zu machen, als sechs oder sieben Mal täglich »Alles klar, Harry?« zu rufen und darauf »Hallo, Colin« zu hören, und mochte Harry dabei noch so entnervt klingen.

Hedwig war wegen der fürchterlichen Reise immer noch sauer auf Harry, und Rons Zauberstab spielte immer noch verrückt. Am Freitagmorgen übertraf er sich selbst: Pfeilschnell schoss er aus Rons Hand, flog genau zwischen die Augen des kleinen alten Professor Flitwick und hinterließ dort eine große, pulsierende grüne Beule. So kam das eine zum andern, und Harry war ganz froh, dass endlich Wochenende war. Mit Ron und Hermine wollte er am Samstagvormittag Hagrid besuchen. Frühmorgens jedoch, nach Harrys Geschmack ein paar Stunden zu früh, rüttelte ihn Oliver Wood, der Kapitän der Quidditch-Mannschaft von Gryffindor, aus dem Schlaf.

»Wasnlos?«, sagte Harry noch ganz benommen.

»Quidditch-Training«, sagte Wood. »Mach schon!«

Harry blinzelte aus dem Fenster. Ein leichter Nebelschleier hing am gold und rosa gefärbten Himmel. Jetzt, wo er wach war, begriff er nicht, wie er bei dem Höllenspektakel der Vögel hatte schlafen können.

»Oliver«, krächzte Harry, »in dieser Herrgottsfrühe.«

»Selbstverständlich«, sagte Wood. Er war ein großer und stämmiger Sechstklässler, und seine Augen waren voll glühender Begeisterung. »Unser neues Trainingsprogramm. Los jetzt, nimm deinen Besen und lass uns endlich gehen«, sagte Wood energisch. »Von den andern Mannschaften hat noch keine mit dem Training angefangen, dieses Jahr sind wir die Ersten in den Startlöchern –«

Gähnend und ein wenig fröstelnd stieg Harry aus dem Bett und machte sich auf die Suche nach seinem Quidditch-Umhang.

»Bist ein guter Mann«, sagte Wood. »Wir sehen uns in einer Viertelstunde auf dem Feld.«

Harry suchte den scharlachroten Mannschaftsumhang heraus und zog, weil ihm kalt war, seinen Mantel drüber. Dann schrieb er einen Zettel für Ron und stieg mit geschultertem Nimbus Zweitausend die Wendeltreppe hinunter in den Gemeinschaftsraum. Kurz vor dem Porträtloch hörte er hinter sich Getrappel. Colin Creevey raste mit wild umherpendelnder Kamera die Wendeltreppe herunter. In der Hand hielt er etwas umklammert.

»Hab gehört, wie jemand auf der Treppe deinen Namen genannt hat, Harry! Schau mal, was ich hier hab! Ich hab's entwickeln lassen und wollte es dir zeigen –«

Gedankenverloren sah Harry auf das Foto, das ihm Colin unter die Nase hielt.

Ein schwarzweißer Lockhart bewegte sich darauf und zerrte mit Leibeskräften an einem Arm, den Harry als seinen eigenen erkannte. Mit Genugtuung stellte er fest, dass sein Foto-Ich es Lockhart mehr als schwer machte und sich partout nicht ins Blickfeld zerren ließ. Schließlich gab Lockhart auf und sank nach Luft ringend am weißen Bildrand nieder.

»Schreibst du deinen Namen drauf?«, fragte Colin schmeichelnd.

»Nein«, erwiderte Harry schlicht und blickte sich um, ob wirklich niemand im Raum war. »Tut mir Leid, Colin, ich hab's eilig – Quidditch-Training –«

Er kletterte durch das Porträtloch.

»Au klasse! Wart auf mich! Ich hab noch nie ein Quidditch-Spiel gesehen!«

Und Colin kraxelte hinter ihm her.

»Das ist sicher ganz langweilig für dich«, sagte Harry rasch, doch Colin, das Gesicht leuchtend vor Begeisterung, hörte nicht auf ihn.

»Du bist der jüngste Hausspieler seit hundert Jahren, stimmt doch, Harry?«, sagte Colin, neben ihm hertrottend. »Du musst ein toller Spieler sein. Ich bin noch nie geflogen. Ist es leicht? Ist das dein Besen? Ist das der beste, den es gibt?«

Harry wusste nicht, wie er ihn loswerden konnte. Es war, als hätte er einen äußerst redseligen Schatten.

»Ich versteh eigentlich nichts von Quidditch«, sagte Colin außer Atem. »Stimmt es, dass es vier Bälle gibt? Und zwei davon fliegen herum und wollen die Spieler von den Besen hauen?«

»Ja«, sagte Harry mit schwerer Stimme. Wohl oder übel musste er die schwierigen Quidditch-Regeln erklären. »Sie heißen Klatscher. Es gibt in jeder Mannschaft auch zwei Treiber mit Schlägern, die die Klatscher von den eigenen Leuten wegzujagen versuchen. Fred und George Weasley sind die Treiber für Gryffindor.«

»Und wozu sind die anderen Bälle?«, fragte Colin und stolperte über ein paar Stufen, weil er mit offenem Munde unverwandt Harry anstarrte.

»Nun, der Quaffel – der große rote Ball –, mit dem schießen wir Tore. Die drei Jäger in jeder Mannschaft werfen sich den Quaffel zu und versuchen ihn durch die Tore am Ende des Spielfelds zu kriegen – das sind drei lange Stangen mit Ringen an der Spitze.«

»Und der vierte Ball –«

»– ist der Goldene Schnatz«, sagte Harry, »und der ist sehr klein, sehr schnell und schwer zu fangen. Das ist die Aufgabe des Suchers, denn ein Quidditch-Spiel endet nicht, bevor der Schnatz gefangen ist. Und die Mannschaft, deren Sucher den Schnatz kriegt, bekommt hundertfünfzig Punkte extra.«

»Und *du* bist der Sucher von Gryffindor, nicht?«, sagte Colin ehrfurchtsvoll.

»Ja«, sagte Harry, als sie aus dem Schlosstor gingen und sich auf den Weg über den taugetränkten Rasen machten. »Und dann gibt es noch den Hüter. Er bewacht die Tore. Das war's jetzt aber.«

Doch Colin hörte nicht auf, Harry den ganzen Weg über den Rasen hinunter zum Quidditch-Feld mit Fragen zu löchern, und Harry konnte ihn erst abschütteln, als sie die Umkleidekabinen erreicht hatten. »Ich geh und besorg mir einen guten Platz, Harry!«, rief Colin ihm noch piepsend hinterher, dann rannte er zu den Tribünen.

Die andern aus der Mannschaft von Gryffindor waren schon anwesend, falls man das so nennen konnte. Wood war der Einzige, der wirklich wach aussah. Fred und George Weasley saßen mit geschwollenen Augen und zerzausten Haaren neben der Viertklässlerin Alicia Spinnet, die schlaftrunken immer wieder einnickte und dabei mit dem Kopf gegen die Wand schlug. Gegenüber saßen Seite an Seite ihre Mitjägerinnen Katie Bell und Angelina Johnson und gähnten.

»Da bist du ja, Harry, wo warst du denn so lange?«, sagte Wood munter. »Nun denn, ich wollte noch kurz mit euch reden, bevor wir rausgehen aufs Feld. Den Sommer über

habe ich nämlich ein ganz neues Trainingsprogramm ent-
wickelt, und ich bin überzeugt, dass es uns den entscheiden-
den Schritt nach vorn bringt …«

Wood hielt eine große Tafel mit dem Plan des Quidditch-
Feldes in die Höhe. Mit Tinten in verschiedenen Farben waren Linien, Pfeile und Kreuze darauf eingezeichnet. Wood
zückte seinen Zauberstab, tippte auf die Tafel, und die Pfeile
begannen über den Plan zu krabbeln wie Raupen. Während
er seinen Vortrag über die neue Spieltaktik hielt, sank Fred
Weasleys Kopf auf Alicia Spinnets Schulter und er begann
zu schnarchen.

Wood brauchte zwanzig Minuten, um die Tafel zu erläu-
tern, doch unter der war noch eine zweite, und darunter
noch eine dritte. Harry döste ein, während Wood unablässig
weiterplapperte.

»So«, sagte Wood endlich und riss Harry aus einem woh-
ligen Dämmerschlaf, in dem er sich vorstellte, was er in diesem Augenblick oben im Schloss zum Frühstück verspeisen
könnte. »Ist alles klar? Noch Fragen?«

»Ich hab eine Frage, Oliver«, sagte der aus dem Schlaf
hochgeschreckte George. »Warum hast du uns das nicht gestern erzählt, als wir wach waren?«

Wood war nicht entzückt.

»Nun hört mal zu, ihr Schlafmützen«, sagte er und sah sie
alle finster an. »Wir hätten letztes Jahr den Quidditch-Pokal gewinnen müssen. Wir sind bei weitem das beste Team.
Doch unglücklicherweise – aufgrund von Ereignissen, die
wir nicht vorhersehen konnten –«

Harry rutschte unruhig auf seinem Platz umher. Beim
Endspiel letztes Jahr hatte er bewusstlos im Krankenflügel
gelegen, Gryffindor hatte einen Spieler weniger gehabt und
die schlimmste Niederlage seit dreihundert Jahren einste-
cken müssen.

Wood brauchte einen Moment, um sich wieder zu fassen. Die letzte Niederlage quälte ihn offenbar immer noch.

»Deshalb strengen wir uns dieses Jahr noch mehr an als sonst ... Also los, gehen wir und setzen unsere neuen Theorien in die Praxis um!«, rief Wood, packte seinen Besen und marschierte hinaus. Steifbeinig und immer noch gähnend folgte ihm seine Mannschaft.

Sie waren so lange in der Kabine gewesen, dass die Sonne inzwischen ganz aufgegangen war, wenn auch noch Reste des Morgennebels über dem Stadionrasen hingen. Als Harry das Feld betrat, sah er Ron und Hermine auf der Tribüne sitzen.

»Seid ihr noch nicht fertig?«, rief Ron ungläubig.

»Haben noch nicht mal angefangen«, entgegnete Harry und schielte neidisch auf die Toasts mit Marmelade, die Ron und Hermine aus der Großen Halle mitgebracht hatten. »Wood hat uns neue Spielzüge erläutert.«

Er bestieg seinen Besen, stieß sich vom Boden ab und sauste hoch in die Lüfte. Die kühle Morgenluft peitschte ihm ins Gesicht und weckte seine Lebensgeister gründlicher als Woods langatmiger Vortrag. Ein wunderbares Gefühl, wieder auf dem Quidditch-Feld zu sein. Mit vollem Karacho sauste er um das Stadion und jagte Fred und George hinterher.

»Was ist das für ein komisches Klicken?«, rief Fred, als sie sich in eine Kurve legten.

Harry blickte hinunter auf die Ränge. Colin saß auf einem der höchsten Plätze, hielt die Kamera vor die Augen und schoss ein Foto nach dem andern. In dem fast menschenleeren Stadion klang das Klicken merkwürdig laut.

»Schau hierher, Harry, hierher!«, rief er schrill.

»Wer ist denn das?«, sagte Fred.

»Keine Ahnung«, log Harry und legte einen Spurt ein, um möglichst weit von Colin wegzukommen.

»Was geht da vor?«, sagte Wood stirnrunzelnd und kam

zu ihnen herübergeglitten. »Warum macht dieser Erstklässler Fotos? Ich mag das nicht. Womöglich ist er ein Spion der Slytherins, der unser neues Trainingsprogramm auskundschaften will.«

»Er ist ein Gryffindor«, sagte Harry rasch.

»Und die Slytherins brauchen keinen Spion, Oliver«, sagte George.

»Wieso?«, fragte Wood gereizt.

»Weil sie selbst hier sind«, sagte George und deutete auf die Erde.

Mehrere Gestalten in grünen Umhängen und mit Besen in den Händen schritten auf das Feld zu.

»Ist doch nicht zu fassen!«, zischte Wood empört. »Ich hab das Feld für heute gebucht! Das werden wir ja sehen!«

Wood schoss zur Erde und schlug in seinem Zorn doch etwas härter auf als beabsichtigt. Mit zitternden Knien stieg er vom Besen. Harry, Fred und George folgten ihm.

»Flint!«, bellte Wood den Kapitän der Slytherins an, »das ist unsere Trainingszeit! Wir sind extra früh aufgestanden! Ihr könnt gleich wieder Leine ziehen!«

Marcus Flint war sogar noch größer als Wood. Mit trollhaft durchtriebener Miene antwortete er: »Ist doch Platz genug für uns alle da, Wood.«

Auch Angelina, Alicia und Katie kamen herüber. Mädchen gab es keine im Team der Slytherins; allesamt grinsend standen sie jetzt Schulter an Schulter vor den Gryffindors.

»Aber ich hab das Feld gebucht«, sagte Wood, jetzt buchstäblich spuckend vor Wut. »Ich hab's gebucht!«

»Aah«, sagte Flint. »Ich habe hier allerdings eine von Professor Snape persönlich unterzeichnete Erklärung: ›Ich, Professor S. Snape, erteile dem Slytherin-Team die Erlaubnis, am heutigen Tage auf dem Quidditch-Feld zu trainieren aufgrund der Notwendigkeit, ihren neuen Sucher auszubilden.‹«

»Ihr habt einen neuen Sucher?«, sagte Wood verwirrt. »Wen?«

Und hinter den sechs stämmigen Gestalten vor ihnen kam ein siebter, kleinerer Junge zum Vorschein, über das ganze bleiche, spitze Gesicht feixend. Es war Draco Malfoy.

»Bist du nicht der Sohn von Lucius Malfoy?«, fragte Fred und musterte Malfoy geringschätzig.

»Komisch, dass du Dracos Vater erwähnst«, sagte Flint, und die Slytherin-Mannschaft setzte ein noch breiteres Grinsen auf. »Seht mal her, was für ein großzügiges Geschenk er dem Slytherin-Team gemacht hat.«

Alle sieben hielten ihre Besen in die Höhe. Sieben auf Hochglanz polierte, brandneue Besenstiele und siebenmal die Aufschrift in gediegenen Goldlettern, die unter den Nasen der Gryffindors in der frühen Morgensonne schimmerten: »Nimbus Zweitausendeins«.

»Das allerneueste Modell. Kam erst letzten Monat raus«, sagte Flint lässig und blies ein Staubkorn von der Spitze seines Besenstiels. »Ich glaube, er schlägt den alten Zweitausender um Längen. Und was die alten Sauberwischs angeht« – gehässig lächelte er Fred und George an, die ihre Sauberwischs Fünf in Händen hielten – »damit könnt ihr die Tafel wischen.«

Die Gryffindors waren für den Moment vollkommen sprachlos. Malfoy feixte so breit, dass seine Augen sich zu Schlitzen verengten.

»Oh, sieh mal«, sagte Flint, »was für ein Ansturm.«

Ron und Hermine kamen über den Rasen, um nachzusehen, was da passierte.

»Was ist los?«, fragte Ron Harry, »warum spielt ihr nicht? Und was macht eigentlich *der* hier?«

Das galt Malfoy, der sich gerade den Quidditch-Umhang der Slytherins überwarf.

»Ich bin der neue Sucher der Slytherins, Weasley«, sagte Malfoy mit blasierter Miene. »Wir sind gerade dabei, die Besen zu bewundern, die mein Vater unserer Mannschaft geschenkt hat.«

Ron starrte mit offenem Mund auf die sieben Superbesen vor ihm.

»Gut, nicht wahr?«, sagte Malfoy mit gleichmütiger Stimme. »Aber vielleicht schaffen es die Gryffindors ja, ein wenig Gold aufzutreiben und sich ebenfalls neue Besen zuzulegen. Ihr könntet eure Sauberwischs Fünf verscheuern, vielleicht hat ein Museum Interesse dran.«

Die Slytherins brachen in johlendes Gelächter aus.

»Zumindest musste sich keiner von den Gryffindors in das Team *einkaufen*«, sagte Hermine mit schneidender Stimme. »*Die* sind nämlich nur wegen ihres Könnens reingekommen.«

Malfoys blasiertes Gesicht begann zu flackern.

»Keiner hat dich nach deiner Meinung gefragt, du dreckiges kleines Schlammblut«, blaffte er sie an.

Harry spürte sofort, dass Malfoy etwas ganz Schlimmes gesagt haben musste, denn er hatte den Mund noch nicht zugemacht, als auch schon ein Aufschrei zu hören war. Mit einem Hechtsprung stellte sich Flint vor Malfoy, damit Fred und George sich nicht auf ihn werfen konnten, und Alicia kreischte »*Wie kannst du es wagen!*«. Ron zog seinen Zauberstab aus dem Umhang und schrie: »Dafür wirst du bezahlen, Malfoy!« Wutentbrannt richtete er den Zauberstab auf Malfoys Gesicht, das unter Flints Armen hervorlugte.

Ein lauter Knall hallte im Stadion wider, ein grüner Lichtstrahl schoss aus dem falschen Ende von Rons Zauberstab heraus, traf ihn in den Magen und schleuderte ihn in hohem Bogen rücklings ins Gras.

»Ron, Ron! Alles in Ordnung mit dir?«, kreischte Hermine. Ron öffnete den Mund, um zu sprechen, doch er brachte

117

kein Wort heraus. Stattdessen gab er einen dröhnenden Rülpser von sich, und ein Dutzend Schnecken kullerten ihm aus dem Mund in den Schoß.

Die Slytherins krümmten sich vor Lachen. Flint musste sich auf seinen neuen Besen stützen, um nicht umzufallen. Malfoy lag auf allen Vieren und hämmerte mit den Fäusten auf den Boden. Die Gryffindors schlossen einen Kreis um Ron, der ständig große, glänzende Schnecken hervorwürgte. Keiner schien ihn berühren zu wollen.

»Wir schaffen ihn am besten zu Hagrid, das ist am nächsten«, sagte Harry zu Hermine. Die nickte mutig und die beiden zogen Ron an den Armen in die Höhe.

»Was ist passiert, Harry? Was ist passiert? Ist er krank? Aber du kannst ihn doch gesund machen, oder?« Colin war von seinem Platz auf der Tribüne heruntergerannt und tänzelte neben ihnen her, während sie das Feld verließen. Ein heftiges Würgen, und noch mehr Schnecken kullerten Ron den Bauch hinunter.

»Oooh«, sagte Colin fasziniert und hob die Kamera. »Kannst du ihn still halten, Harry?«

»Aus dem Weg jetzt, Colin«, sagte Harry unwirsch. Er und Hermine stützten Ron auf dem Weg hinaus aus dem Stadion und über die Felder zum Waldrand.

»Wir sind fast da, Ron«, sagte Hermine, als die Hütte des Wildhüters in Sicht kam. »Gleich geht's dir besser – ein paar Schritte noch –«

Sie waren sieben Meter vor Hagrids Hütte, als die Tür aufflog. Doch es war nicht Hagrid, der herauskam. Gilderoy Lockhart kam herausgeschritten, heute in einem hauchzart malvenfarben getönten Umhang.

»Schnell, da rüber«, zischte Harry und zerrte Ron hinter ein nahes Gebüsch. Hermine folgte etwas widerstrebend.

»Es ist ganz einfach, wenn Sie wissen, was Sie zu tun

haben«, sagte Lockhart mit lauter Stimme zu Hagrid, »Sie wissen, wo Sie mich finden, falls Sie Hilfe brauchen. Ich lass Ihnen mein Buch zukommen, es wundert mich, dass Sie es noch nicht haben. Ich signiere heute Abend eines und schick es rüber. Nun denn, auf Wiedersehen!« Und er marschierte in Richtung Schloss davon.

Harry wartete, bis Lockhart außer Sicht war, dann zog er Ron hinter dem Busch hervor und half ihm weiter zu Hagrids Tür, wo sie laut anklopften.

Hagrid öffnete auf der Stelle, allerdings recht missmutig dreinblickend. Doch seine Miene hellte sich auf, als er sah, wen er vor sich hatte.

»Hab mich schon gefragt, wann ihr endlich kommt – rein mit euch – dachte, es wäre vielleicht schon wieder Professor Lockhart –«

Harry und Hermine halfen Ron über die Schwelle in die Hütte mit nur einem Raum, in dem in einer Ecke ein riesiges Bett stand und in der anderen ein munteres Feuer prasselte. Sie ließen Ron in einen Sessel sinken und Harry erklärte rasch, was vorgefallen war. Hagrid schien sich nicht sonderlich an Rons Schneckenproblem zu stören.

»Besser raus als rein«, sagte er gut gelaunt und stellte eine große Kupferwanne vor Ron auf. »Nur immer raus damit, Ron.«

»Ich glaube, wir können nichts tun außer abwarten, bis es aufhört«, sagte Hermine bedrückt, während sich Ron über die Wanne beugte. »Schon wenn man in Form ist, ist das ein schwieriger Fluch, aber mit einem zerbrochenen Zauberstab –«

Hagrid war emsig damit beschäftigt, ihnen Tee zu kochen. Fang, sein Saurüde, sabberte über Harrys Umhang.

»Was wollte Lockhart eigentlich bei dir, Hagrid?«, fragte Harry und kratzte Fang an den Ohren.

»Hat mich beraten, wie man Wassergeister aus einer Quelle rauskriegt«, brummte Hagrid, dabei räumte er einen halb gerupften Hahn vom geschrubbten Tisch und setzte den Teekessel auf. »Als ob ich das nicht selbst wüsste. Und hat groß angegeben mit einer Todesfee, die er gebannt hat. Wenn davon auch nur ein Wort wahr ist, futtere ich meinen Kessel auf.«

Es sah Hagrid gar nicht ähnlich, einen Lehrer von Hogwarts zu kritisieren, und Harry blickte ihn überrascht an. Hermine jedoch sagte mit einer etwas höheren Stimme als sonst: »Ich glaub, du bist ein bisschen unfair. Professor Dumbledore war ja offensichtlich der Meinung, er sei der beste Mann für diese Aufgabe.«

»Er war der *einzige* Mann für diese Aufgabe«, sagte Hagrid und bot ihnen einen Teller mit Sirupbonbons an, während Ron keuchend in seine Wanne würgte. »Und das meine ich wörtlich. Wird langsam ziemlich schwierig, jemanden für diese Arbeit zu finden. Die Leute sind nicht besonders scharf drauf, sich mit den dunklen Künsten rumzuschlagen. Allmählich glauben sie, es bringt Unglück. Seit einiger Zeit hält keiner mehr besonders lange durch. Aber erklärt mal«, sagte Hagrid und nickte mit dem Kopf zu Ron hinüber, »wen wollte er eigentlich mit dem Fluch belegen?«

»Malfoy hat Hermine beschimpft – muss wirklich schlimm gewesen sein, denn alle sind ausgerastet –«

»Es *war* schlimm«, sagte Ron heiser und tauchte bleich und schwitzend über der Tischplatte auf. »Malfoy hat sie ›Schlammblut‹ genannt, Hagrid.«

Er würgte eine neue Welle von Schnecken herauf und tauchte wieder ab. Hagrid war blanker Zorn ins Gesicht gestiegen.

»Das hat er nicht!«, knurrte er Hermine an.

»Hat er doch«, sagte sie, »aber ich weiß nicht, was es bedeutet. Natürlich hab ich mitgekriegt, dass es wirklich übel war –«

»Das ist so ziemlich das Gemeinste, was ihm einfallen konnte«, keuchte Ron und tauchte wieder auf. »Schlammblut ist ein wirklich schlimmes Schimpfwort für jemanden, der aus einer Muggelfamilie stammt – du weißt ja, mit Eltern, die keine Zauberer sind. Es gibt ein paar Zauberer, wie Malfoys Familie, die glauben, sie wären besser als alle andern, weil sie das sind, was die Leute reinblütig nennen.« Er rülpste leise und eine einsame Schnecke flog ihm in die ausgestreckte Hand. Er warf sie in die Wanne und fuhr fort: »Wir andern wissen ja, dass es überhaupt keinen Unterschied macht. Seht euch Neville Longbottom an – er ist reinblütig und kann kaum einen Kessel richtig herum aufstellen.«

»Und einen Zauber, den unsere Hermine nicht schafft, müssen sie erst noch erfinden«, sagte Hagrid stolz, und Hermines Gesicht lief leuchtend magentarot an.

»Abscheulich, jemanden so zu nennen«, sagte Ron und wischte sich mit zitternder Hand die schweißnasse Stirn, »schmutziges Blut, gewöhnliches Blut. Verrückt. Heute haben die meisten Zauberer ohnehin gemischtes Blut. Wenn wir keine Muggel geheiratet hätten, wären wir ausgestorben.«

Wieder begann er zu würgen und tauchte ab.

»Tja, ich mach dir keinen Vorwurf, weil du ihm einen Fluch auf den Hals jagen wolltest«, sagte Hagrid laut, da noch mehr Schnecken geräuschvoll in die Wanne klatschten. »Aber vielleicht ist es ganz gut, dass dein Zauberstab nach hinten losgegangen ist. Ich vermute mal, dass Lucius Malfoy schnurstracks zur Schule marschiert wäre, wenn du seinen Sohn mit einem Fluch belegt hättest. Wenigstens bist du jetzt nicht in Schwierigkeiten.«

Harry wollte ihn gerade darauf hinweisen, dass man durchaus in Schwierigkeiten war, wenn einem Schnecken aus dem Mund kullerten, doch er konnte nicht. Hagrids Sirupbonbon hatte ihm die Zähne verklebt.

»Harry«, sagte Hagrid, als ob ihm plötzlich etwas eingefallen wäre, »mit dir muss ich noch ein Hühnchen rupfen. Wie ich höre, verteilst du Autogrammkarten. Wie kommt es, dass ich noch keine hab?«

Wütend riss Harry die verklebten Zähne auseinander.

»Ich vergebe *keine* Autogrammkarten«, sagte er aufgebracht. »Wenn Lockhart das immer noch behauptet –«

Doch dann sah er Hagrid lächeln.

»War nur 'n Witz«, sagte er, klopfte Harry freundschaftlich auf den Rücken, so dass er mit dem Kinn auf den Tisch knallte. »Ich wusste schon, dass es nicht stimmt. Hab Lockhart gesagt, dass du es nicht nötig hättest. Du bist ohnehin berühmter als er, auch wenn du keinen Finger rührst.«

»Wette, das hat er gar nicht gern gehört«, sagte Harry, der sich wieder aufgesetzt hatte und sich das schmerzende Kinn rieb.

»Das kannst du wohl glauben«, sagte Hagrid augenzwinkernd. »Und als ich ihm dann noch gesagt hab, dass ich kein Buch von ihm gelesen hätte, wollte er gehen. Sirupbonbon, Ron?«, fügte er hinzu, als Ron wieder auftauchte.

»Nein danke«, sagte Ron matt, »das riskier ich besser nicht.«

»Kommt mal mit und seht euch an, was ich angepflanzt hab«, sagte Hagrid, als Harry und Hermine ihren letzten Schluck Tee getrunken hatten.

Auf dem kleinen Gemüsebeet hinter Hagrids Haus wuchsen ein Dutzend der größten Kürbisse, die Harry je gesehen hatte. Jeder war so groß wie ein mächtiger Findling.

»Wachsen gut, oder?«, sagte Hagrid glücklich. »Für das Halloween-Fest … bis dahin sollten sie groß genug sein.«

»Womit hast du sie denn gedüngt?«, fragte Harry.

Hagrid sah sich um, ob sie allein waren.

»Nun, ich hab ihnen – weißt du – ein wenig geholfen –«

Harry sah Hagrids geblümten rosa Schirm an der Rückwand der Hütte lehnen. Schon früher hatte Harry den Verdacht gehabt, dass dieser Schirm nicht so harmlos war, wie er aussah. Tatsächlich war er sich fast sicher, dass Hagrids alter Schulzauberstab darin versteckt war. Hagrid durfte eigentlich nicht zaubern. Er war im dritten Schuljahr aus Hogwarts verstoßen worden, doch hatte Harry nie herausgefunden, warum ... fiel auch nur ein Wort darüber, dann räusperte sich Hagrid laut und wurde auf mysteriöse Weise taub, bis man das Thema wechselte.

»Ein Schwellzauber, nehme ich an?«, sagte Hermine, hin- und hergerissen zwischen Missbilligung und Vergnügen.

»Nun, da hast du wirklich ganze Arbeit geleistet.«

»Das hat deine kleine Schwester auch gesagt«, meinte Hagrid zu Ron hinübernickend. »Hab sie erst gestern getroffen.« Mit zuckendem Bart sah er aus den Augenwinkeln Harry an. »Sagte, sie wolle sich nur mal die Ländereien anschauen, aber ich wette, sie hat gehofft, bei mir zufällig noch jemand anderen zu treffen.« Er zwinkerte Harry zu. »Wenn du mich fragst, *sie* würde nicht nein sagen zu einem Autogramm –«

»Ach, hör doch auf damit«, sagte Harry. Ron brach in röhrendes Gelächter aus und besprenkelte den Erdboden mit Schnecken.

»Pass auf!«, dröhnte Hagrid und zog Ron von seinen wertvollen Kürbissen weg.

Es war jetzt bald Zeit zum Mittagessen und da Harry seit dem Aufstehen nur ein Sirupbonbon verspeist hatte, zog es ihn in die Schule. Sie verabschiedeten sich von Hagrid und gingen hoch zum Schloss. Ron gluckste zwar noch ein paar-

123

mal, doch es kamen nur noch zwei winzige Schnecken zum Vorschein.

Kaum hatten sie die Eingangshalle betreten, als auch schon eine laute Stimme ertönte. »Da sind Sie ja, Potter – Weasley.«

Professor McGonagall schritt mit ernster Miene auf sie zu. »Sie beide werden heute Abend ihre Strafarbeiten erledigen.«

»Was müssen wir tun, Professor?«, fragte Ron und versuchte hektisch einen Rülpser zu unterdrücken.

»*Sie* polieren das Silber im Pokalzimmer zusammen mit Mr Filch«, sagte Professor McGonagall. »Und keine Zauberei, Weasley – Armschmalz.«

Ron schluckte. Alle Schüler des Schlosses hassten Argus Filch, den Hausmeister.

»Und Sie, Potter, helfen Professor Lockhart dabei, seine Fanpost zu beantworten«, sagte Professor McGonagall.

»O n-, Professor, kann ich nicht auch ins Pokalzimmer?«, sagte Harry verzweifelt.

»Auf keinen Fall«, sagte Professor McGonagall und zog die Augenbrauen hoch. »Professor Lockhart hat ausdrücklich nach Ihnen verlangt. Pünktlich um acht, Sie beide.«

Vollkommen niedergeschlagen schlurften Harry und Ron in die Große Halle. Hermine hinter ihnen hatte ihre *Schließlich habt ihr die Schulregeln gebrochen*-Miene aufgesetzt. Harry schmeckte sein Auflauf mit Hackfleisch und Kartoffeln nicht so gut, wie er erwartet hatte. Beide waren fest davon überzeugt, das schlechtere Los gezogen zu haben.

»Filch wird mich die ganze Nacht dabehalten«, sagte Ron trübselig. »Keine Zauberei! In dem Zimmer müssen doch über hundert Pokale stehen. Im Putzen nach Muggelart bin ich gar nicht gut.«

»Ich würd ja jederzeit tauschen«, sagte Harry mit hohler Stimme. »Bei den Dursleys hab ich 'ne Menge Übung bekommen. Aber Lockharts Fanpost beantworten ... der wird ein Alptraum sein ...«

Der Samstagnachmittag schien rasch dahinzuschmelzen, und kaum hatten sie sich versehen, war es auch schon fünf vor acht. Harry schleppte sich den Gang im zweiten Stock entlang zu Lockharts Büro. Er biss die Zähne zusammen und klopfte.

Prompt flog die Tür auf. Lockhart strahlte auf ihn herab.

»Ah, da ist ja der kleine Taugenichts!«, sagte er. »Kommen Sie rein, Harry, nur herein mit Ihnen –«

Entlang der Wände spiegelten zahllose gerahmte Fotos von Lockhart das Licht der vielen Kerzen wider. Ein paar der Bilder hatte er sogar mit seinem Namenszug versehen. Und auf dem Schreibtisch stapelten sich noch mehr Fotos.

»Sie können die Umschläge adressieren!«, wies Lockhart Harry an, als ob dies eine besondere Gunst wäre. »Dieser erste geht an die gute Gladys Gudgeon – großer Fan von mir –«

Die Minuten schlichen dahin. Harry ließ Lockharts Worte an sich abtröpfeln und sagte gelegentlich »Mmm« und »Stimmt« und »Ja«. Hin und wieder fing er einen Satz auf wie: »Ruhm ist ein tückischer Begleiter, Harry«, oder: »Berühmt sein heißt, ruhmreich zu handeln, merken Sie sich das.«

Die Kerzen brannten zur Neige und warfen ihr flackerndes Licht über die vielen Gesichter Lockharts, die Harry ansahen. Mit schmerzender Hand schrieb Harry auf den wohl tausendsten Umschlag die Adresse einer Veronica Smethley. Muss bald Zeit sein zu gehen, dachte Harry betrübt, bitte lass es bald Zeit sein ...

Und dann hörte er etwas – etwas ganz anderes als das Zischen der ausgehenden Kerzen und Lockharts Gebrabbel über seine Fans.

125

Es war eine Stimme, eine Stimme, die ihm das Knochenmark gefrieren ließ, eine Stimme, erfüllt von eiskaltem Hass.

»Komm ... komm zu mir ... lass mich dich zerreißen ... lass mich dich zerfetzen ... lass mich dich töten ...«

Harry fiel fast vom Stuhl und ein großer lila Fleck breitete sich auf Veronica Smethleys Straße aus.

»Was?«, sagte er laut.

»Ich weiß«, sagte Lockhart, »sechs Monate an der Spitze der Bestsellerliste! Hab alle Rekorde gebrochen!«

»Nein«, sagte Harry fiebrig, »diese Stimme!«

»Wie bitte?«, sagte Lockhart verdutzt, »welche Stimme?«

»Diese – diese Stimme, die gesagt hat – haben Sie es nicht gehört?«

Lockhart sah Harry höchst erstaunt an.

»Wovon reden Sie eigentlich, Harry? Vielleicht sind Sie allmählich ein wenig dösig? Großer Scott – was sagt denn die Uhr! Jetzt sind wir schon fast vier Stunden hier! Ist doch nicht zu fassen – wie die Zeit verflogen ist!«

Harry sagte nichts. Er lauschte angestrengt, um die Stimme noch einmal zu hören, doch niemand sprach, außer Lockhart, der ihm erklärte, er dürfe nicht erwarten, bei jeder Strafarbeit so gut wegzukommen wie diesmal. Wie betäubt ging Harry zur Tür hinaus.

Es war so spät, dass der Gemeinschaftsraum der Gryffindors schon fast leer war. Harry ging gleich weiter in den Schlafsaal. Ron war noch nicht zurück. Harry zog seinen Schlafanzug an, stieg ins Bett und wartete. Eine halbe Stunde später kam Ron herein. Er brachte einen durchdringenden Politurgeruch in den dunklen Saal und massierte sich den rechten Arm.

»Meine Muskeln sind alle ganz verspannt«, stöhnte er und ließ sich aufs Bett fallen. »Vierzehnmal hat er mich diesen Quidditch-Pokal auf Hochglanz bringen lassen, bis er zu-

frieden war. Und dann hatte ich noch einen Schneckenaus-
bruch über einem Pokal für Besondere Verdienste um die
Schule. Hat ewig gedauert, bis der Schleim runter war ...
wie war's mit Lockhart?«

Mit leiser Stimme, um Neville, Dean und Seamus nicht
aufzuwecken, wiederholte Harry jedes Wort, das er gehört
hatte.

»Und Lockhart meinte, er hätte es nicht gehört?«, fragte
Ron. Im Mondlicht sah ihn Harry die Stirn runzeln. »Glaubst
du, er hat gelogen? Aber ich versteh's nicht – selbst ein Un-
sichtbarer hätte ja die Tür öffnen müssen.«

»Ich weiß«, sagte Harry. Er lehnte sich in seinem Himmelbett zurück und starrte auf den Baldachin über ihm. »Ich
versteh's auch nicht.«

Die Todestagsfeier

Es wurde Oktober und feuchte Kühle breitete sich über die Ländereien und das Schloss aus. Eine jähe Erkältungswelle unter den Lehrern und Schülern hielt Madam Pomfrey, die Krankenschwester, in Atem. Ihr Aufpäppel-Trank wirkte zwar sofort, aber wer ihn getrunken hatte, dem rauchten danach noch stundenlang die Ohren. Percy Weasley drängte die etwas kränklich aussehende Ginny, ein paar Schlucke zu trinken, und sofort zischte Dampf unter ihrem feuerroten Haar hervor und es sah aus, als stünde ihr Kopf in Flammen.

Regentropfen, groß wie Gewehrkugeln, trommelten tagelang gegen die Schlossfenster; der See schwoll an, die Blumenbeete verwandelten sich in Schlammströme und Hagrids Kürbisse quollen zur Größe von Gartenschuppen auf. Oliver Wood freilich ließ sich nicht beirren und feuerte sie begeistert zu regelmäßigem Training an. So befand sich Harry eines stürmischen Samstagnachmittags bis auf die Haut durchgeweicht und schlammbespritzt auf dem Heimweg zum Turm der Gryffindors.

Vom Regen und Wind mal ganz abgesehen war es alles andere als ein gelungenes Training gewesen. Fred und George hatten das Slytherin-Team ausgespäht und mit eigenen Augen gesehen, wie schnell sie mit ihren neuen Nimbus Zweitausendeins waren. Die Slytherins jagten durch die Luft wie Senkrechtstarter, so berichteten sie, und seien nur noch als sieben grünliche Dunstschleier auszumachen.

Als Harry den ausgestorbenen Gang entlangstapfte, begegnete ihm jemand, der genauso besorgt dreinsah wie er selbst. Der Fast Kopflose Nick, der Geist des Gryffindor-Turms, starrte trübselig aus einem Fenster und brummelte leise vor sich hin: »… ich entspreche den Anforderungen nicht … zwei Zentimeter, wenn das …«

»Hallo, Nick«, sagte Harry.

»Hallo, hallo«, sagte der Fast Kopflose Nick und drehte sich erschrocken um. Er trug einen eleganten Federhut auf dem langen Lockenhaar und einen Waffenrock mit Halskrause, so dass man nicht sehen konnte, dass sein Hals fast ganz durchtrennt war. Er war blass wie Dampf und Harry sah durch ihn hindurch nach draußen auf den dunklen Himmel und die Sintflut, die sich aus ihm ergoss.

»Er sieht besorgt aus, der junge Potter«, sagte Nick, faltete einen durchsichtigen Brief zusammen und steckte ihn ein.

»Sie ebenfalls«, sagte Harry.

»Ah«, sagte der Fast Kopflose Nick mit eleganter Handbewegung, »eine Angelegenheit ohne Bedeutung … nicht, dass ich wirklich Mitglied werden wollte … dachte, ich bewerbe mich mal, doch offenbar genüge ich ›nicht den Anforderungen‹.«

Trotz seines gelassenen Tonfalls hatte sein Gesicht einen Zug von Bitterkeit.

»Aber, nicht wahr, man sollte doch meinen«, brach es plötzlich aus ihm heraus, »wenn man vierzig Hiebe mit einer stumpfen Axt auf den Hals bekommen hat, wäre man gut genug für die Jagd der Kopflosen?«

»Oh, äh, ja«, sagte Harry, denn offenbar war hier seine Zustimmung verlangt.

»Ich meine, keiner wünscht sich mehr als ich, dass alles schnell und sauber vonstatten gegangen und mein Kopf endgültig herunter wäre, ich muss sagen, das hätte mir einiges an Schmerz und Gelächter erspart. Allerdings –« Der Fast

Kopflose Nick holte den Brief wieder hervor, faltete ihn auf und las wutentbrannt vor: »>*Wir können nur Jäger aufnehmen, deren Köpfe sich endgültig von ihren Körpern getrennt haben. Wie Sie gewiss einsehen, wäre es andernfalls unmöglich, dass die Mitglieder an Jagdvergnügen wie Kopfjonglieren zu Pferde und Kopfpolo teilnehmen können. Daher muss ich Ihnen mit dem größten Bedauern mitteilen, dass Sie nicht den Anforderungen entsprechen. Mit den besten Wünschen, Sir Patrick Delaney-Podmore*<.*«*

Rauchend vor Zorn stopfte der Fast Kopflose Nick den Brief in sein Wams zurück.

»Zwei Zentimeter Haut und Sehnen halten meinen Kopf auf dem Hals, Harry! Normale Leute würden denken, das könnte man doch als geköpft durchgehen lassen, aber nein, es reicht nicht für Sir Ordentlich Geköpfter Podmore.«

Der Fast Kopflose Nick holte einige Male tief Luft und sagte dann mit viel ruhigerer Stimme: »So, und was macht Ihnen Sorgen? Kann ich etwas für Sie tun?«

»Nein«, sagte Harry. »Außer, Sie wissen, wo wir sieben Nimbus Zweitausendeins umsonst herkriegen könnten für unser Spiel gegen Sly –«

Der Rest des Satzes ging in einem fiepsigen Miauen unter, das aus der Nähe seiner Füße kam. Er blickte hinunter und ein Paar gelbe Laternenaugen starrten ihn an. Es war Mrs Norris, die skelettdürre graue Katze, die der Hausmeister Argus Filch als eine Art Gehilfin in seiner endlosen Schlacht gegen die Schüler einsetzte.

»Sie verschwinden am besten von hier, Harry«, sagte Nick hastig, »Filch hat ganz schlechte Laune – er hat einen Schnupfen, und ein paar Drittklässler haben in Kerker fünf versehentlich Froschgehirne über die ganze Decke gespritzt, er hat den ganzen Morgen geputzt, und wenn er Sie hier vor Schlamm triefen sieht –«

»Stimmt«, sagte Harry und wich vor dem anklagenden

Starren von Mrs Norris zurück, doch nicht schnell genug. Angezogen durch die geheimnisvolle Macht, die ihn offenbar mit seiner heimtückischen Katze verband, brach Argus Filch plötzlich durch einen Wandbehang rechts von Harry. Mit rasselndem Atem sah er sich fieberhaft nach dem Regelverletzer um. Um den Kopf hatte er einen dicken Schal mit Schottenmuster gewickelt und seine Nase glänzte ungewöhnlich purpurfarben.

»Dreck«, rief er mit zitternden Wangen und seine Augen quollen beunruhigend weit vor, als er auf die Schlammlache deutete, die von Harrys Quidditch-Umhang herabgetropft war. »Überall Dreck und Unordnung. Mir reicht's, kann ich dir sagen! Folge mir, Potter!«

Also winkte Harry mit düsterem Blick dem Fast Kopflosen Nick zum Abschied und folgte Filch nach unten, wobei er die Zahl der schlammigen Fußabdrücke auf dem Boden verdoppelte.

Harry war noch nie in Filchs Büro gewesen; das war der Ort, um den die meisten Schüler einen weiten Bogen machten. Das schäbige und fensterlose Kabuff wurde vom Licht einer Ölfunzel an der niedrigen Decke erhellt. Ein schwacher Geruch nach gebratenem Fisch hing in der Luft. An der Wand entlang standen hölzerne Aktenschränke, deren Beschriftungen Harry sagten, dass sie Einzelheiten über jeden Schüler enthielten, den Filch je bestraft hatte. Fred und George Weasley hatten ein ganzes Fach für sich allein. Eine Sammlung von auf Hochglanz polierten Ketten und Fußschellen hing an der Wand hinter Filchs Schreibtisch. Alle wussten, dass er Dumbledore ständig um die Erlaubnis bat, die Schüler an den Fußgelenken gefesselt von der Decke baumeln zu lassen.

Filch nahm eine Feder aus dem Tintenfass auf seinem Schreibtisch und begann nach Pergament zu stöbern.

»Dreck«, murmelte er zornig, »große, glühend heiße Drachenpopel ... Froschgehirne ... Ratteninnereien ... mir reicht's ... Strafe zur *Abschreckung* ... wo ist das Formblatt ... da ...«

Er hatte eine dicke Rolle Pergament aus der Schreibtischschublade gezogen und sie vor sich ausgebreitet und tunkte nun den langen schwarzen Federkiel in das Tintenfass.

»*Name* ... Harry Potter. *Verbrechen* ...«

»War doch nur ein bisschen Schlamm!«, sagte Harry.

»Für dich ist es nur ein wenig Schlamm, Junge, aber für mich ist es eine Überstunde Schrubben!«, schrie Filch, und an der Spitze seiner Knollennase erzitterte ein widerlicher Tropfen. »*Verbrechen* ... Beschmutzung des Schlosses ... *vorgeschlagene Strafe* ...«

Filch tippte mit dem Finger gegen seine triefende Nase und äugte Unheil verkündend zu Harry hinüber, der mit angehaltenem Atem auf den Urteilsspruch wartete.

Doch gerade als Filch die Feder aufsetzte, erschütterte ein lauter KNALL die Bürodecke, der die Öllampe klirren ließ.

»PEEVES«, donnerte Filch zornentbrannt und warf die Feder auf den Tisch, »diesmal krieg ich dich, darauf kannst du Gift nehmen!«

Und ohne Harry auch nur einen Blick zuzuwerfen, hastete Filch plattfüßig aus dem Büro, Mrs Norris auf den Fersen.

Peeves war der Schul-Poltergeist, ein grinsendes, in der Luft schwebendes Übel, dessen Lebenszweck es war, Wirrsal und Verdruss zu schaffen. Harry konnte Peeves nicht ausstehen, doch diesmal konnte er nicht anders, als ihm für seinen Auftritt zur rechten Zeit dankbar zu sein. Was Peeves angestellt hatte (und diesmal hatte es geklungen, als ob er etwas sehr Großes in Stücke geschlagen hatte), würde Filch hoffentlich von Harry ablenken.

Harry dachte, es sei besser zu warten, bis Filch zurückkam, und ließ sich in einen mottenzerfressenen Sessel neben dem Schreibtisch sinken. Außer dem halb ausgefüllten Formblatt lag noch etwas anderes auf der Tischplatte: ein großer, glänzender, purpurfarbener Umschlag mit silberner Aufschrift auf der Vorderseite. Harry warf rasch einen Blick zur Tür, ob Filch vielleicht schon zurückkam, griff dann nach dem Umschlag und las:

KWIKZAUBERN
Ein Fernkurs in Zauberei
für Anfänger

Neugierig schnippte Harry den Umschlag auf und zog einen Stoß Pergamentblätter hervor. Auf der ersten Seite, ebenfalls in Silberschrift, las Harry:

Haben Sie das Gefühl, den Anschluss an die moderne Zauberei verloren zu haben? Ertappen Sie sich bei Ausreden, um einfachste Zaubereien nicht ausführen zu müssen? Werden Sie des Öfteren wegen Ihrer kläglichen Arbeit mit dem Zauberstab getadelt? *Es gibt eine Antwort darauf!*
Kwikzaubern ist ein völlig neu entwickelter, garantiert erfolgreicher, einfach aufgebauter Kurs mit verblüffenden Erfolgen. Hunderte von Hexen und Zauberern sind von der Kwikzaubern-Methode begeistert!

Madam Z. aus Topsham schreibt:
»Ich konnte einfach keine Zauberformeln behalten und über meine Zaubertränke hat die ganze Familie gelacht! Jetzt, nach dem Kwikzaubern-Kurs, bin ich der Mittelpunkt bei allen Partys, und Freunde bitten mich um das Rezept für meine Funken-Lösung!«

Hexenmeister D. J. Prod aus Didsbury bekennt:

»Meine Frau hat meine schwächlichen Zaubereien immer verspottet, doch nach einem Monat Training mit Ihrem fabelhaften Kwikzaubern-Kurs ist es mir gelungen, sie in einen Yak zu verwandeln! Vielen Dank, Kwikzaubern!«

Fasziniert blätterte Harry die restlichen Blätter durch. Warum in aller Welt brauchte Filch einen Zauberkurs? War er etwa kein richtiger Zauberer? Harry las gerade: »Lektion eins. Wie wir den Zauberstab halten (einige nützliche Tipps)«, als ein Schlurfen von draußen Filchs Rückkehr ankündigte. Er stopfte die Pergamentblätter zurück in den Umschlag und warf ihn auf den Schreibtisch, als auch schon die Tür aufflog.

Mit siegestrunkenem Blick kam Filch herein.

»Dieser Unsichtbarkeitsschrank war äußerst wertvoll!«, sagte er gehässig zu Mrs Norris. »Diesmal fliegt Peeves raus, meine Süße –«

Sein Blick fiel auf Harry und dann blitzschnell auf den Zauberkurs-Umschlag, der, wie Harry zu spät bemerkte, einen halben Meter zu weit von seinem ursprünglichen Platz entfernt lag.

Filchs teigiges Gesicht lief ziegelrot an. Harry wappnete sich gegen eine Flutwelle aus Beschimpfungen. Filch humpelte hinüber zum Schreibtisch, schnappte sich den Umschlag und warf ihn in eine Schublade.

»Hast du … hast du gelesen –?«, prustete er.

»Nein«, log Harry rasch.

Filch verschlang seine knorrigen Hände.

»Wenn ich gewusst hätte, dass du meine private – nicht dass es für mich wäre – für einen Freund – sei's, wie es ist – allerdings –«

Harry starrte ihn bestürzt an; noch nie hatte Filch so aufgelöst ausgesehen. Seine Augäpfel hüpften auf und ab, eine seiner teigigen Wangen war von einem Zucken befallen und der schottengemusterte Schal machte den Anblick auch nicht schöner.

»Von mir aus – geh – und kein Wort davon – nicht dass – allerdings, wenn du es nicht gelesen hast – geh jetzt, ich muss den Bericht über Peeves schreiben – geh –«

Fassungslos über sein Glück rannte Harry zur Tür hinaus, den Gang entlang und den Turm hoch. Ohne Bestrafung aus Filchs Stube zu entkommen, war vermutlich eine Art Schulrekord.

»Harry! Harry! Hat es geklappt?«

Der Fast Kopflose Nick kam aus einem Klassenzimmer geglitten. Hinter ihm sah Harry die Trümmer eines großen schwarz-goldenen Schranks, der offenbar aus großer Höhe herabgefallen war.

»Ich hab Peeves dazu überredet, ihn direkt über Filchs Büro zu zertrümmern«, sagte Nick beflissen, »dachte, es würde ihn ablenken –«

»Sie waren das?«, erwiderte Harry dankbar. »Ja, es hat geklappt, ich hab nicht einmal eine Strafarbeit bekommen, danke, Nick!«

Sie machten sich auf den Weg den Gang entlang. Der Fast Kopflose Nick hielt schon wieder Sir Patricks Ablehnungsbrief in der Hand.

»Ich wünschte, ich könnte etwas für Sie tun wegen dieser Kopflosenjagd«, sagte Harry.

Der Fast Kopflose Nick blieb wie angewurzelt stehen und Harry ging geradewegs durch ihn hindurch. Das bereute er, denn es war wie ein Schritt durch eine eiskalte Dusche.

»Aber es gibt tatsächlich etwas, das Sie für mich tun können«, sagte Nick aufgeregt. »Harry – wäre es zu viel verlangt – aber nein, Sie wollen bestimmt nicht –«

»Was denn?«, sagte Harry.

»Nun, an diesem Halloween ist mein fünfhundertster Todestag«, sagte der Fast Kopflose Nick mit schwellender Brust und würdevollem Blick.

»Oh«, sagte Harry, nicht ganz sicher, ob er eine mitleidsvolle oder eine glückliche Miene aufsetzen sollte. »Verstehe.«

»Ich gebe unten in einem der geräumigeren Kerker ein Fest. Aus dem ganzen Land werden Freunde kommen. Es wäre mir eine große *Ehre,* wenn Sie dabei wären. Mr Weasley und Miss Granger wären natürlich ebenfalls willkommen – aber ich fürchte, Sie gehen lieber zum Schulfest?« Wie auf die Folter gespannt musterte er Harry.

»Nein«, sagte Harry rasch, »ich komme –«

»Mein lieber Junge! Harry Potter auf meiner Todestagsfeier! Und –«, sagte er zögernd und aufgeregt, »wäre es Ihnen *vielleicht* möglich, gegenüber Sir Patrick zu erwähnen, wie *furchtbar* angsteinflößend und beeindruckend Sie mich finden?«

»Na... natürlich«, sagte Harry.

Der Fast Kopflose Nick strahlte ihn an.

»Eine Todestagsfeier«, sagte Hermine begeistert. Harry hatte sich endlich umgezogen und Hermine und Ron im Gemeinschaftsraum getroffen. »Ich wette, es gibt nicht viele Lebende, die von sich behaupten können, auf einer davon gewesen zu sein – das wird sicher faszinierend!«

»Warum sollte jemand den Tag feiern wollen, an dem er gestorben ist?«, fragte Ron, der erst mit der Hälfte seiner Zaubertrank-Hausaufgaben fertig war und schlechte Laune hatte. »Das hört sich ja niederschmetternd an ...«

Noch immer peitschte Regen gegen die Fenster, die nun tintenschwarz waren; drinnen war es jedoch hell und behaglich. Das Feuer warf flackerndes Licht auf die weichen Sessel im Umkreis. Die anderen Schüler lasen, unterhielten sich oder machten Hausaufgaben. Oder aber sie waren wie Fred und George Weasley mit dem Versuch beschäftigt herauszufinden, was geschehen würde, wenn man einen Salamander mit einem Filibuster-Feuerwerkskörper fütterte. Fred hatte die orangerot leuchtende, im Feuer lebende Echse aus dem Unterricht für die Pflege magischer Geschöpfe »gerettet«, und von einer Schar Neugieriger umgeben schmorte sie nun ruhig auf einem Tisch vor sich hin.

Harry wollte gerade Ron und Hermine von Filch und dem Kwikzaubern-Kurs erzählen, als der Salamander plötzlich pfeifend in die Luft schoss und knallende Funken spuckend wild im Raum umherwirbelte. Percy, der sich wegen Fred und George heiser brüllte, und der fabelhafte Anblick des mandarinefarbene Funken ausstiebenen Salamanders und dessen von Explosionen begleitete Flucht ins Feuer – dies alles vertrieb Filch und den Kwikzaubern-Kurs aus Harrys Gedanken.

Halloween kam, und Harry bereute sein voreiliges Versprechen, zu der Todestagsfeier zu gehen. Die anderen Schüler freuten sich schon auf ihr Halloween-Fest; die Große Halle war wie üblich mit lebenden Fledermäusen ausgeschmückt, Hagrids Riesenkürbisse waren zu Laternen ausgeschnitzt worden, in denen drei Schüler auf einmal sitzen konnten, und es liefen Gerüchte um, Dumbledore habe zur Unterhaltung eine Truppe tanzender Skelette gebucht.

»Versprochen ist versprochen«, ermahnte Hermine Harry energisch. »Du hast *gesagt*, dass du auf die Todestagsfeier gehst.«

So gingen Harry, Ron und Hermine um sieben Uhr geradewegs an der Tür zu der voll besetzten Großen Halle vorbei, in der goldene Teller und Kerzen einladend schimmerten, und stiegen hinab in die Kerker.

Der Gang, der zur Feier des Fast Kopflosen Nick führte, war ebenfalls mit Kerzen beleuchtet, wenn auch diese nicht gerade eine aufmunternde Wirkung hatten: es waren lange, dünne, kohlschwarze Kerzen mit hellblauen Flammen, die sogar ihre lebendigen Gesichter leicht geisterhaft aussehen ließen. Mit jedem Schritt, den sie gingen, wurde es kälter. Harry zitterte und zog seinen Umhang fest zu, und da hörte er etwas, das klang wie tausend Fingernägel, die über eine riesige Tafel kratzten.

»Soll das etwa *Musik* sein?«, flüsterte Ron.

Sie bogen um eine Ecke und sahen den Fast Kopflosen Nick vor einer Tür stehen, die mit schwarzem Samt bespannt war.

»Meine lieben Freunde«, sagte er von Trauer erfüllt, »willkommen, willkommen ... so erfreut, dass Sie kommen konnten ...«

Er riss sich den Federhut vom Kopf und bat sie mit einer Verbeugung herein.

Ein unglaublicher Anblick bot sich ihnen. Der Kerker war voll mit hunderten perlweißer, durchscheinender Gestalten. Die meisten schwebten dicht gedrängt über einem Tanzboden und walzten zu dem fürchterlichen Kreischen von dreißig Musiksägen eines Orchesters, das auf einer schwarz bespannten Bühne spielte. Über ihnen verströmten weitere tausend Kerzen auf einem Kronleuchter mitternachtsblaues Licht. Ihr Atem stieg als Nebelwolke vor ihnen auf; es war, als würden sie einen Eisschrank betreten.

»Sollen wir uns ein wenig umsehen?«, schlug Harry vor; er musste nämlich dringend seine Füße aufwärmen.

»Passt auf, dass ihr durch keinen hindurchgeht«, sagte Ron nervös, und sie machten sich auf den Weg um die Tanzfläche. Sie kamen an einer Gruppe düsterer Nonnen vorbei, an einem zerlumpten und mit Ketten gefesselten Mann und an dem

Fetten Mönch, einem gut gelaunten Geist aus dem Hause Hufflepuff, der in ein Gespräch mit einem Ritter vertieft war, aus dessen Stirn ein Pfeil ragte. Harry erkannte auch den Blutigen Baron, einen ausgemergelten, stierenden Slytherin-Geist voll silberner Blutflecke, und es wunderte ihn nicht, dass die anderen Geister einen weiten Bogen um ihn schlugen.

»O nein«, sagte Hermine und blieb schlagartig stehen. »Umdrehen, umdrehen, ich will nicht mit der Maulenden Myrte sprechen –«

»Mit wem?«, sagte Harry, während sie rasch kehrtmachten.

»Sie spukt in der Mädchentoilette im ersten Stock herum«, sagte Hermine.

»Sie spukt in einem *Klo* herum?«

»Ja. War fast das ganze Jahr über geschlossen, weil sie ständig Anfälle hat und alles unter Wasser setzt. Ich bin da sowieso nicht hingegangen, wenn ich's vermeiden konnte, es ist bescheuert, wenn du aufs Klo gehen willst und sie jammert dich voll –«

»Seht mal, da gibt's was zu essen!«, sagte Ron.

Auf der anderen Seite des Kerkers stand ein langer Tisch, ebenfalls mit schwarzem Samt bedeckt. Hungrig traten sie näher, doch nach ein paar Schritten blieben sie entsetzt stehen. Der Gestank war Ekel erregend. Auf schönen Silberplatten lagen riesige verdorbene Fische, rabenschwarze verbrannte Kuchen häuften sich auf Tellern; es gab große Mengen Schafsinnereien, auf denen sich fröhlich Maden tummelten, einen Käselaib, überzogen mit flaumigem grünem Moder und, der Stolz der Küche, einen gewaltigen grauen Kuchen in der Form eines Grabsteins, verziert mit einer Art Teer, der die Worte bildete:

Sir Nicholas de Mimsy-Porpington
gestorben am 31. Oktober 1492

Harry sah erstaunt zu, wie ein fülliger Geist sich dem Tisch näherte, in die Knie ging und mit offenem Mund durch einen stinkenden Lachs watschelte.

»Können Sie es schmecken, wenn Sie hindurchgehen?«, fragte ihn Harry.

»Beinahe«, sagte der Geist traurig und entschwebte.

»Ich denke mal, sie lassen es verrotten, damit es einen stärkeren Geschmack annimmt«, sagte Hermine altklug, kniff sich die Nase zu und beugte sich vor, um die verwesenden Innereien zu begutachten.

»Lasst uns gehen, mir ist schlecht«, sagte Ron.

Kaum hatten sie sich umgedreht, huschte ein kleiner Mann unter dem Tisch hervor und schwebte ihnen in den Weg.

»Hallo, Peeves«, sagte Harry behutsam.

Im Gegensatz zu den Geistern um sie herum war Peeves, der Poltergeist, überhaupt nicht blass und durchscheinend. Er trug einen hellorangeroten Papierhut, eine sich drehende Fliege und grinste arglistig über das ganze breite Gesicht.

»Was zu knabbern?«, sagte er schmeichlerisch und bot ihnen eine Schale mit pilzüberwucherten Erdnüssen an.

»Nein danke«, sagte Hermine.

»Hab gehört, wie ihr über die arme Myrte gesprochen habt«, sagte Peeves mit tanzenden Augäpfeln. »*Unverschämte Dinge habt ihr über die arme Myrte gesagt.*« Er holte tief Luft und rief mit donnernder Stimme: »OY! MYRTE!«

»O nein, Peeves, erzähl ihr nicht, was ich gesagt hab, das wird sie ganz durcheinander bringen«, flüsterte Hermine aufgeregt. »Ich hab's nicht so gemeint, ich hab nichts gegen sie – ah, hallo, Myrte.«

Der Geist eines plumpen Mädchens war zu ihnen herübergeglitten. Sie hatte das trübseligste Gesicht, das Harry je gesehen hatte, halb verborgen hinter glattem Haar und einer dicken Perlmuttbrille.

»Was ist?«, sagte sie schmollend.

»Wie geht es dir, Myrte?«, fragte Hermine mit gekünstelt munterer Stimme, »schön, dass du mal aus der Toilette rauskommst.«

Myrte schniefte.

»Miss Granger hat gerade über dich gesprochen«, sagte Peeves heimtückisch in Myrtes Ohr.

»Hab nur gesagt – wie – wie hübsch du heute Abend aussiehst«, sagte Hermine und starrte Peeves mit wütendem Blick an.

Myrte beäugte Hermine misstrauisch.

»Du machst dich über mich lustig«, sagte sie, und silberne Tränen schossen in ihre kleinen durchsichtigen Augen.

»Nein, ehrlich, hab ich nicht gerade gesagt, wie hübsch Myrte aussieht?«, sagte Hermine und stieß Harry und Ron schmerzhaft in die Rippen.

»O ja –«

»Das hat sie –«

»Lügt mich nicht an«, stöhnte Myrte, und jetzt kullerten Tränen ihr Gesicht hinunter, während Peeves glücklich über ihre Schulter hinweg gluckste. »Meint ihr, ich weiß nicht, wie mich die Leute hinter meinem Rücken nennen? Fette Myrte! Hässliche Myrte! Elende, maulende, trübselige Myrte!«

»Du hast ›picklig‹ vergessen«, zischte ihr Peeves ins Ohr.

Die Maulende Myrte brach in verzweifeltes Schluchzen aus und floh aus dem Kerker. Peeves schoss ihr nach, bewarf sie mit pilzigen Erdnüssen und rief: »Picklig! Picklig!«

»Ach je«, sagte Hermine traurig.

Der Fast Kopflose Nick schwebte ihnen durch die Gästeschar entgegen.

»Macht's Spaß?«

»O ja«, logen sie.

»Es sind doch einige gekommen«, sagte der Fast Kopflose

Nick stolz. »Die Klagende Witwe ist immerhin aus Kent angereist ... es ist Zeit für meine Rede, ich geh lieber und sag dem Orchester Bescheid ...«

Das Orchester hörte jedoch in diesem Moment zu spielen auf. Und auch alle andern im Kerker verstummten und drehten sich entgeistert um, als ein Jagdhorn ertönte.

»Oh, da sind sie«, sagte der Fast Kopflose Nick verbittert.

Durch die Kerkerwände brach ein Dutzend Geisterpferde, jedes geritten von einem kopflosen Reiter. Die Versammelten klatschten begeistert und auch Harry begann zu klatschen, hielt beim Anblick von Nicks Gesicht jedoch rasch inne.

Die Pferde galoppierten in die Mitte der Tanzfläche, wo sie aufbäumend und ausschlagend Halt machten; ein großer Geist an der Spitze, der seinen bärtigen Kopf unter dem Arm trug, sprang herab und hob den Kopf in die Luft, um über die Menge sehen zu können (alles lachte). Er setzte den Kopf auf den Hals und schritt auf den Fast Kopflosen Nick zu.

»Nick«, dröhnte er. »Wie geht's? Hängt der Kopf immer noch dran?«

Unter schallendem Gelächter klopfte er dem Fast Kopflosen Nick auf die Schulter.

»Willkommen, Patrick«, sagte Nick steif.

»Lebendige!«, rief Sir Patrick, als er Harry, Ron und Hermine erblickte, und zuckte mit gespieltem Entsetzen zusammen, so dass sein Kopf wieder herunterkullerte (die Menge johlte auf).

»Sehr amüsant«, sagte der Fast Kopflose Nick mit düsterer Miene.

»Stört euch nicht an Nick!«, rief Sir Patricks Kopf vom Fußboden hoch, »der ist immer noch sauer, weil er nicht an der Jagd teilnehmen darf! Aber ich würde meinen – schaut euch den Kerl doch mal an –«

»Ich denke«, sagte Harry rasch auf einen bedeutungsvollen Blick von Nick hin, »Nick ist sehr – furchteinflößend und – ähm –«

»Ha!«, rief Sir Patricks Kopf, »wette, er hat Sie gebeten, das zu sagen!«

»Dürfte ich um Ihre Aufmerksamkeit bitten, es ist Zeit für meine Rede!«, sagte der Fast Kopflose Nick laut, schritt auf das Podium zu und trat in das eisblaue Licht einer Kerze.

»Meine beklagenswerten verstorbenen Lords, Ladys und Gentlemen, es ist mir ein großes Missvergnügen …«

Doch niemand mochte mehr zuhören. Sir Patrick und der Rest seiner Kopflosen Jäger hatten eine Partie Kopfhockey begonnen und die Gäste wandten sich dem Spiel zu. Der Fast Kopflose Nick bemühte sich vergeblich, die Aufmerksamkeit seines Publikums zurückzugewinnen, gab jedoch auf, als Sir Patricks Kopf unter lautem Johlen an ihm vorbeisegelte.

Harry war es inzwischen sehr kalt, ganz zu schweigen von seinem Hunger.

»Ich halt's hier nicht mehr lange aus«, knurrte Ron mit klappernden Zähnen, als das Orchester wieder zu sägen begann und die Geister auf den Tanzboden zurückschwebten.

»Gehen wir«, stimmte ihm Harry zu.

Den Umstehenden lächelnd zunickend machten sie sich auf den Weg in Richtung Tür, und kurze Zeit später hasteten sie zurück durch den mit schwarzen Kerzen gesäumten Gang.

»Vielleicht sind sie mit dem Nachtisch noch nicht fertig«, sagte Ron hoffnungsvoll und betrat als Erster die Stufen zur Eingangshalle.

Und dann hörte Harry es.

»*Reißen … zerfetzen … töten …*«

Es war dieselbe Stimme, dieselbe kalte, mörderische Stimme, die er schon in Lockharts Büro gehört hatte.

Stolpernd hielt er inne, legte die Hände auf die steinerne

Wand, blickte gangauf und gangab und lauschte mit aller Kraft.

»Harry, was –?«

»Da ist wieder diese Stimme – sei mal still –«

»... *so hungrig ... schon so lange ...*«

»Hört!«, sagte Harry eindringlich, und Ron und Hermine erstarrten und richteten die Augen auf ihn.

»... *töten ... Zeit zu töten ...*«

Die Stimme wurde schwächer. Sie bewegte sich fort von ihnen, da war sich Harry sicher – nach oben. Er starrte an die dunkle Decke, und eine Mischung aus Angst und Erregung erfüllte ihn; wie konnte sie sich nach oben bewegen? War sie ein Phantom, dem steinerne Decken nichts ausmachten?

»Hier lang«, rief er und lief die Stufen zur Eingangshalle hoch. Doch hier war gewiss nichts mehr zu hören, denn Stimmengewirr vom Halloween-Fest drang aus der Großen Halle. Ron und Hermine dicht auf den Fersen rannte Harry die Marmortreppe zum ersten Stock hoch.

»Harry, was tun wir –«

»SCHHH!«

Harry spitzte die Ohren. Aus dem nächsten Stockwerk, aus weiter Ferne, hörte er die verblassende Stimme: »... *ich rieche Blut ...* ICH RIECHE BLUT!«

Harry drehte sich der Magen um –

»Es wird jemanden umbringen!«, rief er und rannte los. Ohne auf Rons und Hermines verwirrte Gesichter zu achten, nahm er drei Stufen der nächsten Treppe auf einmal und versuchte über das Getrappel der eigenen Schritte hinweg zu lauschen –

Harry jagte durch alle Gänge im zweiten Stock und Ron und Hermine keuchten hinter ihm her. Erst, als sie in den letzten, verlassenen Korridor eingebogen waren, hielten sie an.

»Harry, was ist eigentlich los?«, fragte Ron, während er sich den Schweiß vom Gesicht wischte. »Ich hab nichts gehört …«

Da stieß Hermine einen kurzen Seufzer aus und deutete den Gang hinunter.

»Seht mal!«

An der Wand vor ihnen leuchtete etwas. Sie spähten durch die Dunkelheit und traten vorsichtig näher. An die Wand zwischen zwei Fenstern waren halbmeterhohe Wörter geschmiert, die im flackernden Licht der Fackeln schimmerten.

DIE KAMMER DES SCHRECKENS WURDE GEÖFFNET.
FEINDE DES ERBEN, NEHMT EUCH IN ACHT

»Was hängt – dadrunter?«, fragte Ron mit leichtem Zittern in der Stimme.

Zögernd gingen sie vor. Harry rutschte beinahe aus – auf dem Boden war eine große Wasserlache; Ron und Hermine hielten ihn fest und gemeinsam näherten sie sich der Schrift an der Wand, die Augen auf den dunklen Schatten darunter gerichtet. Alle drei erkannten im selben Augenblick, was es war, und zuckten zurück.

Mrs Norris, die Katze des Hausmeisters, hing am Schwanz festgebunden vom Fackelhalter herab. Sie war steif wie ein Brett, und in ihren weit aufgerissenen Augen lag ein starrer Blick.

Einige Atemzüge lang standen sie da wie angefroren. Dann sagte Ron: »Lasst uns von hier verschwinden.«

»Sollten wir nicht versuchen ihr zu helfen –«, begann Harry verlegen.

»Glaub mir«, sagte Ron, »es ist besser, wenn uns hier niemand sieht.«

Doch es war zu spät. Ein Dröhnen, wie von fernem Donner, sagte ihnen, dass das Fest gerade zu Ende war. Von beiden Enden des Korridors näherte sich das Trappeln hunderter treppensteigender Füße und das laute, muntere Gesumme wohlgenährter Schüler: und schon drangen sie von den Seiten herein.

Das Geschnatter und Gekicher und der Lärm starben jäh ab, als die Ersten von ihnen die aufgehängte Katze erblickten. Harry, Ron und Hermine standen allein inmitten des Durchgangs, und allmählich verstummte die ganze Schar und drängte vorwärts, um die grauenvolle Stätte zu sehen.

Dann durchbrach ein Ruf die Stille.

»Feinde des Erben, nehmt euch in Acht! Ihr seid die Nächsten, Schlammblüter!«

Es war Draco Malfoy. Er hatte sich ganz nach vorn gedrängt. Mit einem Funkeln in den kalten Augen, das sonst blutleere Gesicht gerötet, grinste er beim Anblick der starren Katze.

Die Schrift an der Wand

»Was geht hier vor? Was ist los?«

Argus Filch, angelockt von Malfoys Geschrei, keilte sich mit den Ellbogen durch die Schülerschar. Als er Mrs Norris erblickte, zuckte er erschrocken zurück und begrub entsetzt das Gesicht in den Händen.

»Meine Katze! Meine Katze! Was ist mit Mrs Norris passiert?«, jammerte er.

Und seine hervorquellenden Augen richteten sich auf Harry.

»*Du!*«, kreischte er, »*du!* Du hast meine Katze ermordet! Du hast sie getötet! Ich bring dich um! Ich –«

»*Argus!*«

Dumbledore hatte den Schauplatz betreten, mit etlichen Lehrern im Schlepptau. Im Nu rauschte er an Harry, Ron und Hermine vorbei und holte Mrs Norris vom Fackelhalter.

»Kommen Sie mit, Argus«, sagte er zu Filch, »und Sie auch, Mr Potter, Mr Weasley, Miss Granger.«

Beflissen trat Lockhart vor.

»Mein Büro ist am nächsten, Direktor – nur die Treppe hoch – bitte seien Sie so frei –«

»Ich danke Ihnen, Gilderoy«, sagte Dumbledore.

Die stumme Menge teilte sich, um sie durchzulassen. Lockhart, aufgeregt und mit gewichtiger Miene, eilte hinter Dumbledore her; und auch die Professoren McGonagall und Snape folgten.

Als sie Lockharts dunkles Büro betraten, gab es ein Gehu-

147

sche entlang der Wände. Harry sah einige Lockharts mit Lockenwicklern in den Haaren aus den Bildern verschwinden. Der echte Lockhart zündete die Kerzen auf dem Schreibtisch an und trat zurück. Dumbledore legte Mrs Norris auf die polierte Tischplatte und begann sie zu untersuchen. Harry, Ron und Hermine tauschten gespannte Blicke und setzten sich auf Stühle außerhalb des Kerzenscheins.

Die Spitze von Dumbledores langer Hakennase war kaum drei Zentimeter von Mrs Norris' Fell entfernt. Durch seine Halbmondbrille untersuchte er sie genau, wobei er sie mit seinen langen Fingern streichelte und anstupste. Professor McGonagall, die Augen zu Schlitzen verengt, hatte sich fast ebenso nahe zu der Katze herabgebeugt. Hinter ihnen im Halbschatten stand Snape, wachsam und mit einem höchst merkwürdigen Gesichtsausdruck: als ob er angestrengt versuchte nicht zu lächeln. Und Lockhart tänzelte um sie alle herum und gab seine Einschätzungen zum Besten.

»Eindeutig ein Fluch, der sie umgebracht hat – vermutlich die Transmutations-Tortur – ich hab's viele Male mit angesehen, leider war ich hier nicht dabei. Ich kenne nämlich den Gegenfluch, der sie gerettet hätte …«

Während Lockharts Auslassungen waren immer wieder Filchs trockene, markerschütternde Schluchzer zu hören. Er war auf einem Stuhl neben dem Schreibtisch zusammengesunken, das Gesicht in den Händen vergraben und nicht fähig, einen Blick auf Mrs Norris zu werfen. Sosehr er Filch verabscheute, Harry konnte nicht anders, er empfand ein wenig Mitleid für ihn, wenn auch nicht so viel wie für sich selbst. Wenn Dumbledore Filch glaubte, würde er ihn ohne Frage von der Schule weisen.

Dumbledore murmelte jetzt seltsame Worte vor sich hin und tippte Mrs Norris mit seinem Zauberstab an, doch nichts passierte: sie sah weiterhin aus, als wäre sie gerade ausgestopft worden.

»… ich kann mich an einen ganz ähnlichen Vorfall in Ouagadogou erinnern«, sagte Lockhart, »eine Serie von Attacken, nachzulesen in meiner Autobiographie; ich konnte die Dorfbevölkerung mit verschiedenen Amuletten ausstatten, und die Sache war sofort erledigt …«

Die Lockharts an den Wänden nickten allesamt zustimmend. Einer davon hatte vergessen, sein Haarnetz abzunehmen.

Endlich richtete sich Dumbledore auf.

»Sie ist nicht tot, Argus«, sagte er sanft.

Lockhart, der gerade die Zahl der Morde zählte, die er verhindert hatte, verstummte jäh.

»Nicht tot«, würgte Filch hervor und sah Mrs Norris durch einen Fingerspalt an. »Aber warum ist sie ganz … ganz steif und erstarrt?«

»Sie wurde versteinert«, sagte Dumbledore. (»Ah! Hab ich's mir doch gedacht!«, rief Lockhart.) »Doch wie, kann ich nicht sagen …«

»Fragen sie *ihn!*«, kreischte Filch und wandte sein fleckiges und tränenverschmiertes Gesicht Harry zu.

»Kein Zweitklässler hätte das geschafft«, sagte Dumbledore bestimmt. »Dafür wäre schwarze Magie der fortgeschrittensten –«

»Er hat's getan, er hat's getan!«, keifte Filch, und sein teigiges Gesicht lief purpurrot an. »Sie haben gesehen, was er an die Wand geschrieben hat! Er hat – in meinem Büro – er weiß, dass ich ein – ich ein –« in Filchs Gesicht trat etwas fürchterlich Gequältes, »er weiß, dass ich ein Squib bin!«, stieß er hervor.

»Ich habe Mrs Norris nicht einmal *angefasst!*«, sagte Harry laut und im Bewusstsein, dass ihn alle ansahen, auch alle

Lockharts an den Wänden. »Und ich weiß nicht mal, was ein Squib ist.«

»Unsinn«, schnarrte Filch, »er hat meinen Kwikzaubern-Brief gesehen!«

»Wenn ich etwas dazu sagen darf, Direktor«, sagte Snape aus dem Schatten heraus, und Harrys ungute Vorahnung verstärkte sich; gewiss würde Snape nichts zu sagen haben, was ihm helfen könnte.

»Potter und seine Freunde waren vielleicht nur zur falschen Zeit am falschen Ort«, sagte er, und seine Lippen kräuselten sich in einem Anflug von Häme, als ob er dies bezweifelte, »aber wir haben hier eine Reihe von verdächtigen Umständen. Warum war er überhaupt in diesem Korridor? Warum war er nicht beim Halloween-Fest?«

Harry, Ron und Hermine sprudelten gleichzeitig los, um die Sache mit der Todestagsfeier zu erklären: »… da waren hunderte von Geistern, die werden Ihnen sagen, dass wir dort waren –«

»Aber warum seid ihr hinterher nicht zum Fest gekommen?«, sagte Snape, und seine dunklen Augen glitzerten im Kerzenlicht. »Warum seid ihr hoch in diesen Korridor?«

Ron und Hermine sahen Harry an.

»Weil … weil …«, sagte Harry mit heftig pochendem Herzen, und etwas sagte ihm, es würde weit hergeholt klingen, wenn er ihnen erklärte, dass eine körperlose Stimme, die nur er hören konnte, ihn dorthin gelockt habe. »Weil wir müde waren und ins Bett gehen wollten«, sagte er.

»Ohne noch etwas zu Abend zu essen?«, fragte Snape mit einem triumphierenden Lächeln auf dem hageren Gesicht. »Ich dachte, Geister würden bei ihren Partys keine Speisen servieren, die Lebenden bekömmlich wären.«

»Wir hatten keinen Hunger«, sagte Ron laut, um ein gewaltiges Knurren seines Magens zu übertönen.

Snapes gehässiges Lächeln verwandelte sich in ein breites Grinsen.

»Ich denke, dass Potter nicht die ganze Wahrheit sagt«, verkündete er. »Es wäre angeraten, ihm gewisse Vergünstigungen zu entziehen, bis er bereit ist, uns die ganze Geschichte zu erzählen. Ich persönlich meine, er sollte aus dem Quidditch-Team ausgeschlossen werden, bis er sich entschlossen hat, alle Unklarheiten zu beseitigen.«

»Nun mal halblang, Severus«, sagte Professor McGonagall scharf, »ich sehe keinen Grund, dem Jungen das Quidditch zu verbieten. Diese Katze hat keinen Schlag mit dem Besenstiel abbekommen. Es gibt keinerlei Beweise dafür, dass Potter etwas Unrechtes getan hat.«

Dumbledore sah Harry prüfend an. Seine blinkenden hellblauen Augen gaben Harry das Gefühl, geröntgt zu werden.

»Unschuldig bis zum Beweis der Schuld, Severus«, sagte er entschieden.

Snape sah zornig aus, ebenso wie Filch.

»Meine Katze ist versteinert worden!«, kreischte er mit hüpfenden Augenbällen, »ich will eine *Bestrafung* sehen!«

»Wir werden sie heilen können, Argus«, sagte Dumbledore geduldig, »Madam Sprout ist es kürzlich gelungen, einige Alraunen zu züchten. Sobald sie ihre volle Größe erreicht haben, werde ich einen Trank brauen lassen, der Mrs Norris wieder beleben wird.«

»Das erledige ich«, warf Lockhart ein. »Ich muss es schon hundertmal getan haben, ich könnte einen Alraune-Wiederbelebungstrank im Schlaf zusammenbrauen.«

»Verzeihen Sie«, sagte Snape eisig, »doch ich denke, ich bin der Experte für Zaubertränke an dieser Schule.«

Eine peinliche Pause trat ein.

»Sie können gehen«, sagte Dumbledore zu Harry, Ron und Hermine.

Sie gingen so schnell sie konnten, ohne zu rennen. Ein Stockwerk über Lockharts Büro huschten sie in ein leeres Klassenzimmer und schlossen die Tür leise hinter sich. Harry versuchte in der Dunkelheit die Gesichter seiner Freunde auszumachen.

»Meint ihr, ich hätte ihnen von der Stimme erzählen sollen, die ich gehört habe?«

»Nein«, sagte Ron ohne Zögern. »Stimmen zu hören, die niemand sonst hören kann, ist kein gutes Zeichen, nicht einmal in der Zaubererwelt.«

Etwas in Rons Stimme ließ Harry fragen: »Du glaubst mir doch, oder?«

»Natürlich«, sagte Ron rasch. »Aber, du musst zugeben, es ist unheimlich ...«

»Ich weiß, es ist unheimlich«, sagte Harry. »Die ganze Geschichte ist unheimlich. Was stand da an der Wand? *Die Kammer wurde geöffnet ...* Was soll das heißen?«

»Wart mal, da klingelt etwas in meinem Kopf«, sagte Ron langsam. »Ich glaube, jemand hat mir mal eine Geschichte über eine geheime Kammer in Hogwarts erzählt ... vielleicht war es Bill ...«

»Und was in aller Welt ist eigentlich ein Squib?«, fragte Harry.

Überrascht hörte er, wie Ron verdruckst kicherte.

»Nun ja – eigentlich ist es nicht lustig – aber wenn es um Filch geht«, sagte er, »ein Squib ist jemand, der aus einer Zaubererfamilie stammt, aber keine magischen Kräfte besitzt. Sozusagen das Gegenteil der Zauberer aus den Muggelfamilien, aber Squibs sind ganz selten. Wenn Filch ein wenig Magie in diesem Kwikzaubern-Kurs lernen will, muss er ein Squib sein. Das würde vieles erklären. Zum Beispiel, warum er Schüler so hasst.« Ron lächelte zufrieden. »Er ist verbittert.«

Irgendwo läutete eine Glocke.

»Mitternacht«, sagte Harry. »Wir gehen besser zu Bett, bevor Snape kommt und versucht, uns wegen etwas anderem dranzukriegen.«

Ein paar Tage lang sprachen sie in der Schule von nichts anderem als vom Angriff auf Mrs Norris. Filch erinnerte sie alle immer wieder daran, indem er am Tatort auf und ab marschierte, als ob er glaubte, der Angreifer werde zurückkehren. Harry hatte gesehen, wie er die Schrift an der Wand mit »Mrs Skowers Allzweck-Magische-Sauerei-Entferner« schrubbte, doch ohne Erfolg. Die Worte leuchteten so hell wie zuvor auf der steinernen Wand. Wenn Filch nicht den Schauplatz des Verbrechens bewachte, schlurfte er mit roten Augen durch die Gänge, stürzte sich drohend auf arglose Schüler und versuchte ihnen Nachsitzen aufzubrummen für Dinge wie »lautes Atmen« oder »glückliches Aussehen«.

Ginny Weasley schien über Mrs Norris' Schicksal sehr betrübt zu sein. Ron zufolge war sie eine große Katzenliebhaberin.

»Aber du hast doch Mrs Norris gar nicht richtig kennen gelernt«, meinte Ron aufmunternd. »Ehrlich gesagt sind wir ohne sie viel besser dran.« Ginnys Lippen zitterten. »Solche Geschichten passieren nicht oft in Hogwarts«, versicherte ihr Ron, »sie werden den Verrückten kriegen, der es getan hat, und ihn schnurstracks rauswerfen. Ich hoffe nur, er hat Zeit, Filch zu versteinern, bevor er rausfliegt. – Ich mach nur Witze«, fügte er hastig hinzu, als Ginny erbleichte.

Der Vorfall hatte auch seine Wirkung auf Hermine. Es war durchaus üblich, dass sie viel Zeit mit Lesen verbrachte, doch jetzt tat sie fast nichts anderes mehr. Harry und Ron brachten mit ihrer Frage, was sie denn aushecke, auch nicht viel aus ihr heraus, und erst am folgenden Mittwoch erfuhren sie es.

Snape hatte Harry nach der Zaubertrankstunde zurückbehalten und ihn Ringelwürmer von den Tischen kratzen lassen. Nachdem er hastig sein Mittagessen hinuntergeschlungen hatte, ging er nach oben, um Ron in der Bibliothek zu treffen. Da kam Justin Finch-Fletchley, der Hufflepuff-Junge aus der Kräuterkunde, auf ihn zu. Harry hatte gerade den Mund aufgemacht, um hallo zu sagen, als Justin ihn bemerkte, abrupt kehrtmachte und floh.

Harry fand Ron weit hinten in der Bibliothek, wo er seine Hausaufgaben in Geschichte der Zauberei erledigte. Professor Binns hatte ihnen einen meterlangen Aufsatz über »Die Versammlung europäischer Zauberer im Mittelalter« aufgegeben.

»Ich glaub's einfach nicht, ich hab immer noch zwanzig Zentimeter zu wenig«, sagte Ron aufgebracht und ließ sein Pergament los, das sich im Nu wieder zusammenrollte. »Und Hermine hat anderthalb Meter in ihrer Bonsai-Schrift geschafft.«

»Wo ist sie?«, fragte Harry, griff sich das Maßband und entrollte seine eigene Hausarbeit.

»Irgendwo dort drüben«, sagte Ron und deutete zu den Regalen hinüber. »Sucht ständig Bücher. Ich glaube, sie will die ganze Bibliothek noch vor Weihnachten auslesen.«

Harry erzählte Ron, dass Justin Finch-Fletchley vor ihm Reißaus genommen habe.

»Weiß nicht, weshalb dich das überhaupt beschäftigt, er kam mir ein wenig dumm vor«, sagte Ron, während er so groß wie möglich aufs Pergament krakelte. »Der ganze Unsinn über Lockhart, den sie so großartig findet –«

Hermine tauchte zwischen den Bücherregalen auf. Sie sah verärgert aus und schien endlich bereit, mit ihnen zu reden.

»*Alle* Exemplare der *Geschichte von Hogwarts* sind ausgeliehen«, sagte sie und setzte sich neben Harry und Ron. »Es gibt eine zweiwöchige Warteliste. Hätte ich doch mein Exemplar nicht zu Hause gelassen, aber es hat bei den vielen Lockhart-Büchern einfach nicht mehr in den Koffer gepasst.«

»Warum willst du es?«, fragte Harry.

»Aus dem gleichen Grund wie alle andern auch«, sagte Hermine, »um die Legende von der Kammer des Schreckens nachzulesen.«

»Was ist das?«, sagte Harry rasch.

»Das ist es ja. Ich kann mich nicht erinnern«, sagte Hermine und biss sich auf die Lippe. »Und anderswo kann ich die Geschichte auch nicht finden –«

»Hermine, lass mich deinen Aufsatz lesen«, sagte Ron, verzweifelt auf die Uhr blickend.

»Nein, das möchte ich nicht«, sagte Hermine plötzlich in strengem Ton, »du hast doch zehn Tage Zeit gehabt.«

»Ich brauch doch nur noch sechs Zentimeter, nun komm schon –«

Es läutete. Ron und Hermine gingen zankend in Geschichte der Zauberei.

Das war das langweiligste Fach auf ihrem Stundenplan. Professor Binns war der einzige Geist, den sie als Lehrer hatten, und dass er einmal das Klassenzimmer durch die Tafel betreten hatte, war das Aufregendste, was je in seinem Unterricht passiert war. Er war uralt und schrumplig, und viele Leute sagten, er habe nicht bemerkt, dass er tot sei. Er war eines Tages einfach aufgestanden, um zum Unterricht zu gehen, und hatte seinen Körper in einem Sessel vor dem Kamin im Lehrerzimmer zurückgelassen; sein Tagesablauf hatte sich seither nicht im Mindesten geändert.

Heute war es noch langweiliger als sonst. Professor Binns öffnete seine Unterlagen und begann dumpf dröhnend wie ein Staubsauger zu lesen, bis fast alle in der Klasse in einen Wachschlaf verfallen waren, nur gelegentlich aufmerkend, um einen Namen oder ein Datum zu notieren. Hermine hob die Hand.

Professor Binns, inmitten eines sterbenslangweiligen Vortrags über die Internationale Zaubererversammlung von 1289, schaute verdutzt auf.

»Miss – ähm –«

»Granger, Professor. Ich frage mich, ob Sie uns nicht etwas über die Kammer des Schreckens erzählen könnten«, sagte Hermine mit heller Stimme.

Dean Thomas, der mit herabhängendem Unterkiefer dagesessen und aus dem Fenster gestarrt hatte, schreckte aus seiner Trance; Lavender Brown riss den Kopf von ihren Armen und Nevilles Ellbogen rutschte vom Tisch.

Professor Binns blinzelte.

»Mein Fach ist Geschichte der Zauberei«, sagte er mit seiner trockenen, pfeifenden Stimme. »Ich habe es mit *Tatsachen* zu tun, Miss Granger, nicht mit Mythen und Legenden.« Er räusperte sich, was sich anhörte wie zerbrechende Kreide, und fuhr fort: »Im September jenes Jahres hat ein Unterausschuss zyprischer Zauberer –«

Er verhaspelte sich und brach ab. Wieder ruderte Hermines Hand durch die Luft.

»Miss Grant?«

»Bitte, Sir, gehen Legenden nicht immer auf Tatsachen zurück?«

Professor Binns sah sie derart irritiert an, dass Harry sich sicher war, dass noch kein Schüler ihn je zuvor unterbrochen hatte, weder zu seinen Lebzeiten noch danach.

»Nun«, sagte Professor Binns langsam, »ja, so könnte man argumentieren, denke ich.« Er spähte zu Hermine hinüber, als ob er noch nie zuvor eine leibhaftige Schülerin gesehen hätte. »Allerdings ist die Legende, von der Sie sprechen, eine derart *reißerische,* geradezu *lächerliche* Geschichte –«

Doch nun hing die ganze Klasse an Professor Binns' Lippen. Er sah sie mit verhangenem Blick an und aller Augen waren auf ihn gerichtet. Harry konnte sehen, dass derart ungewöhnliches Interesse Binns völlig aus dem Häuschen brachte.

»Oh, wie Sie wünschen«, sagte er langsam. »Lassen Sie mich überlegen ... die Kammer des Schreckens ...

Sie alle wissen natürlich, dass Hogwarts vor über tausend Jahren gegründet wurde – das genaue Datum ist nicht bekannt –, und zwar von den vier größten Hexen und Zauberern des damaligen Zeitalters. Die vier Häuser der Schule sind nach ihnen benannt: Godric Gryffindor, Helga Hufflepuff, Rowena Ravenclaw und Salazar Slytherin. Sie haben dieses Schloss gemeinsam erbaut, fern von neugierigen Muggelaugen, denn es war ein Zeitalter, als das einfache Volk die Zauberei fürchtete und Hexen und Zauberer unter grausamer Verfolgung zu leiden hatten.«

Er hielt inne, schaute sich mit trüben Augen im Raum um und fuhr dann fort.

»Ein paar Jahre lang arbeiteten die Zauberer einträchtig zusammen. Sie suchten sich junge Leute, denen sie magische Kräfte ansahen, und brachten sie auf das Schloss, um sie auszubilden. Doch dann kam es zum Streit. Zwischen Slytherin und den andern tat sich eine wachsende Kluft auf. Slytherin wollte die Schüler, die in Hogwarts aufgenommen wurden, strenger *auslesen*. Er glaubte, das Studium der Zauberei müsse den durch und durch magischen Familien vorbehalten sein. Schüler mit Muggeleltern wollte er nicht aufnehmen, denn sie seien nicht vertrauenswürdig. Nach einiger Zeit kam es darüber zu einem heftigen Streit zwischen Slytherin und Gryffindor, und Slytherin verließ die Schule.«

Wieder machte Professor Binns eine Pause, schürzte die Lippen und sah dabei aus wie eine schrumplige alte Schildkröte.

»Zuverlässige historische Quellen sagen uns jedenfalls so viel«, sagte er. »Doch diese klaren Tatsachen werden überwuchert durch die phantasiereiche Legende von der Kammer des Schreckens. Dieser zufolge hat Slytherin eine Geheimkammer in das Schloss eingebaut, von der die anderen Gründer nichts wussten.

Und die Legende sagt weiter, dass Slytherin diese Kammer versiegelt hat, so dass keiner sie öffnen kann, bis sein eigener wahrer Erbe zur Schule kommt. Der Erbe allein soll in der Lage sein, die Kammer des Schreckens zu entsiegeln, den Schrecken im Innern zu entfesseln und mit seiner Hilfe die Schule von all jenen zu säubern, die es nicht wert seien, Zauberei zu studieren.«

Ein Schweigen trat ein, als er zu Ende erzählt hatte, doch es war nicht das übliche, schläfrige Schweigen, das Professor Binns' Unterricht erfüllte. Die Stimmung war unangenehm gespannt, denn alle sahen ihn an und warteten auf mehr. Professor Binns sah ein wenig ungehalten aus.

»Die ganze Geschichte ist natürlich blühender Unsinn«, sagte er. »Natürlich haben die gelehrtesten Hexen und Zauberer die Schule nach einer solchen Kammer durchsucht, viele Male. Es gibt sie nicht. Eine Mär, die dazu taugt, den Leichtgläubigen Furcht einzujagen.«

Hermines Hand war schon wieder oben.

»Sir – was genau meinen Sie mit dem ›Schrecken‹ in der Kammer?«

»Das soll eine Art Monster sein, das nur der Erbe von Slytherin im Griff hat«, sagte Professor Binns mit seiner trockenen, schrillen Stimme.

Die Klasse tauschte beunruhigte Blicke aus.

»Ich versichere Ihnen, dieses Wesen existiert nicht«, sagte Professor Binns und blätterte durch seine Unterlagen. »Es gibt weder eine Kammer noch ein Monster.«

»Aber Sir«, sagte Seamus Finnigan, »wenn die Kammer nur von Slytherins wahrem Erben geöffnet werden kann, dann *kann* sie ja kein anderer finden, nicht wahr?«

»Unsinn, Flaherty«, sagte Professor Binns nun in ernsterem Ton. »Wenn eine lange Reihe von Schulleitern und Schulleiterinnen in Hogwarts das Ding nicht gefunden hat –«

»Aber, Professor«, piepste Parvati Patil, »man braucht wahrscheinlich schwarze Magie, um sie zu öffnen –«

»Wenn ein Zauberer keine schwarze Magie *gebraucht,* heißt das noch lange nicht, dass er sie nicht auch beherrscht, Miss Pennyfeather«, antwortete Professor Binns barsch. »Ich wiederhole, wenn Leute wie Dumbledore –«

»Aber vielleicht muss man mit Slytherin verwandt sein, also konnte Dumbledore nicht –«, begann Dean Thomas, doch Professor Binns hatte genug.

»Das reicht jetzt«, sagte er scharf. »Es ist ein Mythos! Die Kammer existiert nicht! Es gibt nicht den Zipfel eines Beweises, dass Slytherin auch nur einen geheimen Besenschrank gebaut hat! Ich bereue es, Ihnen eine so hanebüchene Legende erzählt zu haben! Wir werden jetzt, wenn Sie erlauben, zur *Geschichte* zurückkehren, zu den harten, glaubhaften und nachprüfbaren *Tatsachen!*«

Und fünf Minuten später war die Klasse wieder in ihren üblichen Wachschlaf gesunken.

»Ich hab immer gewusst, dass Salazar Slytherin ein verrückter alter Schwachkopf war«, sagte Ron zu Harry und Hermine, als sie sich nach Ende der Stunde durch die dicht gedrängten Gänge kämpften, um ihre Taschen vor dem Abendessen nach oben zu bringen. »Aber ich hab nicht gewusst, dass er diesen ganzen Unsinn mit dem reinen Blut angefangen hat. Ich wollte nicht in seinem Haus sein, und wenn man mich dafür bezahlte. Ehrlich gesagt, wenn der Sprechende Hut versucht hätte, mich nach Slytherin zu stecken, hätte ich gleich wieder den Zug nach Hause genommen …«

Hermine nickte eifrig, doch Harry sagte kein Wort. In seinem Inneren hatte sich gerade etwas schmerzhaft verkrampft.

Harry hatte Ron und Hermine nie erzählt, dass der Sprechende Hut ernsthaft erwogen hatte, *ihn* nach Slytherin zu stecken. Als ob es erst gestern gewesen wäre, konnte er sich noch an die leise Stimme erinnern, die in sein Ohr gesprochen hatte, als er vor einem Jahr den Hut aufgesetzt hatte.

»Du könntest groß sein, weißt du, es ist alles da in deinem Kopf, und Slytherin wird dir auf dem Weg zur Größe helfen. Kein Zweifel …«

Doch Harry, der schon gehört hatte, dass das Haus Slytherin in dem Ruf stand, schwarze Magier hervorzubringen, hatte verzweifelt gedacht: *»Nicht Slytherin!«*, und der Hut hatte gesagt: *»Nun, wenn du dir sicher bist – dann besser nach Gryffindor …«*

Während der Schülerstrom sie in die eine Richtung trug, schwamm in der Gegenrichtung Colin Creevey vorbei.

»Hi, Harry!«

»Hallo, Colin«, sagte Harry beiläufig.

»Harry – Harry – ein Junge in meiner Klasse hat gesagt, dass du –«

Doch Colin war so klein, dass er nicht gegen die Welle von Schülern ankämpfen konnte, die ihn zur Großen Halle trug; sie hörten ihn noch quieken: »Bis nachher, Harry!«, und dann war er verschwunden.

»Was sagt ein Junge in seiner Klasse über dich?«, fragte Hermine.

»Dass ich der Erbe von Slytherin bin, vermute ich«, sagte Harry, und sein Magen machte eine Umdrehung, als ihm plötzlich einfiel, wie Justin Finch-Fletchley am Mittag vor ihm Reißaus genommen hatte.

»Die Leute hier glauben auch alles«, sagte Ron angewidert.

Die Menge verlor sich allmählich und die nächste Treppe nahmen sie ohne Mühe.

»Glaubst du *wirklich,* dass es eine Kammer des Schreckens gibt?«, fragte Ron Hermine.

»Ich weiß nicht«, sagte sie stirnrunzelnd. »Dumbledore konnte Mrs Norris nicht heilen, und deshalb denke ich, was immer sie angegriffen hat, ist vielleicht kein – nun ja – menschliches Wesen.«

Während sie sprach, bogen sie um eine Ecke und fanden sich nun ganz am Ende jenes Korridors, in dem der Angriff geschehen war. Sie hielten inne und sahen sich um. Der Schauplatz sah genauso aus wie in jener Nacht, nur hing keine steife Katze vom Fackelhalter, und ein leerer Stuhl stand an der Wand, auf der immer noch zu lesen war: »Die Kammer wurde geöffnet.«

»Da hat Filch Wache gehalten«, murmelte Ron.

Sie sahen sich an. Der Korridor war menschenleer.

»Kann nicht schaden, wenn wir uns ein wenig umsehen«, sagte Harry. Er stellte seine Tasche ab, ging auf die Knie und kroch nach Spuren suchend auf dem Boden umher.

»Brandflecken!«, sagte er, »hier – und hier –«

»Komm und schau dir das an!«, sagte Hermine, »das ist merkwürdig ...«

Harry stand auf und ging hinüber zum Fenster neben der Schrift an der Wand. Hermine deutete auf die oberste Fensterscheibe, wo sich etwa zwanzig Spinnen auf einem Haufen drängten und offenbar mit aller Kraft versuchten durch einen kleinen Riss zu kommen. Ein langer silberner Faden pendelte hin und her wie ein Seil, als ob sie alle schnell daran hochgekrabbelt wären, um hinauszugelangen.

»Hast du jemals so etwas bei Spinnen gesehen?«, sagte Hermine kopfschüttelnd.

»Nein«, sagte Harry, »und du, Ron? Ron?«

Er wandte den Kopf. Ron hielt weiten Abstand zu ihnen und schien gegen den Drang anzukämpfen, einfach wegzulaufen.

»Was ist los?«, sagte Harry.

»Ich mag keine Spinnen«, sagte Ron gepresst.

»Das hab ich nicht gewusst«, sagte Hermine und sah Ron überrascht an. »Du hast doch so oft Spinnen in Zaubertränke gemischt ...«

»Gegen tote hab ich ja nichts«, sagte Ron, der sorgfältig den Blick aufs Fenster vermied. »Ich mag nur nicht, wie sie sich bewegen ...«

Hermine kicherte.

»Das ist nicht komisch«, sagte Ron beleidigt. »Wenn du's wissen willst: Als ich drei war, hat Fred meinen ... meinen Teddybären in eine eklige große Spinne verwandelt, weil ich seinen Spielzauberstab zerbrochen hatte ... Du würdest sie auch nicht ausstehen können, wenn du deinen Bären geknuddelt hättest, und der hätte plötzlich zu viele Beine ...«

Erschaudernd brach er ab. Hermine bemühte sich offenbar immer noch, sich das Lachen zu verkneifen. Harry hatte das dringende Gefühl, sie sollten lieber das Thema wechseln, und sagte: »Erinnert ihr euch an das viele Wasser auf dem Boden? Wo kam das her? Jemand hat es aufgewischt.«

»Es war ungefähr hier«, sagte Ron, der sich wieder gesammelt hatte, und ging ein paar Schritte an Filchs Stuhl vorbei: »Auf Höhe dieser Tür.«

Er streckte die Hand nach dem bronzenen Türknopf aus, zog sie aber jäh wieder zurück, als ob er sich verbrannt hätte.

»Was ist denn jetzt wieder los?«, wollte Harry wissen.

»Ich kann da nicht rein«, sagte Ron grantig. »Das ist ein Mädchenklo.«

»Ach Ron, da wird niemand drin sein«, sagte Hermine. Sie

richtete sich auf und kam zu ihm herüber. »Da lebt die Maulende Myrte. Komm, lass uns mal nachsehen.«

Sie setzte sich über das große »Defekt«-Schild hinweg und öffnete die Tür. Es war der düsterste und trostloseste Toilettenraum, den Harry je betreten hatte. Unter einem riesigen gesplitterten und fleckigen Spiegel zog sich eine Reihe angeschlagener Waschbecken entlang. Der Boden war feucht und spiegelte trübe das Licht einiger Kerzenstummel wider, die in ihren Haltern ausbrannten; von den zerkratzten Holztüren der Kabinen schälte sich die Farbe ab und eine hing in den Angeln.

Hermine drückte die Finger an die Lippen und schlich hinüber zur hintersten Kabine. Dort angelangt, sagte sie: »Hallo, Myrte, wie geht es dir?«

Harry und Ron traten neugierig hinzu. Die Maulende Myrte schwebte über der Kloschüssel und drückte an einem Pickel auf ihrem Kinn herum.

»Das ist ein *Mädchenklo*«, sagte sie und musterte Ron und Harry misstrauisch. »*Das* sind keine Mädchen.«

»Nein«, stimmte ihr Hermine zu, »ich wollte ihnen nur zeigen, wie – ähm – nett du es hier hast.«

Mit einer Armbewegung deutete sie auf den schmutzigen alten Spiegel und den feuchten Boden.

»Frag sie, ob sie etwas gesehen hat«, hauchte Harry in Hermines Ohr.

»Was flüsterst du da?«, fragte Myrte und starrte ihn an.

»Nichts«, sagte Harry rasch. »Wir wollten nur fragen –«

»Ich wünschte, die Leute würden aufhören, hinter meinem Rücken zu reden!«, sagte Myrte mit tränenerstickter Stimme. »Ich hab *auch* Gefühle, müsst ihr wissen, obwohl ich tot bin –«

»Myrte, niemand will dich ärgern«, sagte Hermine, »Harry wollte nur –«

»Niemand will mich ärgern! Guter Witz!«, heulte Myrte. »Mein Leben hier drin war nichts als das reine Elend, und nun kommen auch noch Leute, die mir den Tod ruinieren!«

»Wir wollten dich fragen, ob du in letzter Zeit etwas Merkwürdiges gesehen hast«, sagte Hermine rasch. »Denn direkt vor der Tür wurde an Halloween eine Katze angegriffen.«

»Hast du an diesem Abend jemanden hier gesehen?«, fragte Harry.

»Ich hab nicht drauf geachtet«, sagte Myrte aufbrausend. »Peeves hat mich derart zur Verzweiflung getrieben, dass ich hierher geflüchtet bin und versucht habe, mich *umzubringen*. Dann ist mir natürlich eingefallen, dass ich ... dass ich ...«

»Dass du schon tot bist«, half Ron ihr weiter.

Myrte stieß ein dramatisches Schluchzen aus, stieg hoch in die Luft, drehte sich um und stürzte sich, die drei mit Wasser bespritzend, kopfüber in die Kloschüssel, wo sie verschwand; ihren dumpfen Schluchzern nach zu schließen war sie irgendwo im Abflussrohr zur Ruhe gekommen.

Harry und Ron standen mit offenen Mündern da, doch Hermine zuckte matt die Achseln und meinte: »Offen gestanden war das für Myrtes Verhältnisse eine fast fröhliche Unterhaltung ... kommt, gehen wir.«

Harry hatte kaum die Tür hinter Myrtes gurgelnden Schluchzern zugeschlagen, als eine laute Stimme die drei zusammenzucken ließ.

»RON!«

Percy Weasley, mit glänzendem Vertrauensschülerabzeichen, stand wie angewurzelt am Treppenabsatz, mit dem Ausdruck ungläubigen Staunens auf dem Gesicht.

»Das ist ein *Mädchenklo!*«, sagte er entsetzt, »was habt *ihr –?*«

»Haben uns nur ein wenig umgesehen«, meinte Ron achselzuckend, »Spuren, weißt du –«

Percy schwoll auf eine Weise an, die Harry stark an Mrs

Weasley erinnerte. »Verschwindet – auf – der – Stelle«, sagte er, schritt auf sie zu und begann sie mit den Armen fuchtelnd fortzuscheuchen. »Ist euch denn *egal,* was das für einen Eindruck macht? Hierher zurückzukommen, während alles beim Abendessen ist?«

»Warum sollten wir nicht hier sein?«, versetzte Ron aufgebracht. Er hielt an und stellte sich wütend vor Percy auf. »Hör zu, wir haben diese Katze nicht angerührt!«

»Das hab ich auch Ginny gesagt«, sagte Percy erbost, »aber sie denkt offenbar immer noch, dass ihr von der Schule fliegt, ich hab sie nie so aufgeregt gesehen, sie heult sich die Augen aus, denk doch mal an *sie,* alle Erstklässler sind wegen dieser ganzen Geschichte völlig aus dem Häuschen –«

»*Dir* ist Ginny doch egal«, sagte Ron, und die Ohren liefen ihm jetzt rot an. »*Du* machst dir nur Sorgen, dass ich dir die Chance vermassle, Schulsprecher zu werden –«

»Fünf Punkte Abzug für Gryffindor!«, sagte Percy barsch und befingerte sein Vertrauensschülerabzeichen. »Und ich hoffe, das ist dir eine Lektion! Keine *Detektivarbeit* mehr, oder ich schreibe an Mum!«

Und er schritt davon, sein Nacken so rot wie Rons Ohren.

Harry, Ron und Hermine setzten sich an diesem Abend im Gemeinschaftsraum so weit wie möglich von Percy weg. Ron war immer noch schlecht gelaunt und bekleckste ständig seine Zauberkunst-Hausaufgaben. Als er gedankenverloren nach seinem Zauberstab griff, um die Kleckse zu entfernen, fing das Pergament Feuer. Ron, der vor Zorn fast so rauchte wie seine Hausaufgaben, schlug das *Lehrbuch der Zaubersprüche, Band 2* zu. Zu Harrys Überraschung tat es ihm Hermine gleich.

»Aber wer könnte es denn sein?«, sagte sie mit ruhiger Stimme, als würde sie gerade ein Gespräch fortsetzen. »Wer würde alle Squibs und Muggelkinder aus Hogwarts vertreiben wollen?«

»Überlegen wir mal«, sagte Ron mit gespielter Ratlosigkeit, »wer, den wir kennen, denkt, Muggelkinder seien Abschaum?«

Er sah Hermine an. Hermine gab den Blick zurück, nicht gerade überzeugt. »Wenn du von Malfoy redest –«

»Natürlich tue ich das!«, sagte Ron, »du hast ihn gehört – »*Ihr seid die Nächsten, Schlammblüter!*« –, du musst dir nur sein fieses Rattengesicht ansehen, dann weißt du, dass er es ist –«

»Malfoy, der Erbe von Slytherin?«, sagte Hermine zweifelnd.

»Schau dir seine Familie an«, sagte Harry und schlug ebenfalls seine Bücher zu. »Die ganze Bande war in Slytherin, damit prahlt er doch immer. Sie könnten ohne weiteres die Nachfahren von Slytherin sein. Sein Vater ist böse genug.«

»Vielleicht haben sie schon seit Jahrhunderten den Schlüssel zur Kammer des Schreckens!«, sagte Ron, »geben ihn immer weiter, die Väter den Söhnen …«

»Gut«, Hermine zögerte, »ich denke, es wäre möglich …«

»Aber wie beweisen wir es?«, fragte Harry.

»Es könnte da eine Möglichkeit geben«, sagte Hermine langsam, und mit einem raschen Blick hinüber zu Percy senkte sie ihre Stimme noch weiter. »Natürlich ist es schwierig. Und gefährlich, sehr gefährlich. Wir würden wahrscheinlich fünfzig Schulregeln brechen, fürchte ich –«

»Wenn du irgendwann mal Lust haben solltest, uns das näher zu erklären, vielleicht in einem Monat oder so, dann sag einfach Bescheid?«, sagte Ron gereizt.

»Na gut«, sagte Hermine kühl. »Wir müssen in den Gemeinschaftsraum der Slytherins kommen und Malfoy ein paar Fragen stellen, ohne dass er merkt, dass wir es sind.«

»Aber das ist unmöglich«, sagte Harry, und Ron lachte auf.

»Nein, ist es nicht«, sagte Hermine. »Alles, was wir brauchen, wäre ein wenig Vielsaft-Zaubertrank.«

»Was ist das?«, fragten Ron und Harry wie aus einem Munde.

»Snape hat es neulich im Unterricht erwähnt –«

»Glaubst du, wir haben in Zaubertränke nichts Besseres zu tun als Snape zuzuhören?«, murrte Ron.

»Er verwandelt einen in jemand anderen. Denkt darüber nach! Wir könnten uns in drei Slytherins verwandeln. Keiner würde wissen, dass wir es sind. Malfoy würde wahrscheinlich alles vor uns ausplaudern. Er prahlt damit bestimmt gerade jetzt im Gemeinschaftsraum der Slytherins, wenn wir ihn nur hören könnten.«

»Dieses Vielsaft-Zeugs klingt mir ein wenig tückisch«, sagte Ron stirnrunzelnd. »Was, wenn wir stecken bleiben und für immer wie drei Slytherins aussehen?«

»Nach einer Weile verliert sich die Wirkung«, sagte Hermine, ungeduldig mit der Hand wedelnd, »aber an das Rezept zu kommen wird schwierig werden. Snape meinte, es sei in einem Buch namens *Höchst potente Zaubertränke* und es wird sicher in der Verbotenen Abteilung der Bibliothek sein.«

Es gab nur eine Möglichkeit, ein Buch aus der Verbotenen Abteilung zu bekommen: Sie brauchten die schriftliche Erlaubnis eines Lehrers.

»Schwer einzusehen, warum wir eigentlich das Buch brauchen sollten«, sagte Ron, »wenn wir nicht einen der Zaubertränke zusammenbrauen wollen.«

»Ich glaube«, sagte Hermine »wenn wir so tun, als ob wir einfach an der Theorie interessiert wären, haben wir vielleicht eine Chance …«

»Ach komm, kein Lehrer wird darauf reinfallen«, sagte Ron. »Der müsste schon ziemlich blöde sein.«

167

Der besessene Klatscher

Seit der unrühmlichen Geschichte mit den Wichteln hatte Professor Lockhart keine lebenden Geschöpfe mehr in den Unterricht gebracht. Stattdessen las er ihnen aus seinem Buch vor und manchmal spielte er einige der dramatischeren Geschehnisse daraus nach. Für diese Aufführungen bat er meist Harry um Hilfe. So hatte er ihn schon genötigt, einen einfachen Dörfler aus Transsylvanien zu spielen, den Lockhart von einem Babbelfluch geheilt hatte, einen Yeti mit einem Schnupfen und einen Vampir, der, seit Lockhart sich ihn zur Brust genommen hatte, nichts mehr außer Kopfsalat essen konnte.

Auch in der nächsten Stunde Verteidigung gegen die dunklen Künste holte Lockhart Harry vor die Klasse, und diesmal musste er einen Werwolf spielen. Er hätte sich am liebsten geweigert, doch hatte er einen sehr guten Grund, Lockhart bei Laune zu halten.

»Ein schönes lautes Heulen, Harry – genau – und dann, stellt euch vor, stürze ich mich auf ihn – wie jetzt – und *drück* ihn zu Boden – so – mit der einen Hand halte ich ihn unten – mit der andern steche ich den Zauberstab gegen seine Kehle – dann nehme ich meine letzten Kräfte zusammen und führe den immens komplizierten Homorphus-Zauber aus – der Werwolf fiept jämmerlich – weiter, Harry – noch höher – gut – der Pelz verschwindet – die Reißzähne schrumpfen – und er verwandelt sich zurück in einen Menschen. Einfach, aber wirksam. Und noch ein Dorf wird meiner auf ewig ge-

denken als jenes Helden, der es von den Schrecken der all-
monatlichen Werwolfangriffe erlöst hat.«

Die Glocke läutete. Lockhart warf sich in die Brust.

»Hausaufgaben: Schreibt ein Gedicht über meinen Sieg
über den Wagga Wagga Werwolf! Mein Buch *Magisches Ich*
mit Autogramm als Belohnung für das beste Gedicht!«

Das Klassenzimmer begann sich zu leeren. Harry ging
nach hinten, wo Ron und Hermine auf ihn warteten.

»Fertig?«, wisperte Harry.

»Warte, bis alle draußen sind«, sagte Hermine nervös. »So,
jetzt ...«

Ein Blatt Papier zwischen die Finger gepresst ging sie nach
vorn zu Lockharts Tisch. Harry und Ron folgten ihr auf den
Fersen.

»Ähm – Professor Lockhart?«, stammelte Hermine, »ich
möchte gerne – dieses Buch – aus der Bibliothek haben.
Nur zur Hintergrundlektüre.« Mit ein wenig zittriger Hand
zeigte sie ihm das Blatt. »Das Problem ist nur, es steht in der
Verbotenen Abteilung, also brauche ich einen Lehrer, der
mir diese Erlaubnis unterschreibt – ich bin sicher, es hilft mir
zu verstehen, was Sie in *Gammeln mit Ghulen* über langsam
wirkende Gifte sagen –«

»Ah, *Gammeln mit Ghulen!*«, sagte Lockhart und griff mit
einem breiten Lächeln nach Hermines Blatt. »Vielleicht mein
Lieblingsbuch. Hat es Ihnen gefallen?«

»O ja«, sagte Hermine respektvoll, »so schlau, wie Sie diesen letzten mit dem Teesieb gefangen haben –«

»Nun, sicher wird niemand etwas dagegen haben, wenn
ich meiner besten Schülerin in diesem Jahr noch ein wenig
weiterhelfe«, sagte Lockhart herzlich und zückte einen riesigen Pfauenfederhalter. »Ja, hübsch, nicht wahr?«, sagte er,
Rons empörten Blick missdeutend, »ich benutz ihn normalerweise nur, um Bücher zu signieren.«

Er malte einen riesigen, verschlungenen Namenszug aufs Papier und reichte es Hermine zurück.

»So, Harry«, sagte Lockhart, während Hermine das Blatt mit fahriger Hand zusammenfaltete und es in die Tasche gleiten ließ. »Morgen ist das erste Quidditch-Spiel der Saison? Gryffindor gegen Slytherin? Wie ich höre, sind Sie ein brauchbarer Spieler. Auch ich war mal Sucher. Man hat mich gebeten, in der Nationalmannschaft zu spielen, doch ich zog es vor, mein Leben der Auslöschung der dunklen Kräfte zu widmen. Trotzdem, wenn Sie je das Bedürfnis nach ein wenig Einzeltraining haben, zögern Sie nicht zu fragen. Bin immer gern bereit, meine Erfahrung an weniger gute Spieler weiterzugeben ...«

Harry gab einen undeutlichen Kehllaut von sich und hastete dann Ron und Hermine nach.

»Ich fass es einfach nicht«, sagte er, als die drei sich die Unterschrift auf dem Papier ansahen. »Er hat nicht mal *nachgesehen*, welches Buch wir wollen.«

»Er ist eben ein hirnloser Aufschneider«, sagte Ron. »Aber was soll's, wir haben, was wir brauchen –«

»Er ist *kein* hirnloser Aufschneider«, sagte Hermine schrill, und im Laufschritt machten sie sich auf den Weg in die Bibliothek.

»Nur weil er gesagt hat, dass du dieses Jahr die beste Schülerin bist –«

Sie senkten die Stimmen und traten in die Stille der Bibliothek. Madam Pince, die Bibliothekarin, war eine dürre, reizbare Gestalt, die aussah wie ein unterernährter Geier.

»*Höchst potente Zaubertränke?*«, wiederholte sie misstrauisch und wollte Hermine das Papier aus der Hand ziehen, doch Hermine ließ nicht los.

»Ich würd es so gerne behalten«, hauchte sie.

»Ach, komm schon«, sagte Ron. Er zerrte ihr das Papier

aus der Hand und klatschte es Madam Pince hin. »Wir holen dir noch ein Autogramm, Lockhart unterschreibt ja alles, wenn es lang genug still steht.«

Madam Pince hielt das Blatt hoch gegen das Licht, als wäre sie entschlossen, eine Fälschung aufzuspüren, doch es hielt ihrer Prüfung stand. Sie stakste davon und verschwand zwischen den hohen Regalen. Ein paar Minuten später kehrte sie mit einem großen, schimmlig aussehenden Buch zurück. Hermine steckte es vorsichtig in die Tasche, und während sie die Bibliothek verließen, achteten sie sorgfältig darauf, nicht allzu schnell zu gehen oder zu schuldbewusst dreinzuschauen.

Fünf Minuten später hatten sie sich wieder im kaputten Klo der Maulenden Myrte verschanzt. Hermine hatte sich gegen Rons Einwände durchgesetzt und darauf hingewiesen, dass dies der letzte Ort sei, den jemand aufsuchen würde, der noch alle Tassen im Schrank hatte. Hier würden sie jedenfalls nicht gestört werden. Die Maulende Myrte weinte geräuschvoll in ihrer Kabine, doch sie beachteten sie nicht, und Myrte tat es ihnen gleich.

Vorsichtig schlug Hermine *Höchst potente Zaubertränke* auf, und die drei beugten sich über die stockfleckigen Seiten. Ein Blick sagte ihnen, warum es in die Verbotene Abteilung gehörte. Einige der Zaubertränke hatten derart gruslige Wirkungen, dass sie es sich lieber nicht ausmalten, und es gab einige gräuliche Abbildungen, darunter ein Mann, dessen Inneres nach außen gekehrt war, und eine Hexe, der etliche Arme aus dem Kopf sprossen.

»Da ist es«, sagte Hermine aufgeregt und deutete auf die Seite mit der Überschrift *Der Vielsaft-Trank*. Bebildert war sie mit Zeichnungen von Menschen, die schon halb in andere Menschen verwandelt waren. Harry hoffte inständig, dass der Ausdruck heftiger Schmerzen auf ihren Gesichtern auf das Konto der Künstlerphantasie ging.

»Das ist der komplizierteste Trank, von dem ich je gehört hab«, sagte Hermine, während sie das Rezept überflogen. »Florfliegen, Blutegel, Flussgras und Knöterich«, murmelte sie und fuhr mit dem Finger über die Zutatenliste. »Nun gut, das ist recht einfach, das ist im Vorratsschrank für die Schüler, da können wir uns bedienen … oh, seht mal, gemahlenes Horn eines Zweihorns – weiß nicht, wo wir das herkriegen sollen –, klein geschnittene Haut einer Baumschlange – auch das wird nicht einfach sein – und natürlich ein Stück von demjenigen, in den wir uns verwandeln wollen.«

»Wie bitte?«, sagte Ron schockiert, »was meinst du damit, ein Stück von dem, in den wir uns verwandeln? Ich trinke *nichts* mit Crabbes Zehennägeln drin –«

Hermine fuhr fort, als hätte sie ihn nicht gehört.

»Darüber müssen wir uns jetzt noch keine Sorgen machen, weil wir diese Stückchen zuletzt reintun …«

Ron hatte es die Sprache verschlagen. Er wandte sich Harry zu, der jedoch ein anderes Problem hatte.

»Ist dir klar, wie viel wir stehlen müssen, Hermine? Klein geschnittene Haut einer Baumschlange, das ist bestimmt nicht im Schülerschrank, was sollen wir tun, bei Snape einbrechen und seine privaten Vorräte klauen? Ich weiß nicht, ob das eine gute Idee ist …«

Hermine knallte das Buch zu.

»Nun, wenn ihr kalte Füße kriegt, schön«, sagte sie. Lila Flecken waren auf ihren Wangen erschienen und ihre Augen waren ungewöhnlich hell. »*Ich* will ja keine Regeln brechen, wisst ihr. *Ich* glaube, Schüler aus Muggelfamilien zu bedrohen ist viel schlimmer als einen schwierigen Zaubertrank zu brauen. Aber wenn ihr nicht rausfinden wollt, ob es wirklich Malfoy ist, geh ich jetzt gleich zu Madam Pince und geb das Buch wieder zurück –«

»Hätte nie gedacht, dass ich den Tag erleben würde, an

dem du uns dazu überredest, die Regeln zu brechen«, sagte
Ron. »Na gut, wir machen mit. Aber keine Zehennägel, ist
das klar!?«

»Wie lange brauchen wir eigentlich dafür?«, fragte Harry.
Hermine, jetzt mit glücklicherer Miene, schlug das Buch
wieder auf.

»Na ja, wenn das Flussgras bei Vollmond gezupft werden muss und die Florfliegen einundzwanzig Tage schmoren müssen ... würd ich schätzen, wenn wir alle Zutaten
kriegen können, bin ich in einem Monat fertig.«

»Ein Monat«, sagte Ron. »Bis dahin könnte Malfoy alle
Schüler aus Muggelfamilien angreifen!«

Doch Hermines Augen verengten sich abermals bedrohlich und rasch erwiderte sie: »Aber einen besseren Plan haben wir nicht. Also volle Kraft voraus, meine ich.«

Hermine sah nach, ob draußen vor dem Klo die Luft rein
war, und Ron brummte Harry zu: »Wir hätten viel weniger
Scherereien, wenn du Malfoy morgen einfach vom Besen
hauen könntest.«

Harry wachte am Samstagmorgen früh auf und während er
noch eine Weile liegen blieb, dachte er über das Quidditch-
Spiel nach. Er war aufgeregt, vor allem bei dem Gedanken,
was Wood sagen würde, wenn Gryffindor verlöre, aber auch
bei der Vorstellung, dass sie es mit einer Mannschaft zu tun
hatten, die mit den schnellsten Rennbesen ausgestattet war,
die mit Gold zu kaufen waren. Nie hatte er sich sehnlicher
gewünscht, Slytherin zu schlagen. Nachdem er eine halbe
Stunde mit brennenden Eingeweiden dagelegen hatte, stand
er auf, zog sich an und ging zeitig hinunter zum Frühstück.
Die anderen aus der Gryffindor-Mannschaft saßen bereits
an dem langen leeren Tisch zusammen, alle mit gespannten
Mienen und recht schweigsam.

Gegen elf machte sich die ganze Schule auf den Weg zum Quidditch-Stadion. Es war ein windstiller Tag, und ein Gewitter lag in der Luft. Harry wollte gerade in den Umkleideraum gehen, als Ron und Hermine herübergerannt kamen, um ihm Glück zu wünschen. Die Mannschaft zog ihre scharlachroten Gryffindor-Umhänge an und setzte sich dann auf die Bänke, um wie üblich Woods aufmunternden Worten vor dem Spiel zu lauschen.

»Die Slytherins haben bessere Besen als wir«, begann er, »zwecklos, das zu bestreiten. Aber wir haben bessere *Spieler* auf unseren Besen. Wir haben härter trainiert als sie, wir sind bei jedem Wetter geflogen –« (»Wie wahr«, brummte George Weasley, »seit August bin ich nicht mehr richtig trocken gewesen«) »– und wir werden sie den Tag bereuen lassen, an dem sie es zuließen, dass dieses kleine Stück Schleim, Malfoy, sich in ihre Mannschaft einkaufte.«

Die Brust vor Überschwang geschwellt, wandte sich Wood an Harry.

»Es liegt an dir, Harry, ihnen zu zeigen, dass ein Sucher etwas mehr haben muss als einen reichen Vater. Schnapp dir diesen Schnatz, bevor es Malfoy tut, oder stirb bei dem Versuch, Harry, denn wir müssen heute unbedingt gewinnen.«

»Kein Erwartungsdruck also, Harry«, sagte Fred und zwinkerte ihm zu.

Sie gingen hinaus aufs Spielfeld, wo sie mit höllischem Lärm begrüßt wurden. Es war vor allem Anfeuerungsgeschrei, denn die Ravenclaws und Hufflepuffs waren scharf darauf, die Slytherins endlich geschlagen zu sehen, doch die Slytherins unter den Zuschauern buhten und pfiffen ebenfalls unüberhörbar. Madam Hooch, die Quidditch-Lehrerin, forderte Flint und Wood zum Händedruck auf, und unter drohenden Blicken packten sie härter zu als nötig.

»Auf meinen Pfiff geht's los«, sagte Madam Hooch. »Also, drei … zwei … eins …«

Unter dem Geschrei der Menge stiegen die vierzehn Spieler hoch in den bleigrauen Himmel. Harry flog höher als alle andern und hielt Ausschau nach dem Schnatz.

»Alles klar dort, Narbengesicht?«, schrie Malfoy und raste unter ihm durch, als ob er ihm zeigen wollte, wie schnell sein Besen war.

Harry hatte keine Zeit zu antworten. In eben diesem Moment kam ein schwerer schwarzer Klatscher auf ihn zugeschossen, dem er nur um Haaresbreite ausweichen konnte.

»Das war knapp, Harry!«, sagte George und brauste mit dem Schläger in der Hand an ihm vorbei, um den Klatscher zurück in Richtung der Slytherins zu treiben. Harry sah, wie George dem Klatscher einen kräftigen Schlag versetzte, der ihn zu Adrian Pucey hinüberjagen sollte, doch der Klatscher machte mitten im Flug kehrt und schoss abermals auf Harry zu.

Harry tauchte rasch ab, um ihm auszuweichen, und George schaffte es, den Klatscher mit einem harten Schlag auf Malfoy zuzutreiben. Doch wieder machte der Klatscher in weitem Bogen wie ein Bumerang kehrt und schoss erneut auf Harrys Kopf zu.

Harry legte einen Spurt ein und jagte auf das andere Ende des Feldes zu. Er konnte den Klatscher hinter ihm pfeifen hören. Was ging da vor? Klatscher verlegten sich nie so hartnäckig auf einen Spieler, es war ihre Aufgabe, so viele Leute wie möglich von den Besen zu werfen …

Fred Weasley wartete am anderen Ende auf den Klatscher. Harry duckte sich, Fred schlug mit aller Kraft gegen den Klatscher und schaffte es, ihn aus der Flugbahn zu werfen.

»Das war's!«, rief Fred glücklich, doch damit lag er falsch; als würde Harry den Klatscher anziehen wie ein Magnet, jagte er ihm erneut nach und Harry musste so schnell er konnte das Weite suchen.

Es hatte zu regnen begonnen; schwere Tropfen schlugen gegen Harrys Gesicht und seine Brillengläser. Er hatte keine Ahnung, was im Spiel sonst noch vor sich ging, bis er Lee Jordan, den Stadionsprecher, rufen hörte: »Slytherin in Führung, sechzig zu null Punkte –«

Die überlegenen Besen der Slytherins taten eindeutig ihre Wirkung, während der verrückte Klatscher alles unternahm, um Harry vom Besen zu schlagen. Fred und George flogen jetzt so dicht neben ihm, dass Harry nichts außer ihren rudernden Armen sehen konnte und keine Chance hatte, den Schnatz auszumachen, geschweige denn ihn zu fangen.

»Jemand hat an diesem Klatscher herumgebosselt«, grummelte Fred und schlug mit aller Kraft gegen den Ball, als der einen neuen Angriff auf Harry startete.

»Wir brauchen eine Auszeit«, sagte George und versuchte Wood ein Zeichen zu geben und zugleich den Klatscher daran zu hindern, Harrys Nase zu zertrümmern.

Wood hatte offenbar verstanden. Madam Hoochs Pfeife schrillte und Harry, Fred und George gingen im Sinkflug zu Boden, wobei sie darauf achten mussten, dem verrückt gewordenen Klatscher auszuweichen.

»Was ist los?«, fragte Wood, als die Gryffindor-Mannschaft sich unter lautem Johlen der Slytherins zu einem Kreis zusammendrängte. »Wir werden platt gemacht. Fred und George, wo wart ihr, als dieser Klatscher Angelina am Torschuss gehindert hat?«

»Wir waren zehn Meter über ihr und haben verhindert, dass der andere Klatscher Harry umbringt, Oliver«, sagte George wütend. »Jemand hat ihn verhext, er lässt Harry nicht in Ruhe und ist das ganze Spiel über hinter niemand anderem her. Die Slytherins müssen da etwas gedreht haben.«

»Aber die Klatscher waren seit unserem letzten Training in Madam Hoochs Büro eingeschlossen, und da waren sie noch in Ordnung …«, sagte Wood aufgebracht.

Madam Hooch kam auf sie zugeschritten. Hinter ihr sah Harry die Slytherin-Mannschaft johlend in seine Richtung deuten.

»Hört mal zu«, sagte Harry, während Madam Hooch näher kam, »wenn ihr beide die ganze Zeit um mich herumfliegt, kann ich den Schnatz nur kriegen, wenn er mir den Ärmel hochsaust«, sagte Harry. »Geht zurück zu den anderen und lasst mich mit dem Kerlchen alleine fertig werden.«

»Sei doch nicht blöd«, sagte Fred, »er schießt dir den Kopf ab.«

Wood blickte abwechselnd Harry und die Weasleys an.

»Oliver, das ist verrückt«, sagte Alicia Spinnet wütend, »ihr könnt Harry mit dem Ding nicht alleine lassen: Wir brauchen eine Untersuchung!«

»Wenn wir jetzt aufhören, müssen wir das Spiel abschreiben!«, sagte Harry, »und nur wegen eines durchgedrehten Klatschers wollen wir doch nicht gegen die Slytherins verlieren! Komm schon, Oliver, sag ihnen, dass sie mich allein lassen sollen!«

»Das ist alles deine Schuld«, sagte George wutentbrannt zu Wood, »›hol den Schnatz oder stirb bei dem Versuch‹ – das war saudumm von dir, ihm das zu sagen.«

Madam Hooch war jetzt bei ihnen.

»Bereit, wieder zu spielen?«, fragte sie Wood.

Wood sah den entschlossenen Ausdruck auf Harrys Gesicht.

»Alles klar«, sagte er. »Fred und George, ihr habt Harry gehört – er will es mit dem Klatscher alleine aufnehmen.«

Es regnete jetzt stärker. Auf Madam Hoochs Pfiff hin stieß sich Harry mit aller Kraft vom Boden ab und schon hörte er den Klatscher Unheil verkündend hinter sich herzischen. Harry stieg immer höher. Er zog weite Schlaufen und legte Loopings ein, flog Spiralen und im Zickzack und rollte sich seitlich weg; ihm war leicht schwindlig, dennoch hielt er die Augen weit geöffnet; der Regen klatschte gegen seine Brille und lief ihm die Nase hoch, während er sich vom Besen hängen ließ, um einem weiteren tückischen Angriff des Klatschers auszuweichen. Er konnte einige Zuschauer lachen hören, und ihm war klar, dass er albern aussehen musste, doch der Klatscher war schwer und konnte die Richtung nicht so schnell ändern wie Harry. Er legte eine Achterbahnfahrt hin, flog um das Stadion herum und linste duch die silbernen Regenschleier hinüber zu den Torpfosten der Slytherins, wo Adrian Pucey versuchte an Wood vorbeizukommen –

Ein Pfeifen in Harrys Ohr sagte ihm, dass der Klatscher ihn eben wieder knapp verfehlt hatte; er legte sich in die Kurve und rauschte in die andere Richtung davon.

»Trainierst du fürs Ballett, Potter?«, rief Malfoy, als Harry mitten in der Luft einen albernen Tanz aufführen musste, um dem Klatscher zu entgehen. Er schaffte es jedoch, ein paar Meter zwischen sich und dem Klatscher zu gewinnen; und dann, als er voller Hass auf Malfoy zurückblickte, sah er ihn – *den Goldenen Schnatz*. Er schwebte ein paar Zentimeter über Malfoys linkem Ohr. Und Malfoy, ganz damit beschäftigt, Harry auszulachen, hatte ihn nicht bemerkt.

Einen quälenden Moment lang schwebte Harry mitten in der Luft und wagte es nicht, auf Malfoy loszurasen, aus Furcht, er würde hochschauen und den Schnatz bemerken.

WAMM.

Eine Sekunde zu lange hatte er angehalten. Der Klatscher hatte schließlich doch noch getroffen. Er war gegen seinen

Ellbogen geknallt, und Harry spürte, dass sein Arm gebrochen war. Mit getrübtem Blick und betäubt von dem stechenden Schmerz glitt er auf seinem regennassen Besen zur Seite und ließ sich mit geknicktem Knie von seinem Besenstiel hängen, der rechte Arm pendelte nutzlos an seiner Seite. Der Klatscher kam für einen zweiten Angriff zurückgeschossen und diesmal zielte er auf sein Gesicht. Harry kurvte ihm aus dem Weg. Nur noch einen einzigen Gedanken hielt er in seinem betäubten Kopf fest: *Schaff es noch zu Malfoy.*

Durch den Schleier aus Regen und Schmerz tauchte er zu dem schimmernden, grinsenden Gesicht unter sich ab und sah Malfoy die Augen vor Angst aufreißen: er dachte, Harry würde ihn angreifen.

»Was zum –«, keuchte er und jagte vor Harry davon.

Harry nahm seine gesunde Hand vom Besen und griff blitzartig zu; er spürte, wie sie sich um den kalten Schnatz zusammenballte, doch nun hing er nur noch mit den Beinen am Besen. Verzweifelt bemüht, nicht ohnmächtig zu werden, schoss er auf den Boden zu. Die Zuschauer schrien auf.

Schlamm spritzte auf, als er unten aufschlug und sich vom Besen rollte. Sein Arm hing in einem sehr merkwürdigen Winkel an ihm herab: von Schmerzen geschüttelt hörte er wie aus weiter Ferne vielstimmiges Pfeifen und Rufen. Er achtete nur noch auf den Schnatz in seiner gesunden Hand.

»Aha«, nuschelte er, »wir haben gewonnen.«

Und dann wurde es schwarz um ihn.

Als er wieder zu sich kam, lag er immer noch auf dem Feld. Regen trommelte auf sein Gesicht und jemand beugte sich über ihn. Er sah Zähneglitzern.

»O nein, nicht der«, stöhnte Harry.

»Weiß nicht, was er sagt«, verkündete Lockhart mit lauter

Stimme der gespannten Schar von Gryffindors, die sich um sie drängten. »Keine Sorge, Harry. Ich richte das mit Ihrem Arm.«

»Nein!«, schrie Harry, »ich behalt ihn so, wie er ist, danke ...«

Er versuchte sich aufzurichten, doch der stechende Schmerz ließ ihn wieder zurücksinken. Da hörte er ein vertrautes Klicken in der Nähe.

»Davon will ich kein Foto, Colin«, sagte er laut.

»Legen Sie sich wieder hin, Harry«, sagte Lockhart besänftigend, »das ist ein einfacher Zauber, den ich unzählige Male durchgeführt habe –«

»Warum kann ich nicht einfach hinüber in den Krankenflügel?«, sagte Harry mit zusammengebissenen Zähnen.

»Das sollte er tatsächlich, Professor«, sagte der schlammbespritzte Wood, der nicht umhinkonnte zu grinsen, obwohl sein Sucher verletzt war. »Großer Fang, Harry, wirklich hervorragend, dein bester, würd ich sagen –«

Durch das Beingewimmel um ihn her erkannte Harry Fred und George Weasley, die den besessenen Klatscher mit Mühe und Not in einer Kiste verstauten. Er lieferte ihnen immer noch einen verbissenen Kampf.

»Zurücktreten«, sagte Lockhart und rollte seine jadegrünen Ärmel hoch.

»Nein – nicht –«, sagte Harry matt, doch Lockhart fuchtelte schon mit seinem Zauberstab herum und richtete ihn jetzt direkt auf Harrys Arm.

An Harrys Schulter begann sich ein merkwürdiges und unangenehmes Gefühl auszubreiten, das sich bis in die Fingerspitzen zog: es war, als würde sein Arm ausgepumpt. Er wagte nicht hinzusehen, hielt die Augen geschlossen und das Gesicht vom Arm abgewandt. Und seine schlimmsten Befürchtungen bewahrheiteten sich, als sie über ihm die Münder aufrissen und Colin Creevey wie verrückt zu knipsen begann. Sein Arm tat nicht mehr weh, aber er fühlte sich auch nicht mehr an wie ein Arm.

»Tja«, sagte Lockhart. »Tja. Nun, das kann schon mal passieren. Entscheidend jedoch ist, dass die Knochen nicht mehr gebrochen sind. Das muss man sich merken. So, Harry, dann trollen Sie sich mal hoch zum Krankenflügel – ähm, Mr Weasley, Miss Granger, würden Sie ihn begleiten? Madam Pomfrey wird ihn dann schon – ähem – ein wenig zusammenflicken.«

Harry richtete sich auf. Er fühlte sich merkwürdig seitlastig. Er holte tief Luft und blickte an seiner rechten Schulter hinunter. Und was er da sah, ließ ihn beinahe wieder ohnmächtig werden.

Unter seinem Umhang lugte etwas hervor, das aussah wie ein dicker, fleischfarbener Gummihandschuh. Er versuchte die Finger zu bewegen. Nichts passierte.

Lockhart hatte Harrys Knochen nicht repariert. Er hatte sie zum Verschwinden gebracht.

Madam Pomfrey war alles andere als erfreut.

»Sie hätten gleich zu mir kommen sollen!«, tobte sie und hielt den traurigen lahmen Überrest dessen in die Höhe, was vor einer halben Stunde noch ein gesunder Arm gewesen war. »Ich kann Knochen in einer Sekunde wieder heilen – aber neu wachsen lassen –«

»Das werden Sie doch schaffen, nicht wahr?«, sagte Harry verzweifelt.

»Ich werde es schaffen, selbstverständlich, aber es wird schmerzhaft sein«, sagte Madam Pomfrey grimmig und warf Harry einen Schlafanzug aufs Bett. »Sie werden die Nacht über hier bleiben müssen …«

Hermine wartete vor dem Vorhang um Harrys Bett, während Ron ihm in den Schlafanzug half. Es dauerte eine

Weile, bis der gummiartige, knochenlose Arm in einen Ärmel gestopft war.

»Wie kannst du jetzt noch zu Lockhart halten, Hermine?«, rief Ron durch den Vorhang, während er Harrys lasche Finger durch den Ärmelaufschlag zog. »Wenn Harry eine Entknochung gewollt hätte, dann hätte er danach gefragt.«

»Jeder kann mal einen Fehler machen«, sagte Hermine. »Und es tut nicht mehr weh, oder, Harry?«

»Nein«, sagte Harry und stieg ins Bett. »Aber ansonsten tut sich auch nichts mehr.«

Mit ziellos umherflatterndem Arm schwang er sich aufs Bett.

Hermine und Madam Pomfrey kamen jetzt um den Vorhang herum. Madam Pomfrey hielt eine große Flasche in der Hand, auf deren Etikett es hieß: »Skele-Wachs«.

»Du hast eine schwere Nacht vor dir«, sagte sie, schenkte einen Becher mit der dampfenden Flüssigkeit voll und reichte ihn Harry. »Knochen nachwachsen lassen ist eine scheußliche Sache.«

Scheußlich war auch das Skele-Wachs. Es verbrannte Harry Mund und Rachen und ließ ihn husten und prusten. Und während Madam Pomfrey noch über gefährliche Sportarten und unfähige Lehrer schimpfte, zog sie sich zurück und überließ es Ron und Hermine, Harry zu helfen, etwas Wasser hinunterzuwürgen.

»Immerhin haben wir gewonnen«, sagte Ron, und ein Grinsen breitete sich auf seinem Gesicht aus. »Das war ein toller Fang von dir. Du hättest Malfoys Gesicht sehen sollen ... er sah aus, als wollte er dich umbringen ...«

»Ich möchte wissen, wie er diesen Klatscher verhext hat«, sagte Hermine mit düsterer Stimme.

»Das können wir auf die Liste der Fragen setzen, die wir ihm stellen, wenn wir den Vielsaft-Trank eingenommen haben«, sagte Harry und ließ sich auf die Kissen zurücksinken. »Ich hoffe, er schmeckt besser als dieses Zeugs ...«

»Wenn Stückchen von Slytherins drin sind? Du machst wohl Witze«, sagte Ron.

In diesem Augenblick ging die Tür des Krankenzimmers auf. Schmutzig und durchnässt stürmten die anderen aus der Gryffindor-Mannschaft herein und scharten sich um Harrys Bett.

»Unglaubliche Fliegerei, Harry«, sagte George, »ich hab gerade gesehen, wie Marcus Flint Malfoy fertig gemacht hat. Von wegen den Schnatz direkt über dem Kopf haben und nichts bemerken. Malfoy guckte nicht besonders glücklich aus der Wäsche.«

Sie hatten Kuchen, Süßigkeiten und Flaschen mit Kürbissaft gekauft und machten sich gerade warm für eine viel versprechende Party um Harrys Bett, als Madam Pomfrey herbeigestürmt kam: »Dieser Junge braucht Ruhe, schließlich müssen dreiunddreißig Knochen nachwachsen! Raus! RAUS!«

Und sie ließen Harry allein, mit nichts, was ihn von dem stechenden Schmerz in seinem lahmen Arm hätte ablenken können.

Viele Stunden später erwachte Harry jäh in rabenschwarzer Nacht und stieß einen kleinen Schmerzensschrei aus: sein Arm fühlte sich jetzt an, als sei er voll großer Splitter. Eine Sekunde lang dachte er, das sei es, was ihn aufgeweckt habe. Dann, mit einem Schauder des Entsetzens, erkannte er, dass jemand in der Dunkelheit seine Stirn abtupfte.

»Hau ab!«, sagte er laut, und dann: »*Dobby!*«

Die glubschigen Tennisballaugen des Hauselfen spähten Harry durch die Dunkelheit an. Eine einsame Träne lief an seiner langen, spitzen Nase herab.

»Harry Potter ist in die Schule zurückgekehrt«, flüsterte er niedergeschlagen. »Dobby hat Harry Potter immer wieder gewarnt. O Sir, warum haben Sie Dobby nicht geglaubt? Warum ist Harry Potter nicht nach Hause zurückgefahren, als er den Zug verpasst hat?«

Harry richtete sich mühsam auf und schob Dobbys Taschentuch weg.

»Was machst du hier?«, sagte er. »Und woher weißt du, dass ich den Zug verpasst habe?«

Dobbys Lippen erzitterten und Harry kam plötzlich ein furchtbarer Verdacht.

»*Du* warst es!«, sagte er langsam, »*du* hast verhindert, dass die Absperrung uns durchließ!«

»In der Tat, Sir«, sagte Dobby und nickte lebhaft und ohrenflatternd mit dem Kopf, »Dobby hat sich versteckt und nach Harry Potter Ausschau gehalten und den Durchgang verschlossen, ja, und danach musste Dobby seine Hände schienen –« er zeigte Harry zehn lange verbundene Finger »– aber Dobby war es egal, Sir, denn er glaubte, Harry Potter sei sicher, und er hat sich *nie* träumen lassen, dass Harry Potter auf einem anderen Weg zur Schule kommen würde!«

Er schüttelte den hässlichen Kopf und wiegte vor und zurück.

»Dobby war so entsetzt, als er hörte, dass Harry Potter zurück in Hogwarts war, dass er das Essen seines Herrn anbrennen ließ! Eine solche Tracht Prügel hat Dobby noch nie bekommen, Sir …«

Harry ließ sich auf die Kissen zurückfallen.

»Wegen dir sind Ron und ich fast rausgeworfen worden«, sagte er grimmig. »Du verschwindest besser, bevor meine Knochen zurückkommen, Dobby, oder ich erwürge dich noch.«

Dobby lächelte matt.

»Dobby ist an Todesdrohungen gewöhnt, Sir. Zu Hause kriegt er sie fünfmal am Tag.«

Er schnäuzte sich in eine Ecke des schmutzigen Kissenbezugs, den er trug, und sah dabei so Mitleid erregend aus, dass Harry seinen Zorn widerwillig schwinden spürte.

»Warum trägst du dieses Ding, Dobby?«, fragte er neugierig.

»Das, Sir?«, sagte Dobby und zupfte an seinem Kissenbezug herum. »Das ist ein Zeichen für den Sklavenstand des Hauselfen, Sir. Dobby kann nur freikommen, wenn seine Gebieter ihm Kleider schenken, Sir. Die Familie achtet aber darauf, Dobby nicht einmal eine Socke zu geben, Sir, denn dann wäre er frei, ihr Haus für immer zu verlassen.«

Dobby wischte sich die hervorquellenden Augen und sagte plötzlich: »Harry Potter *muss* nach Hause gehen! Dobby dachte, sein Klatscher würde reichen, um ihn –«

»*Dein* Klatscher?«, fragte Harry, und wieder kochte blanke Wut in ihm hoch. »Was meinst du, *dein* Klatscher? *Du* steckst dahinter, dass mich dieses verdammte Ding umbringen wollte?«

»Nicht umbringen, Sir, niemals!«, sagte Dobby schockiert, »Dobby will Harry Potters Leben retten! Besser nach Hause geschickt, schlimm verletzt, als hier bleiben, Sir! Dobby wollte nur, dass Harry Potter so verletzt wird, dass sie ihn nach Hause schicken!«

»Oh, ist das alles?«, sagte Harry schnaubend. »Ich nehm nicht an, dass du mir sagen wirst, *warum* du willst, dass ich in Stücke zerlegt nach Hause geschickt werde?«

»Ah, wenn Harry Potter nur wüsste!«, stöhnte Dobby, und noch mehr Tränen tropften auf seinen schmuddeligen Kissenbezug. »Wenn er nur wüsste, was er uns bedeutet, den Niederen, den Versklavten, dem Abschaum der Zaubererwelt! Dobby erinnert sich noch, wie es war, als Jener, dessen

185

Name nicht genannt werden darf, auf der Höhe seiner Macht war, Sir! Wir Hauselfen wurden wie Ungeziefer behandelt, Sir! Natürlich wird Dobby immer noch so behandelt, Sir«, gab er zu und trocknete sich das Gesicht am Kissenbezug. »Aber insgesamt, Sir, hat sich das Leben für unsereins verbessert, seit Sie über Jenen, dessen Name nicht genannt werden darf, triumphiert haben. Harry Potter hat überlebt, und die Macht des Dunklen Lords wurde gebrochen und ein neuer Morgen brach an, Sir, und Harry Potter strahlte wie ein Leuchtturm der Hoffnung für jene von uns, die dachten, die dunklen Tage würden nie enden, Sir ... und jetzt, in Hogwarts, werden schreckliche Dinge geschehen, und geschehen vielleicht jetzt schon, und Dobby kann Harry Potter nicht hier lassen, nun, da die Geschichte sich wiederholen wird, nun, da die Kammer des Schreckens wieder geöffnet ist –«

Dobby erstarrte. Vom Grauen gepackt, griff er sich Harrys Wasserkrug vom Nachttisch, schlug ihn gegen seinen Kopf und stürzte hintüber. Gleich darauf krabbelte er zurück aufs Bett und brummelte mit schielendem Blick: »Böser Dobby, sehr böser Dobby ...«

»Also gibt es tatsächlich eine Kammer des Schreckens?«, flüsterte Harry, »und – hast du gesagt, sie wurde schon *einmal* geöffnet? *Erzähl's* mir, Dobby!«

Dobbys Hand wanderte langsam wieder zum Wasserkrug hinüber und Harry packte sein mageres Handgelenk. »Aber ich stamme nicht aus einer Muggelfamilie, wie kann mir dann Gefahr aus der Kammer drohen?«

»Ach, Sir, fragen Sie nicht weiter, fragen Sie den armen Dobby nicht mehr«, stammelte der Elf, und seine riesigen Augen leuchteten in der Dunkelheit. »Schlimme Taten werden an diesem Ort geplant, doch Harry Potter darf nicht hier sein, wenn sie geschehen – gehen Sie heim, Harry Potter,

Harry Potter darf sich da nicht einmischen, Sir, es ist zu gefährlich –«

»Wer ist es, Dobby?«, sagte Harry und umklammerte weiterhin Dobbys Handgelenk, um ihn daran zu hindern, sich wieder mit dem Wasserkrug zu schlagen. »Wer hat sie geöffnet? Wer hat sie das letzte Mal geöffnet?«

»Dobby kann nicht, Sir, Dobby kann nicht, Dobby darf es nicht sagen!«, quiekte der Elf. »Gehen Sie heim, Harry Potter, gehen Sie nach Hause!«

»Ich gehe nirgendwohin!«, sagte Harry entschlossen, »meine beste Freundin kommt aus einer Muggelfamilie, sie wird als Erste an der Reihe sein, wenn die Kammer wirklich geöffnet wurde.«

»Harry Potter setzt sein Leben für Freunde ein!«, stöhnte Dobby in einer Art wehmütiger Begeisterung. »So edel! So tapfer! Aber er muss sich selbst retten, er muss, Harry Potter darf nicht –«

Dobby erstarrte plötzlich und seine Fledermausohren erzitterten. Auch Harry hörte es. Draußen auf dem Gang näherten sich Schritte.

»Dobby muss gehen!«, hauchte der Elf entsetzt: es gab ein lautes Knacken und Harrys Faust umklammerte plötzlich nur noch dünne Luft. Er ließ sich aufs Bett zurückfallen, die Augen auf den dunklen Eingang zum Krankenflügel gerichtet, und lauschte den näher kommenden Schritten.

Einen Moment später kam Dumbledore rückwärts gehend in das Krankenzimmer. Er trug einen langen, wollenen Morgenmantel und eine Nachtmütze und schleppte den Kopf von etwas, das aussah wie eine Statue. Professor McGonagall erschien eine Sekunde später, die Füße tragend. Gemeinsam hievten sie die Statue auf ein Bett.

»Holen Sie Madam Pomfrey«, flüsterte Dumbledore, und Professor McGonagall hastete am Fußende von Harrys Bett vorbei und verschwand. Harry lag mucksmäuschenstill da und tat so, als würde er schlafen. Er hörte aufgeregtes Geflüster, und dann tauchte Professor McGonagall wieder auf, dicht gefolgt von Madam Pomfrey, die eine Strickjacke über ihr Nachthemd zog. Er hörte, wie jemand pfeifend Luft holte.

»Was ist passiert?«, flüsterte Madam Pomfrey zu Dumbledore gewandt und beugte sich über die Statue auf dem Bett.

»Ein zweiter Angriff«, sagte Dumbledore. »Minerva hat ihn auf der Treppe gefunden.«

»Neben ihm lag ein Bündel Trauben«, sagte Professor McGonagall, »wir glauben, er hat versucht sich hier heraufzuschleichen, um Potter zu besuchen.«

Harrys Magen verkrampfte sich fürchterlich. Langsam und vorsichtig richtete er sich ein paar Zentimeter auf, um die Statue auf dem Bett betrachten zu können. Ein Strahl Mondlicht fiel auf das starr blickende Gesicht.

Es war Colin Creevey. Mit weit aufgerissenen Augen lag er da, die Hände von sich gestreckt. Und in den Händen hielt er seine Kamera.

»Versteinert?«, flüsterte Madam Pomfrey.

»Ja«, sagte Professor McGonagall. »Aber ich darf nicht daran denken ... wenn Albus nicht nach unten gegangen wäre, um sich heiße Schokolade zu holen – wer weiß, was dann –«

Alle drei starrten auf Colin hinunter. Dann beugte sich Dumbledore vor und zerrte die Kamera aus Colins verklammerten Händen.

»Sie denken, es ist ihm gelungen, ein Foto seines Angreifers zu schießen?«, sagte Professor McGonagall mit beschwörender Stimme.

Dumbledore antwortete nicht. Er zog den Kameradeckel ab.

»Du meine Güte!«, sagte Madam Pomfrey.

Ein Dampfstrahl zischte aus der Kamera. Harry, drei Betten entfernt, drang der beißende Geruch von verbranntem Plastik in die Nase.

»Geschmolzen«, sagte Madam Pomfrey und schüttelte den Kopf, »alles geschmolzen …«

»Was *bedeutet* das, Albus?«, fragte Professor McGonagall ängstlich.

»Es heißt«, sagte Dumbledore, »dass die Kammer des Schreckens tatsächlich wieder offen ist.«

Madam Pomfrey schlug sich die Hand gegen den Mund. Professor McGonagall starrte Dumbledore an.

»Aber Albus … *wer?*«

»Die Frage ist nicht, *wer*«, sagte Dumbledore, die Augen auf Colin gerichtet. »Die Frage ist, *wie* …«

Und nach dem, was Harry von Professor McGonagalls Gesicht in der Dunkelheit erkennen konnte, verstand sie auch nicht mehr als er.

Der Duellierclub

Als Harry am Sonntagmorgen aufwachte, hatte die Wintersonne den Krankensaal in gleißendes Licht getaucht. Er spürte zwar neue Knochen im Arm, konnte ihn allerdings noch nicht bewegen. Rasch setzte er sich auf und sah hinüber zu Colins Bett, doch jetzt versperrte ihm der lange Vorhang die Sicht, hinter dem sich Harry tags zuvor umgezogen hatte. Madam Pomfrey bemerkte, dass er wach war, und kam mit einem Frühstückstablett zu ihm. Dann begann sie seinen Arm und seine Finger zu dehnen und zu strecken.

»Alles in Ordnung«, sagte sie, während er sich mit der linken Hand unbeholfen Haferbrei in den Mund löffelte. »Wenn du aufgegessen hast, darfst du gehen.«

Harry zog sich so schnell er konnte an und machte sich rasch auf den Weg zum Gryffindor-Turm, voller Ungeduld, Ron und Hermine von Colin und Dobby zu erzählen. Doch sie waren nicht da. Harry ging wieder hinaus, um nach ihnen zu suchen. Wo konnten sie abgeblieben sein? Ein wenig beleidigt war er schon, dass es sie nicht interessierte, ob er nun seine Knochen wiederhatte oder nicht.

Als er an der Bibliothek vorbeiging, kam Percy Weasley herausgeschlendert, diesmal offenbar viel besser gelaunt als bei ihrem letzten Zusammentreffen.

»Ach, hallo, Harry«, sagte er. »Glänzender Flug gestern, wirklich ausgezeichnet. Gryffindor hat gerade die Führung im Kampf um den Hauspokal übernommen; du hast fünfzig Punkte geholt!«

»Du hast nicht zufällig Ron oder Hermine gesehen?«, fragte Harry.

»Nein, hab ich nicht«, antwortete Percy und sein Lächeln verblasste. »Ich hoffe, Ron treibt sich nicht *schon wieder* in einer Mädchentoilette rum ...«

Harry lachte gekünstelt, wartete, bis Percy außer Sicht war, und machte sich dann schnurstracks auf den Weg zum Klo der Maulenden Myrte. Er konnte sich zwar nicht denken, warum Ron und Hermine schon wieder dort drin sein sollten, doch nachdem er sich vergewissert hatte, dass weder Filch noch irgendwelche Vertrauensschüler auf dem Gang waren, öffnete er die Tür. Aus einer verriegelten Kabine hörte er ihre Stimmen.

»Ich bin's«, sagte er und schloss die Tür hinter sich. Von drinnen hörte er ein metallisches Klirren, Wasser spritzen und einen spitzen Aufschrei, dann sah er Hermines Auge durch das Schlüsselloch spähen. »*Harry!*«, sagte sie. »Hast du uns erschreckt! Komm rein – wie geht's deinem Arm?«

»Gut«, sagte Harry und zwängte sich in die Kabine. Auf der Kloschüssel stand ein alter Kessel, und ein prasselndes Geräusch sagte Harry, dass sie darunter ein Feuer entfacht hatten. Tragbare, wasserdichte Feuer heraufzubeschwören, war eine Spezialität Hermines.

»Wir wären dich ja besuchen gekommen, aber dann haben wir beschlossen, mit dem Vielsaft-Zaubertrank anzufangen«, erklärte Ron, während Harry mühsam die Tür hinter sich verriegelte. »Wir haben uns überlegt, dass wir ihn am besten hier verstecken.«

Harry begann von Colin zu erzählen, doch Hermine unterbrach ihn:

»Das wissen wir schon, wir haben gehört, wie Professor McGonagall es heute Morgen Professor Flitwick gesagt hat. Darum haben wir beschlossen, gleich loszulegen –«

»Je schneller wir ein Geständnis aus Malfoy rausholen, desto besser«, knurrte Ron. »Wisst ihr, was ich glaube? Er war nach dem Quidditch-Match ganz miserabler Laune und hat sie an Colin ausgelassen.«

»Da ist noch etwas«, sagte Harry und beobachtete Hermine, wie sie büschelweise Knöterich zerrupfte und in das Gebräu warf. »Mitten in der Nacht hat Dobby mich besucht.«

Ron und Hermine hoben verblüfft die Köpfe. Harry erzählte ihnen, was Dobby ihm gesagt – oder vielmehr nicht gesagt hatte. Ron und Hermine lauschten mit offenen Mündern.

»Die Kammer des Schreckens wurde *schon einmal* geöffnet?«, fragte Hermine.

»Damit ist die Sache klar«, sagte Ron triumphierend. »Lucius Malfoy muss die Kammer geöffnet haben, als er hier in der Schule war, und jetzt hat er dem lieben alten Draco verraten, wie es geht. Glasklar. Hätte dir Dobby doch bloß gesagt, was für ein Monster dadrin ist. Ich möchte wissen, wie es kommt, dass noch niemand gesehen hat, wie es in der Schule herumschleicht.«

»Vielleicht kann es sich unsichtbar machen«, sagte Hermine, die gerade Blutegel auf dem Kesselboden zerstampfte. »Oder vielleicht kann es sich verkleiden und so tun, als wäre es eine Rüstung oder so was: ich hab gelesen, dass es Chamäleon-Ghule gibt –«

»Du hast zu viel gelesen, Hermine«, sagte Ron und schüttete den Blutegeln tote Florfliegen hinterher. Er knüllte die leere Florfliegentüte zusammen und wandte sich zu Harry um.

»Also hat Dobby uns den Zug verpassen lassen und deinen Arm gebrochen ...« Er schüttelte den Kopf. »Weißt du was, Harry? Wenn er nicht aufhört, dein Leben retten zu wollen, bringt er dich sicher noch um.«

Die Nachricht, dass Colin Creevey angegriffen worden war und jetzt wie tot im Krankenflügel lag, hatte sich bis Montagmorgen in der ganzen Schule herumgesprochen. Plötzlich schwirrte die Luft von Gerüchten und Verdächtigungen. Die Erstklässler gingen jetzt nur noch in Grüppchen durch das Schloss, als ob sie Angst hätten, angegriffen zu werden, wenn sie sich allein auf den Weg machten.

Ginny Weasley, die in Zauberkunst neben Colin Creevey gesessen hatte, war ganz verstört, doch Harry hatte den Eindruck, dass Fred und George das falsche Rezept einsetzten, um sie aufzumuntern. Abwechselnd ließen sie sich Pelze oder Furunkel wachsen und lauerten ihr hinter Statuen auf, um ihr dann mitten in den Weg zu springen. Sie hörten erst damit auf, als Percy vor Wut platzte und ihnen drohte, er werde an Mrs Weasley schreiben und ihr sagen, dass Ginny Alpträume durchlitte.

Unterdessen kam es hinter dem Rücken der Lehrer zu einem blühenden Handel mit Talismanen, Amuletten und anderen schützenden Utensilien. Neville Longbottom kaufte eine große übel riechende grüne Zwiebel und den verwesenden Schwanz eines Wassermolchs, bevor die anderen Gryffindor-Jungen ihn darüber aufklärten, dass er nicht in Gefahr sei; er war ein Reinblüter und würde deshalb wohl nicht angegriffen werden.

»Sie haben sich Filch als Ersten vorgenommen«, sagte Neville, das runde Gesicht voller Angst, »und jeder weiß, dass ich beinahe ein Squib bin.«

In der zweiten Dezemberwoche kam wie üblich Professor McGonagall zu ihnen hoch und notierte sich die Namen der Schüler, die über Weihnachten in Hogwarts bleiben wollten. Harry, Ron und Hermine trugen sich in die Liste ein; sie hatten gehört, dass auch Malfoy dableiben würde, und das kam ihnen sehr verdächtig vor. Die Ferien würden die beste Zeit sein, um den Vielsaft-Trank einzusetzen und zu versuchen, ein Geständnis aus ihm herauszukitzeln.

Leider war das Gebräu erst halb fertig. Sie brauchten noch das Zweihorn-Horn und die Baumschlangenhaut, und die konnten sie sich nur aus Snapes privaten Vorräten beschaffen. Harry verschwieg den andern, dass er lieber dem sagenhaften Monster Slytherins die Stirn bieten würde als von Snape beim Klauen in seinem Büro erwischt zu werden.

»Was wir brauchen«, sagte Hermine entschieden, als die donnerstägliche Doppelstunde Zaubertränke näher rückte, »ist ein Ablenkungsmanöver. Dann kann einer von uns in Snapes Büro schleichen und dort holen, was wir brauchen.«

Harry und Ron sahen sie nervös an.

»Ich glaube, ich mach das besser selbst mit dem Klauen«, fuhr Hermine in sachlichem Ton fort. »Ihr beide werdet rausgeworfen, wenn ihr noch mal was anstellt, und ich habe noch keinen Eintrag. Also müsst ihr nur genug Durcheinander stiften, um Snape etwa fünf Minuten lang in Atem zu halten.«

Harry lächelte matt. Einen Aufruhr in Snapes Klasse zu veranstalten war etwa so ungefährlich wie einem schlafenden Drachen ins Auge zu stechen.

Der Zaubertrankunterricht fand in einem der großen Kerker statt. Am Donnerstagnachmittag ging es wie üblich zu. Zwanzig Kessel brodelten zwischen den Holztischen, auf denen Messingwaagen und Töpfe mit Zutaten standen. Snape durchstreifte die Dampfwolken und machte abfällige Bemerkungen über die Arbeit der Gryffindors, während die Slytherins genüsslich kicherten. Draco Malfoy, Snapes Lieblingsschüler, schnippte dauernd Pufferfischaugen gegen Ron und Harry, die wussten, wenn sie sich rächen würden, bekämen sie schneller Strafarbeiten aufgehalst, als sie »ungerecht« sagen konnten.

Harrys Schwell-Lösung war viel zu dünn, aber das beunruhigte ihn heute wenig. Er wartete auf Hermines Zeichen und hörte kaum zu, als Snape vor ihn trat und über seine wässrige Suppe spottete. Als Snape weiterging, um Neville zu hänseln, sah Hermine zu Harry hinüber und nickte.

Harry duckte sich rasch hinter seinen Kessel, zog einen von Freds Filibuster-Feuerwerkskrachern aus der Tasche und tippte mit dem Zauberstab dagegen. Der Kracher fing an zu zischen und zu knattern. Harry, der wusste, dass er nur ein paar Sekunden Zeit hatte, zielte und warf ihn durch die Luft; er landete genau im Ziel, nämlich in Goyles Kessel.

Goyles Schwellgebräu explodierte und regnete über der ganzen Klasse herab. Schüler, die einen Tropfen abbekommen hatten, schrien laut auf. Malfoy hatte einen Spritzer mitten ins Gesicht bekommen und seine Nase begann sich zu blähen wie ein Luftballon. Goyle tapste umher, die Hände über den Augen, die zur Größe von Tellern aufgequollen waren. Snape mühte sich nach Kräften, Ruhe in die Klasse zu bringen und herauszufinden, was geschehen war. Im Durcheinander sah Harry, wie Hermine sich in Snapes Büro stahl.

»Ruhe! RUHE!«, dröhnte Snape. »Alle, die einen Spritzer abbekommen haben, hier herüber zum Abschwelltrank – wenn ich rauskriege, wer das war –«

Harry versuchte sich das Lachen zu verkneifen, als er sah, wie Malfoy nach vorn rannte, den Kopf vom Gewicht einer melonengroßen Nase zu Boden gezogen. Die halbe Klasse schlurfte vor zu Snapes Tisch. Einige hatten Arme wie unförmige Holzprügel, andere brachten durch ihre gigantisch aufgequollenen Lippen kein Wort mehr heraus. Unterdessen sah Harry, wie Hermine mit aufgebauschtem Umhang wieder in den Kerker glitt.

Als alle einen Schluck des Gegenmittels genommen hatten und die verschiedenen Schwellungen abgeklungen waren, fegte Snape hinüber zu Goyles Kessel und schöpfte die verhedderten schwarzen Überreste des Feuerwerkskörpers heraus. Die Klasse verstummte.

»Wenn ich je rauskriege, wer das getan hat«, zischte Snape. »Dem *garantiere* ich, dass er rausfliegen wird.«

Harry bemühte sich, seinem Gesicht den Ausdruck von Verwirrung zu geben. Snapes Blick fiel auf ihn, und die Glocke, die zehn Minuten später läutete, war eine Erlösung.

»Er weiß, dass ich es war«, sagte Harry zu Ron und Hermine, nachdem sie wieder ins Klo der Maulenden Myrte gerannt waren. »Das hab ich deutlich gespürt.«

Hermine warf die neuen Zutaten in den Kessel und begann fieberhaft umzurühren.

»In zwei Wochen ist der Trank fertig«, sagte sie glücklich.

»Snape kann nicht beweisen, dass du es warst«, sagte Ron aufmunternd. »Was kann er denn machen?«

»Wie ich Snape kenne, etwas ganz Fieses«, sagte Harry unter dem Schäumen und Blubbern des Zaubertranks.

Als Harry, Ron und Hermine eine Woche später die Eingangshalle durchquerten, bemerkten sie einen kleinen Menschenauflauf um das schwarze Brett, wo soeben ein Pergament angepinnt worden war. Seamus Finnigan und Dean Thomas winkten sie ganz aufgeregt herüber.

»Sie gründen einen Duellierclub!«, sagte Seamus. »Heute Abend ist das erste Treffen! Ich hätte nichts gegen Duellunterricht, wer weiß, vielleicht brauche ich ihn eines Tages …«

»Wie – du denkst, Slytherins Monster wird sich duellieren?«, sagte Ron, doch auch er las den Aushang mit Interesse.

»Könnte nützlich sein«, sagte er auf dem Weg zum Mittagessen zu Harry und Hermine. »Sollen wir hingehen?«

Auch Harry und Hermine hatten Lust, und so eilten sie abends um acht zurück in die Große Halle. Die langen Speisetische waren verschwunden und an einer Wand war eine goldene Bühne aufgetaucht, erleuchtet von tausenden über ihr schwebenden Kerzen. Unter der wieder samtschwarzen Decke schien sich fast die ganze Schule versammelt zu haben, alle mit aufgeregter Miene und bewaffnet mit dem Zauberstab.

»Wer wohl den Unterricht gibt?«, fragte Hermine, als sie sich in die schnatternde Schar drängten. »Vielleicht Flitwick, ich hab gehört, er sei in jungen Jahren ein glänzender Duellkämpfer gewesen.«

»Solange er nicht –«, begann Harry, doch mit einem Stoßseufzer brach er ab: Gewandet in einen prachtvollen pflaumenblauen Umhang betrat Gilderoy Lockhart die Bühne, und ihm folgte, in seinem üblichen schwarzen Umhang, kein anderer als Snape.

Mit einer Armbewegung gebot Lockhart Ruhe. »Kommt näher, hier herüber! Können mich alle sehen? Könnt ihr mich alle hören? Sehr schön!

Nun, Professor Dumbledore hat mir die Erlaubnis erteilt, diesen kleinen Duellierclub zu gründen und euch auszubilden für den Fall, dass ihr euch verteidigen müsst, wie ich selbst es in zahllosen Fällen getan habe – die Einzelheiten lest ihr bitte in meinen Veröffentlichungen nach.

Ich möchte euch meinen Assistenten Professor Snape vorstellen«, sagte Lockhart und ließ ein breites Lächeln aufblitzen. »Er hat mir anvertraut, dass er selbst ein klein wenig vom Duell versteht und sich freundlicherweise bereit erklärt hat, mir anfangs bei einer kleinen Vorführung zu helfen. Nun, ihr jungen Leute braucht euch keine Sorgen zu machen, wenn ich mit ihm fertig bin, bekommt ihr euren Zaubertranklehrer unversehrt wieder, keine Angst!«

»Wär's nicht das Beste, wenn sie sich gegenseitig erledigten?«, murmelte Ron Harry ins Ohr.

Snapes Oberlippe kräuselte sich. Harry fragte sich, weshalb Lockhart eigentlich noch lächelte; wenn Snape *ihn* so angesehen hätte, hätte er schon längst das Weite gesucht.

Lockhart und Snape wandten sich einander zu und verbeugten sich; wenigstens tat dies Lockhart mit viel Händegefuchtel, während Snape gereizt mit dem Kopf ruckte. Dann hoben sie ihre Zauberstäbe wie Schwerter in die Höhe.

»Wie ihr seht, halten wir unsere Zauberstäbe in der herkömmlichen Kampfstellung«, erklärte Lockhart der schweigenden Menge. »Ich zähle bis drei und dann sprechen wir unsere ersten Zauberflüche. Natürlich hat keiner von uns die Absicht zu töten.«

»Darauf würd ich nicht wetten«, murmelte Harry und sah Snape die Zähne blecken.

»Eins – zwei – drei –«

Beide schwangen ihre Zauberstäbe über die Schultern; Snape rief: »*Expelliarmus!*« Ein blendend scharlachroter Blitz riss Lockhart von den Füßen: rücklings flog er über die Bühne, knallte gegen die Wand, rutschte an ihr herunter und blieb, alle Viere von sich gestreckt, auf dem Boden liegen.

Malfoy und einige andere Slytherins johlten. Hermine hüpfte auf den Zehenspitzen herum. »Meint ihr, ihm ist was passiert?«, kreischte sie durch die Finger.

»Na wenn schon«, sagten Harry und Ron wie aus einem Munde.

Lockhart rappelte sich schwankend auf. Er hatte den Hut verloren und sein Wellenhaar stand spitz in die Höhe.

»Nun, ihr habt's gesehen!«, sagte er und tapste zurück auf die Bühne. »Das war ein Entwaffnungszauber – wie ihr seht, hab ich meinen Zauberstab verloren – ah, danke, Miss Brown – ja, treffliche Idee, ihnen das zu zeigen, Professor Snape, aber verzeihen Sie, wenn ich Ihnen dies sage, es war recht offensichtlich, was Sie vorhatten, und ich hätte es verhindert, wenn ich nur gewollt hätte – allerdings meinte ich, es sei lehrreich, wenn die Schüler es sehen würden …«

Snapes Gesicht hatte einen mörderischen Ausdruck angenommen. Vielleicht war das auch Lockhart aufgefallen, denn er sagte: »Genug der Vorführung! Ich komme jetzt runter und stelle euch alle zu Paaren zusammen – Professor Snape, wenn Sie mir helfen würden –«

Sie gingen durch die Menge und stellten die Schüler partnerweise zusammen. Lockhart stellte Neville neben Justin Finch-Fletchley. Snape erreichte Ron und Harry zuerst.

»Zeit, das Traumpaar zu trennen«, höhnte er. »Weasley, du gehst zu Finnigan. Potter –«

Harry bewegte sich ganz automatisch in Richtung Hermine.

»Das kommt nicht in Frage«, sagte Snape kalt lächelnd. »Mr Malfoy, kommen Sie hier herüber. Schauen wir mal, was Sie aus dem berühmten Potter machen. Und Sie, Miss Granger – Sie gehen mit Miss Bulstrode zusammen.«

Eitel grinsend schritt Malfoy herbei. Hinter ihm kam ein Mädchen aus Slytherin, das Harry an ein Bild erinnerte, das er in *Ferien mit Vetteln* gesehen hatte. Sie war groß und vierschrötig und ihr schwerer Kiefer mahlte angriffslustig. Hermine schenkte ihr ein mattes Lächeln, doch sie lächelte nicht zurück.

»Stellt euch zum Partner gewandt auf!«, rief Lockhart, inzwischen wieder auf der Bühne. »Und verbeugt euch!«

Harry und Malfoy neigten kaum merklich die Köpfe und ließen sich dabei nicht aus den Augen.

»Zauberstäbe bereit!«, rief Lockhart. »Ich zähle bis drei, dann sprecht ihr eure Zauberflüche und entwaffnet den Gegner – *nur* entwaffnen – wir wollen keine Unfälle – eins … zwei … drei –«

Harry schwang den Zauberstab über die Schulter, doch

Malfoy hatte schon bei »zwei« angefangen: Sein Fluch traf Harry so hart, dass er das Gefühl hatte, ein Suppentopf sei ihm gegen den Kopf geflogen. Er stolperte, doch es schien noch alles an ihm heil zu sein, und ohne Zeit zu verschwenden richtete Harry seinen Zauberstab auf Malfoy: »*Rictusempra!*«

Ein silberner Lichtstrahl traf Malfoy in den Magen und er knickte keuchend ein.

»*Ich sagte, nur entwaffnen!*«, rief Lockhart aufgebracht über die Köpfe der kämpfenden Menge hinweg, als Malfoy in die Knie sank; Harry hatte ihn mit einem Kitzelfluch belegt und Malfoy konnte sich vor Lachen kaum bewegen. Harry hatte das Gefühl, es wäre unsportlich, Malfoy zu verhexen, während er auf dem Boden lag, und hielt sich zurück. Doch das war ein Fehler; nach Atem ringend richtete Malfoy seinen Zauberstab auf Harrys Knie, würgte »*Tarantallegra!*« heraus und im nächsten Augenblick begannen Harrys Beine wild umherzuschlenkern, als tanzte er einen schnellen Foxtrott.

»Aufhören! Aufhören!«, schrie Lockhart, doch Snape nahm die Sache in die Hand.

»*Finite Incantatem!*«, schrie er; Harrys Beine hörten auf zu tanzen und Malfoy hörte auf zu lachen und beide konnten sich wieder sammeln.

Grünlicher Rauch hing über dem Schlachtfeld. Neville und Justin lagen schwer atmend auf dem Boden; Ron half dem aschfahlen Seamus auf die Beine und entschuldigte sich für was immer auch sein lädierter Zauberstab angestellt haben mochte; doch Hermine und Millicent Bulstrode rauften noch miteinander; Millicent hatte Hermine, die vor Schmerz wimmerte, im Schwitzkasten: die Zauberstäbe der beiden lagen vergessen auf dem Boden. Harry sprang hinüber und riss Millicent weg. Das war nicht einfach, denn sie war viel größer als er.

»Du meine Güte«, sagte Lockhart. Er hüpfte durch die

Menge und begutachtete das Trümmerfeld. »Aufstehen, Macmillan ... vorsichtig da, Miss Fawcett ... drück stark dagegen, Boot, es wird gleich aufhören zu bluten –

Ich denke, ich zeige euch lieber, wie ihr feindseligen Zauber *abblocken* könnt«, sagte Lockhart, verwirrt inmitten der Halle stehend. Er sah zu Snape hinüber, dessen schwarze Augen funkelten, und sah rasch wieder weg. »Ich brauche zwei Freiwillige – Longbottom und Finch-Fletchley, wie wär's mit ihnen –«

»Eine schlechte Idee, Professor Lockhart«, sagte Snape und glitt herüber wie eine große Unheil bringende Fledermaus. »Longbottom richtet mit den einfachsten Zaubersprüchen Verheerungen an, da können wir das, was von Finch-Fletchley übrig bleibt, in einer Streichholzschachtel hoch ins Krankenquartier schicken.« Nevilles rundes rosa Gesicht färbte sich dunkelrosa. »Wie wär's mit Malfoy und Potter?«, sagte Snape mit einem schiefen Lächeln.

»Glänzende Idee!«, sagte Lockhart und gestikulierte Harry und Malfoy in die Mitte der Halle. Die Menge wich zurück, um ihnen Platz zu machen.

»Nun, Harry«, sagte Lockhart, »wenn Draco seinen Zauberstab auf Sie richtet, tun Sie *dies*.«

Er hob seinen eigenen Zauberstab, versuchte eine komplizierte Schlängelbewegung und ließ ihn fallen. Unter dem hämischen Grinsen Snapes hob Lockhart den Zauberstab auf: »Uuups – mein Zauberstab ist ein wenig überhitzt –«

Snape trat zu Malfoy, beugte sich hinunter und flüsterte ihm etwas ins Ohr. Jetzt grinste auch Malfoy. Harry sah nervös zu Lockhart auf:

»Professor, könnten Sie mir diese Abwehrbewegung noch einmal zeigen?«

»Angst?«, murmelte Malfoy so leise, dass Lockhart es nicht hören konnte.

201

»Hättest du wohl gerne«, sagte Harry aus dem Mund-winkel.

Lockhart patschte Harry fröhlich auf die Schulter: »Ma-chen Sie einfach meine Bewegung nach, Harry!«

»Wie, ich soll meinen Zauberstab fallen lassen?«

Doch Lockhart hörte ihm nicht zu.

»Drei – zwei – eins – los!«, rief er.

Malfoy hob rasch seinen Zauberstab und bellte: »*Serpen-sortia!*«

Die Spitze des Zauberstabs explodierte. Harry sah mit aufgerissenen Augen, wie eine lange schwarze Schlange da-raus hervorschoss, schwer auf den Boden zwischen ihnen klatschte und sich aufrichtete, bereit zum Biss. Schreiend wich die Menge zurück und bildete einen weiten Kreis um sie.

»Nicht bewegen, Potter«, sagte Snape gleichmütig. Er ge-noss offensichtlich den Anblick des erstarrten Harry, Auge in Auge mit der gereizten Schlange. »Ich schaff sie fort …«

»Erlauben Sie«, rief Lockhart. Drohend schwang er sei-nen Zauberstab gegen die Schlange und es gab einen lauten Knall; die Schlange, anstatt zu verschwinden, hob sich vier Meter in die Luft und fiel dann mit einem lauten Klatschen zurück auf den Boden. Rasend vor Wut und erregt zischend glitt sie direkt auf Justin Finch-Fletchley zu und richtete sich abermals mit gebleckten Giftzähnen auf.

Harry war sich nicht sicher, was ihn zu seinem Handeln trieb. Er hatte sich nicht einmal bewusst dazu entschieden. Alles, was er wusste, war, dass ihn seine Beine vorwärts tru-gen, als bewege er sich auf Rollen, und dass er die Schlange dusslig anschrie: »Weg von ihm!« Und wundersamerweise – unerklärlicherweise – sackte die Schlange zu Boden, fried-lich wie ein dicker schwarzer Gartenschlauch, und richtete ihre Augen auf Harry. Harry spürte die Angst aus sich weichen. Er wusste, dass die Schlange jetzt niemanden mehr angreifen würde, aber warum er das wusste, hätte er nicht erklären können.

Er sah zu Justin auf und grinste ihn an. Justin hätte eigentlich erleichtert aussehen müssen oder verwirrt oder sogar dankbar – doch gewiss nicht wütend und verängstigt.

»Was treibst du da eigentlich für ein Spiel?«, schrie er, und bevor Harry etwas sagen konnte, hatte er sich umgewandt und war aus der Halle gestürmt.

Snape trat vor, wedelte mit seinem Zauberstab und die Schlange löste sich in ein Wölkchen aus schwarzem Staub auf. Auch Snape musterte Harry mit einem Blick, den er nicht erwartet hätte: scharf und berechnend, und Harry mochte diesen Blick nicht. Und nun hob ein merkwürdiges Murmeln entlang der Wände an. Jemand hinter ihm zerrte an seinem Umhang.

»Komm«, sagte Rons Stimme in sein Ohr, »beweg dich – komm schon –«

Ron und Hermine nahmen ihn in die Mitte und führten ihn aus der Halle. Als sie durch die Tür gingen, teilte sich die Schar der Schüler zu beiden Seiten, als hätten sie Angst. Harry hatte keine Ahnung, was eigentlich los war, und weder Ron noch Hermine sagten ein Wort, bis sie ihn nach oben in den Gemeinschaftsraum geführt hatten. Ron drückte Harry in einen Sessel und sagte:

»Du bist ein Parselmund. Warum hast du es uns nicht erzählt?«

»Ich bin ein was?«

»Ein Parselmund!«, sagte Ron. »Du kannst mit Schlangen sprechen!«

»Ich weiß«, sagte Harry. »Aber das ist erst das zweite Mal in meinem Leben. Einmal hab ich aus Versehen eine Boa constrictor im Zoo auf meinen Vetter Dudley losgelassen – lange

Geschichte –, aber sie sagte mir, sie sei noch nie in Brasilien gewesen und ich hab sie eigentlich unabsichtlich freigelassen – das war, bevor ich wusste, dass ich ein Zauberer bin –«

»Eine Boa constrictor hat dir gesagt, sie sei noch nie in Brasilien gewesen?«, wiederholte Ron mit leiser Stimme.

»Na und?«, sagte Harry, »ich wette, eine Menge Leute hier können das.«

»O nein, können sie nicht«, sagte Ron. »Es ist keine sehr verbreitete Gabe. Harry, das ist schlecht.«

»Was ist schlecht?«, sagte Harry, der allmählich etwas ungeduldig wurde. »Was ist eigentlich los mit euch allen? Hör mal, wenn ich dieser Schlange nicht gesagt hätte, dass sie Justin nicht angreifen soll –«

»Oh, das hast du ihr gesagt?«

»Was soll das heißen? Du warst dabei – du hast mich doch gehört –«

»Ich hab dich Parsel sprechen gehört«, sagte Ron. »Schlangensprache. Du hättest alles sagen können – kein Wunder, dass Justin panische Angst gekriegt hat, du hast geklungen, als ob du die Schlange anstacheln würdest – es war gruslig, weißt du –«

Harry starrte ihn mit offenem Mund an.

»Ich habe eine andere Sprache gesprochen? Aber – das habe ich nicht gemerkt – wie kann ich eine andere Sprache sprechen, ohne dass ich es weiß?«

Ron schüttelte den Kopf. Er und Hermine sahen aus, als wäre eben jemand gestorben. Harry begriff nicht, was denn so schrecklich sein sollte.

»Willst du mir sagen, was daran falsch ist, wenn ich eine dreckige alte Schlange daran hindere, Justin den Kopf abzubeißen?«, fragte er. »Ist doch egal, wie ich es angestellt habe, solange Justin nicht bei der Kopflosenjagd mitmachen muss!«

»Es ist nicht egal«, meldete sich Hermine endlich mit ge-

204

dämpfter Stimme. »Denn Salazar Slytherin war berühmt dafür, dass er mit Schlangen reden konnte. Deshalb ist das Symbol des Hauses Slytherin eine Schlange.«

Harry klappte der Mund auf.

»Genau«, sagte Ron. »Und jetzt denkt die ganze Schule, du bist sein Urururururgroßenkel oder so ähnlich –«

»Aber das bin ich nicht«, sagte Harry mit einem Anflug von Panik, den er sich selbst nicht recht erklären konnte.

»Das wirst du kaum beweisen können«, sagte Hermine. »Er lebte vor ungefähr einem Jahrtausend; nach allem, was wir wissen, könntest du es sein.«

Harry lag in dieser Nacht noch stundenlang wach. Durch eine Lücke im Vorhang um sein Bett sah er Schnee am Turmfenster vorbeitreiben. Er dachte nach …

Konnte er ein Nachfahre Salazar Slytherins sein? Er wusste schließlich nichts über die Familie seines Vaters. Die Dursleys hatten ihm Fragen über seine Zaubererverwandtschaft immer verboten.

Leise versuchte Harry etwas in der Schlangensprache zu sagen. Doch Worte wollten nicht kommen. Offenbar ging es nur, wenn er einer Schlange in die Augen blickte.

»Aber ich bin in *Gryffindor*«, dachte Harry. »Der Sprechende Hut hätte mich nicht hierher gesteckt, wenn ich Slytherin-Blut hätte …«

»*Ach*«, sagte eine boshafte leise Stimme in seinem Gehirn. »Aber der Sprechende Hut *wollte* dich doch nach Slytherin stecken, erinnerst du dich nicht?«

Harry drehte sich auf die Seite. Morgen würde er Justin in Kräuterkunde treffen und ihm erklären, dass er die Schlange von ihm abgehalten und sie nicht aufgestachelt hatte, was (wie er, wütend sein Kissen zusammenknüllend, dachte) doch jeder Dummkopf hätte erkennen müssen.

Am nächsten Morgen allerdings hatte sich das nächtliche Schneetreiben in einen so dichten Schneesturm verwandelt, dass Kräuterkunde ausfiel: Professor Sprout wollte den Alraunen Socken und Schals überziehen, und das war eine so vertrackte Angelegenheit, dass sie niemand anderen damit betrauen wollte – besonders jetzt, da die Alraunen rasch wachsen und Mrs Norris und Colin Creevey ins Leben zurückholen sollten.

Harry saß am Kaminfeuer im Gemeinschaftsraum und grübelte über den gestrigen Abend nach, während Ron und Hermine die freie Stunde nutzten, um Zaubererschach zu spielen.

»Um Himmels willen, Harry«, sagte Hermine entnervt, als einer von Rons Läufern ihren Springer vom Pferd zerrte und ihn vom Brett schleifte. »Dann geh doch und *such* Justin, wenn es dir so wichtig ist.«

Also stand Harry auf und stieg durch das Porträtloch. Wo konnte Justin wohl stecken?

Wegen des dichten Schneetreibens war es im Schloss dunkler als sonst tagsüber. Bibbernd vor Kälte ging Harry an den Klassenzimmern vorbei, in denen Unterricht stattfand, und erhaschte dabei augenblicksweise, was drinnen vorging. Professor McGonagall herrschte gerade einen Schüler an, der, nach ihren Worten zu schließen, seinen Freund in einen Dachs verwandelt hatte. Harry widerstand dem Drang, einen Blick hineinzuwerfen, und ging vorbei. Justin nutzte vielleicht seine freie Stunde, um ein wenig zu arbeiten, und Harry beschloss zuerst in der Bibliothek nachzuschauen.

Eine Gruppe von Hufflepuffs, die auch Kräuterkunde gehabt hätten, saßen tatsächlich hinten in der Bibliothek, aber sie schienen nicht zu arbeiten. Durch die langen Reihen hoher Bücherregale konnte Harry sehen, dass sie die Köpfe eng zusammengesteckt hatten und offenbar angespannt miteinander tuschelten. Er konnte nicht erkennen, ob Justin dabei war, und trat näher. Auf dem Weg erhaschte er einen Fetzen ihres Gesprächs, und in der Abteilung Unsichtbarkeit blieb er stehen und lauschte.

»Na, jedenfalls«, sagte ein stämmiger Junge, »hab ich Justin geraten, er solle sich in unserem Schlafsaal verstecken. Ich würde sagen, wenn Potter ihn als sein nächstes Opfer ausersehen hat, dann ist es besser, wenn er sich eine Weile bedeckt hält. Natürlich hat Justin auf so etwas gewartet, seit ihm gegenüber Potter herausgerutscht ist, dass er ein Muggelkind ist. Justin musste ausgerechnet ihm sagen, dass er eigentlich nach Eton gehen sollte. So was plappert man nicht aus, wenn der Erbe Slytherins auf Jagd ist, oder?«

»Du bist also sicher, dass es Potter *ist*, Ernie?«, sagte ein Mädchen mit blonden Zöpfen ängstlich.

»Hannah«, erwiderte der stämmige Junge ernst. »Er ist ein Parselmund. Jeder weiß, das ist das Erkennungszeichen eines schwarzen Magiers. Hast du jemals von einem anständigen gehört, der zu Schlangen sprechen konnte? Slytherin selbst haben sie Schlangenzunge genannt.«

Diesen Worten folgte ein lautes Murmeln, und Ernie fuhr fort:

»Erinnert ihr euch, was an der Wand geschrieben stand: *Feinde des Erben, nehmt euch in Acht.* Potter muss sich mit Filch in die Wolle gekriegt haben. Und kurz danach wird Filchs Katze angegriffen. Dieser Erstklässler Creevey hat Potter beim Quidditch-Spiel geärgert, weil er Bilder von ihm machte, als Potter im Schlamm lag. Und was passiert kurz danach? Creevey wird angegriffen.«

»Er kommt mir aber immer so nett vor«, sagte Hannah unsicher, »und außerdem, nun ja, er war es immerhin, der Du-weißt-schon-wen verjagt hat. Er kann nicht durch und durch böse sein, oder?«

Ernie senkte geheimnistuerisch die Stimme, die Hufflepuffs beugten sich noch weiter vor und Harry stahl sich näher heran, um Ernies Worte zu erhaschen.

»Keiner weiß, wie er diesen Angriff von Du-weißt-schon-wem überlebt hat. Überlegt doch mal, er war noch ein Baby, als es passierte. Normalerweise wäre er in Stücke gerissen worden. Nur ein wirklich mächtiger schwarzer Magier konnte einen solchen Fluch überleben.« Er senkte die Stimme zu einem eindringlichen Flüstern: »*Das* ist wahrscheinlich der Grund, warum ihn Du-weißt-schon-wer überhaupt töten wollte. Wollte keinen anderen Schwarzen Lord haben, der mit ihm *um die Macht streitet*. Ich frag mich, welche anderen Kräfte Potter noch verbirgt?«

Harry hielt es nicht länger aus. Er räusperte sich laut und trat hinter den Regalen hervor. Wenn er nicht so wütend gewesen wäre, hätte er das Schauspiel, das sich ihm bot, lustig gefunden: Die versammelten Hufflepuffs sahen aus, als wären sie von seinem bloßen Anblick versteinert, und aus Ernies Gesicht war jede Farbe gewichen.

»Hallo«, sagte Harry. »Ich bin auf der Suche nach Justin Finch-Fletchley.«

Offensichtlich hatten sich die schlimmsten Befürchtungen der Hufflepuffs bestätigt. Alle blickten angsterfüllt auf Ernie.

»Was willst du von ihm?«, sagte Ernie mit zittriger Stimme.

»Ich will ihm sagen, was im Duellierclub wirklich mit der Schlange passiert ist«, sagte Harry.

Ernie biss sich auf die weißen Lippen, holte tief Luft und sagte:

»Wir waren alle da. Wir haben gesehen, was passiert ist.«

»Dann hast du auch gesehen, dass die Schlange zurückgewichen ist, nachdem ich zu ihr gesprochen habe?«, sagte Harry.

»Alles, was ich gesehen habe, war, dass du Parsel gesprochen und die Schlange auf Justin gehetzt hast«, erwiderte Ernie starrköpfig.

»Ich hab sie nicht auf ihn gehetzt!«, sagte Harry mit vor Wut zitternder Stimme. »Sie hat ihn nicht einmal *berührt!*«

»Es war aber sehr knapp«, sagte Ernie. »Und falls du auf irgendwelche krummen Gedanken kommen solltest«, fügte er rasch hinzu, »sag ich dir lieber, dass du meine Familie bis auf neun Generationen von Hexen und Zauberern zurückverfolgen kannst und mein Blut so rein ist wie nur möglich, also –«

»Es ist mir egal, was für Blut du hast!«, sagte Harry aufgebracht. »Warum sollte ich Muggelgeborene angreifen?«

»Ich hab gehört, dass du die Muggel hasst, bei denen du lebst«, sagte Ernie schlagfertig.

»Es ist unmöglich, bei den Dursleys zu leben und sie nicht zu hassen«, erwiderte Harry. »Da möchte ich dich mal sehen.«

Er machte auf dem Absatz kehrt und stürmte aus der Bibliothek, wobei er sich einen tadelnden Blick von Madam Pince einhandelte, die den goldgeprägten Einband eines dicken Zauberspruchbandes polierte.

Harry rannte stolpernd durch die Gänge und bemerkte vor Wut kaum, wo er hinlief. Der Erfolg war, dass er gegen etwas sehr Großes und Festes prallte, das ihn zu Boden schlug.

Harry blickte auf. »Oh, hallo, Hagrid.«

Hagrids Gesicht war unter einer schneebedeckten Wollkapuze verborgen, aber ein anderer konnte es unmöglich sein, da er mit seinem Maulwurfsmantel den Gang fast in ganzer Breite ausfüllte. Ein toter Hahn baumelte von einer seiner massigen behandschuhten Pranken herab.

»Alles in Ordnung, Harry?«, sagte er und zog zum Sprechen die Kapuze hoch. »Warum bist du nicht im Unterricht?«

»Fällt aus«, sagte Harry und richtete sich auf. »Was machst du eigentlich hier?«

Hagrid hob den leblosen Hahn hoch.

»Der zweite, der dieses Jahr getötet wurde«, erklärte er. »Entweder Füchse oder ein Blut saugendes Gespenst, und ich brauch die Erlaubnis des Schulleiters, einen Bannkreis um den Hühnerstall zu ziehen.«

Er lugte unter seinen dicken, schneeglitzernden Brauen hervor und musterte Harry.

»Wirklich alles in Ordnung mit dir? Bist ja ganz heiß im Gesicht und siehst so besorgt aus –«

Harry brachte es nicht über sich zu wiederholen, was Ernie und die anderen Hufflepuffs über ihn gesagt hatten.

»Es ist nichts«, sagte er. »Ich mach mich jetzt besser auf die Socken, Hagrid, wir haben jetzt Verwandlung und ich muss noch meine Bücher holen.«

Den Kopf immer noch voll mit Ernies Worten verließ er Hagrid.

»Justin hat auf so etwas gewartet, seit ihm Potter gegenüber heraus-
gerutscht ist, dass er ein Muggelkind ist …«

Harry stapfte die Treppen hoch und bog in einen Korridor ein, der noch dunkler war als die anderen; ein scharfer, eisiger Luftzug pfiff durch ein in den Angeln schlagendes Fenster und hatte die Fackeln gelöscht. Auf halbem Wege durch den Gang stolperte er und stürzte zu Boden.

Er drehte sich um, um nachzusehen, worüber er gestolpert war – und hatte plötzlich das Gefühl, sein Magen würde sich auflösen.

Justin Finch-Fletchley lag auf dem Boden, steif und kalt und leblos an die Decke stierend, mit einem festgefrorenen Ausdruck des Entsetzens im Gesicht. Und das war nicht alles. Neben ihm war eine andere Gestalt und etwas Befremdlicheres hatte Harry noch nie gesehen.

Es war der Fast Kopflose Nick, nicht mehr perlweiß und durchsichtig, sondern mit schwarzem Rauch gefüllt. Reglos schwebte er eine Handbreit über dem Boden. Sein Kopf hing herunter und auf seinem Gesicht stand derselbe Ausdruck des Entsetzens wie auf dem Justins.

Harry rappelte sich auf, schnell und flach atmend, und sein Herz vollführte eine Art Trommelwirbel gegen seine Rippen. Mit fiebrigem Blick spähte er den verlassenen Korridor hinunter und sah, wie ein paar Spinnen so schnell sie konnten von den Körpern fortkrabbelten. Alles, was er hörte, waren die gedämpften Stimmen der Lehrer aus den Klassenzimmern zu beiden Seiten des Ganges.

Er hätte losrennen können, und keiner hätte je erfahren, dass er hier war. Aber er konnte sie nicht einfach hier liegen lassen ... er musste Hilfe holen ... würde auch nur einer glauben, dass er damit nichts zu tun hatte?

Während er dastand und Panik in ihm hochstieg, schlug gleich neben ihm krachend eine Tür auf. Peeves, der Poltergeist, kam herausgeschossen.

»Sieh an, es ist der putzige kleine Potter!«, gackerte Peeves und schlug Harry im Vorbeihüpfen die Brille von der Nase. »Was führt Potter im Schilde? Warum lümmelt Potter hier –«

Mitten in einem Salto hielt Peeves inne. Kopfüber in der Luft hängend erkannte er Justin und den Fast Kopflosen Nick. Er vollendete seinen Purzelbaum und bevor Harry ihn aufhalten konnte, füllte er seine Lungen und brüllte:

»ANGRIFF! ANGRIFF! WIEDER EIN ANGRIFF! KEIN STERBLICHER ODER GEIST IST SICHER! RENNT UM EUER LEBEN! AAAANGRIFF!«

Knall – knall – knall – den Gang entlang flog eine Tür nach der anderen auf und eine Flut von Schülern quoll heraus. Mehrere lange Minuten herrschte solches Durcheinander, dass Justins Körper Gefahr lief, ziemlich Schaden zu nehmen, und manche mitten im Kopflosen Nick standen. Von den andern gegen die Wand gedrückt hörte Harry die

Lehrer mit lauter Stimme Ruhe gebieten. Professor McGonagall kam herbeigeeilt, gefolgt von ihren Schülern, von denen einer immer noch schwarzweiß gestreiftes Haar hatte. Ein lauter Knall aus ihrem Zauberstab ließ Ruhe einkehren, und sie wies alle zurück in die Klassenzimmer. Kaum hatte sich der Korridor etwas geleert, kam auch schon Ernie von den Hufflepuffs keuchend angerannt.

»*Auf frischer Tat ertappt!*«, rief Ernie und deutete mit schneeweißem Gesicht und dramatischer Geste auf Harry.

»Lass gut sein, Macmillan!«, sagte Professor McGonagall scharf.

Über ihnen hüpfte Peeves auf und ab und wachte bösartig grinsend über das Schauspiel; wenn heilloses Durcheinander herrschte, war Peeves immer bester Laune. Während die Lehrer sich über Justin und den Fast Kopflosen Nick beugten, um sie zu untersuchen, schmetterte Peeves ein Liedchen:

»Ach, Potter, du Schwein, was hast du getan.

Du meuchelst die Schüler und freust dich daran –«

»Das reicht, Peeves!«, blaffte ihn Professor McGonagall an, und Peeves schwebte rücklings, nicht ohne Harry die Zunge rauszustrecken, davon.

Professor Flitwick und Professor Sinistra aus dem Fachbereich Astronomie trugen Justin in den Krankenflügel, doch niemand schien zu wissen, was man für den Fast Kopflosen Nick tun konnte. Professor McGonagall beschwor schließlich einen großen Föhn aus dem Nichts herauf und reichte ihn Ernie mit der Anweisung, den Fast Kopflosen Nick die Treppe hochzupusten. Und Ernie föhnte Nick vor sich her wie ein stummes schwarzes Hovercraft-Boot. Nun waren Harry und Professor McGonagall allein.

»Hier lang, Potter«, sagte sie.

»Professor«, sagte Harry sofort, »ich schwöre, ich habe es nicht –«

»Das liegt jetzt nicht mehr in meiner Hand, Potter«, sagte Professor McGonagall kurz angebunden.

Schweigend bogen sie um eine Ecke und sie hielt vor einem großen und äußerst hässlichen steinernen Wasserspeier an.

»Scherbert Zitrone!«, sagte sie. Das war offenbar ein Passwort, denn der Wasserspeier erwachte plötzlich zum Leben und hüpfte zur Seite. Die Wand hinter ihm teilte sich. Obwohl Harry Angst hatte vor dem, was ihn jetzt erwartete, musste er einfach staunen. Hinter der Wand war eine Wendeltreppe, die sich langsam nach oben bewegte wie ein Aufzug. Er und Professor McGonagall betraten die Treppe und die Wand hinter ihnen schloss sich mit einem dumpfen Geräusch. Sich im Kreise drehend stiegen sie nach oben, höher und höher, bis Harry endlich, leicht schwindlig im Kopf, eine schimmernde Eichentür vor sich sehen konnte, mit einem bronzenen Türklopfer in Gestalt eines Geiers.

Er wusste, wo sie ihn hinführte. Das musste der Ort sein, wo Dumbledore lebte.

Der Vielsaft-Trank

Sie stiegen die letzte Stufe der steinernen Treppe empor und Professor McGonagall klopfte an die Tür. Geräuschlos öffnete sie sich und die beiden traten ein. Professor McGonagall gebot Harry zu warten und ließ ihn allein.

Harry sah sich um. Eins war gewiss: von allen Lehrerbüros, die Harry bisher gesehen hatte, war Dumbledores das bei weitem interessanteste. Wenn er vor Angst nicht fast vergangen wäre, man würde ihn von der Schule werfen, dann hätte er ganz gerne einmal hier herumgestöbert.

Es war ein großer und schöner runder Raum, erfüllt mit merkwürdigen leisen Geräuschen. Auf den storchbeinigen Tischen standen merkwürdige silberne Instrumente, die surrten und kleine Rauchwolken ausstießen. An den Wänden hingen Bilder ehemaliger Schulleiter und Schulleiterinnen, die alle friedlich in ihren Rahmen dösten. Es gab auch einen gewaltigen klauenfüßigen Schreibtisch, und auf einem Bord dahinter lag ein schäbiger und rissiger Zaubererhut – der Sprechende Hut.

Harry zögerte. Er warf einen wachsamen Blick auf die schlafenden Hexen und Zauberer an den Wänden. Gewiss konnte es nicht schaden, wenn er den Hut herunternahm und ihn noch mal anprobierte? Nur mal sehen … einfach um sicherzugehen, dass er ihn tatsächlich ins richtige Haus gesteckt hatte –

Leise ging er um den Schreibtisch herum, nahm den Hut vom Bord und ließ ihn langsam auf seinen Kopf sinken. Er war ihm viel zu groß und rutschte ihm über die Augen, genau wie das letzte Mal, als er ihn aufgesetzt hatte. Harry starrte ins Schwarze im Innern des Hutes und wartete. Schließlich wisperte ihm eine leise Stimme ins Ohr:

»Hast 'nen kleinen Fimmel, Harry Potter?«

»Ähm, ja«, murmelte Harry. »Ähm – tut mir Leid, dass ich dich störe – ich wollte nur fragen –«

»Du fragst dich, ob ich dich ins richtige Haus gesteckt habe«, sagte der Hut gewitzt. »Ja ... bei dir war es besonders schwierig. Aber ich bleibe bei dem, was ich schon gesagt habe« – Harrys Herz machte einen Hüpfer – »dir *wäre* es in Slytherin gut ergangen –«

Harrys Magen krampfte sich zusammen. Er packte den Hut an der Spitze und zog ihn vom Kopf. Lasch baumelte er in seiner Hand, schmutzig und verschlissen. Harry schob ihn zurück ins Regal. Ihm war übel.

»Das stimmt nicht«, sagte er laut zu dem reglosen und stummen Hut. Er bewegte sich nicht. Harry wich zurück, die Augen starr auf ihn gerichtet. Dann hörte er hinter sich ein merkwürdig würgendes Geräusch und wirbelte herum.

Er war doch nicht allein. Auf einer goldenen Stange hinter der Tür saß ein altersschwacher Vogel, der aussah wie ein halb gerupfter Truthahn. Harry starrte ihn an und der Vogel starrte boshaft zurück und ließ erneut sein würgendes Geräusch hören. Er sieht sehr krank aus, dachte Harry. Die Augen des Vogels waren trübe, und während Harry ihn ansah, fielen Federn aus dem Schwanz.

Hätte mir gerade noch gefehlt, wenn Dumbledores Vogel stirbt, während ich allein mit ihm bin, dachte Harry gerade – als der Vogel in Flammen aufging.

Vor Schreck schrie Harry auf, wich zurück und stieß mit dem Rücken gegen den Schreibtisch; fieberhaft schaute er sich um, ob es nicht irgendwo ein Glas Wasser gäbe, aber er sah keines; der Vogel war mittlerweile ein Feuerball geworden; er gab einen lauten Schrei von sich und schon war nichts mehr von ihm übrig als ein schwelender Haufen Asche auf dem Boden.

Die Bürotür ging auf und Dumbledore kam mit ernstem Gesichtsausdruck herein.

»Professor«, keuchte Harry, »Ihr Vogel – ich konnte nichts machen – er hat einfach Feuer gefangen –«

Zu Harrys Verblüffung lächelte Dumbledore.

»Wurde auch Zeit«, sagte er. »Sah seit Tagen schon fürchterlich aus, ich hab ihm gesagt, er solle sich mal sputen.«

Er kicherte beim Anblick von Harrys verdutztem Gesicht.

»Fawkes ist ein Phönix, Harry. Phönixe gehen in Flammen auf, wenn es an der Zeit für sie ist zu sterben, und werden aus der Asche neu geboren. Sieh mal …«

Harry sah gerade noch rechtzeitig hin, um einen winzigen, verschrumpelten, neugeborenen Vogel den Kopf aus der Asche stecken zu sehen. Er war genauso hässlich wie der alte.

»Ein Jammer, dass du ihn an einem Brandtag sehen musstest«, sagte Dumbledore und setzte sich hinter seinen Schreibtisch. »Eigentlich ist er die meiste Zeit sehr hübsch, herrlich rot und gold gefiedert. Faszinierende Geschöpfe, diese Phönixe. Sie können unglaublich schwere Lasten tragen, ihre Tränen haben heilende Kraft und sie sind außerordentlich *treue* Haustiere.«

Vor Entsetzen über den in Flammen aufgehenden Fawkes hatte Harry ganz vergessen, weshalb er hier war, doch als Dumbledore sich auf dem hohen Stuhl hinter dem Schreibtisch niederließ und Harry mit seinen durchdringenden, hellblauen Augen festnagelte, erinnerte er sich jäh wieder.

Bevor Dumbledore allerdings noch ein Wort sagen konnte, flog laut krachend die Bürotür auf und Hagrid stürzte herein, mit der Kapuze auf den zottigen schwarzen Haaren und einem wilden Blick in den Augen. Noch immer baumelte der tote Hahn in seiner Pranke.

»Es war nicht Harry, Professor Dumbledore!«, sagte Hagrid eindringlich, »*Sekunden* bevor dieses Kind gefunden wurde, hab ich mit ihm geredet, er hätte nie die Zeit gehabt, Sir –«

Dumbledore versuchte etwas zu sagen, doch Hagrid drang weiter auf ihn ein, dabei wedelte er vor Aufregung mit dem Hahn, dessen Federn durch den ganzen Raum schwebten.

»– er kann's nicht gewesen sein, ich schwör's vor dem Ministerium für Zauberei, wenn nötig –«

»Hagrid, ich –«

»– Sie haben den falschen Jungen, Sir, ich *weiß*, dass Harry nie –«

»*Hagrid!*«, sagte Dumbledore laut. »Ich glaube *nicht*, dass Harry diese Leute angegriffen hat.«

»Oh«, sagte Hagrid, und der Hahn schwang leblos um sein Bein. »Gut. Dann warte ich draußen.«

Und verlegen stapfte er hinaus.

»Sie glauben nicht, dass ich es war?«, wiederholte Harry hoffnungsvoll, während Dumbledore die Hahnenfedern von seinem Schreibtisch blies.

»Nein, Harry, ich glaube es nicht«, sagte Dumbledore, wenn auch wieder mit ernstem Gesicht. »Aber ich will trotzdem mit dir reden.«

Dumbledore legte die Fingerspitzen zusammen und musterte ihn. Harry wartete nervös.

»Harry, ich muss dich fragen, ob es etwas gibt, was du mir erzählen möchtest«, sagte er sanft. »Was es auch immer sein mag.«

Harry wusste nicht, was er antworten sollte. Er dachte an Malfoy, der »Ihr seid die Nächsten, Schlammblüter!« gerufen hatte, und an den Vielsaft-Trank, der im Klo der Maulenden Myrte vor sich hin köchelte. Dann fiel ihm die körperlose Stimme ein, die er zweimal gehört hatte, und das, was Ron gesagt hatte: »*Stimmen zu hören, die niemand sonst hören kann, ist kein gutes Zeichen, nicht einmal in der Zaubererwelt.*« Auch dachte er daran, was alle über ihn sagten, und an seine wachsende Angst, dass ihn irgendetwas mit Salazar Slytherin verband ...

»Nein«, sagte Harry, »es gibt nichts, Professor ...«

Der Doppelangriff auf Justin und den Fast Kopflosen Nick verwandelte die angespannte Stimmung im Schloss in helle Panik. Eigenartigerweise war es das Schicksal des Fast Kopflosen Nick, das den Leuten offenbar die größte Sorge bereitete. Was für ein Wesen konnte einem Geist so etwas antun, fragten sich Lehrer und Schüler; was für eine schreckliche Macht konnte jemandem Schaden zufügen, der bereits tot war? Fast kam es zu einem Ansturm auf die Fahrkarten für den Hogwarts-Express, denn alle wollten über Weihnachten nach Hause.

»Wenn das so weitergeht, bleiben wir als Einzige hier«, sagte Ron zu Harry und Hermine. »Wir, Malfoy, Crabbe und Goyle. Das werden lustige Ferien.«

Crabbe und Goyle, die Malfoy alles nachmachten, hatten sich ebenfalls in die Liste derer eingetragen, die in den Ferien dableiben wollten. Doch Harry war froh, dass die meisten gingen. Er war es leid, dass die andern immer einen großen Bogen um ihn machten, wenn sie ihm begegneten, als ob er gleich Fangarme auswerfen oder Gift spucken würde; er war es leid, dass sie im Vorbeigehen murmelnd und zischelnd mit dem Finger auf ihn zeigten.

Fred und George allerdings fanden das alles sehr lustig. Sie ließen es sich nicht nehmen, als Harrys Vorhut durch die Gänge zu marschieren und zu rufen: »Macht Platz für den

Erben von Slytherin, ein gaaanz böser Zauberer kommt hier durch …«

Percy missbilligte dieses Verhalten zutiefst.

»Das ist *nicht* zum Lachen«, sagte er kühl.

»Ach, geh aus dem Weg, Percy«, sagte Fred. »Harry hat's eilig.«

»Ja, er macht schnell einen Abstecher in die Kammer des Schreckens auf eine Tasse Tee mit seinem reißzähnigen Knecht«, sagte George glucksend.

Auch Ginny fand das nicht lustig.

»Ach, *hört auf*«, flehte sie jedes Mal, wenn Fred Harry lauthals fragte, wen er denn als Nächsten anzugreifen gedenke, oder George so tat, als wehre er Harry mit einem Knoblauchzopf ab.

Harry war es gleich; er fühlte sich wohler bei dem Gedanken, dass wenigstens Fred und George die Vorstellung, er sei der Erbe Slytherins, für ausgesprochen lächerlich hielten. Doch ihr Gekasper schien Draco Malfoy in Rage zu bringen, der bei jedem ihrer Auftritte ein wenig saurer aussah.

»Eben weil es fast aus ihm *herausplatzt,* dass es in Wahrheit *er* ist«, sagte Ron ahnungsvoll. »Ihr wisst ja, wie er jeden hasst, der besser ist als er, und du, Harry, kriegst die ganze Anerkennung für seine schmutzige Arbeit.«

»Nicht mehr lange!«, sagte Hermine zufrieden. »Der Vielsaft-Trank ist fast fertig. In den nächsten Tagen holen wir die Wahrheit aus ihm heraus.«

Endlich hatten die Weihnachsferien begonnen und eine Stille, so tief wie der Schnee auf den Ländereien, senkte sich über das Schloss. Harry stimmte sie friedlich, nicht düster, und er freute sich, dass er, Hermine und die Weasleys den Gryffindor-Turm für sich allein hatten, was hieß, sie konnten lautstark »Snape explodiert« spielen, ohne jemanden zu stören, und in Ruhe Duellieren üben. Fred, George und Ginny waren lieber in der Schule geblieben als mit Mr und Mrs Weasley Bill in Ägypten zu besuchen. Percy, der ihr, wie er es nannte, kindisches Betragen verachtete, tauchte selten im Gemeinschaftsraum der Gryffindors auf. Er hatte ihnen mit dem Brustton der Überzeugung erklärt, dass *er* nur deshalb über Weihnachten bleibe, weil es seine Pflicht als Vertrauensschüler sei, die Lehrer in diesen unruhigen Zeiten zu unterstützen.

Der Weihnachtsmorgen brach an, kalt und weiß. Harry und Ron, die Einzigen im Schlafsaal, wurden sehr früh von Hermine geweckt, die vollständig angezogen hereinplatzte und Geschenke für beide in den Armen trug.

»Aufwachen!«, rief sie laut und zog die Vorhänge zurück.

»Hermine, du darfst eigentlich nicht hier drin sein –«, sagte Ron und hob die Hand gegen das Licht.

»Ebenfalls frohe Weihnachten«, sagte Hermine und warf ihm ein Geschenk zu. »Ich bin schon fast eine Stunde auf den Beinen und hab noch ein paar Florfliegen in den Zaubertrank gemischt. Er ist fertig.«

Harry, plötzlich hellwach, setzte sich auf.

»Bist du sicher?«

»Vollkommen«, sagte Hermine und schob Krätze, die Ratte, beiseite, so dass sie sich ans Ende seines Himmelbetts setzen konnte. »Wenn wir's versuchen, dann würd ich sagen, heute Abend.«

In diesem Augenblick schwebte Hedwig herein. Im Schnabel trug sie ein sehr kleines Päckchen.

»Hallo«, sagte Harry glücklich, als sie auf seinem Bett landete. »Sprichst du wieder mit mir?«

Zutraulich knabberte sie an seinem Ohr, was ein viel besseres Geschenk war als das, was sie ihm brachte. Denn wie sich herausstellte, kam es von den Dursleys. Sie hatten Harry einen Zahnstocher geschickt und einen Zettel, auf dem es hieß, er solle fragen, ob er auch während der Sommerferien in Hogwarts bleiben könne.

Die übrigen Weihnachtsgeschenke für Harry waren um einiges erfreulicher. Hagrid hatte ihm eine große Dose mit Sirupbonbons geschickt, die Harry am Feuer etwas weicher machen wollte, bevor er sie aß. Ron hatte ihm ein Buch geschenkt, *Auf Jagd mit den Cannons*, voll interessanter Geschichten über seine Lieblings-Quidditch-Mannschaft. Von Hermine bekam er einen prächtigen Adlerfederkiel. Harry öffnete das letzte Päckchen und fand einen neuen, selbst gestrickten Pullover von Mrs Weasley und einen großen Pflaumenkuchen. Mit einem neuen Anflug von Schuldgefühlen las er ihre Karte. Er dachte an Mr Weasleys Wagen, der seit ihrer Bruchlandung verschollen war, und das ganze Bündel von Regelbrüchen, die er und Ron schon wieder aussheckten.

Keiner konnte umhin, das Weihnachtsessen in Hogwarts nicht zu genießen, nicht einmal einer, den es davor grauste, später den Vielsaft-Trank zu schlucken.

Die Große Halle war herrlich geschmückt. Da waren nicht nur das Dutzend mit Eiskristallen gezuckerter Weihnachtsbäume und die dicht geflochtenen Bänder aus Stechpalmenzweigen und Misteln, die kreuz und quer unter die Decke gespannt waren; auch verzauberter Schnee rieselte herab, weich und trocken. Dumbledore stimmte mit ihnen ein paar seiner liebsten Weihnachtslieder an, wobei Hagrid mit jedem Becher Eierpunsch, den er schluckte, lauter dröhnte. Percy, der nicht bemerkt hatte, dass Fred sein Vertrauensschülerabzeichen verzaubert hatte, so dass nun »Eierkopf« darauf zu lesen war, fragte sie andauernd, worüber sie denn kicherten. Harry störte es nicht einmal, dass Draco Malfoy drüben am Tisch der Slytherins mit lauter Stimme abfällige Bemerkungen über seinen neuen Pullover machte. Mit ein wenig Glück würde er es Malfoy in ein paar Stunden heimzahlen.

Harry und Ron hatten kaum ihren dritten Nachschlag Weihnachtspudding aufgegessen, als Hermine sie aus der Halle winkte, um ein letztes Mal den Plan für diesen Abend durchzugehen.

»Wir brauchen immer noch Stückchen von den Leuten, in die ihr euch verwandeln wollt«, sagte Hermine ganz sachlich, als schickte sie die beiden in den Laden, um Waschpulver zu kaufen. »Und natürlich wäre es am besten, wenn ihr etwas von Crabbe und Goyle abkriegt, die sind Malfoys beste Freunde, denen wird er alles erzählen. Und wir müssen auch dafür sorgen, dass die echten Crabbe und Goyle nicht hereinplatzen, während wir ihn befragen.

Ich hab alles genau geplant«, fuhr sie gelassen fort und achtete nicht im Geringsten auf Harrys und Rons verdutzte Gesichter. Sie hielt zwei üppige Schokoladenkuchen hoch. »Die hab ich mit einem einfachen Schlafmittel gefüllt. Ihr müsst nur dafür sorgen, dass Crabbe und Goyle sie finden. Ihr wisst, wie gierig sie sind, die können gar nicht anders, als sie aufzufuttern. Sobald sie eingeschlafen sind, rupft ihr ihnen ein paar Haare aus und versteckt sie im Besenschrank.«

Harry und Ron sahen sich ungläubig an.

»Hermine, ich glaub nicht –«

»Das könnte übel ausgehen –«

Doch Hermine hatte einen Blick aus Stahl, nicht unähnlich dem, den Professor McGonagall manchmal zeigte.

»Der Trank ist nutzlos ohne Crabbes und Goyles Haare«, sagte sie entschieden. »Ihr *wollt* doch Malfoy aushorchen, oder?«

»Ja, schon, klar«, sagte Harry »aber was ist mit dir? Wem rupfst du die Haare aus?«

»Ich hab meines schon!«, sagte Hermine strahlend und zog ein Fläschchen aus ihrer Tasche. Es enthielt ein einziges Haar. »Wisst ihr noch, wie Millicent Bulstrode sich in der Duellier-stunde mit mir gekloppt hat? Das hat sie auf meinem Um-hang hinterlassen, als sie versucht hat, mich zu erwürgen! Und über Weihnachten ist sie nach Hause gefahren – also muss ich den Slytherins nur sagen, dass ich beschlossen habe zurückzukommen.«

Hermine wirbelte davon, um noch einmal nach dem Viel-saft-Trank zu schauen. Ron und Harry sahen sich an, als ob ihre letzte Stunde geschlagen hätte.

»Hast du je von einem Plan gehört, bei dem so vieles schief gehen kann?«

Doch zu Harrys und Rons kompletter Verblüffung verlief Phase eins ihrer Operation genau so reibungslos, wie Her-mine gesagt hatte. Nach dem Weihnachtstee schlichen sie in die verlasssene Eingangshalle, um auf Crabbe und Goyle zu warten, die allein am Slytherin-Tisch zurückgeblieben wa-ren, wo sie die vierte Portion Pudding vernichteten. Harry hatte die Schokokuchen auf das Ende des Treppengeländers gestellt. Als sie Crabbe und Goyle aus der Großen Halle kommen sahen, verschwanden Harry und Ron rasch hinter einer Rüstung neben der Eingangstür.

»Wie dick kann man eigentlich werden?«, flüsterte Ron begeistert, als Crabbe schadenfroh auf die Kuchen deutete und sie sich schnappte. Dumm grinsend stopften sie sich alles auf einmal in die großen Münder. Gierig und mit triumphie-rendem Blick kauten sie eine Weile. Dann, ohne auch nur die Miene zu verziehen, gingen beide in die Knie und sack-ten zu Boden.

Der bei weitem schwierigste Teil war nun, Crabbe und Goyle im Schrank auf der anderen Seite der Halle zu verstecken. Sobald sie sicher zwischen den Eimern und Wischern verstaut waren, riss Harry ein paar der Borsten aus, die auf Goyles Stirn wuchsen, und Ron nahm sich ein paar Haare von Crabbe. Außerdem stahlen sie ihre Schuhe, denn ihre eigenen waren einige Nummern zu klein für die Füße von Crabbe und Goyle. Dann, immer noch verblüfft über das, was ihnen gerade gelungen war, spurteten sie hoch ins Klo der Maulenden Myrte.

Dicker schwarzer Qualm drang aus der Kabine, in der Hermine den Kessel rührte. Sie konnten kaum etwas sehen. Sie zogen sich die Umhänge über die Gesichter und klopften sachte an die Tür.

»Hermine?«

Mit einem scharrenden Geräusch wurde der Riegel zurückgeschoben und Hermine tauchte vor ihnen auf. Ihr Gesicht glänzte und wirkte angespannt. Hinter ihr hörten sie das *Blubb, Blubb* des sirupdicken Zaubertranks. Drei Trinkgläser standen auf dem Toilettensitz bereit.

»Habt ihr sie?«, fragte Hermine außer Atem.

Harry zeigte ihr Goyles Haare.

»Gut. Und ich hab diese Umhänge aus der Wäsche stibitzt«, sagte Hermine und hielt einen kleinen Sack hoch. »Ihr braucht andere Größen, sobald ihr Crabbe und Goyle seid.«

Die drei starrten in den Kessel. Aus der Nähe sah der Zaubertrank wie dicker, dunkler, träge blubbernder Schlamm aus.

»Ich bin mir sicher, dass ich alles richtig gemacht habe«, sagte Hermine und las noch einmal nervös die bekleckerte Seite von *Höchst potente Zaubertränke* durch. »Sieht genauso aus, wie es das Buch vorschreibt ... wenn wir ihn getrunken haben, bleibt uns exakt eine Stunde, bis wir uns wieder in uns selbst verwandeln.«

»Und was nun?«, flüsterte Ron.

»Wir teilen ihn auf drei Gläser auf und fügen die Haare hinzu.«

Hermine füllte große Schöpflöffel mit Zaubertrank in die Gläser. Dann schüttelte sie mit zitternder Hand Millicent Bulstrodes Haar aus dem Fläschchen in das erste Glas.

Der Trank zischte laut wie ein Wasserkessel und schäumte bedrohlich auf. Eine Sekunde später nahm er einen Übelkeit erregenden Gelbton an.

»Uääh – Essenz von Millicent Bulstrode«, sagte Ron mit ekelerfülltem Blick. »Wette, es schmeckt widerlich.«

»Tut jetzt eure rein«, sagte Hermine.

Harry warf Goyles Haare ins mittlere, Ron die Crabbes ins letzte Glas. Beide Gläser zischten und schäumten: Goyles Glas nahm den khakifarbenen Ton eines Nasenpopels an, Crabbes ein dunkles, trübes Braun.

»Wartet«, sagte Harry, als Ron und Hermine nach ihren Gläsern griffen. »Wir trinken sie besser nicht alle drei hier drin … Sobald wir uns in Crabbe und Goyle verwandeln, passen wir nicht mehr hier rein. Und Millicent Bulstrode ist auch nicht gerade eine Elfe.«

»Kluger Junge«, sagte Ron und schob den Riegel zurück. »Jeder nimmt eine Kabine.«

Harry, sorgsam darauf achtend, keinen Tropfen seines Vielsaft-Tranks zu verschütten, glitt in die mittlere Kabine.

»Fertig?«, rief er.

»Fertig«, kam es von Ron und Hermine zurück.

»Eins – zwei – drei –«

Harry klemmte sich die Nase zu und trank das Gebräu in zwei großen Schlucken. Es schmeckte wie zerkochter Kohl.

Sogleich begannen seine Eingeweide sich zu winden, als ob er lebende Schlangen geschluckt hätte – zusammengekrümmt fragte er sich, ob er sich übergeben würde –, dann breitete sich ein Brennen von seinem Magen rasch bis in seine Fingerspitzen und Zehen aus – als Nächstes, er lag nun keuchend auf allen Vieren, kam ein fürchterliches Gefühl, als ob er schmelze, und die Haut an seinem Körper blähte sich wie heißes Wachs – vor seinen Augen begannen seine Hände zu wachsen, die Finger verdickten sich, die Nägel wurden breiter, die Knöchel traten hervor wie Bolzen – seine Schultern dehnten sich schmerzhaft und ein Prickeln auf seiner Stirn sagte ihm, dass sein Haar bis zu seinen Augenbrauen hinunterkroch – sein Umhang zerriss, als seine Brust sich ausdehnte wie ein Fass, das seine Reifen sprengte – seine Füße quälten sich in Schuhen, die vier Nummern zu klein waren –

So schnell es begonnen hatte, hörte es auch wieder auf. Harry lag mit dem Gesicht nach unten auf dem steinkalten Boden und hörte Myrte im hinteren Klo verdrießlich gurgeln. Mühsam zog er sich die Schuhe aus und stand auf. So fühlte es sich also an, wenn man Goyle war. Mit seiner großen zitternden Hand warf er den Umhang ab, der einen halben Meter über seinen Knöcheln hing, zog den anderen an und schlüpfte in Goyles bootgroße Schuhe. Er hob die Hand, um sich das Haar vor den Augen wegzuwischen, traf aber nur den kurzen drahtigen Stoppelwuchs tief auf seiner Stirn. Dann erkannte er, dass seine Brille ihm den Blick vernebelte, weil Goyle sie offenbar nicht brauchte – er nahm sie ab und rief:

»Seid ihr okay?« Goyles leise Raspelstimme drang aus seinem Mund.

»Ja«, hörte er Crabbes tiefes Grunzen zu seiner Rechten.

Harry öffnete seine Tür und trat vor den zerbrochenen Spiegel. Aus dumpfen, tief liegenden Augen starrte ihn Goyle an. Harry kratzte sich am Ohr. Goyle tat es ihm gleich.

Rons Tür ging auf. Sie starrten sich an. Ron sah blass und

entsetzt aus, war aber sonst von Crabbe nicht zu unterscheiden, vom puddingförmigen Haarschnitt bis zu den langen Gorillaarmen.

»Das ist unglaublich«, sagte Ron. Er trat vor den Spiegel und tippte sich gegen Crabbes platte Nase. »*Unglaublich.*«

»Wir sollten uns beeilen«, sagte Harry und lockerte sein Uhrband, das tief in Goyles Handgelenk schnitt. »Wir müssen erst noch rauskriegen, wo der Gemeinschaftsraum der Slytherins ist. Hoffentlich finden wir jemanden, dem wir folgen können.«

Ron, der Harry sprachlos angestarrt hatte, sagte: »Du ahnst nicht, wie seltsam es aussieht, Goyle *denken* zu sehen.« Er klopfte gegen Hermines Tür. »Komm schon, wir müssen gehen –«

Eine schrille Stimme antwortete.

»Ich – ich glaube, ich geh doch nicht mit. Ihr könnt doch ohne mich gehen.«

»Hermine, wir wissen, dass Millicent Bulstrode hässlich ist, es weiß doch keiner, dass du es bist –«

»Nein – im Ernst – ich geh lieber nicht mit – beeilt euch, ihr beiden, ihr vertrödelt die Zeit –«

Harry sah Ron verwirrt an.

»*Jetzt* siehst du eher nach Goyle aus«, sagte Ron. »So guckt er immer, wenn ein Lehrer ihn was fragt.«

»Hermine, alles in Ordnung mit dir?«, rief Harry durch die Tür.

»Ja – mir geht's gut – los, geht schon –«

Harry sah auf die Uhr. Von ihren wertvollen sechzig Minuten waren fünf schon verstrichen.

»Wir treffen uns wieder hier, hörst du?«, sagte er.

Harry und Ron öffneten vorsichtig die Tür zum Gang, prüften, ob die Luft rein war, und machten sich auf den Weg.

»Schwing die Arme nicht so durch die Luft«, murmelte Harry Ron zu.

»Was?«

»Crabbe hält sie irgendwie steif …«

»So vielleicht?«

»Ja, schon besser …«

Sie stiegen die Marmortreppe hinunter. Was sie jetzt unbedingt brauchten, war ein Slytherin, dem sie in seinen Gemeinschaftsraum folgen konnten. Doch keiner war unterwegs.

»Hast du eine Idee?«, murmelte Harry.

»Die Slytherins kommen zum Frühstück immer von dort«, sagte Ron und nickte zum Eingang der Kerker hinüber. Kaum hatte er den Mund zugemacht, kam auch schon ein Mädchen mit langem Lockenhaar aus der Tür.

Ron hastete auf sie zu. »Verzeihung«, sagte er, »wir haben vergessen, wie wir in unseren Gemeinschaftsraum kommen.«

»Wie bitte?«, sagte das Mädchen steif. »*Unseren* Gemeinschaftsraum? *Ich* bin eine Ravenclaw.«

Misstrauisch blickte sie über die Schulter und ging davon.

Harry und Ron rannten die steinernen Stufen hinunter in die Dunkelheit, und ihre Tritte hallten besonders laut wider, denn es waren Crabbes und Goyles Füße, die auf die Steine krachten. Sie hatten das Gefühl, es würde doch nicht so einfach werden, wie sie gehofft hatten.

Die labyrinthischen Gänge waren menschenleer. Immer weiter drangen sie hinunter in die Tiefen unter der Schule, und mit raschen Blicken auf ihre Uhren prüften sie, wie viel Zeit ihnen noch blieb. Eine Viertelstunde war vergangen und schon kroch die Verzweiflung in ihnen hoch, da hörten sie plötzlich, wie sich vor ihnen etwas bewegte.

»Ha!«, sagte Ron aufgeregt. »Da ist endlich einer von ihnen!«

Die Gestalt kam aus einem Nebenzimmer. Sie rannten auf sie zu, doch das Herz sank ihnen in die Hosentasche. Es war kein Slytherin, es war Percy.

»Was machst du denn hier?«, sagte Ron überrascht.

Percy sah beleidigt aus.

»Das«, sagte er steif, »geht dich nichts an. Du bist Crabbe, nicht wahr?«

»Wa... – o ja«, sagte Ron.

»Nun – schleicht euch in den Schlafsaal«, sagte Percy streng. »Zur Zeit ist es keine gute Idee, in dunklen Gängen herumzustreunen.«

»Das tust *du* gerade«, ermahnte ihn Ron.

»Ich«, sagte Percy und richtete sich auf, »ich bin Vertrauensschüler. *Mich* greift niemand an.«

Plötzlich ertönte eine Stimme hinter Harry und Ron. Draco Malfoy stolzierte auf sie zu, und zum ersten Mal in seinem Leben freute sich Harry, ihn zu sehen.

»Da seid ihr ja«, raunzte er und sah sie an. »Habt ihr beiden die ganze Zeit in der Großen Halle rumgefuttert? Ich hab euch gesucht, ich muss euch was zeigen, da lacht ihr euch tot.«

Malfoy warf Percy einen vernichtenden Blick zu.

»Und was machst du eigentlich hier unten, Weasley?«, höhnte er.

Percy war außer sich.

»Etwas mehr Respekt vor einem Vertrauensschüler, bitte!«, sagte er. »Deine Haltung gefällt mir nicht!«

Malfoy grinste hämisch und wies Harry und Ron mit einer Handbewegung an, ihm zu folgen. Harry hätte Percy beinahe ein entschuldigendes Wort zugerufen, fing sich jedoch gerade noch rechtzeitig. Er und Ron eilten Malfoy nach.

»Dieser Peter Weasley –«, sagte Malfoy, als sie in den nächsten Durchgang eingebogen waren.

»Percy«, korrigierte ihn Ron wie von selbst.

»Wie auch immer«, sagte Malfoy. »Ich seh ihn in letzter Zeit viel herumschleichen. Und ich wette, ich weiß, was er vorhat. Er glaubt, er könnte den Erben von Slytherin ganz alleine fassen.«

Er gab ein kurzes, abfälliges Lachen von sich. Harry und Ron tauschten aufgeregte Blicke.

Malfoy hielt vor einer nackten, feuchten Steinwand an.

»Wie war noch mal das neue Passwort?«, sagte er zu Harry.

»Ähm –«, sagte Harry.

»Ach ja – *Reinblüter!*«, sagte Malfoy achtlos, und eine in der Wand versteckte steinerne Tür glitt auf. Malfoy schritt hindurch und Harry und Ron folgten ihm.

Der Gemeinschaftsraum der Slytherins war ein lang gezogenes unterirdisches Verlies mit rohen Steinwänden. Grünliche Kugellampen hingen an Ketten von der Decke. Ein Feuer prasselte unter einem kunstvoll gemeißelten Kaminsims vor ihnen, und im Umkreis des Feuers erkannten sie die Silhouetten mehrerer Slytherins, die in hohen Lehnstühlen saßen.

»Wartet hier«, sagte Malfoy zu Harry und Ron und deutete auf ein Paar freier Stühle, die etwas entfernt vom Kamin standen. »Ich geh und hol es – mein Vater hat es mir gerade geschickt –«

Neugierig, was Malfoy ihnen zeigen würde, setzten sich Harry und Ron auf die Stühle und taten ihr Bestes, um den Eindruck zu erwecken, sie fühlten sich wie zu Hause.

Eine Minute später kehrte Malfoy mit einem Zeitungsausschnitt in der Hand zurück. Er hielt ihn Ron unter die Nase.

»Ein Lacher für dich«, sagte er.

Harry sah, wie sich Rons Augen vor Schreck weiteten. Rasch las er den Zeitungsausschnitt durch, würgte ein sehr gezwungenes Lachen hervor und reichte ihn Harry.

Es war ein Ausschnitt aus dem *Tagespropheten*:

Untersuchung im Zaubereiministerium

Arthur Weasley, Chef des Amts für den Missbrauch von Muggelartefakten, wurde heute wegen der Verzauberung eines Muggelwagens zu einer Geldbuße von fünfzig Galleonen verurteilt.

Mr Lucius Malfoy, ein Beirat der Hogwarts-Schule für Hexerei und Zauberei, wo der verzauberte Wagen vor einigen Monaten einen Unfall verursachte, forderte Mr Weasley zum Rücktritt auf.

»Weasley hat das Ministerium in Misskredit gebracht«, sagte Mr Malfoy einem unserer Reporter. »Er ist offensichtlich ungeeignet, für uns Gesetze zu entwickeln, und sein lächerliches Muggelschutzgesetz sollte sofort gestrichen werden.«

Mr Weasley war in dieser Sache nicht zu sprechen. Allerdings wies seine Frau die Reporter an zu verschwinden, oder sie würde den Familienghul auf sie hetzen.

»Nun?«, sagte Malfoy ungeduldig, als Harry ihm den Ausschnitt zurückgab. »Ist das nicht witzig?«

»Haha«, sagte Harry tonlos.

»Arthur Weasley hat ein so großes Herz für die Muggel, dass er seinen Zauberstab zerbrechen und zu ihnen gehen sollte«, sagte Malfoy verächtlich. »Man sollte nicht meinen, dass die Weasleys Reinblüter sind, so wie die sich aufführen.«

Rons – oder vielmehr Crabbes – Gesicht hatte sich vor Wut verzerrt.

»Was ist los mit dir, Crabbe?«, fuhr ihn Malfoy an.

»Magenschmerzen«, grunzte Ron.

»Na dann geh hoch in den Krankenflügel und gib all diesen Schlammblütern einen Tritt von mir«, sagte Malfoy kichernd. »Wisst ihr, es wundert mich, dass der *Tagesprophet* noch nichts über diese Angriffe gebracht hat«, fuhr er nachdenklich fort. »Ich vermute, Dumbledore will alles vertuschen. Er wird entlassen, wenn der Spuk nicht bald aufhört. Vater hat schon immer gesagt, dass Dumbledore das Schlimmste ist, was dieser Schule passieren konnte. Er mag Muggelstämmige. Ein anständiger Schulleiter hätte nie solchen Schleim wie Creevey zugelassen.«

Malfoy begann mit einer eingebildeten Kamera Bilder zu knipsen und ahmte Colin auf grausame, aber treffende Art nach: »Potter, kann ich ein Bild von dir haben, Potter? Krieg ich ein Autogramm von dir? Kann ich dir die Schuhe lecken, bitte, Potter?«

Er ließ die Hände sinken und sah Harry und Ron an.

»Was ist eigentlich los mit euch beiden?«

Viel zu spät zwangen sich Harry und Ron zum Lachen, doch Malfoy schien zufrieden damit. Vielleicht waren Crabbe und Goyle immer etwas schwer von Begriff.

»Der heilige Potter, Freund der Schlammblüter«, sagte Malfoy langsam. »Noch so einer ohne das anständige Zauberempfinden, oder er würde nicht mit dieser hochnäsigen Schlammblüterin Granger herumlaufen. Und die Leute halten *ihn* auch noch für den Erben Slytherins!«

Harry und Ron warteten mit angehaltenem Atem: Gewiss würde Malfoy ihnen in ein paar Sekunden sagen, er selbst sei es – doch dann –

»Wenn ich nur *wüsste*, wer es *ist*«, sagte Malfoy gereizt. »Ich könnte ihm helfen.«

Ron klappte der Unterkiefer herunter, so dass Crabbes Gesicht noch dümmlicher aussah als üblich. Glücklicherweise bemerkte Malfoy nichts, und Harry, der schnell überlegte, sagte:

»Du musst doch irgendeine Vermutung haben, wer hinter alldem steckt ...«

»Du weißt, ich hab keine Ahnung, Goyle, wie oft soll ich dir das noch sagen?«, fuhr ihn Malfoy an. »Und Vater will mir *nichts* über das letzte Mal erzählen, als die Kammer geöffnet wurde. Natürlich, das war vor fünfzig Jahren, also vor seiner Zeit, aber er weiß alles darüber, und er sagt, es wurde alles unter der Decke gehalten, und wenn ich zu viel darüber wüsste, würde das nur Verdacht erregen. Aber eins weiß ich – das letzte Mal, als die Kammer des Schreckens geöffnet wurde, ist ein Schlammblüter *gestorben*. Also wette ich, dass es nur eine Frage der Zeit ist, bis einer von ihnen diesmal umgebracht wird … Ich hoffe, es ist die Granger«, sagte er genüsslich.

Ron ballte Crabbes gigantische Faust zusammen. Harry, der dachte, es wäre doch etwas verräterisch, wenn Ron Malfoy einen Faustschlag versetzen würde, warf ihm einen warnenden Blick zu und sagte:

»Weißt du, ob derjenige, der die Kammer das letzte Mal geöffnet hat, erwischt wurde?«

»O ja … wer immer es war, er wurde aus der Schule verbannt«, sagte Malfoy. »Sitzt wahrscheinlich immer noch in Askaban.«

»Askaban?«, sagte Harry verdutzt.

»Askaban – *das Zauberergefängnis,* Goyle«, sagte Malfoy und sah ihn ungläubig an. »Ehrlich, wenn du noch langsamer wärst, würdest du rückwärts gehen.«

Er rutschte unruhig auf seinem Stuhl herum und sagte: »Vater sagt, ich solle mich zurückhalten und den Erben von Slytherin machen lassen. Die Schule müsse von allen schmutzigen Schlammblütern gereinigt werden, doch ich soll mich nicht einmischen. Natürlich hat er im Augenblick viel am Hals. Wisst ihr, dass das Zaubereiministerium letzte Woche unseren Landsitz durchsucht hat?«

Harry versuchte Goyles dumpfes Gesicht zu einem besorgten Blick zu zwingen.

»Tja ...«, sagte Malfoy, »glücklicherweise haben sie nicht viel gefunden. Vater hat ein paar *sehr* wertvolle Sachen für schwarze Magie. Aber zum Glück haben wir unsere eigene Geheimkammer unter dem Fußboden des Salons –«

»Ho!«, sagte Ron.

Malfoy sah ihn an. Und Harry ebenfalls. Ron wurde rot. Selbst sein Haar wurde rot. Auch seine Nase wurde fast unmerklich länger – ihre Zeit war um, Ron verwandelte sich wieder in sich selbst, und nach dem entsetzten Blick, den er Harry zuwarf, geschah dies auch mit ihm.

Beide sprangen auf.

»Arznei für meinen Magen«, stöhnte Ron, und ohne noch ein Wort zu sagen, rannten sie durch den Gemeinschaftsraum der Slytherins, stürzten sich auf die feuchte Wand und spurteten den Gang entlang, in der Hoffnung, Malfoy habe nichts bemerkt. Harrys Füße begannen in Goyles riesigen Schuhen zu rutschen und weil er schrumpfte, musste er seinen Umhang hochraffen. Sie rasten die Treppe hoch in die dunkle Eingangshalle; nicht zu überhören war das dumpfe Pochen aus dem Schrank, in den sie Crabbe und Goyle eingeschlossen hatten. Sie ließen die Schuhe vor der Schranktür zurück und hasteten in Socken die marmorne Treppe zum Klo der Maulenden Myrte hoch.

»Na ja, es war nicht alles Zeitverschwendung«, keuchte Ron und schloss die Klotür hinter sich. »Ich weiß, wir haben immer noch nicht rausgefunden, wer für die Angriffe verantwortlich ist, aber morgen schreibe ich Dad, er soll unter Malfoys Salon nachschauen.«

Harry prüfte sein Gesicht in dem zerbrochenen Spiegel. Er war wieder er selbst. Er setzte seine Brille auf und Ron hämmerte gegen Hermines Kabine.

»Hermine, komm raus, wir haben dir 'ne Menge zu erzählen –«

»Haut ab!«, quiekte Hermine.

Harry und Ron sahen sich an.

»Was ist los mit dir?«, fragte Ron. »Du musst doch inzwischen wieder du selbst sein, wie wir –«

Doch plötzlich glitt die Maulende Myrte durch die Kabinentür. Harry hatte sie nie so glücklich gesehen.

»Ooooooh, wartet, bis ihr sie seht«, sagte sie. »Es ist *schrecklich* –«

Sie hörten den Riegel zurückgleiten und heraus kam Hermine, den Umhang über den Kopf gezogen und schluchzend.

»Was ist los?«, fragte Ron wieder. »Hast immer noch Millicents Nase oder so was?«

Hermine ließ den Umhang fallen und Ron zuckte so schnell zurück, dass er gegen das Waschbecken stieß.

Ihr Gesicht war mit schwarzem Fell überzogen. Ihre Augen waren gelb, und lange spitze Ohren ragten aus ihrem Haar.

»Es war ein K-Katzenhaar!«, heulte sie. »M-Millicent Bulstrode muss eine Katze haben! Und der Trank darf nicht für Verwandlungen in Tiere gebraucht werden!«

»Uh – oh«, sagte Ron.

»Da werden sie dich ganz *fürchterlich* triezen«, sagte Myrte glücklich.

»Ist schon gut, Hermine«, sagte Harry rasch. »Wir bringen dich hoch in den Krankenflügel, Madam Pomfrey stellt nie zu viele Fragen …«

Es dauerte lange, bis sie Hermine dazu überredet hatten, hinauszugehen. Die Maulende Myrte machte ihnen mit schallendem Gelächter Beine.

»Wart nur, bis alle rausfinden, dass du einen *Schwanz* hast!«

Der sehr geheime Taschenkalender

Hermine blieb mehrere Wochen im Krankenflügel. Als die andern aus den Weihnachtsferien zurückkamen, kochte die Gerüchteküche über, denn natürlich glaubten alle, sie wäre angegriffen worden. Auffällig viele schlenderten am Krankenflügel entlang und versuchten einen Blick auf Hermine zu erhaschen, so dass Madam Pomfrey ihren Vorhang wieder auspackte und ihn um Hermines Bett hängte, damit ihr die Schande erspart bleiben sollte, mit einem Fellgesicht gesehen zu werden.

Harry und Ron gingen sie jeden Abend besuchen. Und seit der Unterricht wieder begonnen hatte, brachten sie ihr Tag für Tag die Hausaufgaben mit.

»Wenn *mir* diese Schnurrhaare gewachsen wären, dann hätte ich mal eine Pause eingelegt«, sagte Ron eines Abends und legte einen Stapel Bücher auf Hermines Nachttisch.

»Red keinen Stuss, Ron, ich darf den Anschluss nicht verpassen«, erwiderte Hermine barsch. Ihre Stimmung hatte sich deutlich gebessert, seit alle Haare aus ihrem Gesicht verschwunden waren und ihre Augen sich allmählich wieder braun färbten. »Ihr habt nicht etwa neue Spuren?«, setzte sie flüsternd hinzu, damit Madam Pomfrey nichts hörte.

»Nichts«, sagte Harry düster.

»Ich war mir so *sicher,* es sei Malfoy«, sagte Ron ungefähr zum hundertsten Mal.

»Was ist denn das?«, fragte Harry und deutete auf etwas Goldenes, das unter Hermines Kissen hervorlugte.

»Nur eine Gute-Besserung-Karte«, sagte Hermine hastig und versuchte die Karte wegzustecken, doch Ron war schneller. Er zog sie hervor, klappte sie auf und las laut:

»*An Miss Granger, der ich eine rasche Genesung wünsche, von ihrem besorgten Lehrer, Professor Gilderoy Lockhart, Orden der Merlin dritter Klasse, Ehrenmitglied der Liga zur Verteidigung gegen die dunklen Kräfte und fünfmaliger Gewinner des Charmantestes-Lächeln-Preises der Hexenwoche.*«

Ron sah angewidert zu Hermine auf.

»Mit der Karte unter dem *Kissen* schläfst du?«

Doch Madam Pomfrey kam mit der abendlichen Dosis Arznei herübergewuselt und ersparte Hermine die Antwort.

»Lockhart ist mit Abstand der größte Schleimer, den man sich vorstellen kann«, sagte Ron zu Harry, als sie den Krankensaal verlassen hatten und die Treppe zum Gryffindor-Turm emporstiegen. Snape hatte ihnen so viele Hausaufgaben aufgehalst, dass Harry meinte, er würde wohl erst im sechsten Schuljahr damit fertig werden. Ron sagte gerade, er hätte Hermine eigentlich fragen wollen, wie viele Rattenschwänze man in einen Haarsträubetrank mischen müsse, als sie aus dem Stockwerk über ihnen jemanden wutentbrannt schreien hörten.

»Das ist Filch«, murmelte Harry. Sie rannten die Treppe hoch, gingen in Deckung und lauschten mit gespitzten Ohren.

»Du glaubst doch nicht etwa, es ist wieder jemand angegriffen worden?«, fragte Ron angespannt.

Sie standen reglos da, die Köpfe zu Filchs Stimme hin geneigt, die ausgesprochen hysterisch klang.

»– noch mehr Arbeit für mich! Die ganze Nacht wischen, als ob ich nicht genug zu tun hätte! Nein, das bringt das Fass zum Überlaufen, ich geh zu Dumbledore –«

Seine Schritte wurden leiser, während er den Gang entlanglief, und in der Ferne hörten sie eine Tür schlagen.

Sie steckten die Köpfe um die Ecke. Filch hatte offenbar an der üblichen Stelle Wache gehalten: Wieder einmal waren sie an dem Ort, wo Mrs Norris angegriffen worden war. Sie sahen auf den ersten Blick, weshalb Filch getobt hatte. Eine große Wasserlache bedeckte den halben Korridor, und es sah so aus, als ob immer noch Wasser unter der Klotür der Maulenden Myrte hervorsickerte. Nun, da Filch aufgehört hatte zu schimpfen, konnten sie Myrtes Klagen von den Klowänden widerhallen hören.

»Was ist denn bloß mit der schon wieder los?«, fragte Ron.

»Lass uns nachsehen«, sagte Harry. Sie zogen die Umhänge über die Knöchel hoch und tapsten durch die große Wasserlache hinüber zur Tür mit dem »Defekt«-Schild, missachteten es wie üblich und traten ein.

Die Maulende Myrte weinte noch lauter und heftiger als sonst, falls das überhaupt möglich sein konnte. Offenbar versteckte sie sich in ihrer üblichen Kabine. Hier drin war es dunkel, denn die große Wasserflut, von der Wände und Boden pitschnass waren, hatte auch die Kerzen gelöscht.

»Was ist los, Myrte?«, fragte Harry.

»Wer ist da?«, schluchzte Myrte niedergeschlagen. »Willst du noch etwas auf mich werfen?«

Harry watete hinüber zu ihrer Tür und sagte:

»Warum sollte ich dich mit etwas bewerfen?«

»Frag mich nicht«, rief Myrte und tauchte auf, wobei noch eine Wasserwelle auf den schon klitschnassen Boden schwappte. »Da bin ich und kümmere mich um meine eigenen Angelegenheiten, und irgendjemand hält es für witzig, ein Buch nach mir zu schmeißen ...«

»Aber es kann dir doch nicht wehtun, wenn jemand dich trifft«, sagte Harry beschwichtigend. »Ich meine, es würde einfach durchfliegen, oder?«

Er hatte etwas Falsches gesagt. Myrte plusterte sich auf und kreischte:

»Lasst uns allesamt Bücher auf Myrte werfen, denn *sie* spürt es ja nicht! Zehn Punkte, wenn ihr eins durch den Magen kriegt! Fünfzig Punkte, wenn es durch den Kopf geht! Schön, hahaha! Was für ein wunderbares Spiel – finde ich *gar nicht!*«

»Wo wir schon dabei sind – wer war es eigentlich?«, sagte Harry.

»*Ich* weiß es nicht … Ich saß im Abflussrohr und dachte über den Tod nach, und es fiel direkt durch meinen Kopf«, sagte Myrte und starrte sie böse an. »Da drüben ist es, es ist ganz nass geworden …«

Harry und Ron sahen unter dem Waschbecken nach, auf das Myrte deutete. Dort lag ein kleines, dünnes Buch. Es hatte einen schäbigen schwarzen Einband und war nass wie alles andere im Klo. Harry trat vor, um es aufzuheben, doch Ron streckte jäh seinen Arm aus, um ihn aufzuhalten.

»Was ist?«, sagte Harry.

»Bist du verrückt geworden?«, sagte Ron. »Es könnte gefährlich sein.«

»*Gefährlich?*«, sagte Harry und lachte auf. »Weshalb sollte es gefährlich sein?«

»Du würdest Augen machen«, sagte Ron, der das Buch misstrauisch beäugte. »Manche der Bücher, die das Ministerium beschlagnahmt hat – Dad hat es mir erzählt – eines davon brannte einem die Augen aus. Und jeder, der *Sonette eines Zauberers* gelesen hatte, sprach für den Rest seines Lebens in Limericks. Und eine alte Hexe in Bath hatte ein Buch, bei dem man *nie aufhören konnte zu lesen!* Man musste mit der Nase drin herumlaufen und versuchen alles mit einer Hand zu erledigen. Und –«

»Schon gut, ich hab's kapiert«, sagte Harry.

Das kleine Buch lag auf dem Boden, harmlos und durchweicht.

»Nun, wir kommen nicht weiter, wenn wir es uns nicht anschauen«, sagte er, duckte sich unter Rons Arm hindurch und hob das Buch auf.

Harry sah sofort, dass es sich um einen Taschenkalender handelte, und die ausgebleichte Jahreszahl auf dem Umschlag sagte ihm, dass er fünfzig Jahre alt war. Neugierig schlug er das Buch auf. Auf der ersten Seite konnte er nur den Namen »T. V. Riddle« in verkleckster Tintenschrift erkennen.

»Wart mal«, sagte Ron, der sich vorsichtig genähert hatte und über Harrys Schulter sah. »Den Namen kenn ich doch gut ... T. V. Riddle hat vor fünfzig Jahren eine Auszeichnung für besondere Verdienste um die Schule erhalten.«

»Woher zum Teufel weißt du das?«, fragte Harry verblüfft.

»Filch hat mich bei den Strafarbeiten die Medaille ungefähr hundert Mal polieren lassen«, sagte Ron gereizt. »Das war die Medaille, über die ich eine Ladung Schnecken gespuckt hab. Wenn du eine Stunde lang Schleim von einem Namen gewischt hättest, dann würdest du dich auch an ihn erinnern.«

Harry schälte die nassen Seiten auseinander. Sie waren vollkommen leer. Nicht die geringste Spur einer Eintragung war auf ihnen zu entdecken, nicht einmal »Tante Mabels Geburtstag« oder »Zahnarzt, halb vier«.

»Er hat ihn nicht benutzt«, sagte Harry enttäuscht.

»Ich frag mich, warum es dann jemand ins Klo spülen wollte?«, sagte Ron verwundert.

Harry drehte das Buch um und sah auf der Rückseite den Namen eines Zeitungshändlers in der Londoner Vauxhall Road.

»Er muss aus einer Muggelfamilie stammen«, sagte Harry nachdenklich. »Wenn er einen Kalender in der Vauxhall Road gekauft hat …«

»Tja, das nützt dir nicht viel«, sagte Ron. Er senkte die Stimme. »Fünfzig Punkte, wenn du es durch Myrtes Nase kriegst.«

Harry jedoch steckte es in die Tasche.

Hermine konnte Ende Februar den Krankenflügel verlassen. Sie war ihre Schnurrhaare, ihr Fell und ihren Schwanz los. Am ersten Abend im Gryffindor-Turm zeigte ihr Harry T. V. Riddles Taschenkalender und erzählte, wie sie ihn gefunden hatten.

»Ooh, er könnte verborgene Kräfte besitzen«, sagte Hermine begeistert. Sie nahm den Kalender in die Hand und musterte ihn genau.

»Wenn er welche hat, dann verbirgt er sie ganz gut«, sagte Ron. »Vielleicht ist er schüchtern. Ich weiß nicht, warum du ihn nicht wegwirfst.«

»Ich würde zu gern wissen, warum jemand versucht hat, ihn loszuwerden«, sagte Harry. »Und ich hätte auch nichts dagegen, wenn ich wüsste, für welche besonderen Verdienste um Hogwarts Riddle seine Auszeichnung bekommen hat.«

»Könnte alles Mögliche gewesen sein«, sagte Ron. »Vielleicht hatte er den dreißigsten ZAG geschafft oder einen Lehrer vor einem Riesenkraken gerettet. Vielleicht hat er Myrte umgebracht, da hätte er allen einen Gefallen getan …«

Doch Harry schloss aus der unbewegten Miene Hermines, dass sie das Gleiche dachte wie er.

»Was ist?«, sagte Ron und sah die beiden abwechselnd an.

»Nun, die Kammer des Schreckens wurde vor fünfzig Jahren geöffnet, oder?«, sagte Harry. »Das hat Malfoy gesagt.«

»Jaa …«, sagte Ron langsam.

»Und *dieser* Kalender ist fünfzig Jahre alt«, sagte Hermine, aufgeregt mit den Fingern darauf trommelnd.

»Na und?«

»Ach Ron, wach auf«, herrschte ihn Hermine an. »Wir wissen, dass die Person, die die Kammer das letzte Mal geöffnet hat, *vor fünfzig Jahren* von der Schule verwiesen wurde. Wir wissen, dass T. V. Riddle seine Auszeichnung für besondere Verdienste um die Schule *vor fünfzig Jahren* bekommen hat. Nun, was wäre, wenn Riddle seine besondere Auszeichnung bekam, weil er *den Erben von Slytherin gefangen hat?* Sein Kalender, als eine Art Tagebuch benutzt, würde uns wahrscheinlich alles sagen – wo die Kammer ist und wie man sie öffnet und was für eine Kreatur darin lebt –, die Person, die diesmal hinter den Angriffen steckt, würde so ein Buch lieber nicht hier rumliegen sehen, oder?«

»Das ist eine *geniale* Theorie, Hermine«, sagte Ron, »mit nur einem kleinen Fehler. *In dem Buch steht nichts.*«

Doch Hermine zog den Zauberstab aus der Tasche.

»Vielleicht ist es unsichtbare Tinte!«, flüsterte sie.

Sie tippte dreimal sanft gegen den Kalender und sagte: »*Aparecium!*«

Nichts geschah. Unverzagt griff Hermine erneut in ihre Tasche und zog einen leuchtend roten Radiergummi hervor.

»Das ist ein Enthüller, hab ich in der Winkelgasse gekauft«, sagte sie.

Sie rubbelte kräftig über »Erster Januar«. Nichts geschah.

»Ich sag euch doch, dadrin ist nichts«, sagte Ron. »Riddle hat eben einen Kalender zu Weihnachten bekommen und hatte einfach keine Lust, darin zu schreiben.«

Harry konnte nicht erklären, auch nicht sich selbst, warum er Riddles Buch nicht einfach wegwarf. Nicht nur das. Obwohl er *wusste,* dass der Taschenkalender leer war, nahm er ihn ständig gedankenverloren in die Hand und durchblätterte ihn, als ob er eine Geschichte enthielte, die er zu Ende lesen wollte. Und obwohl sich Harry sicher war, dass er den Namen T. V. Riddle nie vorher gehört hatte, schien er dennoch etwas für ihn zu bedeuten, fast als ob Riddle ein Freund gewesen wäre, als er noch sehr klein war, ein Freund, den er fast vergessen hatte. Doch das war Unsinn. Bevor er nach Hogwarts kam, hatte er keine Freunde gehabt, dafür hatte Dudley schon gesorgt.

Dennoch war Harry entschlossen, mehr über Riddle herauszufinden, und so machte er sich tags darauf in der großen Pause auf den Weg ins Pokalzimmer, um sich Riddles besondere Auszeichnung anzusehen. Eine neugierige Hermine begleitete ihn nebst einem zutiefst ungläubigen Ron, der zudem verkündete, er habe von Pokalzimmern für sein Leben lang die Nase voll.

Riddles blank polierte Goldmedaille war in einem Eckschrank verstaut. Warum er sie bekommen hatte, stand nicht darauf (»Besser ist's, denn sonst wäre sie noch größer gewesen und ich würd sie immer noch polieren«, sagte Ron). Allerdings fanden sie Riddles Namen darüber hinaus noch auf einer alten Medaille für Magische Meriten und auf einer Liste ehemaliger Schulsprecher.

»Klingt wie Percy«, sagte Ron und kräuselte angewidert die Nase. »Vertrauensschüler, Schulsprecher ... wahrscheinlich immer Klassenbester –«

»Du hörst dich an, als ob das was Schlechtes wäre«, sagte Hermine in leicht beleidigtem Ton.

Die Sonne warf inzwischen wieder die ersten schwachen Strahlen auf Hogwarts. Im Schloss war die Stimmung hoffnungsvoller geworden. Seit den Angriffen auf Justin und den Fast Kopflosen Nick war nichts mehr passiert und Professor

Sprout konnte erfreut berichten, dass die Alraunen launisch und geheimnistuerisch wurden, was hieß, dass sie die Kindheit nun rasch hinter sich ließen.

»Sobald ihre Akne zurückgeht, kann man sie wieder eintopfen«, hörte Harry sie eines Nachmittags mit freundlicher Stimme Filch erklären. »Und danach dauert es nicht mehr lange, bis wir sie zerschneiden und schmoren. Ihre Mrs Norris haben Sie dann im Nu zurück.«

Vielleicht hat der Erbe von Slytherin die Nerven verloren, dachte Harry. Wenn die Schule so wachsam und misstrauisch war, musste es immer riskanter werden, die Kammer des Schreckens zu öffnen. Vielleicht ließ sich das Monster, was immer es war, gerade jetzt nieder, um weitere fünfzig Jahre Winterschlaf zu halten ...

Ernie Macmillan von den Hufflepuffs teilte diese hoffnungsvolle Überzeugung nicht. Er war immer noch der Ansicht, dass Harry der Schuldige war und sich im Duellierclub »verraten« habe. Peeves war da auch nicht hilfreich; ständig tauchte er in überfüllten Korridoren auf und sang: »Ach Potter, du Schwein ...«, inzwischen mit einem dazu passenden Tänzchen.

Für Gilderoy Lockhart stand außer Frage, dass er persönlich bewirkt habe, dass die Angriffe aufgehört hatten. Während sich die Gryffindors für Verwandlung bereitmachten, hörte Harry, wie er dies Professor McGonagall erklärte.

»Ich denke nicht, dass es noch irgendwelche Schwierigkeiten geben wird, Minerva«, sagte er augenzwinkernd und sich ahnungsvoll gegen die Nase tippend. »Ich glaube, die Kammer des Schreckens ist jetzt endgültig verschlossen. Der Schurke muss gewusst haben, dass es nur eine Frage der Zeit war, bis ich ihn erwischen würde. Ganz vernünftig von ihm, jetzt aufzuhören, bevor ich ihn mir zur Brust nehmen konnte.

Wissen Sie, was die Schule jetzt braucht, ist einen Stimmungsheber. Etwas, das die Erinnerungen an diese Geschichte fortwäscht! Ich will jetzt nicht weiter darüber reden, aber ich denke, ich weiß genau das Richtige ...«

Er tippte sich erneut an die Nase und schritt davon.

Was sich Lockhart unter einem Stimmungsheber vorstellte, wurde beim Frühstück am vierzehnten Februar deutlich. Harry hatte wegen eines bis spätabends dauernden Quidditch-Trainings nicht viel geschlafen und ein wenig verspätet rannte er hinunter in die Große Halle. Einen Moment lang dachte er, sich in der Tür geirrt zu haben.

Alle Wände waren mit großen, blassrosa Blumen bedeckt. Schlimmer noch, herzförmiges Konfetti schneite vom fahlblauen Himmel herab. Harry ging hinüber zum Gryffindor-Tisch. Ron hockte da, als ob ihm schlecht wäre, und Hermine schien in recht kichriger Stimmung.

»Was ist denn hier los?«, fragte Harry die beiden und schnippte Konfetti von seinem Schinken.

Ron deutete auf den Lehrertisch, offenbar zu angewidert, um zu sprechen. Lockhart, mit einem zur Dekoration passenden blassrosa Umhang, gebot armfuchtelnd Schweigen. Die Lehrer neben ihm saßen mit versteinerten Gesichtern da. Von seinem Platz aus konnte Harry auf Professor McGonagalls Wange einen Muskel zucken sehen. Snape sah aus, als hätte ihm soeben jemand einen großen Becher Skele-Wachs eingeflößt.

»Einen glücklichen Valentinstag!«, rief Lockhart. »Und danken möchte ich den inzwischen sechsundvierzig Leuten, die mir Karten geschickt haben. Ja, ich habe mir die Freiheit genommen, diese kleine Überraschung für Sie alle vorzubereiten – und es kommt noch besser!«

Lockhart klatschte in die Hände und durch das Portal zur Eingangshalle marschierte ein Dutzend griesgrämig drein-

245

schauender Zwerge. Freilich nicht irgendwelche Zwerge. Lockhart hatte sie alle mit goldenen Flügeln und Harfen ausstaffiert.

»Meine freundlichen Liebesboten!«, strahlte Lockhart. »Sie werden heute durch die Schule streifen und ihre Valentinsgrüße überbringen. Und damit ist der Spaß noch nicht zu Ende! Ich bin sicher, meine Kollegen werden sich dem Geist der Stunde nicht verschließen wollen. Warum bitten wir nicht Professor Snape, uns zu zeigen, wie man einen Liebestrank mischt! Und wenn wir schon dabei sind, Professor Flitwick weiß mehr als jeder Hexenmeister, den ich je getroffen habe, darüber, wie man jemanden in Trance zaubert, der durchtriebene alte Hund!«

Professor Flitwick begrub das Gesicht in den Händen. Snape sah aus, als ob er den Ersten, der ihn nach einem Liebestrank fragte, vergiften würde.

»Bitte, Hermine, sag mir, dass du keine von den sechsundvierzig bist«, flehte Ron, als sie die Große Halle verließen und zum Unterricht gingen. Hermine war plötzlich vollauf damit beschäftigt, in ihrer Tasche nach dem Stundenplan zu kramen, und antwortete nicht.

Den ganzen Tag über platzten die Zwerge zum Ärger der Lehrer in die Unterrichtsstunden und überbrachten Valentinsgrüße, und spät am Nachmittag, die Gryffindors waren gerade auf dem Weg hoch zur Zauberkunststunde, holte einer von ihnen Harry ein.

»Ei, du! Arry Potter!«, rief ein besonders grimmig aussehender Zwerg und räumte sich mit dem Ellbogen den Weg zu Harry frei.

Harry war die Vorstellung ein Gräuel, vor den Augen einer Schar von Erstklässlern, zu der zufällig auch Ginny Weasley gehörte, einen Valentinsgruß empfangen zu müssen, und versuchte zu entkommen. Doch der Zwerg schlug sich schienbeintretend durch die Menge und holte ihn ein, bevor er auch nur zwei Schritte getan hatte.

»Ich hab eine musikalische Nachricht an ›Arry Potter persönlich‹ zu überbringen«, sagte er und zupfte Unheil verkündend an seiner Harfe herum.

»Nicht *hier*«, zischte Harry und rannte erneut los.

»*Stillgestanden!*«, raunzte der Zwerg, packte Harrys Tasche und zog ihn zurück.

»Lass mich los!«, knurrte Harry.

Mit einem lauten Reißen ging seine Tasche entzwei. Bücher, Zauberstab, Pergament und Federkiel flogen zu Boden und über dem ganzen Durcheinander zerbrach auch noch sein gläsernes Tintenfass.

Harry hastete umher und versuchte seine Sachen aufzusammeln, bevor der Zwerg zu singen begann. Im Korridor entstand ein kleiner Menschenauflauf.

»Was geht hier vor?«, ertönte die kalte, schleppende Stimme von Draco Malfoy. Fieberhaft stopfte Harry alles in seine zerrissene Tasche, verzweifelt darauf aus, zu entkommen, bevor Malfoy den musikalischen Valentinsgruß hören konnte.

»Was ist denn das für ein Durcheinander?«, sagte eine andere vertraute Stimme, die von Percy Weasley.

Harry verlor den Kopf und wollte losrennen, doch der Zwerg packte ihn um die Knie und er stürzte polternd zu Boden.

»Schön«, sagte der Zwerg und setzte sich auf Harrys Fußgelenke. »Hier ist dein Valentinslied:

›Seine Augen, so grün wie frisch gepökelte Kröte
Sein Haar, so schwarz wie Ebenholz
Ich wünscht’, er wär mein, denn göttlich muss sein
Der die Macht des Dunklen Lords schmolz.‹«

Harry hätte alles Gold in Gringotts dafür gegeben, sich auf der Stelle in Luft auflösen zu können. Er mühte sich vergeblich zu lachen wie die anderen und rappelte sich auf. Seine Füße waren taub vom Gewicht des Zwerges. Unterdessen tat Percy Weasley sein Bestes, um die Schar der Schüler zu zerstreuen, von denen einige zu Tränen gerührt waren.

»Weitergehen, weitergehen, es hat vor fünf Minuten geläutet, ab in die Klassenzimmer jetzt«, sagte er und schubste ein paar der jüngeren Schüler mit sanfter Gewalt weiter. »Auch *du*, Malfoy!«

Harry sah zu Malfoy hinüber und bemerkte, wie er jäh innehielt und etwas vom Boden auflas. Höhnisch grinsend zeigte er es Crabbe und Goyle, und Harry erkannte, dass er Riddles Kalender in der Hand hielt.

»Gib das zurück«, sagte Harry mit ruhiger Stimme.

»Was Potter wohl da reingeschrieben hat?«, sagte Malfoy, der die Jahreszahl auf dem Umschlag offenbar nicht bemerkt hatte und glaubte, es wäre Harrys Kalender. Die Umstehenden verstummten. Ginny starrte mit entsetztem Blick abwechselnd auf das Buch und auf Harry.

Percy hob an: »Als Vertrauensschüler –«, doch Harry hatte die Geduld verloren. Er zückte seinen Zauberstab und rief: »*Expelliarmus!*« Und genau wie Snape Lockhart entwaffnet hatte, musste Malfoy zusehen, wie ihm das Buch in hohem Bogen aus der Hand flog. Ron, über das ganze Gesicht grinsend, fing es auf.

»Harry!«, sagte Percy laut. »Keine Zauberei in den Korridoren. Ich muss das berichten, das weißt du!«

Doch Harry war es egal. Er hatte Malfoy eins ausgewischt, und das war die fünf Punkte Abzug für Gryffindor allemal wert. Malfoy sah wütend aus, und als Ginny an ihm vorbei in ihr Klassenzimmer ging, rief er ihr hämisch nach:

»Ich glaube nicht, dass Potter deinen Valentinsgruß besonders gemocht hat!«

Ginny bedeckte das Gesicht mit den Händen und verschwand durch die Tür. Schnaubend zog Ron seinen Zauberstab hervor, doch Harry hielt ihn zurück. Schließlich sollte Ron nicht unbedingt während des ganzen Zauberkunstunterrichts Schnecken spucken.

Erst als sie Professor Flitwicks Klassenzimmer erreicht hatten, bemerkte Harry etwas ziemlich Merkwürdiges an Riddles Kalender. All seine anderen Bücher waren mit scharlachroter Tinte durchtränkt. Der Taschenkalender jedoch war so sauber, wie er gewesen war, bevor das Tintenfass darüber zerbrochen war. Er wollte ihn Ron zeigen, doch Ron hatte wieder einmal Probleme mit seinem Zauberstab. Aus der Spitze traten große purpurne Blasen, was Rons Aufmerksamkeit ganz und gar im Bann hielt.

An diesem Abend ging Harry früher als alle andern zu Bett. Zum einen würde er es nicht ertragen, Fred und George noch einmal »Seine Augen, so grün wie frisch gepökelte Kröte« singen zu hören, zum andern wollte er sich Riddles Kalender genau ansehen, und er wusste, dass Ron dies für Zeitverschwendung hielt.

Harry saß auf seinem Himmelbett und blätterte durch die leeren Seiten. Auf keiner einzigen war auch nur eine Spur scharlachroter Tinte. Dann zog er eine neues Fässchen aus seinem Nachtschrank, tauchte die Feder hinein und ließ einen Tropfen auf die erste Seite des Tagebuchs fallen.

Eine Sekunde lang leuchtete die Tinte hell auf dem Papier, und dann, als würde sie in das Blatt hineingesaugt, verschwand sie. Aufgeregt tunkte Harry die Feder ein zweites Mal ein und schrieb: »Mein Name ist Harry Potter.«

Die Worte leuchteten sekundenlang auf dem Blatt und

dann verschwanden auch sie spurlos. Dann, endlich, geschah etwas.

Aus dem Blatt heraus drangen, in seiner eigenen Tinte, Wörter, die Harry nicht geschrieben hatte.

»Hallo, Harry Potter. Mein Name ist Tom Riddle. Wie kommst du an mein Tagebuch?«

Auch diese Worte verblassten, doch nicht bevor Harry zurückgekritzelt hatte.

»Jemand hat versucht, es ins Klo zu spülen.«

Gespannt wartete er auf Riddles Antwort.

»Ein Glück, dass ich meine Erinnerungen auf dauerhaftere Weise als mit Tinte festgehalten habe. Aber ich wusste immer, dass es einige gibt, die nicht wollen, dass dieses Tagebuch gelesen wird.«

»Was meinst du damit?«, krakelte Harry und bekleckste vor Aufregung die Seite.

»Ich will sagen, dass dieses Tagebuch Erinnerungen an schreckliche Dinge enthält. Dinge, die vertuscht wurden. Dinge, die an der Hogwarts-Schule für Hexerei und Zauberei geschahen.«

»Da bin ich gerade«, schrieb Harry rasch. »Ich bin in Hogwarts und furchtbare Sachen sind passiert. Weißt du etwas über die Kammer des Schreckens?«

Sein Herz hämmerte. Riddles Antwort kam schnell, seine Schrift wurde schludriger, als wollte er eilends alles erzählen, was er wusste.

»Natürlich weiß ich von der Kammer des Schreckens. Zu meiner Zeit haben sie uns erzählt, es sei nur eine Legende und es gebe sie nicht. Aber das war eine Lüge. In meinem fünften Jahr wurde die Kammer geöffnet und das Monster hat mehrere Schüler angegriffen und schließlich einen getötet. Ich habe die Person erwischt, die die Kammer geöffnet hat, und sie wurde verstoßen. Doch der Schulleiter, Professor Dippet, schämte sich, dass so etwas in Hogwarts geschehen war, und verbot mir, die Wahrheit zu sagen. Sie haben ein Märchen erfunden, wonach das Mädchen bei einem tragischen Unfall ums Leben gekommen sei. Sie

haben mir eine hübsche, glänzende Medaille mit eingeprägter Widmung gegeben und mich ermahnt, den Mund zu halten. Doch ich wusste, dass es wieder geschehen konnte. Das Monster lebte weiter, und derjenige, der die Macht hatte, es loszulassen, kam nicht ins Gefängnis.«

Harry stieß fast sein Tintenfass um, so eilig hatte er es mit der Antwort.

»Es geschieht jetzt wieder. Es gab drei Angriffe und keiner scheint zu wissen, wer dahinter steckt. Wer war es das letzte Mal?«

»Ich kann es dir zeigen, wenn du willst«, antwortete Riddle. *»Du brauchst meinen Worten nicht zu glauben. Ich kann dich in mein Gedächtnis von jener Nacht, in der ich ihn gefangen habe, hereinholen.«*

Harry zögerte und hielt die Feder über das Tagebuch. Was meinte Riddle damit? Wie konnte er in das Gedächtnis eines anderen gelangen? Nervös blickte er zur Tür des Schlafsaals, in dem es nun dunkel wurde. Als sein Blick wieder auf das Buch fiel, sah er, wie sich neue Worte bildeten.

»Ich will es dir zeigen.«

Harry hielt für den Bruchteil einer Sekunde inne und schrieb dann ein Wort.

»Okay.«

Die Blätter des Tagebuchs begannen zu flattern, als ob ein Wind sie erfasst hätte. Als sich der Wirbel legte, waren die Seiten für Mitte Juni aufgeschlagen. Mit offenem Mund sah Harry, dass sich das kleine Quadrat für den dreizehnten Juni offenbar in einen winzigen Bildschirm verwandelt hatte. Mit leicht zitternden Händen hob er das Buch und drückte ein Auge gegen das kleine Fenster, und bevor er wusste, wie ihm geschah, kippte er nach vorn; das Fenster weitete sich, er spürte, wie sein Körper das Bett verließ und er kopfüber durch die Öffnung gezogen wurde, hinein in einen Wirbel aus Farbe und Schatten.

Seine Füße berührten festen Grund. Am ganzen Körper zitternd richtete er sich auf und die verschwommenen Formen um ihn her nahmen plötzlich Gestalt an.

Sofort wusste er, wo er war. Dieser kreisrunde Raum mit den schlafenden Porträts war Dumbledores Büro – doch hinter dem Schreibtisch saß nicht Dumbledore. Ein verhutzelter, gebrechlich aussehender Zauberer, kahlköpfig mit Ausnahme einiger Strähnen weißen Haares, las bei Kerzenlicht einen Brief. Harry hatte diesen Mann noch nie gesehen.

»Es tut mir Leid«, sagte er zitternd, »ich wollte hier nicht reinplatzen.«

Doch der Zauberer sah nicht auf. Ein wenig stirnrunzelnd las er weiter. Harry trat näher an den Schreibtisch heran und stammelte:

»Ähm, ich gehe einfach, oder?«

Der Zauberer beachtete ihn immer noch nicht. Er schien ihn nicht einmal gehört zu haben. Harry überlegte, ob er vielleicht schwerhörig sei, und hob die Stimme.

»Tut mir Leid, dass ich Sie gestört habe, ich gehe jetzt«, schrie er beinahe.

Der Zauberer faltete mit einem Seufzer den Brief zusammen, stand auf, ging an Harry vorbei, ohne ihm auch nur einen Blick zuzuwerfen, und zog die Vorhänge am Fenster auf.

Der Himmel draußen war rubinrot; offenbar war Sonnenuntergang. Der Zauberer ging zum Schreibtisch zurück, setzte sich und beobachtete Däumchen drehend die Tür.

Harry sah sich im Büro um. Kein Phönix, keine surrenden Gerätschaften. Dies war Hogwarts, wie Riddle es kennen gelernt hatte, und dieser unbekannte Zauberer war der Schulleiter, nicht Dumbledore, und er, Harry, war ein für die Menschen vor fünfzig Jahren unsichtbares Phantom.

Es klopfte an der Tür.

»Herein«, sagte der alte Zauberer mit schwacher Stimme.

Ein Junge von etwa sechzehn Jahren trat ein und nahm seinen Spitzhut ab. Auf seiner Brust schimmerte das silberne Abzeichen des Vertrauensschülers. Er war viel größer als Harry, doch auch er hatte rabenschwarzes Haar.

»Ah, Riddle«, sagte der Schulleiter.

»Sie wollten mich sprechen, Professor Dippet?«, sagte Riddle. Er sah nervös aus.

»Setzen Sie sich«, sagte Dippet. »Ich habe eben Ihren Brief gelesen.«

»Oh«, sagte Riddle. Er setzte sich und klammerte die Hände fest zusammen.

»Mein lieber Junge«, sagte Dippet freundlich, »ich kann Sie unmöglich den Sommer über hier in der Schule lassen. Gewiss möchten Sie in den Ferien nach Hause?«

»Nein«, sagte Riddle sofort. »Ich würde viel lieber in Hogwarts bleiben als in dieses … in dieses …«

»Sie leben in einem Waisenhaus der Muggel, nicht wahr?«, sagte Dippet neugierig.

»Ja, Sir«, sagte Riddle und errötete leicht.

»Sie stammen aus einer Muggelfamilie?«

»Halbblüter, Sir«, sagte Riddle. »Vater Muggel, Mutter Hexe.«

»Und beide Eltern sind –?«

»Meine Mutter starb, kurz nachdem ich geboren wurde, Sir. Im Waisenhaus haben sie mir gesagt, sie habe mir noch meinen Namen geben können – Tom nach meinem Vater, Vorlost nach meinem Großvater.«

Mitfühlend schnalzte Dippet mit der Zunge.

»Die Sache ist die, Tom«, seufzte er. »Man hätte für Sie vielleicht eine Ausnahme machen können, aber unter den gegenwärtigen Umständen …«

»Sie meinen all diese Angriffe, Sir?«, sagte Riddle und

Harrys Herz begann zu pochen. Er trat näher, aus Angst, es könne ihm etwas entgehen.

»Genau«, sagte der Schulleiter. »Mein lieber Junge, Sie müssen einsehen, wie dumm es von mir wäre, wenn ich Sie nach Ende des Schuljahres im Schloss bleiben ließe. Besonders im Licht der jüngsten Tragödie ... des Todes dieses armen kleinen Mädchens ... In Ihrem Waisenhaus sind Sie bei weitem sicherer. Übrigens überlegt man im Zaubereiministerium gerade, ob man die Schule schließen soll. Wir sind der – ähm – Quelle dieser Unannehmlichkeiten bisher keinen Schritt näher gekommen ...«

Riddles Augen hatten sich geweitet.

»Sir, wenn diese Person gefangen würde – wenn alles aufhören würde –«

»Was meinen Sie damit?«, sagte Dippet mit einem Quieken in der Stimme und richtete sich in seinem Stuhl auf. »Riddle, wollen Sie sagen, dass Sie etwas über diese Angriffe wissen?«

»Nein, Sir«, sagte Riddle rasch.

Doch Harry war sich sicher, dass es das gleiche »nein« war, mit dem er Dumbledore geantwortet hatte.

Dippet sank zurück und wirkte ein wenig enttäuscht.

»Sie können gehen, Tom ...«

Riddle stand auf und ging aus dem Zimmer. Harry folgte ihm.

Sie ließen sich von der Wendeltreppe hinabtragen und kamen beim Wasserspeier im nun fast dunklen Korridor heraus. Riddle hielt inne, und Harry, ihn unverwandt ansehend, tat es ihm gleich. Er konnte erkennen, dass Riddle angestrengt nachdachte. Riddle biss sich auf die Unterlippe, die Stirn in Falten gelegt.

Dann, als hätte er plötzlich eine Entscheidung getroffen, stürmte er los. Harry glitt geräuschlos neben ihm her. Sie sahen niemand anderen, bis sie die Eingangshalle erreicht hatten, wo ein großer Zauberer mit langem, wehendem, kastanienbraunem Haar und Bart von der Marmortreppe aus rief:

»Was streunen Sie so spät hier herum, Tom?«

Harry starrte den Zauberer mit offenem Mund an. Er war kein anderer als der fünfzig Jahre jüngere Dumbledore.

»Der Schulleiter wollte mich sprechen, Sir«, sagte Riddle.

»Gut, nun aber rasch ins Bett«, sagte Dumbledore und starrte Riddle genauso durchdringend an, wie es Harry schon von ihm kannte. »Jetzt sollte man lieber nicht in den Gängen umherwandern. Nicht, seit …«

Er seufzte tief, wünschte Riddle eine gute Nacht und schritt davon. Riddle wartete, bis er außer Sicht war, und ging dann mit raschen Schritten die steinernen Treppen zu den Kerkern hinunter, Harry dicht auf seinen Fersen.

Doch zu Harrys Enttäuschung führte ihn Riddle nicht in einen versteckten Gang oder einen Geheimtunnel, sondern in eben den Kerker, in dem Harry Zaubertrankunterricht bei Snape hatte. Die Fackeln waren nicht entzündet worden, und als Riddle die Tür bis auf einen Spaltbreit zuschob, konnte Harry nur noch Riddle sehen, der reglos an der Tür stand und den Gang draußen beobachtete.

Harry hatte das Gefühl, sie hatten mindestens eine Stunde lang so dagestanden. Alles, was er sehen konnte, war die Gestalt Riddles an der Tür, die durch den Spalt lugte und wie versteinert wartete. Und gerade als Harrys Neugier und Spannung nachgelassen hatten und er sich allmählich wünschte, wieder in die Gegenwart zurückzukehren, hörte er, wie sich vor der Tür etwas bewegte.

Jemand kroch den Gang entlang. Er hörte ihn, wer immer es war, an dem Kerker vorbeigehen, in dem er und Riddle sich versteckt hatten. Stumm wie ein Schatten glitt Riddle durch die Tür und schlich ihm nach, und Harry, der ganz vergessen hatte, dass niemand ihn hören konnte, ging auf Zehenspitzen hinterher.

Etwa fünf Minuten lang folgten sie den Schritten, bis Riddle plötzlich anhielt und den Kopf neigte. Neue Geräusche drangen an ihre Ohren. Harry hörte eine Tür knarrend aufgehen und dann eine raue flüsternde Stimme:

»Komm … muss dich hier rausbringen … komm jetzt … in die Kiste …«

Etwas an dieser Stimme kam ihm vertraut vor …

Plötzlich machte Riddle einen Sprung um die Ecke und Harry konnte den dunklen Umriss eines riesigen Jungen erkennen, der vor einer offenen Tür kauerte, neben ihm eine große Kiste.

»Schönen Abend, Rubeus«, sagte Riddle mit schneidender Stimme.

Der Junge schlug die Tür zu und richtete sich auf.

»Was machst du denn hier, Tom?«

Riddle trat näher.

»Es ist aus«, sagte er. »Ich muss dich anzeigen, Rubeus. Man spricht schon darüber, Hogwarts zu schließen, wenn die Angriffe nicht aufhören.«

»Was m-meinst –«

»Ich glaube nicht, dass du jemanden töten wolltest. Aber Monster geben keine guten Haustiere ab. Ich denke, du hast es nur zum Üben rausgelassen und –«

»Es hat nie keinen umgebracht!«, sagte der riesige Junge und wich gegen die geschlossene Tür zurück. Hinter der hörte Harry ein merkwürdiges Rascheln und Klicken.

»Mach schon, Rubeus«, sagte Riddle und trat noch näher. »Die Eltern des toten Mädchens kommen morgen. Das Mindeste, was Hogwarts tun kann, ist, dafür zu sorgen, dass das Wesen, das sie getötet hat, geschlachtet wird …«

»Er war es nicht!«, polterte der Junge, und seine Stimme

hallte in dem dunklen Gang wider. »Er würd's nie tun! Er nie!«

»Geh zur Seite«, sagte Riddle und zückte seinen Zauberstab.

Sein Zauberspruch tauchte den Gang jäh in flammendes Licht. Die Tür hinter dem riesigen Jungen flog mit solcher Wucht auf, dass sie ihn an die Wand gegenüber warf. Und heraus drang etwas, das Harry einen langen, durchdringenden Schrei entfahren ließ, den niemand hören konnte –

Ein riesiger, lang gezogener, haariger Körper und ein Gewirr schwarzer Beine; ein Glimmen vieler Augen und ein Paar rasiermesserscharfer Greifzangen – noch einmal hob Riddle seinen Zauberstab, doch es war zu spät. Das Wesen warf ihn zu Boden und krabbelte den Gang entlang davon und verschwand. Riddle rappelte sich auf und sah ihm nach, doch der riesige Junge stürzte sich auf ihn, packte seinen Zauberstab und warf ihn laut schreiend erneut zu Boden: »NEIIIIIIIN!«

Und vor Harrys Augen begann sich alles zu drehen, nun war alles schwarz, Harry hatte das Gefühl zu fallen und hart aufzuprallen. Er landete, alle Viere von sich gestreckt, auf seinem Bett im Schlafsaal der Gryffindors, Riddles Tagebuch aufgeschlagen auf seinem Bauch.

Noch bevor er wieder ruhig Luft holen konnte, ging die Schlafsaaltür auf und Ron kam herein.

»Da bist du ja«, sagte er.

Harry setzte sich auf. Er schwitzte und zitterte.

»Was ist los?«, sagte Ron und sah ihn besorgt an.

»Es war Hagrid, Ron. Hagrid hat die Kammer des Schreckens vor fünfzig Jahren geöffnet.«

Cornelius Fudge

Harry, Ron und Hermine wussten schon seit langem von Hagrids unglücklicher Vorliebe für große und monströse Geschöpfe. Während ihres ersten Jahres in Hogwarts wollte er in seiner kleinen Holzhütte einen Drachen aufziehen, und auch den riesigen dreiköpfigen Hund, den er »Fluffy« getauft hatte, würden sie nicht so schnell vergessen. Und wenn der junge Hagrid damals gehört hatte, irgendwo im Schloss sei ein Monster versteckt, dann, da war sich Harry sicher, hatte er bestimmt alles darangesetzt, einen Blick auf dieses Monster zu erhaschen. Vermutlich dachte Hagrid, es sei ein Jammer, das Geschöpf so lange einzupferchen, und wollte ihm die Möglichkeit geben, sich einmal die vielen Beine zu vertreten. Harry konnte sich gut vorstellen, wie der dreizehnjährige Hagrid versucht hatte, es an Halsband und Leine auszuführen. Doch er war sich auch sicher, dass Hagrid niemals jemanden töten wollte.

Fast bereute Harry es, dass er herausgefunden hatte, wie Riddles Tagebuch funktionierte. Immer wieder musste er Ron und Hermine erzählen, was er gesehen hatte, bis er von der Geschichte und den langen, sich im Kreise drehenden Gesprächen danach endgültig die Nase voll hatte.

»Riddle *könnte* den Falschen erwischt haben«, sagte Hermine. »Vielleicht war es ein anderes Monster, das die Leute angegriffen hat …«

»Wie viele Monster, glaubst du, passen dort rein?«, fragte Ron gelangweilt.

»Wir wussten immer, dass Hagrid der Schule verwiesen wurde«, sagte Harry niedergeschlagen. »Und die Angriffe müssen aufgehört haben, nachdem sie ihn rausgeworfen hatten. Sonst hätte Riddle seine Auszeichnung nicht bekommen.«

Ron probierte es mit einer anderen Spur.

»Riddle erinnert mich an Percy – wer hat ihm eigentlich gesagt, er solle Hagrid verpfeifen?«

»Aber das Monster hatte jemanden *getötet*, Ron«, sagte Hermine.

»Und Riddle hätte in ein Waisenhaus der Muggel zurückgehen müssen, wenn sie Hogwarts geschlossen hätten«, sagte Harry. »Ich versteh schon, dass er lieber hier bleiben wollte ...«

»Du hast Hagrid in der Nokturngasse getroffen, oder, Harry?«

»Er sagte, er wollte einen Fleisch fressenden Schneckenschutz kaufen«, erwiderte Harry rasch.

Alle drei verstummten. Nach einer langen Pause stellte Harry mit zögernder Stimme die kniffligste Frage:

»Meint ihr, wir sollten zu Hagrid gehen und ihn einfach *fragen*?«

»Das wäre ein lustiger Besuch«, sagte Ron. »›Hallo, Hagrid, sag mal, hast du in letzter Zeit irgendwas Verrücktes und Haariges im Schloss losgelassen?‹«

Schließlich beschlossen sie, Hagrid nichts zu sagen, außer wenn es einen neuen Angriff geben sollte. Und da immer mehr Tage ohne ein Flüstern der körperlosen Stimme vergingen, wuchs ihre Hoffnung, sie müssten Hagrid nie fragen, warum er von der Schule geflogen war. Es war jetzt schon fast vier Monate her, seit Justin und der Fast Kopflose Nick versteinert worden waren, und fast alle schienen zu glauben, dass der Angreifer, wer immer es war, sich endgültig zurückgezogen hatte. Peeves war sein »Potter, du Schwein«-Liedchen endlich leid geworden, eines Tages in Kräuterkunde bat Ernie Macmillan Harry recht höflich, ihm einen Eimer hüpfender Giftpilze zu reichen, und im März schmissen einige Alraunen eine lärmende und ausschweifende Party in Gewächshaus drei. Professor Sprout war sehr glücklich darüber.

»Sobald sie anfangen, gemeinsam in ihren Töpfen zu hausen, wissen wir, dass sie ganz reif sind«, erklärte sie Harry. »Dann können wir endlich diese armen Leute im Krankenflügel wieder beleben.«

Während der Osterferien bekamen die Zweitklässler neuen Stoff zum Nachdenken. Es war an der Zeit, die Fächer für das dritte Schuljahr auszuwählen, eine Sache, die zumindest Hermine sehr ernst nahm.

»Es könnte unsere ganze Zukunft beeinflussen«, erklärte sie Harry und Ron, während sie über den Listen mit den neuen Fächern grübelten und ihre Kreuzchen machten.

»Zaubertränke will ich jedenfalls loswerden«, sagte Harry.

»Das geht nicht«, sagte Ron mit trübseliger Miene. »Wir müssen unsere alten Fächer behalten, sonst würde ich Verteidigung gegen die dunklen Künste gleich über Bord werfen.«

»Aber das ist sehr wichtig!«, sagte Hermine schockiert.

»So, wie Lockhart es unterrichtet, jedenfalls nicht«, sagte Ron. »Bei dem hab ich nichts gelernt, außer dass man Wichtel nicht freilassen darf.«

Neville Longbottom hatte Briefe von sämtlichen Hexen und Zauberern in seiner Familie bekommen, die ihm allesamt unterschiedliche Ratschläge erteilten, welche Fächer er wählen sollte. Verwirrt und besorgt saß er da, las mit der Zungenspitze zwischen den Lippen die Fächerliste durch und fragte die andern, ob sie glaubten, Arithmantik sei ein schwierigeres Fach als Alte Runen. Dean Thomas, der wie Harry unter Muggeln aufgewachsen war, schloss am Ende einfach die Augen, stach mit dem Zauberstab auf die Liste und wählte die Fächer, auf denen er landete. Hermine wollte von keinem Ratschläge hören und kreuzte schlichtweg alles an.

Harry lächelte grimmig in sich hinein bei dem Gedanken, was Onkel Vernon und Tante Petunia sagen würden, wenn er versuchte, mit ihnen über seine Zaubererkarriere zu sprechen. Aber es war beileibe nicht so, dass ihm keiner zur Seite gestanden hätte: Percy Weasley wollte unbedingt seine Erfahrungen mit ihm teilen.

»Kommt drauf an, was dein Ziel ist, Harry«, sagte er. »Es ist nie zu früh, über die Zukunft nachzudenken, deshalb würde ich Weissagung empfehlen. Außerdem heißt es immer, das Studium der Muggel sei nichts Halbes und nichts Ganzes, doch wenn du mich fragst, sollten Zauberer ein gründliches Verständnis der nichtmagischen Gemeinschaft besitzen, besonders, wenn sie vorhaben, eng mit ihnen zusammenzuarbeiten – sieh dir meinen Vater an, er muss sich ständig mit Muggelangelegenheiten herumschlagen. Mein Bruder Charlie war schon immer mehr ein Typ für die freie Natur, also hat er sich für die Aufzucht und Pflege Magischer Geschöpfe entschieden. Überleg einfach, wo deine Stärken liegen, Harry.«

Doch das Einzige, was Harry wirklich gut zu können glaubte, war Quidditch. Schließlich wählte er die gleichen neuen Fächer wie Ron, denn wenn er darin miserabel sein sollte, dann hätte er wenigstens einen Freund, der ihm helfen konnte.

Im nächsten Spiel der Gryffindors ging es gegen die Hufflepuffs. Wood bestand darauf, dass sie jeden Abend nach dem

Essen noch trainierten, und so blieb Harry kaum Zeit für etwas anderes als Quidditch und Hausaufgaben. Allerdings wurden die Trainingsstunden besser oder wenigstens trockener, und als er am Abend vor dem sonntäglichen Spiel in den Schlafsaal hochging, um den Besen zu verstauen, hatte er das Gefühl, die Gryffindors hätten noch nie eine größere Chance gehabt, den Quidditch-Pokal zu gewinnen.

Doch seine muntere Stimmung hielt nicht lange an. Oben auf dem Treppenabsatz vor dem Schlafsaal traf er auf Neville Longbottom, und der war völlig aus dem Häuschen.

»Harry – ich weiß nicht, wer es war – ich hab's gerade entdeckt –«

Mit ängstlichem Blick auf Harry stieß Neville die Tür auf.

Harrys Schrankkoffer war geöffnet worden und seine Sachen waren überall verstreut. Sein Umhang lag zerrissen auf dem Boden. Das Betttuch war heruntergerissen, die Schublade aus seinem Nachttisch gezogen und über der Matratze ausgeschüttet worden.

Mit offenem Mund, über herausgerissene Seiten aus *Trips mit Trollen,* ging Harry hinüber zu seinem Bett. Gerade zog er mit Nevilles Hilfe das Leintuch wieder auf, als Ron, Dean und Seamus hereinkamen. Dean fluchte laut.

»Was ist passiert, Harry?«

»Keine Ahnung«, sagte Harry, während Ron Harrys Umhang unter die Lupe nahm. Alle Taschen waren nach außen gestülpt.

»Da hat jemand was gesucht«, sagte Ron. »Fehlt irgendetwas?«

Harry begann seine Sachen aufzulesen und sie wieder in den Koffer zu packen. Erst als er das letzte Buch Lockharts hineinwarf, fiel ihm auf, was fehlte.

»Riddles Tagebuch ist verschwunden«, sagte er mit gedämpfter Stimme zu Ron.

»*Was?*«

Harry nickte mit dem Kopf hinüber zur Tür und Ron folgte ihm hinaus. Sie rannten in den Gemeinschaftsraum hinunter, der halb leer war. Einsam in einer Ecke saß Hermine und las ein Buch mit dem Titel *Alte Runen leicht gemacht.*

Mit offenem Mund lauschte sie den Neuigkeiten.

»Aber – nur ein Gryffindor hätte es stehlen können – die andern kennen das Passwort nicht.«

»Genau«, sagte Harry.

Als sie am nächsten Morgen aufwachten, strahlte die Sonne und es wehte ein leichte, erfrischende Brise.

»Beste Bedingungen für Quidditch!«, sagte Wood begeistert am Gryffindor-Tisch und schaufelte die Teller der Mannschaft mit Rührei voll. »Harry, halt dich ran, du brauchst ein anständiges Frühstück.«

Harry hatte am dicht besetzten Gryffindor-Tisch entlanggestarrt und sich gefragt, ob der neue Besitzer von Riddles Tagebuch ihm direkt vor Augen saß. Hermine hatte ihn gedrängt, den Diebstahl zu melden, doch davon wollte er nichts wissen. Dann würde er einem Lehrer alles über das Tagebuch sagen müssen, und wie viele Leute wussten eigentlich, warum Hagrid vor fünfzig Jahren rausgeflogen war? Er wollte nicht der sein, der alles wieder aufrührte.

Als Harry gemeinsam mit Ron und Hermine die Große Halle verließ, um seine Quidditch-Sachen zu holen, wuchs Harrys lange Sorgenliste um ein neues Kümmernis. Gerade hatte er den Fuß auf die Marmortreppe gesetzt, da hörte er es wieder –

»*Töte dieses Mal … lass mich reißen … zerfetzen …*«

Er schrie laut auf und Ron und Hermine sprangen erschrocken von ihm weg.

»Die Stimme!«, sagte Harry und warf einen Blick über die Schulter. »Ich hab sie eben wieder gehört – ihr nicht?«

Ron schüttelte den Kopf, die Augen weit aufgerissen. Hermine jedoch schlug sich mit der Hand gegen die Stirn.

»Harry, ich glaub, mir ist eben ein Licht aufgegangen! Ich muss in die Bibliothek!«

Und sie rannte die Treppe hoch und davon.

»*Was* ist ihr klar geworden?«, sagte Harry verwirrt. Immer noch wirbelte er umher und versuchte herauszufinden, woher die Stimme gekommen war.

»Eine ganze Menge mehr als mir«, sagte Ron kopfschüttelnd.

»Aber warum muss sie in die Bibliothek?«

»Weil das Hermines Art ist«, sagte Ron achselzuckend. »Im Zweifelsfall geh in die Bibliothek!«

Harry stand unentschlossen herum und versuchte die Stimme wieder zu erhaschen, doch jetzt kamen Schüler aus der Großen Halle, die laut schwatzend durch das Portal hinüber zum Quidditch-Feld strömten.

»Beeil dich lieber«, sagte Ron, »es ist fast elf – das Spiel –«

Harry rannte hoch in den Gryffindor-Turm, holte seinen Nimbus Zweitausend und schloss sich der großen Schar an, die über das Gelände schwärmte. Doch in Gedanken war er immer noch im Schloss, bei der körperlosen Stimme, und als er im Umkleideraum seinen scharlachroten Umhang anzog, war sein einziger Trost, dass nun alle draußen waren, um das Spiel zu sehen.

Als die Spieler auf das Feld marschierten, erhob sich ohrenbetäubender Beifall. Oliver Wood genehmigte sich einen Aufwärmflug um die Torstangen, und Madam Hooch gab die Bälle frei. Die Hufflepuffs, die in Kanariengelb spielten, bildeten eine Traube und besprachen ein letztes Mal ihre Taktik.

Gerade bestieg Harry seinen Besen, als Professor McGonagall halb schreitend, halb rennend über das Feld kam, ein gewaltiges purpurnes Megafon in der Hand.

Harry wurde das Herz schwer wie Stein.

»Das Spiel ist abgesagt«, rief Professor McGonagall durch das Megafon hinüber zu den voll besetzten Rängen. Zurück kamen Buhrufe und Pfiffe. Oliver Wood, außer sich vor Verzweiflung, landete und rannte, ohne vom Besen zu steigen, auf Professor McGonagall zu.

»Aber Professor«, rief er. »Wir müssen spielen – der Pokal – *Gryffindor* –«

Professor McGonagall achtete gar nicht auf ihn und hob erneut das Megafon: »Alle Schüler gehen zurück in die Gemeinschaftsräume, wo die Hauslehrer ihnen alles Weitere erklären. So schnell Sie können, bitte!« Dann ließ sie das Megafon sinken und winkte Harry zu sich herüber.

»Potter, ich denke, Sie kommen besser mit mir …«

Wie konnte sie ihn nur diesmal schon wieder verdächtigen, fragte sich Harry, als sie zum Schloss aufbrachen, und sah gleichzeitig, wie Ron sich aus der protestierenden Menge löste und zu ihnen herübergerannt kam. Zu Harrys Überraschung hatte Professor McGonagall nichts einzuwenden.

»Ja, vielleicht sollten Sie auch mitkommen, Weasley …«

Manche der Schüler, die um sie herumschwärmten, grummelten, weil das Spiel ausfiel, andere sahen besorgt aus. Harry und Ron folgten Professor McGonagall zurück in die Schule und die Marmortreppe empor. Doch diesmal ging es nicht in das Büro eines Lehrers.

»Das wird ein ziemlicher Schock für Sie sein«, sagte Professor McGonagall mit überraschend sanfter Stimme, als sie sich dem Krankenflügel näherten. »Es gab einen weiteren Angriff … einen *Doppelangriff*.«

Harrys Eingeweide krampften sich heftig schmerzend zusammen. Professor McGonagall öffnete die Tür und er und

265

Ron traten ein. Madam Pomfrey beugte sich über eine Fünftklässlerin mit langem Lockenhaar. Harry erkannte sie; es war das Mädchen aus Ravenclaw, das sie zufällig nach dem Weg zum Gemeinschaftsraum der Slytherins gefragt hatten. Und im Bett neben ihr lag –

»Hermine!«, stöhnte Ron. Hermine lag vollkommen reglos da, mit aufgerissenen, glasigen Augen.

»Sie wurden in der Nähe der Bibliothek gefunden«, sagte Professor McGonagall. »Ich nehme an, keiner von Ihnen kann das erklären? Und das lag neben ihnen auf dem Boden …«

Sie hielt einen kleinen runden Spiegel hoch.

Harry und Ron schüttelten die Köpfe, ohne den Blick von Hermine zu wenden.

»Ich begleite Sie zurück in den Gryffindor-Turm«, sagte Professor McGonagall mit trauriger Stimme. »Ich muss ohnehin zu den Schülern sprechen.«

»Sie alle kehren spätestens um sechs Uhr abends zurück in die Gemeinschaftsräume. Danach verlässt keiner mehr den Schlafsaal. Ein Lehrer wird Sie zu jeder Unterrichtsstunde begleiten. Kein Schüler geht ohne Begleitung eines Lehrers auf die Toilette. Quidditch-Training und -Spiele sind bis auf weiteres gestrichen. Es gibt keine abendlichen Veranstaltungen mehr.«

Die Gryffindors, die sich im Gemeinschaftsraum zusammendrängten, lauschten Professor McGonagall schweigend. Sie rollte das Pergament ein, von dem sie abgelesen hatte, und sagte mit fast erstickter Stimme:

»Ich muss wohl kaum hinzufügen, dass ich in größter Sorge bin. Wahrscheinlich wird die Schule geschlossen, wenn der Schurke, der hinter diesen Angriffen steckt, nicht gefasst wird. Ich ermahne eindringlich jeden, der glaubt, etwas darüber zu wissen, mit der Sprache herauszurücken.«

Etwas ungelenk kletterte sie aus dem Porträtloch und sofort begannen die Gryffindors laut zu schwatzen.

»Jetzt sind schon zwei Gryffindors außer Gefecht, einen Geist von uns nicht mitgezählt, und eine Ravenclaw und ein Hufflepuff«, sagte der Freund der Weasley-Zwillinge, Lee Jordan, und zählte die Opfer an den Fingern ab. »Hat denn von den Lehrern *keiner* mitgekriegt, dass die Slytherins noch vollzählig sind? Ist es nicht *glasklar,* dass diese Angriffe von Slytherin ausgehen? Der *Erbe* von Slytherin, das *Monster* von Slytherin – warum werfen sie nicht einfach alle Slytherins raus?«, polterte er unter Kopfnicken und vereinzeltem Beifall der Umstehenden. Percy Weasley saß in einem Stuhl hinter Lee, doch er schien diesmal nicht erpicht darauf, seine Meinung zu sagen. Er sah blass und ratlos aus.

»Percy steht unter Schock«, sagte George leise zu Harry. »Dieses Ravenclaw-Mädchen war Vertrauensschülerin. Er glaubte wohl, das Monster würde es nicht wagen, einen *Vertrauensschüler* anzugreifen.«

Doch Harry hörte nur mit halbem Ohr zu. Das Bild Hermines wollte ihm einfach nicht aus dem Kopf, wie sie da auf dem Krankenbett lag, als wäre sie aus Stein gemeißelt. Und wenn der Schuldige nicht bald gefasst würde, musste er den Rest seines Lebens bei den Dursleys verbringen. Tom Riddle wäre in ein Waisenhaus der Muggel gekommen, wenn sie die Schule geschlossen hätten, und deshalb hatte er Hagrid verraten. Jetzt wusste Harry genau, wie ihm zumute gewesen war.

»Was tun wir jetzt?«, fragte Ron leise in Harrys Ohr. »Glaubst du, sie verdächtigen Hagrid?«

Harry hatte sich entschlossen. »Wir müssen mit ihm reden«, sagte er. »Ich kann einfach nicht glauben, dass er es diesmal wieder ist, aber wenn er das Monster losgelassen hat, weiß er, wie man in die Kammer des Schreckens kommt, und dann sehen wir weiter.«

»Aber Professor McGonagall sagt, wir müssen im Turm bleiben, wenn wir nicht im Unterricht sind –«

»Ich glaube«, sagte Harry noch leiser »es ist Zeit, den alten Umhang meines Vater wieder auszupacken.«

Harry hatte nur eines von seinem Vater geerbt: einen langen, silbern schimmernden Umhang, der unsichtbar machte. Das war ihre einzige Chance, sich unbemerkt aus der Schule hinaus zu Hagrid zu schleichen. Sie gingen zur üblichen Zeit zu Bett und warteten, bis Neville, Dean und Seamus endlich aufgehört hatten, über die Kammer des Schreckens zu diskutieren, dann standen sie wieder auf, zogen sich an und warfen sich den Tarnumhang über.

Der Streifzug durch die dunklen Korridore war nicht gerade ein Vergnügen. Harry war schon öfter nachts im Schloss umhergewandert, aber so viel wie jetzt war nach Sonnenuntergang noch nie los gewesen. Lehrer, Vertrauensschüler und Geister streiften paarweise durch die Gänge und hielten Ausschau nach verdächtigen Vorkommnissen. Zwar waren sie unsichtbar, aber ihr Tarnumhang sorgte nicht dafür, dass sie keine Geräusche machten, und es gab einen besonders brenzligen Moment, als Ron sich den Zeh stieß. Nur ein paar Meter entfernt stand Snape Wache. Glücklicherweise nieste Snape in fast demselben Augenblick, in dem Ron fluchte. Als sie das eichene Schlosstor erreichten, fiel ihnen ein Stein vom Herzen. Langsam schoben sie es auf.

Es war eine klare, sternenhelle Nacht. Sie rannten so schnell sie konnten hinüber zu den erleuchteten Fenstern von Hagrids Hütte und streiften den Umhang erst ab, als sie vor seiner Tür standen.

Sekunden nachdem sie geklopft hatten, öffnete Hagrid die Tür. Sie starrten ihm ins Gesicht. Hagrid hielt eine Armbrust auf sie gerichtet, und Fang, sein Saurüde, stand laut kläffend hinter ihm.

»Oh«, sagte er, senkte die Waffe und starrte sie an. »Was macht'n ihr beide hier?«

»Was soll das denn?«, sagte Harry, als sie eintraten, und deutete auf die Armbrust.

»Nichts, nichts«, murmelte Hagrid. »Ich hab jemanden erwartet, tut jetzt nichts zur Sache, setzt euch, ich koch Tee.«

Hagrid schien nicht recht zu wissen, was er tat. Beinahe hätte er das Feuer gelöscht, weil er Wasser aus dem Kessel darauf schüttete, und dann zerschlug er mit einem nervösen Zucken seiner massigen Hand die Teekanne.

»Alles in Ordnung mit dir, Hagrid?«, sagte Harry. »Hast du von Hermine gehört?«

»Oh, hab ich, ja«, sagte er ein wenig zögernd.

Ständig warf er nervöse Blicke zum Fenster. Er servierte ihnen große Becher mit heißem Wasser (die Teebeutel hatte er vergessen) und legte gerade eine Scheibe Früchtekuchen auf einen Teller, als jemand an die Tür pochte.

Hagrid ließ den Früchtekuchen fallen. Harry und Ron tauschten panische Blicke, dann warfen sie sich den Tarnumhang über und verdrückten sich in eine Ecke. Hagrid vergewisserte sich, dass sie nicht zu sehen waren, dann packte er die Armbrust und öffnete die Tür.

»Guten Abend, Hagrid.«

Es war Dumbledore. Mit todernster Miene trat er ein, ihm folgte ein zweiter, sehr merkwürdig aussehender Mann.

Der Fremde hatte zerwühltes graues Haar und machte einen verschreckten Eindruck. Er trug eine seltsame Mischung von Kleidern: einen Nadelstreifenanzug, eine scharlachrote Krawatte, einen langen schwarzen Umhang und spitze purpurne Stiefel. Unter dem Arm trug er einen limonengrünen Hut.

»Das ist Dads Chef!«, hauchte Ron. »Cornelius Fudge, der Minister für Zauberei!«

Harry stupste Ron mit dem Ellbogen, damit er schwieg.

Hagrid war bleich geworden und schwitzte. Er ließ sich schwer auf einen Stuhl fallen und sah abwechselnd Dumbledore und Cornelius Fudge an.

»Üble Geschichte«, sagte Fudge knapp. »Ganz, ganz üble Geschichte. Musste kommen. Vier Angriffe auf Muggelstämmige. Die Sache ist aus dem Ruder gelaufen. Das Ministerium muss handeln.«

»Ich hab niemals«, begann Hagrid und sah Dumbledore flehend an, »Sie wissen, Professor Dumbledore, Sir, ich hab nie –«

»Ich möchte klarstellen, Cornelius, dass Hagrid mein volles Vertrauen genießt«, sagte Dumbledore und sah Fudge missmutig an.

»Sehen Sie, Albus«, sagte Fudge gequält. »Hagrids Akte spricht gegen ihn. Das Ministerium muss etwas unternehmen – die Schulräte haben sich ins Vernehmen gesetzt –«

»Ich sage Ihnen noch mal, Cornelius, wenn Sie Hagrid mitnehmen, wird uns das keinen Schritt weiterbringen«, sagte Dumbledore. In seinen Augen brannte ein Feuer, das Harry noch nie gesehen hatte.

»Sehen Sie es doch mal von meinem Standpunkt«, sagte Fudge und fummelte an seinem Hut. »Ich stehe mächtig unter Druck. Man erwartet von mir, dass ich handle. Wenn sich herausstellt, dass Hagrid unschuldig ist, kommt er zurück und die Sache ist erledigt. Aber ich muss ihn mitnehmen. Geht nicht anders. Täte sonst nicht meine Pflicht –«

»Mich mitnehmen?«, sagte Hagrid und erschauerte. »Wohin mitnehmen?«

»Nur für kurze Zeit«, sagte Fudge und wich Hagrids Blick

aus. »Keine Strafe, Hagrid, eher eine Vorsichtsmaßnahme. Wenn jemand anders erwischt wird, kommen Sie mit einer offiziellen Entschuldigung raus –«

»Nicht Askaban?«, krächzte Hagrid.

Bevor Fudge antworten konnte, pochte es erneut laut an der Tür.

Dumbledore öffnete. Nun fing sich Harry einen Stoß in die Rippen ein, denn er japste laut und vernehmlich.

Mr Lucius Malfoy betrat Hagrids Hütte, gehüllt in einen langen schwarzen Reiseumhang, mit einem kalten und zufriedenen Lächeln auf dem Gesicht. Fang begann zu knurren.

»Schon hier, Fudge«, sagte er anerkennend. »Sehr schön ...«

»Was haben Sie hier zu suchen?«, rief Hagrid wutentbrannt. »Raus aus meinem Haus!«

»Guter Mann, bitte seien Sie versichert, es ist mir kein Vergnügen, in Ihrem – ähm – Sie nennen es Haus – zu sein«, sagte Lucius Malfoy und sah sich verächtlich in der kleinen Hütte um. »Ich habe in der Schule vorbeigeschaut und man hat mir gesagt, der Schulleiter sei hier.«

»Und was genau wollen Sie von mir, Lucius?«, fragte Dumbledore. Er sprach sehr höflich, doch immer noch loderte das Feuer in seinen Augen.

»*Schreckliche* Angelegenheit, Dumbledore«, sagte Malfoy lässig und zog eine lange Pergamentrolle hervor. »Aber die Schulräte sind der Auffassung, es sei an der Zeit, dass Sie einem andern Platz machen. Laut dieser Anordnung hier werden Sie vorläufig beurlaubt – Sie finden alle zwölf Unterschriften unter diesem Dokument. Ich fürchte, wir sind der Meinung, dass Sie die Sache nicht mehr im Griff haben. Wie viele Angriffe gab es bisher? Zwei neue heute Nachmittag, nicht wahr? Wenn es so weitergeht, gibt es bald keine Muggelstämmigen mehr in Hogwarts, und wir alle wissen, welch *schlimmer* Verlust das für die Schule wäre.«

271

»Oh, nun aber immer mit der Ruhe, Lucius«, sagte Fudge nervös, »Dumbledore beurlauben – nein, nein – das ist das Letzte, was wir jetzt wollen –«

»Die Ernennung – oder Entlassung – eines Schulleiters ist Aufgabe der Schulräte, Fudge«, sagte Mr Malfoy beiläufig. »Und da es Dumbledore nicht gelungen ist, diese Angriffe zu stoppen –«

»Hören Sie mal, Malfoy, wenn *Dumbledore* nichts dagegen ausrichten kann –«, sagte Fudge mit schweißnasser Oberlippe, »– wer soll es *dann* schaffen?«

»Das werden wir sehen«, sagte Mr Malfoy gehässig. »Doch da wir alle zwölf abgestimmt haben –«

Hagrid sprang auf und sein zottiger schwarzer Kopf streifte die Decke.

»Und wie viele mussten Sie bedrohen und erpressen, bevor sie zugestimmt haben, Malfoy, eh?«, polterte er los.

»Mein guter Mann, wissen Sie, Ihr Temperament wird Sie eines Tages noch in Schwierigkeiten bringen, Hagrid«, sagte Malfoy. »Ich würde Ihnen raten, die Wachen in Askaban nicht dermaßen anzuschreien. Die mögen das gar nicht.«

»Sie können Dumbledore nicht entlassen!«, rief Hagrid, und Fang, der Saurüde, kauerte sich in seinem Korb zusammen und wimmerte. »Wenn Sie ihn entlassen, haben die Muggelkinder keine Chance! Das nächste Mal werden sie umgebracht!«

»Beruhige dich, Hagrid«, sagte Dumbledore barsch. Er sah Lucius Malfoy an.

»Wenn die Schulräte mich aus dem Weg haben wollen, Lucius, werde ich natürlich zurücktreten –«

»Aber –«, stammelte Fudge.

»*Nein!*«, knurrte Hagrid.

Dumbledores hellblaue Augen blickten unverwandt in die kalten grauen Augen Malfoys.

»Allerdings«, sagte Dumbledore, sehr langsam und deutlich sprechend, so dass keinem ein Wort entging, »allerdings werden Sie feststellen, dass ich diese Schule erst dann *endgültig* verlasse, wenn mir hier keiner mehr die Treue hält. Und wer immer in Hogwarts um Hilfe bittet, wird sie auch bekommen.«

Eine Sekunde lang war sich Harry fast sicher, dass Dumbledores Augen in die Ecke herüberflackerten, in der er und Ron sich versteckt hatten.

»Bewundernswerte Gefühle«, sagte Malfoy und verneigte sich. »Wir werden alle Ihre – ähm – höchst eigenwillige Art vermissen, die Schule zu leiten, Albus, und hoffen nur, dass Ihr Nachfolger es schaffen wird – äh –, *Morde* zu verhindern.«

Er schritt zur Tür, öffnete sie und verbeugte sich, als Dumbledore hinausging. Fudge, an seinem Hut herumfummelnd, wartete darauf, dass Hagrid vorgehen würde, doch Hagrid rührte sich nicht vom Fleck und sagte deutlich vernehmbar:

»Wenn jemand etwas *herausfinden* will, muss er nur den *Spinnen* folgen. Die bringen ihn auf die Spur! Das ist alles, was ich zu sagen habe.«

Verdattert starrte ihn Fudge an.

»Schon gut, ich komme«, sagte Hagrid und zog seinen Maulwurfsmantel an. Doch im Hinausgehen hielt er noch einmal inne und sagte laut: »Und jemand muss Fang füttern, während ich weg bin.«

Die Tür schlug zu und Ron zog den Tarnumhang aus.

»Jetzt sitzen wir in der Tinte«, sagte er heiser. »Kein Dumbledore mehr. Da sollten sie die Schule lieber heute Nacht noch schließen. Wenn er auch nur einen Tag weg ist, gibt es einen neuen Angriff.«

Fang begann heulend an der geschlossenen Tür zu kratzen.

Aragog

Langsam zog der Sommer über die Ländereien des Schlosses. Himmel und See färbten sich grünblau und in den Gewächshäusern trieben Blumen kohlkopfgroße Blüten aus. Doch ohne Hagrid, den Harry oft vom Fenster aus beobachtet hatte, wie er mit Fang auf den Fersen umherschlenderte, kam es ihm vor, als stimmte an diesem Bild etwas nicht. Und nicht besser war es drinnen im Schloss, wo die Dinge so fürchterlich falsch liefen.

Harry und Ron hatten versucht Hermine zu besuchen, doch Besuche im Krankenflügel waren jetzt verboten.

»Wir gehen kein Risiko mehr ein«, erklärte ihnen Madam Pomfrey mit strenger Miene durch einen Spalt in der Hospitaltür. »Nein, tut mir Leid, es könnte durchaus sein, dass der Angreifer zurückkommt, um seine Opfer endgültig zu erledigen ...«

Seit Dumbledore fort war, hatte sich eine nie gekannte Furcht im Schloss breit gemacht, und die Sonne, die die Schlossmauern draußen erwärmte, schien an den Doppelfenstern Halt zu machen. In der Schule sah man kaum ein Gesicht, das nicht besorgt und angespannt wirkte, und alles Lachen, das durch die Gänge hallte, klang schrill und unnatürlich und erstarb rasch.

Harry rief sich immer wieder die letzten Worte Dumbledores in Erinnerung: *»Ich werde die Schule erst dann endgültig verlassen, wenn mir hier keiner mehr die Treue hält ... Wer immer in Hogwarts um Hilfe bittet, wird sie auch bekommen.«* Doch was nützten diese Worte? Wen sollten sie denn um Hilfe rufen, wenn alle andern genauso ratlos und verängstigt waren?

Hagrids Fingerzeig auf die Spinnen war viel leichter zu verstehen – das Problem war nur, dass im Schloss offenbar keine einzige Spinne mehr übrig geblieben war, der sie hätten folgen können. Wo immer Harry auch hinging, hielt er Ausschau nach einer Spinne, und Ron half ihm dabei (wenn auch eher widerstrebend). Natürlich störte sie das Verbot, allein umherzuwandern, und die anderen Gryffindors waren immer dabei. Wie eine Schafherde wurden sie von den Lehrern von Klassenzimmer zu Klassenzimmer geführt, und die meisten schienen froh darüber zu sein, doch Harry fand es sehr lästig.

Einer jedoch schien die Stimmung aus Angst und Misstrauen von ganzem Herzen zu genießen. Draco Malfoy stolzierte in der Schule herum, als ob er gerade zum Schulsprecher ernannt worden wäre. Worüber Draco sich so freute, wurde Harry erst gut zwei Wochen nach Dumbledores und Hagrids Fortgang klar. Im Zaubertrankunterricht, wo er eine Reihe hinter Malfoy saß, hörte er ihn vor Crabbe und Goyle prahlen.

»Ich hab immer gewusst, dass Vater es schaffen wird, Dumbledore aus dem Weg zu räumen«, sagte er, ohne sich groß anzustrengen, leise zu sprechen. »Hab euch ja gesagt, seiner Meinung nach ist Dumbledore der schlechteste Schulleiter, den die Schule je gehabt hat. Vielleicht kriegen wir jetzt einen anständigen Rektor. Jemand, der gar nicht *will*, dass die Kammer des Schreckens geschlossen wird. McGonagall wird nicht lange bleiben, sie ist nur eingesprungen ...«

Snape rauschte an Harry vorbei, ohne ein Wort über Hermines leeren Platz und Kessel zu verlieren.

»Sir«, sagte Malfoy laut, »Sir, warum bewerben *Sie* sich nicht um das Amt des Schulleiters?«

»Schon gut, Malfoy«, sagte Snape, auch wenn er ein dünnlippiges Lächeln nicht unterdrücken konnte. »Professor Dumbledore ist von den Schulräten nur beurlaubt worden, ich würde sagen, er wird schon bald wieder bei uns sein.«

»Ja, schon«, sagte Malfoy hämisch grinsend. »Ich bin mir aber sicher, mein Vater würde für Sie stimmen, Sir, wenn Sie sich um die Stelle bewerben – ich jedenfalls werde Vater sagen, dass Sie der beste Lehrer an der Schule sind, Sir –«

Mit einem gekünstelten Lächeln rauschte Snape davon. Glücklicherweise bemerkte er Seamus Finnigan nicht, der so tat, als erbreche er sich in seinen Kessel.

»Es überrascht mich doch, dass die Schlammblüter inzwischen nicht alle die Koffer gepackt haben«, fuhr Malfoy fort. »Wette fünf Galleonen, dass der nächste stirbt. Schade, dass es nicht die Granger war –«

In diesem Moment läutete die Glocke, und das war ein Glück. Denn bei Malfoys letzten Worten war Ron aufgesprungen, und weil jetzt alle hastig ihre Taschen und Bücher zusammenkramten, fiel nicht weiter auf, dass er sich auf Malfoy stürzen wollte.

»Lasst mich zu dem Kerl«, knurrte Ron; Harry und Dean hielten ihn an den Armen fest. »Ist mir egal, ich brauch meinen Zauberstab nicht, ich bring ihn mit meinen bloßen Händen um –«

»Beeilung, ich muss euch zu Kräuterkunde bringen«, bellte Snape über die Köpfe der Schüler hinweg, und sie marschierten in Zweierreihen los. Harry und Dean bildeten die Nachhut und schleppten Ron, der sich immer noch losreißen wollte, hinter sich her. Erst als Snape am Schlossportal zurückgeblieben war und sie durch das Gemüsefeld hinüber zu den Gewächshäusern gingen, konnten sie ihn loslassen.

In Kräuterkunde herrschte gedrückte Stimmung; jetzt fehlten schon zwei von ihnen, Justin und Hermine.

Professor Sprout gab ihnen die Aufgabe, die abessinischen Schrumpelfeigenbäume zu beschneiden. Harry ging mit einem Arm voll verdorrter Stiele hinüber zum Komposthaufen. Dort stand Ernie Macmillan und suchte seinen Blick. Ernie holte tief Luft und sagte sehr förmlich:

»Ich wollte dir nur sagen, Harry, dass es mir Leid tut, dass ich dich verdächtigt habe. Ich weiß, du würdest niemals Hermine Granger angreifen, und ich entschuldige mich für all das Zeug, das ich gesagt habe. Wir sitzen jetzt alle im selben Boot, und, na ja –«

Er streckte seine plumpe Hand aus und Harry schüttelte sie.

Ernie und seine Freundin Hannah arbeiteten am selben Schrumpelfeigenbaum und kamen zu Harry und Ron herüber.

»Dieser Typ, Draco Malfoy«, sagte Ernie, während er vertrocknete Stiele abknickte, »der scheint sich über die ganze Geschichte riesig zu freuen. Wisst ihr, ich glaube, *er* könnte der Erbe Slytherins sein.«

»Das ist schlau von dir«, sagte Ron, der Ernie offenbar nicht so bereitwillig verziehen hatte wie Harry.

»Glaubst du, es ist Malfoy, Harry?«, fragte Ernie.

»Nein«, sagte Harry so bestimmt, dass Ernie und Hannah ihn verdutzt anstarrten.

Eine Sekunde später bemerkte Harry etwas, das ihn zwang, Ron mit seiner Gartenschere eins über die Hände zu geben.

»*Au!* Was soll –«

Harry deutete auf den Boden ein paar Meter vor ihnen. Mehrere große Spinnen krabbelten über die Erde.

»O ja«, sagte Ron und versuchte – vergeblich – eine erfreute Miene aufzusetzen. »Aber wir können ihnen jetzt nicht folgen –«

Ernie und Hannah hörten ihnen neugierig zu.

Harry sah den flüchtenden Spinnen nach.

»Sieht aus, als seien sie auf dem Weg in den Verbotenen Wald ...«

Daraufhin sah Ron nicht glücklicher aus.

Nach Ende der Stunde führte sie Professor Snape hinüber in Verteidigung gegen die dunklen Künste. Harry und Ron ließen sich ein wenig zurückfallen, um ungestört reden zu können.

»Wir brauchen noch einmal den Tarnumhang«, sagte Harry. »Wir können Fang mitnehmen. Er geht mit Hagrid öfter in den Wald und könnte uns vielleicht nützen.«

»Stimmt«, sagte Ron, der seinen Zauberstab nervös in den Fingern drehte. »Ähm – soll es nicht – soll es nicht Werwölfe im Wald geben?«, fügte er hinzu, als sie ihre Stammplätze ganz hinten in Lockharts Klassenzimmer eingenommen hatten.

Harry wollte auf diese Frage lieber nicht antworten und sagte:

»Es gibt dort auch Gutes. Die Zentauren sind in Ordnung, und die Einhörner ...«

Ron war nie im Verbotenen Wald gewesen. Harry hatte ihn nur einmal betreten und seither gehofft, es nie wieder tun zu müssen.

Lockhart kam hereingestürmt und die Klasse starrte ihn an. Alle anderen Lehrer der Schule wirkten bedrückter als sonst, doch Lockhart kam ihnen geradezu ausgelassen vor.

»Na, was denn?«, rief er umherstrahlend. »Warum all die langen Gesichter?«

Sie tauschten ärgerliche Blicke, doch keiner antwortete.

»Ist euch eigentlich nicht klar«, sagte Lockhart langsam, als wären sie alle ein bisschen einfältig, »dass die Gefahr vorüber ist! Der Schurke wurde abgeführt –«

»Sagt wer?«, rief Dean Thomas.

»Mein lieber junger Mann, der Zaubereiminister hätte Hagrid nicht festgenommen, wenn er sich nicht hundertprozentig sicher wäre, dass er der Schuldige ist«, sagte Lockhart im Ton eines Lehrers, der erklären muss, dass eins und eins zwei ergibt.

»O doch, das würde er«, sagte Ron noch lauter als Dean.

»Ich schmeichle mir, ein *klein wenig* mehr über Hagrids Festnahme zu wissen als Sie, Mr Weasley«, sagte Lockhart selbstzufrieden.

Ron wollte schon sagen, da sei er anderer Meinung, brach jedoch mitten im Satz ab, als ihm Harry gegen das Schienbein trat.

»Wir waren nicht dabei, klar?«, zischelte Harry.

Doch Lockharts abstoßende Fröhlichkeit, seine Andeutungen, er habe ohnehin nie Gutes von Hagrid gehalten, seine Zuversicht, dass die ganze Angelegenheit nun abgeschlossen sei – das alles ärgerte Harry dermaßen, dass er große Lust hatte, *Gammeln mit Ghulen* in Lockharts dummes Gesicht zu schmeißen. Stattdessen gab er sich damit zufrieden, eine Notiz für Ron zu kritzeln.

»Tun wir's heute Nacht.«

Ron las den Zettel, schluckte krampfhaft und sah hinüber zu dem leeren Platz, auf dem sonst Hermine saß. Der Anblick bestärkte ihn offenbar in seinem Entschluss und er nickte.

Im Gemeinschaftsraum der Gryffindors war jetzt immer viel los, denn ab sechs Uhr durften sie nirgendwo anders hingehen. Außerdem hatten sie viel zu besprechen, und die Folge war, dass sich der Gemeinschaftsraum oft erst nach Mitternacht leerte.

Harry ging nach dem Abendessen hoch, um den Tarnumhang zu holen. Den ganzen Abend hockte er darauf und wartete, dass die andern endlich zu Bett gehen würden. Fred und George forderten Harry und Ron zu ein paar Spielen »Snape explodiert« heraus und Ginny saß ganz niedergeschlagen auf Hermines Stammplatz und sah ihnen zu. Harry und Ron versuchten die Spiele rasch zu beenden und verloren dauernd mit Absicht, dennoch war es schon weit nach Mitternacht, als Fred, George und Ginny endlich zu Bett gingen.

Harry und Ron warteten, bis sie weiter oben im Turm zwei Schlafsaaltüren zugehen hörten, dann warfen sie sich den Tarnumhang über und kletterten durch das Porträtloch.

Wieder war es eine schwierige Wanderung durch das Schloss, bei der sie vielen Lehrern ausweichen mussten, bis sie endlich die Eingangshalle erreichten. Sie entriegelten das eichene Tor und schoben es auf, wobei sie Acht gaben, dass es nicht knarrte. Dann traten sie hinaus auf das mondbeschienene Schlossgelände.

»Kann natürlich sein«, sagte Ron urplötzlich, während sie über das schwarze Gras marschierten, »dass wir zum Wald kommen und dann nicht wissen, wie weiter. Die Spinnen sind vielleicht gar nicht dorthin gekrabbelt. Ich weiß, es sah so aus, als ob sie grob in die Richtung gegangen seien, aber …«

Hoffnungsvoll verlor sich seine Stimme in der Dunkelheit.

Sie erreichten Hagrids Hütte, die mit ihren leeren Fenstern traurig und wehmütig aussah. Harry stieß die Tür auf und als Fang sie erkannte, spielte er verrückt vor Freude. Aus Sorge, er könne mit seinem tiefen, donnernden Bellen das ganze Schloss aufwecken, gaben sie ihm hastig Sirupbonbons aus einer Dose auf dem Kaminsims zu fressen, die seine Zähne zusammenklebten.

Harry ließ den Tarnumhang auf Hagrids Tisch zurück. Im stockdunklen Wald würden sie ihn nicht brauchen.

»Komm mit, Fang, wir gehen spazieren«, sagte Harry und tätschelte Fang. Glücklich tollte Fang hinter ihnen her und jagte hinüber zum Waldrand, wo er an einer hohen Platane das Bein hob. Harry zückte seinen Zauberstab und murmelte »*Lumos!*«. An der Spitze erschien ein kleines Licht, gerade hell genug, um den Weg nach Spinnen abzusuchen.

»Klug von dir«, sagte Ron. »Ich würde meinen ja auch anzünden, aber du weißt ja – er würde wahrscheinlich explodieren oder so etwas …«

Harry tippte Ron auf die Schulter und deutete ins Gras. Zwei einzelne Spinnen entflohen dem Licht des Zauberstabs in den Schatten der Bäume.

»Na schön«, seufzte Ron, als ob er sich mit dem Schlimmsten abgefunden hätte. »Ich bin bereit. Gehen wir.«

Mit dem wild herumtollenden und Baumwurzeln und Blätter beschnüffelnden Fang betraten sie den Wald. Im Schein von Harrys Zauberstab gingen sie den Spinnen nach, die immer wieder am Pfad entlang auftauchten. Gut eine Viertelstunde lang folgten sie ihnen schweigend, wobei sie angespannt auf andere Geräusche als das Knacken von Zweigen und das Rascheln von Blättern lauschten. Dann jedoch – der Wald war so dicht geworden, dass sie die Sterne am Himmel nicht mehr sehen konnten und nur noch Harrys Zauberstab in das Meer der Dunkelheit strahlte – sahen sie, dass die Spinnen, die sie geführt hatten, den Pfad verließen.

Harry hielt an und versuchte zu erspähen, wo die Spinnen hinliefen, doch alles außerhalb des kleinen Lichtkegels war rabenschwarz. So tief war er noch nie in den Wald vorgedrungen. Lebhaft erinnerte er sich noch an Hagrids Mahnung beim letzten Mal, nie den Pfad zu verlassen. Doch Hagrid war jetzt meilenweit entfernt, vermutlich saß er in einer Zelle in Askaban, und immerhin hatte er selbst gesagt, sie sollten den Spinnen folgen.

Etwas Nasses berührte Harrys Hand, er zuckte zurück und trat auf Rons Fuß. Doch es war nur Fangs Nase.

»Was überlegst du?«, fragte Harry Ron, dessen Augen er gerade noch im Licht des Zauberstabes erkennen konnte.

»Wenn wir schon so weit gekommen sind ...«, sagte Ron.

Und so folgten sie den huschenden Schatten der Spinnen in das Dickicht der Bäume. Sie kamen jetzt nur noch langsam voran; Wurzeln und Baumstümpfe waren ihnen im Weg, den sie in der fast völligen Dunkelheit kaum sehen konnten. Harry konnte Fangs heißen Atem auf seiner Hand spüren. Mehr als einmal mussten sie anhalten, und Harry kniete sich hin, um die Spinnen im Zauberstablicht auf dem Waldboden zu suchen.

Mindestens eine halbe Stunde lang, so kam es ihnen vor, streiften sie quer durch den Wald, wobei sich ihre Umhänge immer wieder an niedrigen Zweigen und Dornensträuchern verhedderten. Nach einer Weile schien es sanft bergab zu gehen, auch wenn die Bäume so dicht standen wie zuvor. Dann ließ Fang plötzlich ein mächtiges, widerhallendes Bellen ertönen, das Harry und Ron fast aus der Haut springen ließ.

»Was ist?«, sagte Ron laut, starrte in der Dunkelheit umher und umklammerte fest Harrys Arm.

»Da drüben bewegt sich was«, flüsterte Harry, »hör mal ... klingt wie etwas Großes.«

Sie lauschten. In einiger Entfernung rechts von ihnen bahnte sich das große Etwas ästebrechend eine Schneise durch die Bäume.

»O nein«, sagte Ron. »O nein, o nein, o –«

»Sei still«, zischte Harry, »es hört dich sonst noch.«

»*Mich* hören?«, sagte Ron mit unnatürlich hoher Stimme. »Es hat schon längst Fang gehört!«

Starr vor Schreck standen sie da und warteten. Die Dunkelheit schien auf ihre Augäpfel zu drücken. Es gab ein merkwürdiges Rumpeln und dann herrschte Stille.

»Was glaubst du, tut es gerade?«, fragte Harry.

»Macht sich wohl zum Sprung bereit«, antwortete Ron.

Sie warteten, am ganzen Leib zitternd, und wagten nicht, sich zu bewegen.

»Glaubst du, es ist fort?«, flüsterte Ron.

»Weiß nicht –«

Jäh und grell strömte Licht von rechts her und sie mussten die Hände schützend vor die Augen halten. Fang jaulte auf und wollte wegrennen, verhedderte sich jedoch in einem Dorngestrüpp und jaulte noch lauter.

»Harry!«, rief Ron, und die Stimme versagte ihm vor Erleichterung. »Harry, es ist unser Wagen!«

»*Was?*«

»Komm mit!«

Stolpernd folgte er Ron. Nach kurzer Zeit betraten sie eine Lichtung.

Inmitten eines dichten Baumkreises und unter einem festen Dach aus Zweigen stand Mr Weasleys Wagen, seine Scheinwerfer strahlten in die Nacht. Niemand saß darin. Als Ron mit offenem Mund auf den Wagen zuging, kam er ihm langsam entgegen, wie ein großer, türkisgrüner Hund, der sein Herrchen begrüßt.

»Er war die ganze Zeit hier«, sagte Ron erleichtert und ging um das Auto herum. »Schau ihn dir an. Der Wald hat ihn wild gemacht …«

Die Flügel des Wagens waren zerkratzt und schlammbeschmiert. Offenbar hatte er Gefallen daran gefunden, auf eigene Faust im Wald umherzuhoppeln. Fang schien überhaupt nicht scharf auf ihn zu sein. Zitternd drängte er sich an Harrys Beine, während Harry allmählich wieder ruhig zu atmen begann und den Zauberstab wieder in den Umhang steckte.

»Und wir dachten, er würde uns angreifen!«, sagte Ron.

Er lehnte sich an den Wagen und tätschelte ihn. »Hab mich oft gefragt, wo er hin ist!«

Harry suchte im Licht der Scheinwerfer nach Spinnen auf dem Boden, doch alle waren vor dem gleißenden Licht geflohen.

»Wir haben ihre Spur verloren«, sagte er. »Komm, gehen wir sie suchen.«

Ron schwieg. Er bewegte sich nicht. Seine Augen waren auf einen Punkt etwa drei Meter über dem Waldboden gerichtet, direkt hinter Harry. In seinem Gesicht stand das helle Entsetzen.

Harry hatte nicht einmal die Zeit, sich umzudrehen. Er hörte ein lautes Klicken und plötzlich spürte er, wie etwas Langes und Haariges sich um seine Hüfte schlang und ihn von den Füßen riss, so dass er mit dem Gesicht nach unten baumelte. Zu Tode erschrocken schlug er um sich, dann hörte er ein neuerliches Klicken und sah, wie sich auch Rons Beine vom Boden hoben. Fang wimmerte und heulte – und im nächsten Moment wurde auch er vom Boden gerissen und verschwand zwischen den dunklen Bäumen. Kopfüber hängend erkannte Harry, was ihn gepackt hatte. Es hatte sechs ungeheuer lange, haarige Beine, und die vorderen zwei hielten ihn fest umschlungen, dicht unterhalb eines Paars schimmernd schwarzer Greifzangen. Hinter sich konnte er noch eine dieser Kreaturen hören, die zweifellos Ron fortschleppten. Sie krabbelten geradewegs ins Herz des Waldes. Harry konnte Fang hören, wie er laut wimmernd versuchte, sich von einem dritten Monster loszukämpfen, doch er selbst hätte nicht schreien können, selbst wenn er gewollt hätte; seine Stimme schien beim Wagen auf der Lichtung zurückgeblieben zu sein.

Er konnte nicht sagen, wie lange er in den Krallen des Wesens gewesen war; er wusste nur, dass die Dunkelheit plötzlich so viel von ihrer Schwärze verlor, dass er etwas erkennen konnte – auf dem blätterbedeckten Boden wimmelte es jetzt von Spinnen. Er reckte den Kopf zur Seite und sah, dass sie den Rand einer gewaltigen Senke erreicht hatten, in der keine Bäume standen, so dass die Sterne ihr Licht auf das schlimmste Schauspiel warfen, das er je gesehen hatte.

Spinnen. Nicht kleine Spinnen wie jene, die über die Blätter auf dem Boden huschten. Spinnen, so groß wie Kutschpferde, achtäugig, achtbeinig, schwarz, haarig, gigantisch. Das massige Exemplar, das Harry trug, machte sich auf den Weg den steilen Abhang hinunter, hinüber zu einem Netz, das wie eine Kuppel aus Nebelschleiern in der Mitte der Senke hing. Seine Artgenossen schlossen einen engen Kreis um sie und angesichts seiner Beute klickten sie aufgeregt mit ihren Greifern.

Die Spinne ließ ihn los und Harry landete mit allen Vieren auf dem Boden. Ron und Fang schlugen neben ihm auf. Fang heulte nicht mehr, sondern kauerte sich still zusammen. Ron sah genauso aus, wie Harry sich fühlte. Sein Mund war weit aufgerissen zu einem stummen Schrei und seine Augen hüpften.

Plötzlich hörte Harry, dass die Spinne, die ihn hatte fallen lassen, etwas sagte. Es war schwer zu verstehen, denn sie klickte bei jedem Wort mit ihren Greifzangen.

»Aragog!«, rief sie, »Aragog!«

Und aus der Mitte der schleierartigen Netzkuppel tauchte ganz langsam eine Spinne von der Größe eines kleinen Elefanten auf. Ins Schwarz ihres Körpers und ihrer Beine war Grau gemischt und jedes Auge auf ihrem hässlichen, greiferbestückten Kopf war milchig weiß. Sie war blind.

»Was ist?«, sagte sie und klickte schnell mit ihren Greifern.

»Menschen«, klickte die Spinne, die Harry gefangen hatte.

»Ist es Hagrid?«, sagte Aragog und kam näher, seine acht milchigen Augen schwammen ziellos umher.

»Fremde«, klickte die Spinne, die Ron gebracht hatte.

»Tötet sie«, klickte Aragog gereizt. »Ich habe geschlafen ...«

»Wir sind Freunde von Hagrid«, rief Harry. Sein Herz schien die Brust verlassen zu haben und in der Kehle zu pochen.

Klick, klick, klick, machten die Spinnenzangen im Umkreis der Senke. Aragog hielt kurz inne.

»Hagrid hat nie zuvor Menschen in unsere Senke geschickt«, sagte er träge.

»Hagrid steckt in Schwierigkeiten«, sagte Harry, und sein Atem rasselte. »Deshalb sind wir gekommen.«

»In Schwierigkeiten?«, sagte die alte Spinne und Harry meinte ein wenig Besorgnis aus dem Klicken herauszuhören. »Aber warum hat er euch geschickt?«

Harry überlegte, ob er aufstehen sollte, ließ es jedoch sein; er glaubte nicht, dass ihn seine Beine tragen würden. Und so sprach er vom Boden aus, so ruhig er konnte.

»Oben in der Schule glauben sie, Hagrid hätte ein – ein – etwas auf die Schüler losgelassen. Sie haben ihn nach Askaban gebracht.«

Aragog klickte wütend mit den Greifzangen und in der ganzen Senke tat es ihm die Schar der Spinnen gleich; es klang wie Beifall, nur dass Harry davon normalerweise nicht übel vor Angst wurde.

»Aber das war vor vielen Jahren«, sagte Aragog ungehalten. »Vor vielen, vielen Jahren. Ich erinnere mich gut daran. Deshalb haben sie ihn gezwungen, die Schule zu verlassen. Sie glaubten, *ich* sei das Monster, das, wie sie sagen, in der Kammer des Schreckens haust. Sie glaubten, Hagrid habe die Kammer geöffnet und mich freigelassen.«

»Und du ... du kamst nicht aus der Kammer des Schreckens?«, sagte Harry, dem jetzt der kalte Schweiß auf der Stirn ausbrach.

»Ich!«, sagte Aragog und klapperte zornig. »Ich wurde nicht im Schloss geboren. Ich komme aus einem fernen Land. Ein Reisender schenkte mich Hagrid, als ich noch ein Ei war. Hagrid war damals noch ein Junge, doch er sorgte für mich und versteckte mich in einem Schrank im Schloss und fütterte mich mit Essensresten vom Tisch. Hagrid ist mein Freund und ein guter Mann. Als man mich entdeckte und mir die Schuld für den Tod des Mädchens gab, da beschützte er mich. Seither lebe ich hier im Wald, wo Hagrid mich immer noch besucht. Er hat sogar eine Frau für mich gefunden, Mosag, und du siehst, wie unsere Familie gewachsen ist; alles dank Hagrids Güte …«

Harry raffte den letzten Rest Mut zusammen.

»Also hast du nie – nie jemanden angegriffen?«

»Niemals«, krächzte die alte Spinne. »Es wäre nur natürlich für mich gewesen, aber aus Achtung für Hagrid habe ich nie einem Menschen Leid angetan. Die Leiche des Mädchens, das getötet wurde, hat man in einer Toilette gefunden. Ich habe nie einen anderen Teil des Schlosses gesehen als den Schrank, in dem ich aufwuchs. Unsereins mag das Dunkle und die Stille …«

»Aber dann … weißt du, was wirklich das Mädchen getötet hat?«, sagte Harry. »Denn was immer es ist, es ist zurück und greift wieder Menschen an –«

Seine Worte ertranken in lautem Zangenklicken und im Rascheln vieler langer Beine, die wütend über den Boden scharrten; um ihn her huschten große schwarze Schatten.

»Das Wesen, das im Schloss lebt«, sagte Aragog, »ist eine uralte Kreatur, die wir Spinnen mehr als alles andere fürchten. Ich erinnere mich noch gut, wie ich Hagrid angefleht habe, mich gehen zu lassen, als ich spürte, dass das Biest in der Schule umherstreifte.«

»Was ist es?«, fragte Harry eindringlich.

Abermals lautes Klicken und Rascheln; die Spinnen schienen den Kreis enger zu ziehen.

»Wir sprechen nicht davon!«, sagte Aragog zornig. »Wir nennen es nicht beim Namen! Nicht einmal Hagrid habe ich je den Namen dieser fürchterlichen Kreatur genannt, obwohl er mich viele Male gefragt hat.«

Harry wollte nicht weiter auf ihn einreden, nicht angesichts all dieser Spinnen, die von allen Seiten her auf ihn zudrängten. Aragog schien des Redens müde zu sein. Langsam wich er in sein Kuppelnetz zurück, doch seine Artgenossen drangen ganz allmählich weiter auf Harry und Ron vor.

»Dann gehen wir jetzt einfach«, rief Harry verzweifelt Aragog zu, und schon raschelten die Blätter hinter ihm.

»Gehen?«, sagte Aragog langsam. »Ich glaube nicht …«

»Aber … aber …«

»Meine Söhne und Töchter rühren Hagrid nicht an, auf meinen Befehl hin. Doch ich kann ihnen frisches Fleisch nicht verwehren, wenn es so bereitwillig in unsere Mitte kommt. Adieu, Freund von Hagrid.«

Harry wirbelte herum. Wenige Meter von ihm entfernt ragte eine feste Wand aus Spinnen empor, die mit ihren Greifern klickten. Ihre Augen schimmerten wie hässliche schwarze Knöpfe. Schon als er nach seinem Zauberstab griff, wusste Harry, dass es nichts nützen würde, es waren zu viele. Doch als er aufzustehen versuchte, bereit, kämpfend zu sterben, hörte er einen lauten, lang gezogenen Ton, und ein Lichtblitz flammte durch die Senke.

Mr Weasleys Wagen donnerte den Abhang herunter, mit gleißenden Scheinwerfern und schrill hupend, und er rempelte dabei rechts und links Spinnen um; mehrere von ihnen landeten auf dem Rücken, und ihre endlos langen Beine ruderten durch die Luft. Kreischend hielt der Wagen vor Harry und Ron und die Türen flogen auf.

»Hol Fang!«, schrie Harry und hechtete auf den Beifahrersitz; Ron packte den Saurüden um den Bauch und sie landeten japsend auf dem Rücksitz – die Türen schlugen zu – Ron saß absolut reglos da, doch der Wagen brauchte ihn nicht; mit dröhnendem Motor fuhren sie davon und warfen unterwegs noch mehr Spinnen auf den Rücken; sie rasten den Abhang hoch und aus der Senke heraus. Bald jagten sie krachend durch den Wald, Äste peitschten gegen den Wagen, während er sich pfiffig seinen Weg durch die breitesten Baumlücken bahnte. Offenbar wusste er, wo es langging.

Harry drehte sich zu Ron um. Sein Mund war immer noch zu einem stummen Schrei geöffnet, doch seine Augen hüpften nicht mehr.

»Bist du in Ordnung?«

Ron starrte geradeaus und brachte kein Wort heraus.

Der Wagen krachte durch das Unterholz. Fang heulte laut auf, und als sie knapp an einer großen Eiche vorbeizischten, brach ein Seitenspiegel ab. Nach zehn lärmerfüllten, holprigen Minuten lichteten sich die Bäume, und Harry konnte hier und da einen Fleck Himmel erkennen.

Der Wagen stoppte so jäh, dass sie fast durch die Windschutzscheibe flogen. Sie hatten den Waldrand erreicht. Fang warf sich gegen das Fenster, so ungestüm drängte er nach draußen, und als Harry die Tür öffnete, peste er mit eingezogenem Schwanz los durch die Bäume hindurch auf Hagrids Hütte zu. Auch Harry stieg aus und nach einer Weile schien auch Ron seine Glieder wieder zu spüren und folgte ihm mit steifen Bewegungen und starrem Blick. Harry gab dem Wagen einen dankbaren Klaps und der fuhr zurück in den Wald und verschwand.

Harry ging noch einmal in Hagrids Hütte, um den Tarnumhang zu holen. Fang lag zitternd unter einer Decke in seinem Korb. Als Harry wieder nach draußen kam, sah er Ron im Kürbisbeet stehen und sich herzhaft übergeben.

»Folgt den Spinnen«, sagte Ron matt und wischte sich mit dem Ärmel den Mund ab. »Das werd ich Hagrid nie verzeihen. Wir können von Glück reden, dass wir am Leben sind.«

»Ich wette, er glaubte, Aragog würde seinen Freunden nichts tun«, sagte Harry.

»Das ist ja gerade Hagrids Problem!«, sagte Ron und hämmerte mit der Faust gegen die Hüttenwand. »Er glaubt ständig, Monster seien nicht so schlimm wie ihr Ruf, und du siehst ja, wohin ihn das gebracht hat! In eine Zelle in Askaban!« Er zitterte jetzt hilflos am ganzen Körper. »Was hat es gebracht, uns da reinzuschicken? Was haben wir herausgefunden, möchte ich gern wissen?«

»Dass Hagrid die Kammer des Schreckens nicht geöffnet hat«, sagte Harry, warf Ron den Umhang über und zog ihn am Arm, um ihn zum Gehen zu bewegen. »Er war unschuldig.«

Von Ron kam ein lautes Schnauben. Offenbar stellte er sich etwas anderes unter Unschuld vor, als Aragog in einem Schrank zu päppeln.

Das Schloss ragte nun über ihnen auf und Harry zog am Tarnumhang, damit ihre Füße bedeckt waren. Sie schoben vorsichtig das knarrende Tor auf, durchquerten die Eingangshalle, stiegen die Marmortreppe empor und huschten mit angehaltenem Atem durch die Gänge, in denen aufmerksame Wächter umherliefen. Endlich erreichten sie den Gemeinschaftsraum der Gryffindors, wo vom Feuer nur noch glühende Asche übrig geblieben war. Hier waren sie in Sicherheit. Sie nahmen den Tarnumhang ab und kletterten die Wendeltreppe zum Schlafsaal hoch.

Ron sank ins Bett, ohne sich die Mühe zu machen, die Kleider auszuziehen. Harry jedoch fühlte sich nicht besonders müde. Er saß auf dem Bettrand und dachte angestrengt über alles nach, was Aragog gesagt hatte.

Die Kreatur, die irgendwo im Schloss lauerte, hörte sich nach einer Art monsterhaftem Voldemort an – selbst andere Ungetüme wollten es nicht beim Namen nennen. Doch er und Ron waren keinen Schritt weitergekommen bei ihrem Versuch, herauszufinden, was es war oder wie es seine Opfer versteinerte. Selbst Hagrid hatte nie gewusst, was in der Kammer des Schreckens steckte.

Harry schwang die Beine aufs Bett und lehnte sich gegen die Kissen. Durch das Turmfenster funkelte der Mond.

Er wusste nicht, was sie noch tun konnten. Überall waren sie auf lose Enden gestoßen. Riddle hatte den Falschen erwischt, der Erbe Slytherins war davongekommen, und keiner konnte sagen, ob es dieselbe Person war oder eine andere, die diesmal die Kammer geöffnet hatte. Es blieb niemand übrig, den sie fragen konnten. Harry legte sich hin und dachte über die Worte Aragogs nach.

Er war schon halb eingeschlafen, als ihm etwas einfiel, was ihm wie ihre letzte Hoffnung vorkam, und plötzlich saß er wieder kerzengerade auf dem Bett.

»Ron«, zischte er durch die Dunkelheit, »Ron –«

Ron wachte mit einem Jaulen auf, das an Fang erinnerte, blickte wild umher und erkannte dann Harry.

»Ron – dieses Mädchen, das gestorben ist. Aragog sagte, sie sei in einer Toilette gefunden worden«, sagte Harry und achtete nicht auf Nevilles schnaubendes Schnarchen in der Ecke. »Was, wenn sie dieses Klo nie verlassen hat? Was, wenn sie immer noch da ist?«

Ron rieb sich die Augen und blinzelte stirnrunzelnd durch das Mondlicht. Und dann begriff auch er.

»Du glaubst doch nicht etwa – nicht die *Maulende Myrte?*«

Die Kammer des Schreckens

»Wir waren so oft in diesem Klo und sie war nur drei Türen entfernt«, sagte Ron verbittert beim Frühstück am nächsten Morgen, »wir hätten sie fragen können, aber jetzt …«

Den Spinnen nachzuspüren war schwer genug gewesen. Jetzt würde es fast unmöglich sein, den Lehrern lange genug zu entkommen, um sich in ein Mädchenklo zu stehlen, das zu allem Überfluss auch noch unmittelbar am Schauplatz des ersten Angriffs lag.

Doch in der ersten Stunde, in Verwandlung, geschah etwas, das die Kammer des Schreckens zum ersten Mal seit Wochen aus ihren Köpfen vertrieb. Nach zehn Minuten Unterricht verkündete Professor McGonagall, ihre Prüfungen würden am ersten Juni beginnen, in genau einer Woche.

»*Prüfungen?*«, heulte Seamus Finnigan auf. »Wir haben trotz allem noch *Prüfungen?*«

Hinter Harry krachte es. Neville Longbottom war der Zauberstab aus der Hand gefallen und zwei Beine seines Tisches waren verschwunden. Professor McGonagall brachte sie mit einem Schlenker ihres Zauberstabs wieder zum Vorschein und wandte sich dann stirnrunzelnd Seamus zu.

»Wir halten die Schule einzig und allein deshalb geöffnet, damit Sie Ihre Ausbildung erhalten«, sagte sie streng. »Die Prüfungen finden daher wie üblich statt, und ich bin sicher, Sie alle werden den Stoff fleißig wiederholen.«

Fleißig wiederholen! Harry hätte nie gedacht, sie würden Prüfungen haben, bei all dem, was im Schloss passierte. Im

Klassenzimmer gab es meutereilustiges Getuschel, und Professor McGonagall blickte noch finsterer in die Runde.

»Professor Dumbledores Anweisung lautet, den Unterricht möglichst wie gewohnt fortzusetzen«, sagte sie. »Und das, wie ich kaum weiter ausführen muss, heißt herauszufinden, wie viel Sie dieses Jahr gelernt haben.«

Harry schaute auf das Paar weißer Kaninchen, die er in Pantoffeln verwandeln sollte. Was hatte er bislang in diesem Schuljahr gelernt? Ihm fiel einfach nichts ein, was in einer Prüfung nützlich sein konnte.

Ron sah aus, als ob man ihm gerade gesagt hätte, er müsse fort und im Verbotenen Wald leben.

»Kannst du dir vorstellen, dass ich mit dem hier die Prüfungen bestehe?«, fragte er Harry und hob seinen Zauberstab, der gerade anfing laut zu pfeifen.

Drei Tage vor ihrer ersten Prüfung machte Professor McGonagall beim Frühstück eine weitere Ankündigung.

»Ich habe eine gute Nachricht«, sagte sie, und die Menge in der Großen Halle, anstatt in Schweigen zu verfallen, brach in Gejohle aus.

»Dumbledore kommt zurück!«, riefen einige ausgelassen.

»Sie haben den Erben Slytherins gefangen!«, quiekte ein Mädchen am Ravenclaw-Tisch.

»Es gibt wieder Quidditch-Spiele!«, dröhnte Wood begeistert.

Als der Tumult sich gelegt hatte, sagte Professor McGonagall:

»Professor Sprout hat mir mitgeteilt, dass die Alraunen endlich reif zum Schneiden sind. Wir werden die Versteinerten heute Abend noch wieder beleben können. Ich muss Sie wohl kaum daran erinnern, dass einer von ihnen uns vielleicht sagen wird, wer – oder was – ihn angegriffen hat.

Ich habe die große Hoffnung, dass dieses schreckliche Jahr damit enden wird, dass wir den Schurken fassen.«

Dem folgte ohrenbetäubendes Kreischen. Harry sah hinüber zum Slytherin-Tisch und war keineswegs überrascht, dass Draco Malfoy nicht in das Freudengeheul einstimmen wollte. Ron hingegen schien besser gelaunt als seit Tagen.

»Dann ist es egal, dass wir Myrte nicht gefragt haben!«, sagte er zu Harry. »Hermine wird wahrscheinlich alles wissen, wenn sie aufwacht! Ich sag dir, sie dreht durch, wenn sie erfährt, dass wir in drei Tagen Prüfungen haben. Sie hat ja nichts wiederholt. Vielleicht wäre es besser, sie in Ruhe zu lassen, bis alles vorbei ist.«

In diesem Moment kam Ginny Weasley herüber und setzte sich neben Ron. Sie sah angespannt und nervös aus und Harry bemerkte, dass sie die Hände im Schoß knetete.

»Was gibt's?«, sagte Ron und tat sich noch einen Schlag Haferbrei auf.

Ginny sagte nichts, sondern blickte ängstlich am Gryffindor-Tisch entlang. Sie erinnerte Harry an jemanden, doch er wusste nicht, an wen.

»Spuck's aus«, sagte Ron und musterte sie aufmerksam.

Harry fiel plötzlich ein, wem Ginny ähnlich sah. Sie wiegte sich im Sitzen leicht vor und zurück, genau wie Dobby, wenn er kurz davor war, verbotene Auskünfte zu geben.

»Ich muss euch etwas sagen«, murmelte Ginny und vermied sorgfältig jeden Blick auf Harry.

»Was denn?«, fragte Harry.

Ginny sah aus, als fände sie nicht die richtigen Worte.

»Was?«, fragte Ron.

Ginny öffnete den Mund, brachte jedoch kein Wort heraus. Harry beugte sich vor und sprach leise, so dass nur Ginny und Ron ihn hören konnten.

»Hat es etwas mit der Kammer des Schreckens zu tun?

Hast du etwas gesehen? Jemanden, der sich merkwürdig verhält?«

Ginny holte tief Luft und genau in diesem Moment erschien, müde und blass, Percy Weasley.

»Wenn du fertig bist mit Essen, setz ich mich auf deinen Platz, Ginny, ich komm gerade vom Wachdienst.«

Ginny sprang auf, als ob der Stuhl ihr gerade einen elektrischen Schlag verpasst hätte, warf Percy einen flüchtigen, angsterfüllten Blick zu und verschwand. Percy setzte sich und nahm sich einen Becher vom Tisch.

»Percy!«, sagte Ron zornig. »Sie wollte uns gerade etwas Wichtiges sagen!«

Percy, der gerade einen Schluck Tee genommen hatte, wäre daran fast erstickt.

»Um was geht es?«, sagte er hustend.

»Ich hab sie nur gefragt, ob sie etwas Merkwürdiges gesehen hätte, und sie wollte gerade etwas sagen –«

»Oh – das – das hat nichts mit der Kammer des Schreckens zu tun«, sagte Percy rasch.

»Woher weißt du das?«, sagte Ron mit hochgezogenen Augenbrauen.

»Nun, ähm, wenn ihr es unbedingt wissen müsst, Ginny, ähm, lief mir letztens über den Weg, als ich – nun, egal – der Punkt ist, sie hat mich bei etwas gesehen und ich hab sie gebeten, es keinem zu erzählen. Ich muss sagen, sie hat offenbar Wort gehalten. Es ist nichts, wirklich, ich würde lieber –«

Harry hatte Percy noch nie mit einer so unbehaglichen Miene gesehen.

»Wobei hat sie dich erwischt, Percy?«, sagte Ron grinsend. »Komm schon, erzähl's uns, wir lachen bestimmt nicht.«

Percy erwiderte sein Lächeln nicht.

»Kannst du mir die Brötchen reichen, Harry, ich verhungere.«

Harry wusste, dass das ganze Geheimnis morgen vielleicht ohne Myrtes Hilfe gelöst würde, doch er wollte sich eine Gelegenheit, mit ihr zu sprechen, nicht entgehen lassen, wenn sie sich bieten sollte – und zu seiner Freude kam eine, später am Morgen, als Gilderoy Lockhart sie zu Geschichte der Zauberei begleitete.

Lockhart, der ihnen so oft versichert hatte, jede Gefahr sei vorüber, nur um sofort widerlegt zu werden, war nun zutiefst davon überzeugt, dass es kaum die Mühe wert war, sie durch die Gänge zu geleiten. Sein Haar war nicht so geschniegelt wie sonst; offenbar war er die ganze Nacht auf gewesen und hatte im vierten Stock Wache geschoben.

»Denkt an meine Worte«, sagte er, während sie um eine Ecke bogen, »das Erste, was diese armen Versteinerten sagen werden, wird sein ›es war Hagrid‹. Offen gestanden bin ich erstaunt, dass Professor McGonagall diese Sicherheitsmaßnahmen noch für nötig hält.«

»Ich stimme Ihnen zu, Sir«, sagte Harry und vor Überraschung ließ Ron seine Bücher fallen.

»Ich danke Ihnen, Harry«, sagte Lockhart gnädig, während sie warteten, bis eine lange Reihe Hufflepuffs vorbeigezogen war. »Ich meine, als ob wir Lehrer nichts anderes zu tun hätten, als die Schüler in die Klassenzimmer zu begleiten und die ganze Nacht Wache zu halten …«

»Das stimmt«, sagte Ron, der den Faden aufgenommen hatte. »Lassen Sie uns doch hier allein, wir haben nur noch einen Korridor vor uns.«

»Wissen Sie was, Weasley, ich glaube, das tue ich«, sagte Lockhart. »Ich sollte wirklich gehen und meine nächste Stunde vorbereiten –«

Und er eilte davon.

»Seine Stunde vorbereiten«, höhnte ihm Ron nach. »Dreht sich jetzt wohl eher Lockenwickler ins Haar.«

Sie ließen sich hinter die anderen Gryffindors zurückfallen, glitten durch einen Seitengang und machten sich auf den Weg zum Klo der Maulenden Myrte. Doch gerade als sie sich zu ihrem gelungenen Streich beglückwünschen wollten –

»Potter! Weasley! Wohin denn so schnell?«

Es war Professor McGonagall und ihr Mund war der schmalste aller schmalen Striche.

»Wir wollten ... wir wollten ...«, stammelte Ron, »wir wollten ... jemanden besuchen ...«

»Hermine«, sagte Harry. Ron und Professor McGonagall sahen ihn an.

»Wir haben sie schon Ewigkeiten nicht mehr gesehen, Professor«, fuhr Harry hastig fort und tappte Ron auf den Fuß, »und wir dachten, wir schleichen uns in den Krankenflügel, wissen Sie, und sagen ihr, dass die Alraunen fast fertig sind und sie sich keine Sorgen machen soll –«

Professor McGonagall starrte ihn immer noch an, und einen Moment lang glaubte Harry, sie würde explodieren, doch als sie sprach, hatte ihre Stimme einen seltsam krächzenden Ton angenommen.

»Natürlich«, sagte sie, und in einem ihrer Perlaugen sah Harry erstaunt eine Träne glitzern. »Natürlich, ich sehe ein, am schlimmsten war es für die Freunde derer, die ... Ich verstehe durchaus. Ja, Potter, natürlich dürfen Sie Miss Granger besuchen. Ich werde Professor Binns mitteilen, wo Sie stecken. Sagen Sie Madam Pomfrey, dass ich es erlaubt habe.«

Harry und Ron gingen davon. Sie konnten es kaum fassen, dass sie keine Strafarbeiten bekommen hatten. Als sie um die Ecke bogen, hörten sie deutlich, wie Professor McGonagall sich die Nase schnäuzte.

»Das«, sagte Ron hingerissen, »war die beste Ausrede, die du je erfunden hast.«

Sie hatten jetzt keine andere Wahl als in den Krankenflügel

zu gehen und Madam Pomfrey zu sagen, Professor McGonagall habe ihnen erlaubt, Hermine zu besuchen.

Madam Pomfrey ließ sie ein, wenn auch widerstrebend.

»Es ist einfach *sinnlos*, zu einer versteinerten Person zu
sprechen«, sagte sie. Und als sie sich neben Hermine gesetzt
hatten, mussten sie zugeben, dass sie Recht hatte. Offensichtlich hatte Hermine nicht die leiseste Ahnung, dass sie
Besuch hatte, und genauso gut hätten sie ihrem Nachttisch
sagen können, er solle sich nicht sorgen.

»Ich frag mich wirklich, ob sie den Angreifer gesehen
hat«, sagte Ron und betrachtete traurig Hermines starres
Gesicht. »Denn wenn er sich an alle von hinten herange-
schlichen hat, werden wir es nie erfahren …«

Doch Harry sah nicht auf Hermines Gesicht. Er war mehr
an ihrer rechten Hand interessiert. Sie lag zusammengeballt
auf der Bettdecke, und als er sich über sie beugte, sah er, dass
Hermine ein zerknülltes Stück Papier in der Faust hielt.

Er sah sich um, ob Madam Pomfrey in der Nähe war, dann
machte er Ron darauf aufmerksam.

»Versuch es rauszuholen«, flüsterte Ron und rückte seinen
Stuhl so, dass er Madam Pomfrey die Sicht auf Harry ver-
deckte.

Es war nicht einfach. Hermines Hand war so fest um das
Papier geklammert, dass Harry schon fürchtete, er würde es
zerreißen. Während Ron aufpasste, zog und rüttelte er, und
endlich, nach spannungsvollen Minuten, löste sich das Papier aus Hermines Hand.

Es war eine herausgerissene Seite aus einem alten Biblio-
theksband. Harry glättete es neugierig und Ron beugte sich
ebenfalls über das Blatt, um es zu lesen.

*Von den vielen Furcht erregenden Biestern und Monstern, die unser
Land durchstreifen, ist keines seltsamer oder tödlicher als der Basilisk,*

auch bekannt als der König der Schlangen. Diese Schlange, die eine gigantische Größe erreichen und viele hundert Jahre alt werden kann, wird aus einem Hühnerei geboren, das von einer Kröte ausgebrütet wird. Der Basilisk tötet auf höchst wunderliche Weise, denn außer seinen tödlichen und giftigen Zähnen hat der Basilisk einen mörderischen Blick, und alle, die in den Bann seiner Augen geraten, erleiden den sofortigen Tod. Spinnen fliehen vor dem Basilisken, denn er ist ihr tödlicher Erbfeind, und der Basilisk entflieht nur dem Krähen des Hahns, das tödlich für ihn ist.

Darunter stand ein einziges Wort geschrieben und Harry erkannte Hermines Handschrift. *Rohre.*

Es war, als hätte jemand ein Licht in seinem Gehirn angeknipst.

»Ron«, keuchte er, »das ist es. Das ist die Antwort. Das Monster in der Kammer ist ein *Basilisk* – eine Riesenschlange! *Darum* hab ich überall diese Stimme gehört und niemand sonst. Weil ich nämlich Parsel verstehe ...«

Harry blickte auf die Betten um ihn her.

»Der Basilisk tötet Menschen, indem er sie ansieht. Aber keiner ist gestorben – weil keiner ihm direkt ins Auge geschaut hat. Colin hat ihn durch seine Kamera gesehen. Der Basilisk hat den Film darin völlig verbrannt, aber Colin wurde nur versteinert. Justin ... Justin muss den Basilisken durch den Fast Kopflosen Nick gesehen haben! Nick hat alles abbekommen, aber er konnte ja nicht *noch mal* sterben ... und neben Hermine und der Vertrauensschülerin der Ravenclaws wurde ein Spiegel gefunden. Hermine hatte gerade erkannt, dass das Monster ein Basilisk ist. Ich wette jederzeit mit dir, sie hat den ersten Menschen, den sie traf, gewarnt und gesagt, es sei besser, erst mit einem Spiegel um die Ecken zu sehen! Und dieses Mädchen hat ihren Spiegel herausgeholt – und –«

Rons Unterkiefer war heruntergeklappt.

»Und Mrs Norris?«, flüsterte er beschwörend.

299

Harry dachte angestrengt nach und stellte sich vor, was in jener Halloween-Nacht geschehen war.

»Das Wasser …«, sagte er langsam. »Diese Überschwemmung aus dem Klo der Maulenden Myrte. Ich wette, Mrs Norris hat nur die Spiegelung gesehen …«

Aufgeregt überflog er das Blatt in seiner Hand. Je länger er es ansah, desto mehr verstand er.

»… *dem Krähen des Hahns, das tödlich für ihn ist!«*, las er laut. »Hagrids Hähne wurden umgebracht! Der Erbe Slytherins wollte keinen in der Nähe des Schlosses haben, wenn die Kammer geöffnet war! *Spinnen fliehen vor dem Basilisken!* Alles passt zusammen!«

»Aber wie ist der Basilisk im Schloss herumgekommen?«, sagte Ron. »Eine große, hässliche Schlange … jemand hätte sie sehen müssen …«

Doch Harry deutete auf das Wort, das Hermine unten auf die Seite gekritzelt hatte.

»Rohre«, sagte er. »Rohre … Ron, es hat die Rohrleitungen benutzt. Ich hab diese Stimme aus den Wänden gehört …«

Ron packte jäh Harrys Arm.

»Der Eingang zur Kammer des Schreckens!«, sagte er mit rauer Stimme. »Was ist, wenn es ein Klo ist? Was ist, wenn es im –«

»– *Klo der Maulenden Myrte ist«*, sagte Harry.

Da saßen sie, ganz überwältigt von ihrer Entdeckung, und konnten es kaum glauben.

»Das heißt, ich kann nicht der einzige Parselmund in der Schule sein«, sagte Harry. »Der Erbe Slytherins ist auch einer. Damit hat er den Basilisken im Griff.«

»Was tun wir jetzt?«, fragte Ron mit blitzenden Augen. »Sollen wir einfach zu McGonagall gehen?«

»Gehen wir ins Lehrerzimmer«, sagte Harry und sprang auf. »In zehn Minuten ist sie dort, es ist gleich Pause.«

Sie rannten nach unten. Da sie nicht schon wieder entdeckt werden wollten, wie sie in einem Korridor herumlungerten, gingen sie geradewegs in das verlassene Lehrerzimmer. Es war ein großer getäfelter Raum voll dunkler Holzstühle. Harry und Ron liefen darin umher, zu aufgeregt, um sich zu setzen. Doch die Pausenglocke läutete nicht.

Stattdessen hallte, magisch verstärkt, die Stimme von Professor McGonagall durch die Gänge.

»Die Schüler kehren sofort in ihre Schlafsäle zurück. Die Lehrer versammeln sich im Lehrerzimmer. Unverzüglich, bitte.«

Harry wirbelte herum und starrte Ron an.

»Nicht schon wieder ein Angriff! Nicht jetzt!«

»Was sollen wir tun?«, sagte Ron entgeistert. »In den Schlafsaal gehen?«

»Nein«, sagte Harry und blickte sich um. Zu seiner Rechten stand ein hässlicher Kleiderschrank voller Lehrerumhänge. »Da rein. Hören wir erst mal, was eigentlich los ist. Dann können wir ihnen sagen, was wir herausgefunden haben.«

Sie versteckten sich im Schrank, lauschten dem Getrappel von hunderten von Schülern über ihren Köpfen und hörten dann, wie die Lehrerzimmertür aufging. Zwischen den muffigen Umhängen sahen sie einen Lehrer nach dem andern in den Raum kommen. Manche sahen verwirrt aus, andere gaben sich keine Mühe, ihre Angst zu verbergen. Dann kam Professor McGonagall herein.

»Es ist passiert«, erklärte sie den stumm vor ihr Versammelten. »Das Monster hat einen Schüler entführt. Und zwar in die Kammer.«

Professor Flitwick stieß einen spitzen Schrei aus. Professor Sprout schlug sich die Hände auf den Mund. Snape umklammerte eine Stuhllehne und sagte:

»Woher wissen Sie das so genau?«

»Der Erbe Slytherins«, sagte Professor McGonagall, nun ganz weiß im Gesicht, »hat eine weitere Botschaft hinterlassen. Direkt unter der ersten. *Ihr Skelett wird für immer in der Kammer liegen.*«

Professor Flitwick brach in Tränen aus.

»Wer ist es?«, sagte Madam Hooch, die mit weichen Knien auf einen Stuhl gesunken war. »Welche Schülerin?«

»Ginny Weasley«, sagte Professor McGonagall.

Harry spürte, wie Ron neben ihm stumm auf den Schrankboden sank.

»Wir werden morgen alle Schüler nach Hause schicken müssen«, sagte Professor McGonagall. »Das ist das Ende von Hogwarts. Dumbledore hat immer gesagt …«

Wieder ging die Lehrerzimmertür auf. Einen erregten Moment lang war sich Harry sicher, es sei Dumbledore. Doch es war Lockhart, und er strahlte.

»Tut mir ja so Leid – bin eingedöst – was hab ich verpasst?«

Er schien nicht zu bemerken, dass die anderen Lehrer ihn mit einem Ausdruck anstarrten, der deutlich an Hass erinnerte. Snape trat vor.

»Genau der Richtige«, sagte er. »Der richtige Mann. Das Monster hat ein Mädchen entführt, Lockhart. Hat sie in die Kammer des Schreckens gebracht. Ihre Stunde ist nun endlich gekommen.«

Lockhart schreckte zurück.

»Das stimmt, Gilderoy«, warf Professor Sprout ein, »haben Sie nicht erst gestern Abend gesagt, Sie hätten immer gewusst, wo der Eingang zur Kammer des Schreckens ist?«

»Ich – nun, ich –«, stammelte Lockhart.

»Ja, haben Sie mir nicht gesagt, Sie wüssten sicher, was in der Kammer verborgen ist?«, piepste Professor Flitwick.

302

»Hab – hab ich? Kann mich nicht erinnern –«

»Ich weiß noch genau, wie Sie gesagt haben, es sei schade, dass Sie es nicht mit dem Monster aufnehmen durften, bevor Hagrid verhaftet wurde«, sagte Snape. »Sagten Sie nicht, die ganze Sache sei stümperhaft angegangen worden und dass man Ihnen von Anfang an hätte freie Hand lassen sollen?«

Lockhart starrte in die versteinerten Gesichter seiner Kollegen.

»Ich – ich hab wirklich nie – da haben Sie mich wohl falsch verstanden –«

»Wir überlassen es also Ihnen, Gilderoy«, sagte Professor McGonagall. »Heute Nacht ist die beste Zeit dafür. Wir sorgen dafür, dass Ihnen niemand in die Quere kommt. Sie können es dann ganz allein mit dem Monster aufnehmen. Endlich freie Hand für Sie.«

Lockhart blickte verzweifelt in die Runde, doch keiner kam ihm zu Hilfe. Er sah jetzt nicht im Entferntesten mehr hübsch aus. Seine Lippen zitterten und ohne sein übliches zähneblitzendes Grinsen sah er schlaffwangig und gebrechlich aus.

»N... nun gut«, sagte er. »Ich geh in mein Büro und – bereite mich vor.«

Und er ging hinaus.

»Schön«, sagte Professor McGonagall mit geblähten Nasenflügeln, »jetzt haben wir *ihn* aus dem Weg. Die Hauslehrer sollten nun gehen und ihren Schülern mitteilen, was geschehen ist. Sagen Sie ihnen, der Hogwarts-Express wird sie gleich morgen früh nach Hause bringen. Und ich bitte die anderen, sich zu vergewissern, dass kein Schüler mehr außerhalb der Schlafsäle geblieben ist.«

Die Lehrer erhoben sich und gingen einer nach dem andern hinaus.

Es war wohl der schlimmste Tag in Harrys ganzem Leben. Er, Ron, Fred und George saßen zusammen in einer Ecke des Gemeinschaftsraums und brachten kein Wort heraus. Percy war nicht da. Er war weggegangen, um Mr und Mrs Weasley eine Eule zu schicken, und hatte sich dann in seinem Zimmer eingeschlossen.

Kein Nachmittag hatte je so lange gedauert wie dieser und nie war es im Gryffindor-Turm so voll und zugleich so still gewesen. Bei Sonnenuntergang gingen Fred und George, die nicht mehr länger herumsitzen konnten, nach oben und zu Bett.

»Sie wusste etwas, Harry«, sagte Ron und sprach damit zum ersten Mal, seit sie sich im Lehrerschrank versteckt hatten. »Deshalb wurde sie entführt. Es war nicht irgendein Blödsinn mit Percy. Sie hat etwas über die Kammer des Schreckens herausgefunden. Das muss der Grund sein, weshalb sie –« Ron rieb sich fieberhaft die trockenen Augen. »Ich meine, sie hat reines Blut. Es kann keinen anderen Grund geben.«

Blutrot sah Harry am Horizont die Sonne untergehen. So schlecht hatte er sich noch nie gefühlt. Wenn er nur etwas tun könnte. Irgendetwas.

»Harry«, sagte Ron. »Glaubst du, es könnte vielleicht doch sein, dass sie nicht – du weißt schon –«

Harry wusste nicht, was er sagen sollte. Er konnte sich nicht vorstellen, dass Ginny noch am Leben war.

»Weißt du was?«, sagte Ron. »Ich glaube, wir sollten zu Lockhart gehen. Ihm sagen, was wir wissen. Er wird versuchen, in die Kammer zu kommen. Wir können ihm sagen, wo wir glauben, dass sie ist, und dass ein Basilisk dort drinsteckt.«

Weil Harry nichts Besseres einfiel und auch er etwas tun wollte, stimmte er zu. Die Gryffindors um sie her waren so niedergeschlagen und die Weasleys taten ihnen so Leid, dass keiner versuchte sie aufzuhalten, als sie aufstanden, den Raum durchquerten und durch das Porträtloch stiegen.

Dunkelheit fiel über das Schloss, während sie zu Lockharts Büro hinuntergingen. Drinnen schien einiges los zu sein. Sie konnten Schleifen und Poltern und eilige Schritte hören.

Harry klopfte und hinter der Tür wurde es jäh still. Dann öffnete sie sich einen winzigen Spaltbreit und sie sahen ein Auge Lockharts.

»Oh – Mr Potter – Mr Weasley –«, sagte er und öffnete die Tür einen Daumenbreit weiter. »Ich bin im Augenblick sehr beschäftigt – wenn Sie sich beeilen würden –«

»Professor, wir haben Ihnen etwas Wichtiges zu sagen«, erklärte Harry. »Wir glauben, es wird Ihnen helfen.«

»Ähm – nun – es ist nicht unbedingt –« Die Seite von Lockharts Gesicht, die sie sehen konnten, sah sehr verlegen aus. »Ich meine – nun – also gut –«

Er öffnete die Tür und sie traten ein.

Sein Büro war fast ganz ausgeräumt. Zwei große Schrankkoffer standen aufgeklappt auf dem Boden. Umhänge, jadegrün, lila, mitternachtsblau, waren in aller Hast in den einen gepackt worden, Bücher stapelten sich kreuz und quer im anderen. Die Fotos, die die Wände bedeckt hatten, lagen in Kisten gestopft auf dem Schreibtisch.

»Gehen Sie etwa fort?«, fragte Harry.

»Ähm, nun, ja«, sagte Lockhart, riss ein lebensgroßes Poster seiner selbst von der Tür und fing an, es aufzurollen. »Dringender Ruf – unvermeidlich – muss gehen –«

»Was ist mit meiner Schwester?«, stieß Ron hervor.

»Nun, was das angeht – unglückliche Sache –«, sagte Lockhart und mied ihre Blicke, während er eine Schublade herauszog und deren Inhalt in eine Tasche kippte. »Keiner bedauert das mehr als ich –«

305

»Sie sind der Lehrer für Verteidigung gegen die dunklen Künste!«, sagte Harry, »Sie können doch jetzt nicht gehen! Bei all den dunklen Machenschaften hier!«

»Nun, ich muss sagen, als ich die Stelle übernahm –«, murmelte Lockhart und häufte jetzt Socken auf seine Umhänge, »nichts davon in der Stellenbeschreibung – hab nicht erwartet –«

»Wollen Sie sagen, Sie *hauen ab?*«, sagte Harry ungläubig. »Nach all dem, was Sie in Ihren Büchern tun –«

»Bücher können irreführen«, sagte Lockhart behutsam.

»Sie haben sie selbst geschrieben«, rief Harry.

»Mein lieber Junge«, sagte Lockhart, richtete sich auf und sah Harry stirnrunzelnd an. »Benutzen Sie doch Ihren gesunden Menschenverstand. Meine Bücher hätten sich nicht halb so gut verkauft, wenn die Leute nicht glauben würden, *ich* hätte das alles getan. Keiner will etwas über einen hässlichen alten armenischen Zauberer lesen, auch wenn er ein Dorf vor den Werwölfen gerettet hat. Auf dem Umschlag würde er fürchterlich aussehen. Keinen Schimmer, wie man sich gut anzieht. Und die Hexe, die die Todesfee von Bandon verbannt hat, hatte eine Hasenscharte. Na hören Sie mal –«

»Also haben Sie einfach den Ruhm für das eingeheimst, was andere Leute getan haben?«, sagte Harry ungläubig.

»Harry, Harry«, sagte Lockhart, ungeduldig den Kopf schüttelnd. »Gar so einfach ist es nicht. Es hat Arbeit gekostet. Ich musste diese Leute aufspüren. Sie fragen, wie sie es genau gemacht haben. Dann musste ich sie mit einem Vergessenszauber belegen, so dass sie sich nicht daran erinnern würden. Wenn es etwas gibt, auf das ich stolz bin, dann sind es meine Vergessenszauber. Nein, es war eine Menge Arbeit, Harry. Es reicht nicht, Bücher zu signieren und Fotos in den Zeitungen zu haben, müssen Sie wissen. Wenn Sie Ruhm wollen, müssen Sie sich auf eine ziemliche Schinderei vorbereiten.«

Er schlug die Kofferdeckel zu und verschloss sie.

»Mal sehen«, sagte er. »Ich glaube, ich hab alles. Ja. Nur noch eins.«

Er zückte seinen Zauberstab und drehte sich zu ihnen herum.

»Tut mir furchtbar Leid, Jungs, aber ich muss euch jetzt mit einem Vergessenszauber belegen. Kann es nicht brauchen, wenn ihr all meine Geheimnisse ausplaudert. Ich würde kein Buch mehr verkaufen –«

Harry kam noch rechtzeitig an seinen Zauberstab. Lockhart wollte gerade seinen heben, als Harry rief: *»Expelliarmus!«*

Lockhart flog nach hinten und fiel rücklings über seinen Koffer. Sein Zauberstab wirbelte durch die Luft; Ron fing ihn auf und warf ihn aus dem offenen Fenster.

»Den hätten Sie uns von Professor Snape nicht zeigen lassen dürfen«, sagte Harry wütend und stieß Lockharts Koffer zur Seite. Lockhart, der nun wieder schlaff wirkte, sah zu ihm hoch. Harry hatte den Zauberstab immer noch auf ihn gerichtet.

»Was haben Sie vor?«, sagte Lockhart mit matter Stimme. »Ich weiß nicht, wo die Kammer des Schreckens ist. Ich kann nichts tun.«

»Sie haben Glück«, sagte Harry und zwang Lockhart mit vorgehaltenem Zauberstab aufzustehen. »Wir glauben zu wissen, wo sie ist. *Und* was drin ist. Gehen wir.«

Lockhart vor sich herschiebend verließen sie das Büro und gingen die nächste Treppe hinunter, den dunklen Korridor entlang, wo die Botschaften an den Wänden leuchteten, bis zur Klotür der Maulenden Myrte.

Sie schickten Lockhart als Ersten hinein. Harry sah vergnügt, dass er zitterte.

Die Maulende Myrte saß auf der Kloschüssel in der letzten Kabine.

»Oh, du bist es«, sagte sie, als sie Harry erkannte. »Was willst du diesmal?«

»Dich fragen, wie du gestorben bist«, sagte Harry.

Schlagartig änderte sich Myrtes ganzes Gebaren. Sie sah aus, als ob ihr noch nie jemand eine so schmeichelhafte Frage gestellt hätte.

»Ooooh, das war schrecklich«, sagte sie genüsslich. »Es ist hier drin geschehen. Ich bin in dieser Kabine gestorben. Ich erinnere mich noch so gut daran. Ich versteckte mich, weil Olive Hornby mich wegen meiner Brille hänselte. Die Tür war verriegelt, und ich weinte, und dann hörte ich jemanden hereinkommen. Dann wurde etwas Komisches gesagt. Eine andere Sprache muss es gewesen sein. Jedenfalls, was mich wirklich gewundert hat, war, dass ein *Junge* sprach. Also hab ich die Tür aufgemacht, um ihm zu sagen, er solle gefälligst verschwinden und sein eigenes Klo benutzen, und dann –« Myrte schwoll an und ihr Gesicht glänzte »– dann bin ich *gestorben.*«

»Wie?«, sagte Harry.

»Keine Ahnung«, sagte Myrte mit gedämpfter Stimme. »Ich weiß nur noch, dass ich ein Paar großer gelber Augen gesehen habe. Mein ganzer Körper wurde starr und dann bin ich davongeschwebt …« Sie sah Harry traumverloren an. »Und dann kam ich wieder zurück. Ich war entschlossen, mit Olive Hornby meinen Schabernack zu treiben. Oh, es tat ihr ja so Leid, dass sie jemals über meine Brille gelacht hatte.«

»Wo genau hast du diese Augen gesehen?«, sagte Harry.

»Irgendwo dort«, sie deutete auf das Waschbecken gegenüber.

Harry und Ron stürzten darauf zu. Lockhart hielt sich im Hintergrund, mit einem Ausdruck sprachlosen Entsetzens im Gesicht.

Es sah aus wie ein gewöhnliches Waschbecken. Sie untersuchten jeden Zentimeter, innen und außen, und auch die Rohre darunter. Und dann stutzte Harry: an der Seite eines der kupfernen Wasserhähne war eine winzige Schlange eingekratzt.

»Der Hahn hat nie funktioniert«, sagte Myrte munter, als sie ihn aufdrehen wollten.

»Harry«, sagte Ron. »Sag was. Etwas in der Parselsprache.«

»Aber –« Harry überlegte fieberhaft. Er hatte immer nur dann Parsel sprechen können, wenn er es mit einer echten Schlange zu tun hatte. Er starrte die winzige Gravur an und versuchte sich vorzustellen, es sei eine lebende Schlange.

»Mach auf«, sagte er.

Er sah Ron an, der den Kopf schüttelte.

»Noch mal«, sagte er.

Harry blickte wieder auf die Schlange und versuchte sich einzureden, sie würde leben. Wenn er den Kopf bewegte, sah es im Kerzenlicht so aus, als würde sie ein wenig schlängeln.

»Mach auf«, sagte er.

Doch es waren nicht diese Worte, die er hörte; ein unheimliches Zischen war ihm entwischt, und sofort erglühte der Hahn strahlend hell und begann sich zu drehen – kurz darauf begann sich das Waschbecken zu bewegen. Es versank gänzlich in die Wand und gab das Ende eines großen Rohres frei, breit genug, damit ein Mensch hindurchrutschen konnte.

Harry hörte Ron aufstöhnen und sah hoch. Er fasste einen Entschluss.

»Ich gehe da runter«, sagte er.

Er konnte jetzt nicht weggehen, nicht jetzt, da sie den Eingang zur Kammer gefunden hatten, nicht, wenn es auch nur den geringsten, unglaublichsten, verrücktesten Hoffnungsschimmer gab, dass Ginny noch lebte.

»Ich auch«, sagte Ron.

Einen Moment lang herrschte Schweigen.

»Nun, Sie scheinen mich wohl kaum zu brauchen«, sagte Lockhart mit dem Schatten seines alten Lächelns auf dem Gesicht. »Ich werde dann –«

Er griff zum Türknopf, doch Ron und Harry richteten ihre Zauberstäbe auf ihn.

»Sie werden als Erster gehen«, knurrte Ron.

Weiß im Gesicht und zauberstablos näherte sich Lockhart der Öffnung.

»Jungs«, sagte er mit schwacher Stimme. »Jungs, was nützt das?«

Harry stach ihm mit dem Zauberstab in den Rücken. Lockhart steckte die Beine in das Rohr.

»Ich glaube wirklich nicht –«, fing er an, doch Ron gab ihm einen Stoß und er schlitterte davon. Harry folgte ihm rasch. Er stieg ins Rohr hinein und ließ sich hinabgleiten.

Es war, als rauschte er eine endlose, schleimige, dunkle Rutschbahn hinab. Er sah andere Rohre in alle Richtungen abzweigen, doch keines war so dick wie das ihre, das in unendlich vielen Windungen steil abwärts lief, und Harry wusste, dass es tief hinabging unter die Schule, in Tiefen weit unterhalb der Kerker. Hinter sich konnte er Ron hören, den es in den Biegungen sacht gegen die Wände schlug.

Und dann, gerade als Harry besorgt überlegte, wie er auf dem Boden aufschlagen würde, bog sich das Rohr nach oben und lief aus. Mit einem nassen Glubschen kullerte er heraus und landete auf dem feuchten Boden eines dunklen Steintunnels, hoch genug, um darin stehen zu können. Harry trat zur Seite, und hinter ihm plumpste Ron aus dem Rohr.

»Wir müssen meilenweit unter der Schule sein«, sagte Harry und seine Stimme hallte im dunklen Tunnel wider.

»Unter dem See wahrscheinlich«, sagte Ron und musterte die glitschigen Wände.

Alle drei drehten sich um und starrten in die Dunkelheit vor ihnen.

»*Lumos!*«, murmelte Harry seinem Zauberstab zu und der begann wieder zu leuchten. »Weiter geht's«, sagte er zu Ron und Lockhart und sie gingen los, ihre Schritte klatschten laut auf dem nassen Boden.

Im Tunnel war es so dunkel, dass sie nur ein paar Meter weit sehen konnten. Im Licht des Zauberstabs wirkten ihre Schatten an den Wänden wie Riesen.

»Nicht vergessen«, sagte Harry, während sie vorsichtig weitergingen, »wenn sich irgendwas bewegt, gleich die Augen schließen …«

Doch der Tunnel war still wie ein Grab, und das erste unerwartete Geräusch, das sie hörten, war ein lautes Knirschen, als Ron auf etwas trat, das sich als Rattenschädel herausstellte. Harry richtete den Zauberstab auf den Boden und sah, dass er übersät war mit kleinen Tierknochen. Angestrengt versuchte er, den Gedanken zu vertreiben, wie Ginny wohl aussehen würde, wenn sie sie fänden, und führte die anderen weiter durch eine dunkle Biegung des Tunnels.

»Harry – da oben ist etwas –«, sagte Ron heiser und packte Harrys Schulter.

Sie erstarrten und sahen nach oben. Harry konnte den Umriss von etwas Riesigem und Rundem sehen, das quer im Tunnel lag. Es bewegte sich nicht.

»Vielleicht schläft es«, flüsterte er mit einem Blick zurück auf die andern beiden. Lockhart hatte die Hände auf die Augen gepresst. Harry wandte sich wieder um und blickte zu dem Wesen empor, und sein Herz schlug so schnell, dass es schmerzte.

Sehr langsam, mit erhobenem Zauberstab, die Augen zu winzigen Schlitzen verengt, schlich Harry sich weiter vor.

Das Licht huschte über eine gigantische Schlangenhaut von leuchtend giftgrüner Farbe, die zusammengerollt und leer quer über dem Tunnelboden lag. Das Geschöpf, das sie abgeworfen hatte, musste mindestens sieben Meter lang sein.

»Ich fass es nicht«, sagte Ron matt.

Plötzlich bewegte sich etwas hinter ihnen. Gilderoy Lockharts Knie hatten nachgegeben.

»Stehen Sie auf«, sagte Ron scharf und richtete den Zauberstab auf Lockhart.

Lockhart rappelte sich hoch – und dann hechtete er auf Ron zu und schlug ihn zu Boden.

Harry sprang vor, doch zu spät – Lockhart erhob sich keuchend, Rons Zauberstab in der Hand und ein strahlendes Lächeln im Gesicht.

»Schluss mit lustig, Jungs!«, sagte er. »Ich nehme ein Stück von dieser Haut nach oben und sag ihnen, es sei zu spät gewesen, um das Mädchen zu retten, und dass ihr beide angesichts ihres zerfleischten Körpers *tragischerweise* den Verstand verloren hättet – sagt eurem Gedächtnis Adieu!«

Er hob Rons zauberbandgeflickten Stab hoch über den Kopf und rief »*Amnesia!*«.

Der Zauberstab explodierte mit der Sprengkraft einer kleinen Bombe. Harry schlang die Arme um den Kopf und rannte los, stolperte über die Reste der Schlangenhaut und versuchte den großen Stücken Tunneldecke auszuweichen, die auf den Boden donnerten. Einen Augenblick später war er allein und starrte auf eine undurchdringliche Wand aus herabgestürzten Felsstücken.

»Ron!«, rief er, »bist du okay? Ron!«

»Ich bin hier«, ertönte eine gedämpfte Stimme hinter

dem Felseinbruch. »Ich bin okay – der Aufschneider allerdings nicht – der Zauberstab hat ihn umgerissen –«

Es gab einen dumpfen Schlag und ein lautes »Au!«. Es hörte sich an, als hätte Ron Lockhart soeben gegen das Schienbein getreten.

»Was jetzt?«, ertönte Rons verzweifelt klingende Stimme. »Wir kommen hier nicht durch – das dauert eine Ewigkeit …«

Harry sah zur Tunneldecke empor. Gewaltige Risse waren jetzt zu sehen. Er hatte noch nie versucht, etwas so Riesiges wie diese Felsen entzweizuzaubern, und dies schien nicht der richtige Moment, um es zu probieren – was, wenn der Tunnel einbrach?

Hinter den Felsen hörte er einen weiteren Schlag und abermals ein »Au!«. Sie verschwendeten ihre Zeit. Ginny war jetzt schon einige Stunden in der Kammer des Schreckens … Harry wusste, dass er nur eins tun konnte.

»Warte dort«, rief er Ron zu. »Warte mit Lockhart. Ich geh weiter … wenn ich in einer Stunde nicht zurück bin …«

Eine sehr gespannte Pause trat ein.

»Ich probier ein paar dieser Felsen wegzuschieben«, antwortete Ron, der offenbar versuchte seine Stimme ruhig klingen zu lassen. »So dass du – zurückkannst. Und, Harry –«

»Wir sehen uns gleich«, sagte Harry und packte so viel Zuversicht in seine zitternde Stimme wie nur möglich.

Dann machte er sich an der riesigen Schlangenhaut vorbei allein auf den Weg.

Bald hörte er nur noch von fern, wie Ron versuchte die Felsen wegzuschieben, und dann war es still. In endlosen Biegungen wand sich der Tunnel fort. Jeder Nerv in Harrys Körper vibrierte unangenehm. Er wünschte, der Tunnel wäre zu Ende, doch ihm graute davor, was er dann finden würde. Und dann, endlich, als er um eine Biegung schlich, sah er vor sich eine Wand, in die zwei ineinander geflochtene

313

Schlangen eingemeißelt waren. Ihre Augen waren große schimmernde Smaragde.

Mit ausgetrockneter Kehle trat Harry näher. Es war nicht nötig, sich einzubilden, dass diese steinernen Schlangen echt waren, denn ihre Augen sahen unheimlich lebendig aus.

Er ahnte, was er zu tun hatte. Er räusperte sich und die Smaragdaugen schienen aufzuflackern.

»*Öffnet*«, sagte Harry mit einem tiefen, schwachen Zischen.

Die Schlangen entflochten sich und in der Wand tat sich ein Spalt auf. Die beiden Wandhälften glitten sanft zur Seite und Harry, von Kopf bis Fuß zitternd, trat ein.

Der Erbe Slytherins

Er stand am Ende einer sehr langen, schwach beleuchteten Kammer. Mächtige Säulen, auch sie umrankt von steinernen Schlangen, ragten empor zur Decke, die im Dunkeln lag. Die Säulen warfen lange schwarze Schatten durch das seltsam grünliche Dämmerlicht, das den Raum erfüllte.

Reglos und mit immer noch rasendem Herzen stand Harry da und lauschte in die kalte Stille hinein. Konnte der Basilisk in einer Ecke lauern, hinter einer Säule? Wo war Ginny?

Er zückte den Zauberstab und ging zwischen den Schlangensäulen hindurch nach vorn. Jeder vorsichtige Tritt hallte von den Wänden wider. Er hatte die Augen zu Schlitzen verengt, bereit, sie bei der kleinsten Bewegung fest zu schließen. Die leeren Augenhöhlen der Steinschlangen schienen ihm zu folgen und es war ihm, als würden sie sich regen. Sein Magen krampfte sich zusammen.

Dann trat er zwischen das letzte Säulenpaar. Vor ihm, an der Rückwand, ragte eine Statue auf, die so hoch war wie die Kammer selbst.

Harry verrenkte sich den Hals, um das riesenhafte Gesicht sehen zu können: es war das alte, affenartige Gesicht eines Zauberers mit langem schmalem Bart, der fast bis zum Saum seines wogenden Steinumhangs herabfiel. Zwei gewaltige graue Füße standen auf dem glatten Kammerboden. Und zwischen den Füßen, mit dem Gesicht nach unten, lag eine kleine Gestalt mit schwarzem Umhang und flammend rotem Haar.

»*Ginny!*«, flüsterte Harry. Mit einem Sprung war er bei ihr und fiel auf die Knie. »Ginny, sei nicht tot, bitte, sei nicht tot –« Er warf den Zauberstab zur Seite, packte Ginny an der Schulter und drehte sie um. Ihr Gesicht war weiß wie Marmor, und ebenso kalt, doch ihre Augen waren geschlossen – also war sie nicht versteinert. Doch dann musste sie –

»Ginny, bitte wach auf«, flüsterte Harry verzweifelt und schüttelte sie. Ginnys Kopf kullerte hoffnungslos hin und her.

»Sie wird nicht aufwachen«, sagte eine leise Stimme.

Harry schrak zusammen und rutschte auf den Knien herum.

Ein großer, schwarzhaariger Junge stand gegen die nächste Säule gelehnt und musterte ihn. Seine Umrisse waren merkwürdig verschwommen, als ob Harry ihn durch ein beschlagenes Fenster sehen würde. Aber es gab keinen Zweifel –

»Tom – *Tom Riddle?*«

Riddle nickte, ohne die Augen von Harrys Gesicht zu wenden.

»Was meinst du damit, sie wird nicht aufwachen?«, fragte Harry verzweifelt. »Sie ist nicht … sie ist doch nicht …?«

»Sie lebt noch«, sagte Riddle. »Gerade noch.«

Harry starrte ihn an. Tom Riddle war vor fünfzig Jahren in Hogwarts gewesen, doch da stand er, ein unheimliches, nebliges Licht um sich ausbreitend, keinen Tag älter als sechzehn.

»Bist du ein Geist?«, fragte Harry unsicher.

»Eine Erinnerung«, sagte Riddle leise. »Fünfzig Jahre lang in einem Tagebuch aufbewahrt.«

Er deutete auf den Boden neben die Riesenzehen der Statue. Dort lag aufgeschlagen der kleine schwarze Taschenkalender, den Harry im Klo der Maulenden Myrte gefunden hatte. Einen Moment lang fragte sich Harry, wie es hierher gekommen war – doch es gab Dringlicheres zu tun.

»Du musst mir helfen, Tom«, sagte Harry und hob abermals Ginnys Kopf. »Wir müssen sie hier rausbringen. Da ist ein Basilisk ... ich weiß nicht, wo er steckt, aber er könnte jeden Augenblick kommen ... bitte, hilf mir –«

Riddle rührte sich nicht. Harry, dem der Schweiß ausbrach, schaffte es, Ginny hochzuheben, und er beugte sich noch einmal zu Boden, um den Zauberstab aufzuheben.

Doch der Zauberstab war verschwunden.

»Hast du meinen –?«

Er sah auf. Riddle sah ihn immer noch an – und mit seinen langen Fingern ließ er Harrys Zauberstab im Kreise wirbeln.

»Danke«, sagte Harry und streckte die Hand nach dem Zauberstab aus.

Ein Lächeln kräuselte Riddles Mundwinkel. Er sah Harry ungerührt an und ließ den Zauberstab gelassen weiterkreisen.

»Hör zu«, sagte Harry unwirsch und seine Knie knickten unter der leblosen Last Ginnys ein. »*Wir müssen hier raus!* Wenn der Basilisk kommt –«

»Er kommt erst, wenn er gerufen wird«, sagte Riddle leise.

Harry konnte Ginny nicht mehr halten und ließ sie wieder zu Boden gleiten.

»Was meinst du damit?«, sagte er. »Gib mir meinen Zauberstab, ich brauch ihn womöglich –«

Riddle verzog lächelnd die Mundwinkel.

»Du wirst ihn nicht brauchen«, sagte er.

Harry starrte ihn an.

»Was meinst du, ich werd ihn nicht –?«

»Ich habe lange auf diese Stunde gewartet, Harry Potter«, sagte Riddle. »Auf die Gelegenheit, dich zu treffen. Mit dir zu sprechen.«

Harry verlor die Geduld. »Hör mal«, sagte er, »ich glaub, du kapierst es nicht. Wir sind in der *Kammer des Schreckens*. Unterhalten können wir uns später –«

317

»Wir reden jetzt«, sagte Riddle immer noch breit lächelnd und steckte Harrys Zauberstab in die Tasche.

Harry starrte ihn an. Etwas sehr Merkwürdiges ging hier vor …

»Was ist mit Ginny passiert?«, fragte er langsam.

»Nun, das ist eine interessante Frage«, sagte Riddle vergnügt. »Und eine ziemlich lange Geschichte. Ich denke, der eigentliche Grund, warum Ginny hier liegt, ist, dass sie ihr Herz ausgeschüttet und all ihre Geheimnisse einem unsichtbaren Fremden verraten hat.«

»Wovon redest du?«, sagte Harry.

»Vom Tagebuch«, sagte Riddle. »*Meinem* Tagebuch. Die kleine Ginny hat Monat für Monat darin geschrieben und mir all ihre jämmerlichen Sorgen und ihr Herzeleid anvertraut – wie ihre Brüder sie *triezen,* wie sie mit gebrauchten Umhängen und Büchern zur Schule kam, und dass –« Riddles Augen funkelten – »und dass sie nicht glaubt, der berühmte, gute, große Harry Potter würde sie *jemals* mögen …«

Während er sprach, wandte Riddle die Augen keinen Moment lang von Harrys Gesicht. Etwas Hungriges lag in seinem Blick.

»Es war sehr *langweilig,* den albernen kleinen Sorgen eines elfjährigen Mädchens zu lauschen«, fuhr er fort. »Doch ich war geduldig. Ich schrieb zurück, ich zeigte Mitgefühl, ich war nett. Ginny hat mich einfach *geliebt. Keiner versteht mich besser als du, Tom … Ich bin so froh, dass ich mich diesem Tagebuch anvertrauen kann … Es ist wie ein Freund, den ich in der Tasche herumtragen kann …*«

Riddle lachte. Es war ein hohes, kaltes Lachen, das nicht zu ihm passte und Harry die Nackenhaare zu Berge stehen ließ.

»Ich darf durchaus von mir behaupten, Harry, dass ich jene, die ich brauchte, immer bezaubern konnte. Und so hat

Ginny mir ihr Herz ausgeschüttet, und ihr Herz war genau das, was ich brauchte. Ich wurde stärker und stärker, denn ich konnte mich von ihren tiefsten Ängsten, ihren dunkelsten Geheimnissen nähren. Ich wurde mächtig, viel mächtiger als die kleine Miss Weasley. Mächtig genug, um Miss Weasley schließlich mit ein paar *meiner* Geheimnisse zu füttern, um *ihr* allmählich ein wenig von *meiner* Seele einzuflößen ...«

»Was meinst du damit«, sagte Harry, dessen Mund jetzt sehr trocken war.

»Hast du es noch nicht erraten, Harry Potter?«, sagte Riddle sanft. »Ginny Weasley hat die Kammer des Schreckens geöffnet. Sie hat die Schulhähne erwürgt und Drohungen an die Wände geschmiert. Sie hat die Schlange von Slytherin auf vier Schlammblüter losgelassen und auf die Katze von diesem Squib.«

»Nein«, flüsterte Harry.

»Ja«, sagte Riddle gelassen. »Natürlich *wusste* sie zuerst nicht, was sie tat. Es war sehr lustig. Ich wünschte, du hättest ihre neuen Tagebucheinträge lesen können ... Wurden jetzt bei weitem interessanter ... *Lieber Tom*«, zitierte er und beobachtete Harrys entsetztes Gesicht, *»ich glaube, ich verliere mein Gedächtnis. Auf meinem Umhang sind überall Hühnerfedern und ich weiß nicht, wie das kommt. Lieber Tom, ich kann mich nicht erinnern, was ich in der Nacht von Halloween getan habe, aber eine Katze wurde angegriffen und ich bin überall mit Farbe bekleckert. Lieber Tom, Percy sagt ständig, ich sei blass und nicht mehr die Alte. Ich glaube, er verdächtigt mich ... Heute gab es wieder einen Angriff und ich weiß nicht, wo ich war. Tom, was soll ich tun? Ich glaube, ich werde verrückt ... Ich glaube, ich bin es, die alle angreift, Tom!«*

Harry ballte die Hände zu Fäusten. Seine Fingernägel gruben sich tief ins Fleisch.

»Es hat sehr lange gedauert, bis die dumme kleine Ginny aufgehört hat, ihrem Tagebuch zu vertrauen«, sagte Riddle.

»Schließlich wurde sie doch misstrauisch und versuchte es loszuwerden. Und dann kamst du auf die Bühne, Harry. Du hast es gefunden, zu meinem allergrößten Vergnügen. Von allen, die es hätten finden können, warst ausgerechnet du es, der Mensch, den ich am sehnlichsten treffen wollte ...«

»Und warum wolltest du mich treffen?«, sagte Harry. Zorn durchflutete ihn und es kostete ihn Mühe, ruhig zu bleiben.

»Nun, sieh mal, Ginny hat mir alles über dich erzählt, Harry«, sagte Riddle, »deine ganze *faszinierende* Geschichte.« Seine Augen wanderten über die blitzförmige Narbe auf Harrys Stirn und nahmen einen noch hungrigeren Ausdruck an. »Ich musste einfach noch mehr über dich rausfinden, mit dir sprechen, dich treffen, wenn ich konnte. Also beschloss ich, dein Vertrauen zu gewinnen und dir meine Ruhmestat vorzuführen: wie ich diesen gewaltigen Hornochsen Hagrid erwischt hab –«

»Hagrid ist mein Freund«, sagte Harry, und seine Stimme zitterte jetzt. »Und du hast ihn reingelegt, oder? Ich dachte, du hättest einen Fehler gemacht, aber –«

Riddle ließ erneut sein hohes Lachen vernehmen.

»Mein Wort stand gegen das von Hagrid, Harry. Du kannst dir vorstellen, wie es für den alten Armando Dippet ausgesehen hat. Auf der einen Seite Tom Riddle, arm, aber brillant, elternlos, aber so *mutig*, Schulsprecher, vorbildlicher Schüler ... auf der anderen Seite der große, stümperhafte Hagrid, gerät alle paar Wochen in Schwierigkeiten, versucht Werwolfjunge unter seinem Bett großzuziehen, schleicht sich in den Verbotenen Wald, um mit Trollen zu raufen ... doch ich gebe zu, selbst *ich* war überrascht, wie gut der Plan funktionierte. Ich dachte, *irgendjemand* müsste doch erkennen, dass Hagrid unmöglich der Erbe Slytherins sein konnte. Selbst *ich* hatte fünf Jahre gebraucht, um alles über die Kammer des Schreckens herauszufinden und den geheimen Eingang zu finden ... und Hagrid sollte den Grips oder die Macht dazu haben?

Nur Dumbledore, der Lehrer für Verwandlung, hielt Hagrid offenbar für unschuldig. Er überredete Dippet, Hagrid als Wildhüter zu behalten. Ja, ich denke, Dumbledore hat etwas geahnt ... Dumbledore schien mich nie so zu mögen wie die anderen Lehrer ...«

»Ich wette, Dumbledore hat dich durchschaut«, sagte Harry mit zusammengebissenen Zähnen.

»Nun ja, er hat mich nach Hagrids Rauswurf genau im Auge behalten, das war ein wenig lästig«, sagte Riddle gleichmütig. »Ich wusste, es würde zu gefährlich sein, die Kammer noch einmal zu öffnen, während ich in der Schule war. Aber all die langen Jahre der Suche nach ihr sollten auch nicht umsonst gewesen sein. Ich beschloss, ein Tagebuch zu hinterlassen und mein sechzehn Jahre altes Selbst in den Seiten aufzubewahren, so dass ich mit ein wenig Glück eines Tages jemand anderen auf meine Spur bringen konnte, um Salazar Slytherins edles Werk zu vollenden.«

»Nun, du hast es nicht vollendet«, sagte Harry siegessicher. »Diesmal ist keiner gestorben, nicht einmal die Katze. In ein paar Stunden ist der Alraunentrank fertig und alle Versteinerten werden wieder gesund –«

»Hab ich dir nicht bereits erklärt«, sagte Riddle gelassen, »dass es mich nicht mehr interessiert, Schlammblüter zu töten? Seit vielen Monaten schon habe ich ein neues Ziel – *dich!*«

Harry starrte ihn an.

»Stell dir vor, wie wütend ich war, als das nächste Mal, da mein Tagebuch geöffnet wurde, Ginny vor mir saß und mir schrieb, und nicht du. Sie hat dich nämlich mit dem Tagebuch gesehen und ist in Panik geraten. Was, wenn du herausfändest, wie es zu gebrauchen ist, und ich dir all ihre Geheimisse verraten würde? Und noch schlimmer, wenn ich dir erzählen würde, wer die Hähne erwürgt hat? Also hat das dumme kleine Gör gewartet, bis keiner mehr in deinem Schlafsaal war, und es gestohlen. Doch ich wusste, was zu tun war. Es war mir klar, dass du auf der Spur des Erben von Slytherin warst. Nach allem, was mir Ginny über dich erzählt hat, wusste ich, dass du vor nichts zurückschrecken würdest, um das Rätsel zu lösen – besonders, wenn deine beste Freundin angegriffen würde. Und Ginny hat mir gesagt, die ganze Schule sei in Aufruhr, weil du Parsel sprechen kannst ...

Also ließ ich Ginny ihren eigenen Abschiedsgruß auf die Wand schreiben und kam hier herunter, um zu warten. Sie hat sich gewehrt und geheult und hat mich *sehr* gelangweilt. Doch jetzt ist nicht mehr viel Leben in ihr ... sie hat zu viel in das Tagebuch gesteckt – in mich. Genug, damit ich endlich dessen Seiten verlassen konnte ... Ich warte auf dich, seit wir hier sind. Ich wusste, du würdest kommen. Ich habe viele Fragen an dich, Harry Potter.«

»Zum Beispiel?«, blaffte ihn Harry an, die Hände immer noch geballt.

»Nun«, sagte Riddle vergnügt lächelnd, »wie kommt es, dass *du* – ein magerer Junge ohne außergewöhnliche magische Begabung – es geschafft hast, den größten Zauberer aller Zeiten zu besiegen? Wie konntest *du* mit nichts weiter als einer Narbe davonkommen, während Lord Voldemorts Kräfte zerstört wurden?«

In seine hungrigen Augen trat jetzt ein merkwürdiges rotes Leuchten.

»Was schert es dich, wie ich überlebte?«, sagte Harry langsam. »Voldemort kam nach deiner Zeit ...«

»Voldemort«, sagte Riddle sanft, »ist meine Vergangenheit, meine Gegenwart und meine Zukunft, Harry Potter ...«

Er zog Harrys Zauberstab aus der Tasche, schwang ihn durch die Luft und schrieb drei schimmernde Wörter:

TOM VORLOST RIDDLE

Und mit einem Schwung des Zauberstabs vertauschten die Buchstaben ihre Plätze:

IST LORD VOLDEMORT

»Siehst du?«, flüsterte er. »Es war ein Name, den ich schon in Hogwarts gebraucht habe, natürlich nur für meine engsten Freunde. Glaubst du etwa, ich wollte für immer den Namen meines miesen Muggelvaters tragen? Ich, in dessen Adern von der Mutter her das Blut von Salazar Slytherin selbst fließt? Ich soll den Namen eines schäbigen, gemeinen Muggels behalten, der mich verließ, noch bevor ich geboren war, nur weil er herausfand, dass seine Frau eine Hexe war? Nein, Harry – ich erfand mir einen neuen Namen, einen Namen, von dem ich wusste, dass Zauberer allerorten ihn eines Tages, wenn ich der größte Zaubermeister der Welt sein würde, vor Angst nicht auszusprechen wagen würden!«

Harrys Gehirn schien wie gelähmt. Benommen starrte er Riddle an, den Waisenjungen, der später Harrys Eltern töten sollte und wie viele andere noch … Endlich zwang er sich zu sprechen.

»Das bist du nicht«, sagte er leise und mit hasserfüllter Stimme.

»Was nicht?«, fuhr ihn Riddle an.

»Nicht der größte Zauberer der Welt«, sagte Harry rasch atmend. »Tut mir Leid, dass ich dich enttäuschen muss, doch der größte Zauberer der Welt ist Albus Dumbledore. Das sagen alle. Selbst als du stark warst, hast du nicht gewagt, Hogwarts zu erobern. Dumbledore hat dich schon durchschaut, als du noch in der Schule warst, und er macht dir immer noch Angst, wo du dich auch heute verstecken magst –«

Das Lächeln war aus Riddles Gesicht gewichen und er schaute Harry mit einem sehr hässlichen Blick an.

»Dumbledore ist durch mein bloßes *Gedächtnis* aus diesem Schloss vertrieben worden!«, zischte er.

»Er ist nicht so fern, wie du glauben möchtest!«, erwiderte Harry. Er sprach so dahin, um Riddle Furcht einzujagen, ohne zu glauben, dass es stimmte –

Riddle öffnete den Mund, doch dann erstarrte er.

Von irgendwoher kam Musik. Riddle wirbelte herum und starrte durch die leere Kammer. Die Musik wurde lauter. Es war unheimliche Musik, sie ließ einen erschaudern, als wäre sie nicht von dieser Welt; Harrys Nackenhaare sträubten sich und sein Herz fühlte sich an, als wolle es auf die doppelte Größe anschwellen. Dann, als die Musik einen so hohen Ton erreicht hatte, dass Harrys Rippen erzitterten, brachen hoch oben an der Säule neben ihm Flammen aus.

Ein scharlachroter Vogel, groß wie ein Schwan, tauchte aus den Flammen auf und zwitscherte seine unheimliche Musik der gewölbten Decke entgegen. Er hatte einen golden schimmernden Schweif, lang wie der eines Pfaus, und leuchtend goldene Krallen, die ein zerlumptes Bündel trugen.

Eine Sekunde später schwebte der Vogel geradewegs auf Harry zu. Er ließ das zerlumpte Ding vor seine Füße fallen und landete dann schwer auf seiner Schulter. Während der Vogel seine großen Flügel faltete, sah Harry hoch und erkannte einen langen, scharfen goldenen Schnabel und ein perlenes schwarzes Auge.

Der Vogel hörte auf zu singen. Er saß still und wärmend an Harrys Wange und starrte unverwandt Riddle an.

»Das ist ein Phönix …«, sagte Riddle misstrauisch zurückstarrend.

»*Fawkes?*«, hauchte Harry und die goldenen Krallen des Vogels drückten sanft seine Schulter.

»Und *das* –«, sagte Riddle und beäugte nun das zerlumpte Ding, das Fawkes hatte fallen lassen, »das ist der alte Sprechende Hut der Schule –«

So war es. Geflickt, zerzaust und schmutzig lag der Hut reglos zu Harrys Füßen.

Riddle begann wieder zu lachen. Er lachte so heftig, dass die dunkle Kammer davon widerhallte, als ob zehn Riddles auf einmal lachten –

»Das also schickt Dumbledore seinem Verteidiger! Einen Singvogel und einen alten Hut! Fühlst du dich ermutigt, Harry Potter? Fühlst du dich jetzt sicher?«

Harry antwortete nicht. Noch sah er ganz und gar nicht, was ihm Fawkes und der Sprechende Hut nützen würden, doch er war nicht mehr allein und mit wachsendem Mut wartete er, bis Riddle aufhörte zu lachen.

»Spaß beiseite, Harry«, sagte Riddle, immer noch breit lächelnd. »Zweimal – in *deiner* Vergangenheit – in *meiner* Zukunft – sind wir uns begegnet. Und zweimal ist es mir nicht gelungen, dich zu töten. *Wie hast du überlebt?* Sag mir alles. Je länger du sprichst«, fügte er sanft hinzu, »desto länger bleibst du am Leben.«

Harry dachte rasch nach und wog seine Chancen ab. Riddle hatte den Zauberstab. Er hatte Fawkes und den Sprechenden Hut, und keiner von beiden würde ihm in einem Duell viel nützen. Es sah schlecht aus, gewiss … doch je länger Riddle dastand, desto mehr Leben sickerte aus Ginny heraus … und inzwischen, stellte Harry plötzlich fest, wurde Riddles Umriss klarer, fester … Wenn es ein Kampf zwischen ihm und Riddle geben musste, dann so schnell wie möglich.

»Keiner weiß, warum deine Kräfte verloren gingen, als du mich angegriffen hast«, sagte Harry brüsk. »Ich weiß es selbst nicht. Doch ich weiß, warum du mich nicht *töten* konntest.

Weil meine Mutter starb, um mich zu retten. Meine einfache, *von Muggeln geborene* Mutter«, fügte er hinzu, zitternd vor unterdrückter Wut. »Sie hat dich daran gehindert, mich zu töten. Und ich habe dein wahres Selbst gesehen, letztes Jahr. Du bist ein Wrack. Du bist kaum noch am Leben. All deine Macht hat dir nichts weiter eingebracht. Du versteckst dich. Du bist hässlich, du bist abscheulich –«

Riddles Gesicht verzerrte sich. Dann zwang er es zu einem grässlichen Lächeln.

»Soso. Deine Mutter ist gestorben, um dich zu retten. Ja, das ist ein mächtiger Gegenzauber. Jetzt verstehe ich ... es ist trotz allem nichts Besonderes an dir. Ich hab mich gewundert, weißt du. Schließlich gibt es merkwürdige Ähnlichkeiten zwischen uns. Selbst du musst das bemerkt haben. Beide Halbblütige, Waisen, von Muggeln aufgezogen. Wahrscheinlich die einzigen Parselzungen, die seit dem großen Slytherin nach Hogwarts kamen. Wir sehen uns sogar ein wenig *ähnlich* ... doch am Ende hat dich nur eine glückliche Fügung vor mir gerettet. Das ist alles, was ich wissen wollte.«

Harry wartete angespannt darauf, dass Riddle seinen Zauberstab heben würde. Doch Riddles verzerrtes Lächeln wurde wieder breiter.

»Nun, Harry, werde ich dir eine kleine Lektion erteilen. Messen wir die Kräfte von Lord Voldemort, dem Erben von Salazar Slytherin, mit denen des berühmten Harry Potter und den besten Waffen, die Dumbledore ihm geben kann ...«

Er warf einen belustigten Blick auf Fawkes und den Sprechenden Hut und ging davon. Harry, dem die Angst dumpf die Beine hochkroch, sah, wie Riddle zwischen den hohen Säulen stehen blieb und zum steinernen Gesicht Slytherins emporblickte, hoch oben im Halbdunkel. Riddle öffnete weit den Mund und zischte – doch Harry verstand, was er sagte ...

»Sprich zu mir, Slytherin, Größter der Vier von Hogwarts.«

Harry wirbelte herum und sah zum Kopf der Statue hoch; Fawkes schlug mit den Flügeln.

Slytherins gigantisches Steingesicht begann sich zu regen. Von Grauen gepackt sah Harry, wie sich der Mund öffnete, immer weiter, und ein riesiges schwarzes Loch freigab.

Und etwas bewegte sich im Innern des steinernen Mundes. Etwas wand sich aus seinen Tiefen empor.

Harry wich zurück, bis er gegen die dunkle Wand stieß. Er presste die Augen zusammen und dann spürte er, wie Fawkes, mit dem Flügel gegen seine Wange schlagend, von seiner Schulter flatterte. »Lass mich nicht allein!«, wollte Harry ihm nachrufen, doch welche Chance hatte ein Phönix gegen den König der Schlangen?

Etwas Riesiges klatschte auf den steinernen Boden der Kammer und ließ ihn erzittern. Harry wusste, was geschah, er konnte es spüren, konnte fast sehen, wie die Schlange sich aus Slytherins Mund herauswand – dann hörte er Riddles zischende Stimme:

»Töte ihn.«

Der Basilisk schlängelte auf Harry zu, er konnte seinen schweren Körper über den staubigen Boden gleiten hören. Die Augen immer noch geschlossen, rannte Harry mit tastenden Händen an der Wand entlang – Voldemort lachte –

Harry stolperte. Er schlug hart auf den Steinboden und schmeckte Blut – die Schlange war nur noch ein paar Meter von ihm entfernt, er hörte sie näher kommen –

Nicht weit über seinem Kopf hörte er ein lautes, knallendes Spucken und dann traf ihn etwas Schweres so heftig, dass er gegen die Wand geschleudert wurde. Gleich würden Giftzähne in seinen Körper dringen, dachte er, und wieder hörte er ein rasendes Zischen und etwas, das wütend gegen die Säulen klatschte.

Er konnte nicht anders – er öffnete die Augen weit genug, um etwas sehen zu können.

Die riesige Schlange, leuchtend giftgrün, dick wie ein alter Baumstamm, hatte sich hoch in die Luft erhoben und ihr großer, stumpfer Kopf wankte wie betrunken zwischen den Säulen umher. Harry erschauderte, bereit, die Augen zu schließen, sobald sie sich umdrehte – und dann sah er, was die Schlange abgelenkt hatte.

Fawkes schwebte um ihren Kopf herum und der Basilisk schnappte mit langen, säbeldünnen Giftzähnen nach ihm –

Fawkes stürzte sich kopfüber in die Tiefe. Sein langer goldener Schnabel verschwand und ein jäher Schauer von dunklem Blut benetzte den Boden. Die Schlange schlug mit dem Schwanz aus und verfehlte Harry nur knapp, und noch bevor Harry die Augen schließen konnte, schoss sie herum – er blickte ihr direkt ins Gesicht und sah, dass ihre Augen, beide großen wulstigen Augen, vom Phönix durchstochen worden waren; Blut floss auf den Boden und die Schlange zischte in tödlicher Qual.

»*Nein!*«, hörte Harry Voldemort schreien, »*lass den Vogel! Lass den Vogel! Der Junge ist hinter dir! Du kannst ihn riechen! Töte ihn!*«

Die geblendete Schlange wankte, verstört, doch immer noch todbringend. Fawkes umkreiste weiter ihren Kopf, sein schauriges Lied singend, und hackte hin und wieder auf ihre schuppige Nase ein, während das Blut aus ihren zerstörten Augen quoll.

»Helft mir, helft mir«, flüsterte Harry fiebrig, »jemand – irgendwer –«

Wieder peitschte die Schlange mit dem Schwanz über den Boden. Harry duckte sich. Etwas Weiches hatte ihn im Gesicht getroffen.

Der Basilisk hatte den Sprechenden Hut in Harrys Arme

gewischt. Harry packte ihn. Er war alles, was er noch hatte, seine einzige Chance – er drückte ihn auf den Kopf und warf sich flach zu Boden, und schon peitschte der Schwanz des Basilisken über ihn hinweg.

»*Hilf mir – hilf mir –*«, dachte Harry, die Augen unter dem Hut fest zugekniffen – »*bitte, hilf mir –*«

Keine Stimme antwortete. Stattdessen zog sich der Hut zusammen, als würde ihn eine unsichtbare Hand fest umklammern.

Etwas sehr Hartes und Schweres fiel auf Harrys Kopf und er wurde fast ohnmächtig. Er sah Sterne funkeln und packte die Spitze des Hutes, um ihn herunterzureißen, doch unter dem Stoff spürte er etwas Langes und Hartes.

Im Innern des Hutes war ein silbern schimmerndes Schwert erschienen, auf dessen Griff eiergroße Rubine glitzerten.

»*Töte den Jungen! Lass den Vogel! Der Junge ist hinter dir, schnuppere – riech ihn!*«

Harry stand auf, bereit zum Kampf. Der Kopf des Basilisken fiel herab, der Körper wälzte sich umher und schlug gegen die Säulen, als er sich Harry zuwandte. Er konnte die riesigen, blutigen Augenhöhlen sehen, das Maul, weit aufgerissen, weit genug, um ihn auf einmal zu verschlingen, versehen mit Zähnen, so lang wie sein Schwert, schimmernd und giftig –

Blindlings stieß der Kopf vor – Harry duckte sich weg und schlug gegen die Wand. Wieder stieß der Basilisk zu, und seine gespaltene Zunge peitschte Harry gegen die Schulter. Harry hob das Schwert mit beiden Händen –

Der Basilisk stieß abermals zu, und diesmal zielte er richtig – Harry stürzte sich mit der Kraft seines ganzen Gewichts nach vorn und trieb das Schwert bis zum Heft in das Gaumendach der Schlange –

Warmes Blut strömte über Harrys Arme herab, doch nun spürte er oberhalb des Ellbogens einen stechenden Schmerz. Ein langer, giftiger Zahn senkte sich tiefer und tiefer in seinen Arm und splitterte ab, als der Basilisk zur Seite kippte und zuckend zu Boden fiel.

Harry glitt an der Mauer herunter. Er packte den Zahn, der Gift durch seinen Körper jagte, und zog ihn aus dem Arm. Doch er wusste, dass es zu spät war. Glühend heißer Schmerz breitete sich von der Wunde aus. Er ließ den Zahn fallen und sah noch, wie sein eigenes Blut den Umhang durchnässte, dann trübte sich sein Blick. Die Kammer verschwamm in einem Wirbel dunkler Farben.

Ein Fleck Scharlachrot schwebte vorbei und Harry hörte das leise Geklapper von Klauen hinter sich.

»Fawkes«, sagte Harry mit schwerer Zunge. »Du warst klasse, Fawkes ...« Er spürte, wie der Vogel seinen schönen Kopf auf die Stelle legte, wo der Schlangenzahn ihn durchstochen hatte.

Harry hörte Schritte widerhallen und dann tauchte ein dunkler Schatten vor ihm auf.

»Du bist tot, Harry Potter«, hörte er Riddles Stimme über sich. »Tot. Selbst Dumbledores Vogel weiß das. Siehst du, was er tut, Potter? Er weint.«

Harry blinzelte. Fawkes' Kopf wurde klar und verschwamm dann wieder. Dicke, perlene Tränen kullerten die glänzenden Federn hinab.

»Ich bleibe hier sitzen und sehe zu, wie du stirbst, Harry Potter. Lass dir Zeit. Ich hab's nicht eilig.«

Harry fühlte sich benommen. Alles um ihn her schien sich zu drehen.

»So endet der berühmte Harry Potter«, sagte Riddles ferne Stimme. »Allein in der Kammer des Schreckens, aufgegeben von seinen Freunden, am Ende besiegt vom Dunklen Lord, den er so vorwitzig herausgefordert hat. Bald bist du bei deiner lieben Schlammblutmutter, Harry ... sie hat dir zwölf Jahre geborgte Zeit verschafft ... doch Lord Voldemort hat dich schließlich gekriegt, und du wusstest, dass es so kommen musste ...«

Wenn dies Sterben ist, dachte Harry, dann ist es gar nicht so übel.

Selbst der Schmerz ließ nach.

Aber war dies das Sterben? Die Kammer, anstatt schwarz zu werden, schien wieder schärfere Umrisse anzunehmen. Harry drehte den Kopf leicht zur Seite und sah Fawkes, der immer noch den Kopf auf seinen Arm gelegt hatte. Perlene Tränen schimmerten im Umkreis der Wunde – aber da war gar keine Wunde mehr –

»Weg von ihm, Vogel«, ertönte plötzlich Riddles Stimme. »Weg von ihm – ich sagte, *weg hier* –«

Harry hob den Kopf. Riddle deutete mit Harrys Zauberstab auf Fawkes; es gab einen Knall, laut wie ein Gewehrschuss, und wieder flatterte Fawkes in einem Wirbel aus Gold und Scharlach davon.

»Phönixtränen ...«, sagte Riddle leise und starrte auf Harrys Arm. »Natürlich ... heilende Kräfte ... ganz vergessen ...«

Er sah Harry ins Gesicht. »Macht nichts. In Wahrheit mag ich es lieber auf diese Weise. Nur du und ich, Harry Potter ... du und ich ...«

Er hob den Zauberstab –

Doch da, heftig mit den Flügeln schlagend, kam Fawkes wieder herbeigeschwebt und ließ etwas in seinen Schoß fallen – *das Tagebuch*.

Den Bruchteil einer Sekunde lang starrten Harry und Riddle mit immer noch erhobenem Zauberstab auf das Tagebuch. Dann, ohne nachzudenken, ohne zu zögern, als habe er es schon immer vorgehabt, hob Harry den Basiliskzahn vom Boden und stach ihn mitten ins Herz des Buches.

Ein langer, fürchterlicher, durchdringender Schrei ertönte. Tinte quoll in Sturzbächen aus dem Buch, strömte über Harrys Hände und überflutete den Boden. Riddle wand und krümmte sich, schreiend und mit den Armen rudernd, und dann –

Er war verschwunden. Harrys Zauberstab fiel klappernd zu Boden und es herrschte Stille. Stille mit Ausnahme des stetigen *tropf, tropf* der Tinte, die immer noch aus dem Tagebuch heraussickerte. Der Giftzahn des Basilisken hatte ein knisterndes Loch mitten hindurch gebrannt.

Am ganzen Leib zitternd richtete Harry sich auf. Ihm drehte sich alles, als ob er gerade meilenweit mit Flohpulver gereist wäre. Schwerfällig sammelte er den Zauberstab und den Sprechenden Hut auf, und dann, mit einem gewaltigen Ruck, zog er das schimmernde Schwert aus dem Maul des Basilisken.

Da hörte er ein schwaches Stöhnen vom Ende der Kammer. Ginny regte sich. Bis Harry bei ihr war, hatte sie sich schon aufgesetzt. Ihr verwirrter Blick wanderte von der riesigen Gestalt des toten Basilisken zu Harry in seinem blutgetränkten Umhang und zum Tagebuch in seiner Hand. Sie stöhnte laut auf und erschauderte und Tränen flossen ihr übers Gesicht.

»Harry, ach, Harry – ich wollte es dir beim F…Frühstück sagen, aber ich k…*konnte* es nicht vor Percy – *ich* war's, Harry – aber ich – ich sch…schwöre, ich wollte es nicht – R…Riddle hat mich dazu gebracht, er h…hat mich geholt – und – *wie* hast du dieses – dieses Ding da – getötet? Wo ist Riddle? Das Letzte, an das ich mich erinnere, ist, dass er aus seinem Tagebuch kam –«

»Es ist alles gut«, sagte Harry, hielt das Buch empor und

zeigte Ginny das Loch, das der Giftzahn hinterlassen hatte. »Riddle ist erledigt. Schau! Er *und* der Basilisk. Komm, Ginny, verschwinden wir von hier –«

»Sie werden mich von der Schule schmeißen«, weinte Ginny, als Harry ihr ungeschickt auf die Beine half. »Ich hab mich so gefreut, nach Hogwarts zu kommen, schon seit B...Bill hinging und j...jetzt muss ich wieder fort und – *w...was werden Mum und Dad sagen?*«

Fawkes wartete auf sie, über dem Eingang der Kammer schwebend. Harry drängte Ginny, schnell zu gehen; sie stapften über den reglosen Schwanz des toten Basilisken, durch die von Echos erfüllte Düsternis und zurück in den Tunnel. Harry hörte, wie die Steintore hinter ihnen mit einem leisen Zischen zuschlugen.

Nachdem sie ein paar Minuten durch die Finsternis gegangen waren, hörte Harry von fern ein Geräusch. Es waren Steine, die über den Boden geschleift wurden.

»Ron!«, schrie Harry und ging schneller. »Ginny geht es gut! Ich hab sie!«

Er hörte den gedämpften Freudenschrei Rons, und als sie um die nächste Biegung kamen, sahen sie sein begeistertes Gesicht durch den erstaunlich breiten Spalt lugen, den er zwischen den Felsbrocken geschaffen hatte.

»*Ginny!*« Ron versagte die Stimme, als er einen Arm durch die Lücke steckte, um sie zuerst hindurchzuziehen. »Du lebst! Ich kann's nicht fassen! Was ist passiert?«

Er versuchte sie in den Arm zu nehmen, doch Ginny sträubte sich schluchzend.

»Aber du bist gesund, Ginny«, sagte Ron und strahlte sie an. »Es ist vorbei, es ist – wo kommt eigentlich dieser Vogel her?«

Fawkes war nach Ginny durch den Spalt geflattert.

»Er gehört Dumbledore«, sagte Harry und quetschte sich nun ebenfalls hindurch.

»Und wie kommst du zu dem *Schwert?*«, sagte Ron und starrte mit offenem Mund die schimmernde Waffe in Harrys Hand an.

»Das erklär ich dir, wenn wir hier raus sind«, sagte Harry mit einem Seitenblick auf Ginny.

»Aber –«

»Später«, sagte Harry rasch. Er hielt es für keine gute Idee, Ron jetzt schon zu sagen, wer die Kammer des Schreckens geöffnet hatte, nicht vor Ginny jedenfalls. »Wo steckt Lockhart?«

»Dahinten«, sagte Ron grinsend und nickte mit dem Kopf zum Rohr am anderen Ende des Tunnels. »Geht ihm ziemlich dreckig. Komm mit.«

Von Fawkes geführt, dessen scharlachrote Flügel einen sanften goldenen Schimmer in der Dunkelheit verbreiteten, gingen sie den ganzen Weg zurück zur Mündung des Rohrs. Dort saß, friedlich vor sich hin summend, Gilderoy Lockhart.

»Er hat sein Gedächtnis verloren«, sagte Ron. »Der Vergessenszauber ist nach hinten losgegangen. Hat ihn selbst erwischt. Er hat keine Ahnung, wer er ist, wo er ist und wer wir sind. Ich hab ihm gesagt, er soll hier warten, sonst bringt er sich noch selbst in Gefahr.«

Lockhart schaute gut gelaunt zu ihnen hoch.

»Hallo«, sagte er. »Komischer Ort ist das. Lebt ihr hier?«

»Nein«, sagte Ron und sah Harry stirnrunzelnd an.

Harry beugte sich hinunter und schaute in die lange dunkle Röhre.

»Hast du eine Idee, wie wir hier wieder hochkommen?«, sagte er zu Ron.

Ron schüttelte den Kopf, doch der Phönix war an Harry vorbeigerauscht und flatterte nun vor seinem Gesicht. Seine Perlenaugen leuchteten hell in der Dunkelheit. Er wedelte mit seinem langen goldenen Federschweif. Harry sah ihn unsicher an.

»Sieht aus, als wolle er, dass du dich festhältst ...«, sagte Ron verdutzt. »Aber du bist viel zu schwer, als dass ein Vogel dich da hochziehen könnte.«

»Fawkes«, sagte Harry, »ist kein gewöhnlicher Vogel.« Er wandte sich rasch zu den andern um. »Wir müssen uns aneinander festhalten. Ginny, du nimmst Rons Hand. Professor Lockhart –«

»Er meint Sie«, sagte Ron in scharfem Ton zu Lockhart. »Sie halten Ginnys andere Hand.«

Harry steckte das Schwert und den Sprechenden Hut in den Gürtel, Ron hielt sich hinten an seinem Umhang fest und Harry streckte die Hand aus und griff nach Fawkes' merkwürdig heißen Schwanzfedern.

Eine ungewöhnliche Leichtigkeit schien durch seinen ganzen Körper zu fluten und einen Augenblick später rauschten sie durch das Rohr nach oben. Harry konnte Lockhart unter sich hin und her schwingen hören. »Unglaublich! Unglaublich!«, rief er. »Das ist ja wie Zauberei!« Die kalte Luft peitschte durch Harrys Haar und bevor er den Spaß an der Fahrt verlor, war sie auch schon vorbei – alle vier klatschten auf den nassen Boden im Klo der Maulenden Myrte, und während Lockhart seinen Hut zurechtrückte, glitt das Waschbecken, das das Rohr verbarg, wieder an seinen Platz.

Myrte machte Glubschaugen.

»Du lebst ja noch«, sagte sie mit tonloser Stimme zu Harry.

»Kein Grund, so enttäuscht zu sein«, sagte er grimmig und wischte die Blut- und Schleimspritzer von seiner Brille.

»Nun ja ... ich hab nur ein wenig nachgedacht. Wenn du gestorben wärst, hättest du gerne meine Toilette mit mir teilen können«, sagte Myrte und lief silbern an.

»Uääh«, sagte Ron, als sie das Klo verließen und in den

dunklen, verlassenen Korridor hinaustraten. »Harry! Ich
glaub, Myrte hat sich in dich *verknallt!* Du hast eine Konkur-
rentin, Ginny!«

Doch immer noch kullerten Tränen über Ginnys stummes
Gesicht.

»Wohin jetzt?«, sagte Ron mit einem besorgten Blick auf
Ginny. Harry deutete nach vorn.

Fawkes, golden im dunklen Gang glühend, wies ihnen
den Weg. Sie gingen ihm nach und kurze Zeit später standen
sie vor Professor McGonagalls Büro.

Harry klopfte und öffnete die Tür.

Dobbys Belohnung

Einen Moment lang herrschte Stille und alle starrten auf Harry, Ron, Ginny und Lockhart, die verdreckt, schleimbeschmiert und (in Harrys Fall) blutbespritzt dastanden. Dann ertönte ein Schrei.

»*Ginny!*«

Es war Mrs Weasley, die vor dem Kamin gesessen hatte. Sie sprang auf, Mr Weasley folgte ihr, und beide stürzten sich auf ihre Tochter.

Harry jedoch sah an ihnen vorbei. Professor Dumbledore stand am Kamin, mit strahlenden Augen, und neben ihm saß Professor McGonagall, die sich an die Brust gegriffen hatte und zur Beruhigung tief durchatmete. Fawkes flatterte an Harrys Ohr vorbei und ließ sich auf Dumbledores Schulter nieder, und schon holte sich Mrs Weasley auch Harry in die Arme.

»Du hast sie gerettet! Du hast sie gerettet! *Wie* hast du das nur geschafft?«

»Das, glaube ich, würden wir alle gern erfahren«, sagte Professor McGonagall mit matter Stimme.

Mrs Weasley ließ Harry los, der einen Moment zögerte. Dann ging er hinüber zum Schreibtisch und legte den Sprechenden Hut, das rubinbesetzte Schwert und das Überbleibsel von Riddles Tagebuch darauf ab.

Und dann fing er an, ihnen alles zu erzählen. Fast eine Viertelstunde lang sprach er in das gespannte Schweigen hinein: Er erzählte von der körperlosen Stimme und wie Hermine schließlich begriffen hatte, dass er einen Basilisken in den Rohren gehört hatte; wie er und Ron den Spinnen in den Wald gefolgt waren, wo Aragog ihnen sagte, wo das letzte Opfer des Basilisken gestorben war; wie er auf den Gedanken kam, dass die Maulende Myrte dieses Opfer gewesen war und dass der Eingang zur Kammer des Schreckens in ihrer Toilette sein könnte ...

»Sehr gut«, half Professor McGonagall ein wenig nach, als er innehielt, »Sie haben also herausgefunden, wo der Eingang ist – und nebenher gut hundert Schulregeln in Stücke gehauen, könnte ich hinzufügen – aber wie um alles in der *Welt* sind sie da alle wieder lebend rausgekommen, Potter?«

Und so erzählte ihnen Harry mit inzwischen heiserer Stimme, dass Fawkes genau im richtigen Moment aufgetaucht sei und der Sprechende Hut ihm das Schwert gegeben habe. Doch dann versagte ihm die Stimme. Er hatte es bisher vermieden, Riddles Tagebuch zu erwähnen – oder Ginny. Sie hatte den Kopf an Mrs Weasleys Schulter gedrückt und Tränen liefen leise ihre Wangen hinunter. Was, wenn man sie von der Schule weisen würde?, dachte Harry panisch. Riddles Tagebuch funktionierte nicht mehr ... wie konnten sie beweisen, dass *er* es war, der Ginny zu allem gezwungen hatte?

Unwillkürlich sah Harry zu Dumbledore hinüber. In seinen halbmondförmigen Brillengläsern spiegelte sich der Schein des Kaminfeuers und er lächelte kaum merklich.

»Was *mich* am meisten interessiert«, sagte Dumbledore sanft, »ist die Frage, wie Lord Voldemort es geschafft hat, Ginny zu verzaubern, wo meine Kundschafter mir doch sagen, dass er sich gegenwärtig in den Wäldern Albaniens versteckt.«

Erleichterung – warme, überwältigende, herrliche Erleichterung – durchflutete Harry.

»W...was soll das heißen?«, sagte Mr Weasley verblüfft.

»*Du-weißt-schon-wer?* Hat *Ginny* ver-verzaubert? Aber Ginny ist nicht ... Ginny war nicht ... oder?«

»Es war sein Tagebuch«, sagte Harry rasch, nahm es hoch und zeigte es Dumbledore. »Riddle hat es geschrieben, als er sechzehn war ...«

Dumbledore nahm das Tagebuch aus Harrys Hand und senkte neugierig seine lange Hakennase auf die verbrannten und durchweichten Seiten hinab.

»Brillant«, sagte er leise. »Natürlich war er der wohl brillanteste Schüler, den Hogwarts je gesehen hat.« Er wandte sich zu den Weasleys um, die völlig perplex aussahen.

»Sehr wenige wissen, dass Lord Voldemort einst Tom Riddle hieß. Ich selbst war sein Lehrer, vor fünfzig Jahren in Hogwarts. Er verschwand, nachdem er die Schule verlassen hatte ... reiste in der Welt herum ... versank tief in die dunklen Künste, hat sich mit den Schlimmsten von uns zusammengetan, unterzog sich so vielen gefährlichen, magischen Verwandlungen, dass er, als er als Lord Voldemort wieder auftauchte, kaum wieder zu erkennen war. Kaum jemand hat Lord Voldemort mit dem klugen, hübschen Jungen in Verbindung gebracht, der einst hier Schulsprecher war.«

»Aber Ginny«, sagte Mrs Weasley, »was hat unsere Ginny mit ... mit *ihm* zu tun?«

»Sein T...Tagebuch!«, schluchzte Ginny, »ich hab darin geschrieben und er hat das ganze Jahr über zurückgeschrieben –«

»*Ginny!*«, sagte Mr Weasley verblüfft. »Hab ich dir denn *gar nichts* beigebracht? Was hab ich dir immer gesagt? Trau nie etwas, das selbst denken kann, *wenn du nicht sehen kannst, wo es sein Hirn hat?* Warum hast du das Tagebuch nicht mir oder deiner Mutter gezeigt? So ein verdächtiger Gegenstand, *natürlich* steckte es voll schwarzer Magie –«

»Ich – h...hab es nicht gewusst«, schluchzte Ginny, »ich hab es in einem der Bücher gefunden, die Mum mir gegeben hat, ich d...dachte, jemand hätte es einfach dringelassen und es vergessen –«

»Miss Weasley sollte sofort hochgehen in den Krankenflügel«, unterbrach sie Dumbledore mit gebieterischer Stimme. »Das alles war eine schreckliche Qual für sie. Es gibt keine Bestrafung. Ältere und weisere Zauberer wurden bereits von Lord Voldemort hinters Licht geführt.« Er schritt hinüber zur Tür und öffnete sie. »Bettruhe und vielleicht ein großer, dampfender Becher heißer Kakao, mich jedenfalls muntert das immer auf.« Freundlich zwinkernd sah er zu ihr hinab. »Madam Pomfrey wird noch wach sein. Sie gibt gerade den Alraunensaft aus – ich wage zu behaupten, die Opfer des Basilisken werden jeden Moment aufwachen.«

»Also wird Hermine gesund!«, sagte Ron freudestrahlend.

»Niemand hat einen bleibenden Schaden erlitten, Ginny«, sagte Dumbledore.

Mrs Weasley begleitete Ginny hinaus und Mr Weasley, immer noch tief erschüttert, folgte ihnen.

»Wissen Sie, Minerva«, sagte Professor Dumbledore nachdenklich zu Professor McGonagall, »ich glaube, all das verlangt nach einem guten *Fest*. Darf ich Sie bitten, die Küchen auf Trab zu bringen?«

»Gut«, sagte Professor McGonagall forsch und ging zur Tür. »Sie erledigen das mit Potter und Weasley alleine, nicht wahr?«

»Gewiss«, sagte Dumbledore.

Sie ging hinaus und Harry und Ron sahen Dumbledore unsicher an. Was genau hatte Professor McGonagall gemeint mit *erledigen*? Keinesfalls – *keinesfalls* – würden sie jetzt bestraft werden?

»Soweit ich mich erinnere, hab ich euch beiden gesagt, ich müsse euch von der Schule weisen, falls ihr noch einmal die Regeln brecht«, sagte Dumbledore.

Ron öffnete den Mund vor Entsetzen.

»Was allerdings heißt, dass selbst die Besten von uns manchmal die eigenen Worte wieder schlucken müssen«, fuhr Dumbledore lächelnd fort. »Sie beide werden Besondere Auszeichnungen für Verdienste um die Schule bekommen und – überlegen wir mal – ja, ich denke, zweihundert Punkte pro Nase für Gryffindor erhalten.«

Ron lief so hellrosa an wie Lockharts Valentinsblumen und schloss den Mund.

»Doch einer von uns scheint sich über seinen Anteil an diesem gefährlichen Abenteuer ganz und gar auszuschweigen«, fügte Dumbledore hinzu. »Warum so bescheiden, Gilderoy?«

Harry fiel es siedend heiß wieder ein. Lockhart hatte er völlig vergessen. Er wandte sich um und sah ihn in einer Ecke stehen, immer noch verschwommen lächelnd. Als Dumbledore ihn ansprach, wandte Lockhart den Kopf, um zu sehen, mit wem er redete.

»Professor Dumbledore«, warf Ron ein, »es gab da unten in der Kammer des Schreckens einen Unfall. Professor Lockhart –«

»Bin ich ein Professor?«, fragte Lockhart milde überrascht. »Meine Güte. Ich glaube, ich war ein hoffnungsloser Fall, oder?«

»Er hat einen Vergessenszauber versucht und der Zauberstab ist nach hinten losgegangen«, erklärte Ron leise zu Dumbledore gewandt.

»Der Arme«, sagte Dumbledore und schüttelte den Kopf, wobei sein langer silberner Schnauzbart erzitterte. »Aufgespießt auf ihrem eigenen Schwert, Gilderoy!«

»Schwert?«, sagte Lockhart verständnislos. »Hab kein Schwert. Dieser Junge da hat eins«, sagte er auf Harry deutend, »er wird es Ihnen leihen.«

»Würdest du bitte auch Professor Lockhart in den Krankenflügel bringen?«, sagte Dumbledore zu Ron. »Ich möchte noch ein paar Worte mit Harry reden …«

Gemächlich ging Lockhart hinaus. Mit einem neugierigen Blick zurück auf Dumbledore und Harry schloss Ron die Tür.

Dumbledore trat zu einem Stuhl am Feuer.

»Setz dich, Harry«, sagte er und Harry, der sich unerklärlich nervös fühlte, folgte der Aufforderung.

»Zunächst einmal möchte ich dir danken, Harry«, sagte Dumbledore, und seine Augen blinkten wieder. »Du musst mir dort unten in der Kammer wirkliche Treue bewiesen haben. Sonst wäre Fawkes nämlich nicht erschienen.«

Er streichelte den Phönix, der ihm auf die Knie geflattert war. Harry grinste verlegen, als Dumbledore ihn musterte.

»Und du hast also Tom Riddle getroffen«, sagte Dumbledore nachdenklich. »Ich kann mir vorstellen, dass er an dir *höchst* interessiert war …«

Plötzlich kam Harry etwas, was ihm auf dem Herzen lag, aus dem Mund gekullert.

»Professor Dumbledore … Riddle sagte, ich sei wie er, seltsame Ähnlichkeit, sagte er …«

»Ach, *hat er?*«, sagte Dumbledore und blickte Harry unter seinen dicken silbernen Augenbrauen nachdenklich an. »Und was denkst du, Harry?«

»Ich denke nicht, dass ich wie er bin!«, sagte Harry unwillkürlich laut. »Ich meine, ich bin … ich bin ein *Gryffindor,* ich bin …«

Doch er verstummte, denn ein unauslöschlicher Zweifel tauchte abermals in seinen Gedanken auf.

»Professor«, hob er nach einer Weile wieder an, »der Sprechende Hut hat mir gesagt, dass ich – dass es mir in Slytherin gut ergangen wäre. Alle dachten eine Zeit lang, *ich* wäre Slytherins Erbe … weil ich Parsel sprechen kann …«

»Du kannst Parsel, Harry«, sagte Dumbledore ruhig, »weil Lord Voldemort, der tatsächlich der letzte Nachfahre von Salazar Slytherin ist, Parsel sprechen kann. Und wenn ich mich nicht irre, hat er in jener Nacht, als er dir die Narbe verpasst hat, einige seiner eigenen Kräfte auf dich übertragen ... nicht dass er es beabsichtigt hätte, da bin ich mir sicher ...«

»Voldemort hat etwas von sich selbst auf *mich* übertragen?«, sagte Harry wie vom Donner gerührt.

»Es sieht ganz danach aus.«

»Also sollte ich tatsächlich in Slytherin sein«, sagte Harry und sah Dumbledore verzweifelt in die Augen. »Der Sprechende Hut hat die Macht Slytherins in mir gespürt und er –«

»Hat dich nach Gryffindor gesteckt«, sagte Dumbledore gelassen. »Hör mir zu, Harry. Du hast nun einmal viele der Begabungen, die Salazar Slytherin bei seinen handverlesenen Schülern schätzte. Seine eigene, sehr seltene Gabe, die Schlangensprache, sowie Entschlossenheit, Findigkeit und eine gewisse Neigung, Regeln zu missachten«, fügte er hinzu, und wieder zitterte sein Schnurrbart. »Doch der Sprechende Hut hat dich nach Gryffindor gesteckt. Du weißt, warum. Denk nach.«

»Er hat mich nur nach Gryffindor gesteckt«, sagte Harry mit gedrückter Stimme, »weil ich nicht nach Slytherin wollte ...«

»*Genau*«, sagte Dumbledore und strahlte abermals. »Und das heißt, du bist *ganz anders* als Tom Riddle, Harry. Viel mehr als unsere Fähigkeiten sind es unsere Entscheidungen, Harry, die zeigen, wer wir wirklich sind.« Harry saß reglos und verblüfft auf seinem Stuhl. »Wenn du einen Beweis willst, dass du nach Gryffindor gehörst, Harry, dann schau dir mal *das* hier näher an.«

Dumbledore beugte sich zu Professor McGonagalls Schreibtisch hinüber, nahm das silberne Schwert hoch und reichte es Harry. Benommen drehte Harry die Waffe um. Die Rubine strahlten im Licht des Feuers. Und dann sah er den Namen, der unterhalb des Griffs eingraviert war.

Godric Gryffindor.

»Nur ein wahrer Gryffindor hätte *das* aus dem Hut ziehen können, Harry«, sagte Dumbledore schlicht.

Eine Minute lang schwiegen beide. Dann öffnete Dumbledore eine Schublade von Professor McGonagalls Schreibtisch und holte eine Feder und ein Fläschchen Tinte heraus.

»Was du brauchst, Harry, ist etwas zu essen und Schlaf. Ich schlage vor, du gehst runter zum Fest, während ich nach Askaban schreibe – wir brauchen unseren Wildhüter wieder. Und ich muss auch eine Anzeige für den *Tagespropheten* entwerfen«, fügte er nachdenklich hinzu. »Wir brauchen einen neuen Lehrer für Verteidigung gegen die dunklen Künste … meine Güte, wir verschleißen sie alle recht schnell.«

Harry stand auf und ging zur Tür. Gerade wollte er die Klinke berühren, als die Tür so heftig aufgestoßen wurde, dass sie gegen die Wand knallte.

Lucius Malfoy stand vor ihnen, Zornesröte im Gesicht. Und unter seinem Arm kauerte, dick in Binden gewickelt, *Dobby.*

»Guten Abend, Lucius«, sagte Dumbledore vergnügt.

Mr Malfoy stieß Harry beinahe um, als er in den Raum rauschte. Dobby humpelte ihm nach und duckte sich unter seinen Rocksaum, mit dem Ausdruck jämmerlicher Angst auf dem Gesicht.

»So!«, sagte Lucius Malfoy, die kalten Augen starr auf Dumbledore gerichtet. »Sie sind zurück. Die Schulräte haben Sie beurlaubt, doch Sie hielten es für angebracht, nach Hogwarts zurückzukehren.«

»Sehen Sie, Lucius«, sagte Dumbledore feierlich lächelnd, »die anderen elf Schulräte haben mir heute Botschaften geschickt. Kam mir vor, als wäre ich in einen Hagelsturm aus Eulen geraten, um ehrlich zu sein. Sie hatten gehört, dass Arthur Weasleys Tochter getötet worden war, und wollten, dass ich sofort zurückkomme. Sie schienen nun doch zu glauben, ich sei der beste Mann für diese Aufgabe. Außerdem haben sie mir sehr merkwürdige Geschichten erzählt … etliche von ihnen glaubten offenbar, Sie hätten gedroht, ihre Familien zu verfluchen, falls sie mich nicht beurlauben wollten.«

Mr Malfoy wurde noch blasser als sonst, doch seine Augen waren immer noch wuterfüllte Schlitze.

»Und – haben Sie den Angriffen schon ein Ende bereitet?«, höhnte er. »Haben Sie den Schurken gefasst?«

»Haben wir«, sagte Dumbledore mit einem Lächeln.

»*Ach ja?*«, sagte Mr Malfoy schneidend. »Wer ist es?«

»Derselbe wie letztes Mal, Lucius«, sagte Dumbledore und sah mit festem Blick zu ihm hoch. »Doch diesmal hat Lord Voldemort durch jemand anderen gehandelt. Mittels dieses Tagebuchs.«

Er hielt das kleine schwarze Buch mit dem großen schwarzen Loch in der Mitte hoch und beobachtete Mr Malfoy genau. Harry jedoch beobachtete Dobby.

Der Elf tat etwas sehr Seltsames. Die großen Augen fest auf Harry gerichtet, deutete er auf das Tagebuch, dann auf Mr Malfoy, und dann schlug er sich mit der Faust hart gegen den Kopf.

»Ich verstehe …«, sagte Mr Malfoy langsam zu Dumbledore.

»Ein ausgefuchster Plan«, sagte Dumbledore mit gleichmütiger Stimme und sah Malfoy immer noch fest in die Augen. »Denn wenn Harry hier –« Mr Malfoy warf Harry einen schnellen und scharfen Blick zu, »und sein Freund Ron dieses Buch nicht entdeckt hätten, dann – hätte man Ginny Weasley alle Schuld gegeben. Keiner hätte je beweisen können, dass sie nicht aus eigenen Stücken gehandelt hat …«

Mr Malfoy sagte nichts. Sein Gesicht sah plötzlich aus wie eine Maske.

»Und stellen Sie sich vor«, fuhr Dumbledore fort, »was dann geschehen wäre … die Weasleys sind eine unserer bekanntesten reinblütigen Familien. Stellen Sie sich die Folgen für Arthur Weasley und sein Gesetz zum Schutz der Muggel vor, wenn sich erwiesen hätte, dass seine eigene Tochter Muggelstämmige angreift und tötet … ein Glück, dass das Tagebuch entdeckt und Riddles Gedächtnis darin ausgelöscht wurde. Wer weiß, welche Folgen das noch gehabt hätte …«

Mr Malfoy zwang sich zu sprechen.

»Großes Glück«, sagte er steif.

Und immer noch deutete Dobby hinter seinem Rücken erst auf das Tagebuch, dann auf Lucius Malfoy und schlug sich dann auf den Kopf.

Und plötzlich begriff Harry. Er nickte Dobby zu und Dobby wich in eine Ecke zurück und zog sich zur Strafe an den Ohren.

»Wissen Sie, wie Ginny zu diesem Tagebuch gekommen ist, Mr Malfoy?«, sagte Harry.

Lucius Malfoy wirbelte herum.

»Woher soll ich wissen, wie dieses dumme Mädchen da drangekommen ist?«, antwortete er.

»Weil Sie es ihr gaben«, sagte Harry. »Bei *Flourish & Blotts.* Sie haben ihr altes Verwandlungsbuch vom Boden aufgehoben und das Tagebuch hineingelegt, nicht wahr?«

Er sah, wie sich Mr Malfoys weiße Hände zusammenballten und wieder spreizten.

»Beweis es«, zischte er.

»Oh, keiner wird das können«, sagte Dumbledore und lächelte Harry zu. »Nicht jetzt, da Riddle aus dem Buch verschwunden ist. Andererseits würde ich Ihnen raten, Lucius, nichts mehr von den alten Schulsachen Lord Voldemorts zu verteilen. Sollte noch irgendetwas davon in unschuldige Hände fallen, denke ich, dass Arthur Weasley die Spur zu Ihnen verfolgen wird ...«

Lucius Malfoy stand einen Moment lang reglos da und Harry sah seine rechte Hand zucken, als ob es ihn nach seinem Zauberstab gelüstete. Stattdessen wandte er sich seinem Hauselfen zu.

»Wir gehen, Dobby!«

Er öffnete die Tür und als der Elf herbeigehumpelt kam, stieß er ihn mit einem Fußtritt nach draußen. Sie konnten Dobby den ganzen Korridor entlang vor Schmerz schreien hören. Harry stand eine Weile reglos da und dachte angestrengt nach. Dann fiel es ihm wie Schuppen von den Augen –

»Professor Dumbledore«, sagte er hastig, »könnte ich bitte dieses Buch Mr Malfoy *zurückgeben*?«

»Warum nicht, gewiss, Harry«, sagte Dumbledore. »Aber beeil dich. Du weißt, das Fest.«

Harry packte das Tagebuch und jagte aus dem Büro. Von fern hörte er Dobbys leiser werdenden Schmerzensschrei. Hastig und voller Zweifel, ob sein Vorhaben gelingen würde, zog Harry einen Schuh aus, dann die schleimige, dreckige Socke und stopfte das Tagebuch hinein. Dann rannte er den dunklen Gang entlang.

Auf dem Treppenabsatz holte er sie ein.

»Mr Malfoy«, keuchte er und kam vor ihm schlitternd zum Halten. »Ich hab etwas für Sie –«

Und er drückte Lucius Malfoy die stinkende Socke in die Hand.

»Was zum –?«

Mr Malfoy riss die Socke vom Tagebuch, warf sie fort und sah zornig von dem zerstörten Buch zu Harry auf.

»Du wirst eines Tages das gleiche üble Schicksal erleiden wie deine Eltern, Harry Potter«, sagte er leise. »Auch sie waren aufdringliche Dummköpfe.«

Er schickte sich an zu gehen.

»Komm, Dobby. Ich sagte, *komm*.«

Doch Dobby rührte sich nicht. Er hielt Harrys eklige Socke empor und musterte sie, als wäre sie ein unschätzbares Geschenk.

»Meister hat Dobby eine Socke geschenkt«, sagte der Elf verwundert, »Meister hat sie Dobby gegeben.«

»Was soll das heißen?«, fauchte Mr Malfoy. »Was hast du gesagt?«

»Dobby hat eine gute Socke«, sagte Dobby ungläubig. »Der Meister hat sie geworfen und Dobby hat sie aufgefangen und Dobby – Dobby ist *frei*.«

Lucius Malfoy stand wie angefroren da und starrte den Elfen an. Dann holte er zum Schlag gegen Harry aus.

»Du hast mir meinen Diener gestohlen, verdammter Bengel!«

Doch Dobby rief: »Sie dürfen Harry Potter nicht wehtun!«

Es gab einen lauten Knall und Mr Malfoy hob es von den Füßen. Drei Stufen auf einmal nehmend stürzte er die Treppe hinunter und landete als zerknautschtes Bündel auf dem Absatz. Er stand auf, das Gesicht rot vor Zorn, und zückte den Zauberstab, doch Dobby hob einen seiner langen, drohenden Finger.

»Sie werden jetzt gehen«, sagte er, empört auf Mr Malfoy hinunterdeutend. »Sie werden Harry Potter nicht anrühren. Sie werden jetzt gehen.«

Lucius Malfoy hatte keine andere Wahl. Mit einem letzten, hasserfüllten Blick auf die beiden warf er sich den Umhang über und eilte davon.

»Harry Potter hat Dobby befreit!«, sagte der Elf schrill und starrte Harry an; das Mondlicht vom Fenster spiegelte sich in seinen Kugelaugen. »Harry Potter hat Dobby befreit!«

»War das Mindeste, was ich tun konnte, Dobby«, sagte Harry grinsend. »Versprich mir nur, nie mehr mein Leben retten zu wollen.«

Das hässliche braune Gesicht des Elfen teilte sich plötzlich zu einem breiten, zähneblitzenden Lächeln.

»Ich hab nur eine Frage, Dobby«, sagte Harry, während Dobby mit zitternden Händen Harrys Socke anzog. »Du hast mir gesagt, all dies hätte nichts zu tun mit Jenem, dessen Name nicht genannt werden darf, erinnerst du dich?«

»Es war ein Hinweis, Sir«, sagte Dobby und seine Augen weiteten sich, als ob das offensichtlich wäre. »Dobby hat Ihnen einen Hinweis gegeben. Bevor der Dunkle Lord seinen Namen änderte, konnte er einfach beim Namen genannt werden, verstehen Sie?«

»Verstehe«, sagte Harry matt. »Nun, ich geh jetzt besser. Es gibt ein Fest und meine Freundin Hermine sollte inzwischen aufgewacht sein ...«

Dobby warf die Arme um Harrys Bauch und drückte ihn.

»Harry Potter ist noch großartiger, als Dobby wusste!«, schluchzte er. »Alles Gute, Harry Potter!«

Und mit einem letzten lauten Krachen verschwand Dobby.

Harry war schon auf einigen Festen in Hogwarts gewesen, doch dieses war ein klein wenig anders. Alle waren in ihren Schlafanzügen erschienen und die Feier dauerte die ganze Nacht. Harry wusste nicht, was das Beste war: Hermine, die schreiend auf ihn zugerannt kam, »Du hast es gelöst! Du hast es gelöst!«, oder Justin, der vom Tisch der Hufflepuffs herübereilte, um ihm die Hand zu drücken und sich endlos dafür zu entschuldigen, dass er ihn verdächtigt hatte, oder Hagrid, der um halb vier in der Nacht auftauchte und Harry und Ron so heftig auf die Schultern klopfte, dass sie mit der Nase in die Puddingteller fielen, oder seine und Rons vierhundert Punkte für Gryffindor, die ihnen das zweite Jahr in Folge den Hauspokal einbrachten, oder Professor McGonagall, die ihnen allen verkündete, die Prüfungen seien – als kleines Geschenk der Schule – gestrichen worden (»O nein!«, stammelte Hermine), oder Dumbledore, der bekannt gab, dass Professor Lockhart nächstes Jahr leider nicht wieder kommen könne, denn er müsse auf Reisen gehen, um sein Gedächtnis wieder zu finden. Nicht wenige der Lehrer stimmten in die Jubelrufe ein, mit denen diese Nachricht aufgenommen wurde.

»Schade«, sagte Ron und nahm sich einen Marmeladekrapfen. »Unter meiner Hand ging's ihm doch schon wieder besser.«

Der Rest des Sommerhalbjahres verging in einem Nebel gleißenden Sonnenscheins. In Hogwarts ging alles wieder seinen üblichen Gang, mit nur ein paar kleinen Unterschieden – Verteidigung gegen die dunklen Künste wurde nicht mehr gegeben (»darin haben wir ohnehin viel Übung inzwischen«, tröstete Harry die enttäuschte Hermine) und Lucius Malfoy war als Schulrat gefeuert worden. Draco stolzierte nicht mehr in der Schule umher, als ob er der Schlossherr wäre. Im Gegenteil, er sah geradezu verhärmt und schmollend aus. Hingegen war Ginny Weasley wieder vollkommen glücklich.

Allzu bald war es Zeit für die Heimreise mit dem Hogwarts-Express. Harry, Ron, Hermine, Fred, George und

Ginny bekamen ein Abteil für sich. Sie nutzten die letzten paar Stunden vor den Ferien, in denen sie noch zaubern durften, weidlich aus. Sie spielten »Snape explodiert«, ließen Freds und Georges allerletzte Filibuster-Kracher hochgehen und übten Entwaffnung mit Zauberkraft. Harry konnte es allmählich richtig gut.

Sie waren fast schon im Bahnhof King's Cross, als Harry noch etwas einfiel.

»Ginny, wobei hast du Percy eigentlich erwischt, was solltest du niemandem erzählen?«

»Ach, das«, sagte Ginny kichernd. »Na ja, Percy hat eine *Freundin.*«

Fred ließ einen Stapel Bücher auf Georges Kopf fallen.

»*Was?*«

»Es ist diese Vertrauensschülerin der Ravenclaws, Penelope Clearwater«, sagte Ginny. »Ihr hat er den ganzen letzten Sommer über geschrieben. Sie haben sich heimlich überall in der Schule getroffen. Einmal bin ich in ein leeres Klassenzimmer geraten und hab gesehen, wie sie sich *küssten.* Er war so erschüttert, als sie – ihr wisst schon – angegriffen wurde. Aber ihr zieht ihn doch damit jetzt nicht auf, oder?«, fügte sie besorgt hinzu.

»Fiele mir nicht im Traum ein«, sagte Fred, der aussah, als wäre sein Geburtstag vorverlegt worden.

»Ganz bestimmt nicht«, sagte George wiehernd.

Der Hogwarts-Express bremste und kam schließlich zum Stehen.

Harry zog seinen Federkiel und ein Stück Pergament hervor und wandte sich Ron und Hermine zu.

»Das hier nennt man eine Telefonnummer«, erklärte er Ron und schrieb sie zweimal hin, riss das Blatt durch und gab ihnen die Hälften. »Ich hab deinem Dad letzten Sommer gesagt, wie man ein Telefon benutzt, er weiß es jetzt.

351

Ruft mich bei den Dursleys an, ja? Ich halt es nicht noch mal zwei Monate alleine mit Dudley aus ...«

»Dein Onkel und deine Tante werden doch sicher stolz sein«, sagte Hermine, als sie aus dem Zug stiegen und sich der Menge anschlossen, die durch die verzauberte Absperrung drängte. »Wenn sie hören, was du dieses Jahr getan hast?«

»Stolz?«, sagte Harry. »Bist du verrückt? Wo ich doch so oft hätte sterben können und es nicht geschafft habe? Die werden sauer sein ...«

Und gemeinsam gingen sie durch das Tor zurück in die Muggelwelt.